AF569911

Gabriele Ketterl wurde in München geboren, wo sie auch heute wieder mit ihrer Familie lebt. Ihre Fantasie steckt mittlerweile in Kinderbüchern, Kurzgeschichten, Fantasyromanen, Romantic-History-Büchern ...
Nach einem Studium der Amerikanistik und Theaterwissenschaften an der Ludwig-Maximilians-Universität München hieß es erst einmal: Reisen und Ideen sammeln. Betrachtet man ihren Output, scheint das gut geklappt zu haben.

GABRIELE
KETTERL

Sommer Himmel über Rom

Erstausgabe August 2023

Sommerhimmel über Rom

ISBN 978-3-96817-316-0
E-Book-ISBN 978-3- 98637-755-7
Hörbuch-ISBN: 978-8-72683-912-8

Covergestaltung: Anne Gebhardt
Umschlaggestaltung: ARTC.ore Design
Unter Verwendung von Abbildungen von
shutterstock.com: © Chansom Pantip, © Massimo Santir,
© bluefish_ds
stock.adobe.com: © shreddhead, © Unclesam, © yakovlevadaria,
© Fran, © Creative Station, © 赵天旭/Wirestock Creators
elements.envato.com: © PixelSquid360
Lektorat: SL Lektorat
Satz: dp DIGITAL PUBLISHERS GmbH
Druck und Bindung: Books on Demand GmbH, Norderstedt

„Man will nicht nur glücklich sein, sondern glücklicher als die anderen. Und das ist deshalb so schwer, weil wir die anderen für glücklicher halten, als sie sind."
Charles-Louis de Montesquieu

Für meinen wundervollen Vater. Du bist viel zu früh gegangen und hast in jeder Minute gefehlt!

Vorwort

„... Der Prinz rief die Götter des Nordens an, bat inständig darum, ihm und vor allem seiner Frau zu helfen. Mehrmals drohten ihm in der eisigen Nacht die Sinne zu schwinden, doch er nahm seine letzte Kraft zusammen und flehte um ihr Erbarmen mit ihm und seiner Frau, die die lange, für sie ungewohnte Dunkelheit nicht mehr zu ertragen vermochte. Schon glaubte er, seine Bemühungen wären vergebens, die Götter wären in ihren Eispalästen taub für seine Bitten, da erschien in der Ferne ein Licht. Es wurde beständig heller, schlängelte sich über den Himmel, kam langsam auf ihn zu. In allen möglichen Blau- und Grüntönen schimmerte dieses Gebilde. Es sah fast aus wie eine wunderschöne, leuchtende Straße, die vom Himmel auf die Erde führte. Auf diesem Licht kam zunächst schemenhaft, aber fortwährend deutlicher eine irisierende Gestalt auf ihn zu. Langes, silbernes Haar, ein weißes Kleid, das einen schlanken Körper umfloss, und ein bildschönes Gesicht, aus dem eisblaue Augen funkelten. Direkt vor ihm hielt die Erscheinung inne, beugte sich zu ihm und berührte mit eisiger Hand seine nicht minder kalte Wange.

„Ich habe deine Bitte gehört und werde dir helfen. Ich, die Göttin des Nordens, schenke euch heute das Nordlicht. Dieses Licht wird der Prinzessin dabei helfen, auf kürzestem Wege in ihre Heimat zu gelangen. Das Nordlicht wird sie in den Süden führen, es soll eure Nächte

erhellen und euch alle erfreuen. Aber ich habe auch Bedingungen. Ich hörte von den herrlichen Blumen des Südens. Sag deiner Gemahlin, dass sie mir von ihrer Reise auf dem Nordlicht Blumen mitbringen möge. Viele Blumen, unterschiedliche Blumen. Du aber, Prinz des Nordens, wirst mir einen Eistempel bauen lassen, der meiner würdig ist. Dorthin bringst du mir die Blumen des Südens. Wenn ihr meine Wünsche erfüllt, werdet ihr meines Dankes gewiss sein.“

Ihr wolltet schon immer wissen, woher das Nordlicht kommt? Nellas Kinderfrau Emma hat das Märchen vom Nordlicht ersonnen, um ihren Schützling zu trösten, um dem kleinen Mädchen Mut zu machen und ihm Sicherheit zu geben. Nella muss ohne die Liebe ihrer Eltern aufwachsen.

Die Liebe von Eltern zu ihrem Kind. Eigentlich die natürlichste Sache der Welt. Eigentlich! Wie soll man die Welt verstehen? Wie soll man Vertrauen aufbauen, wenn man es selbst nicht erfährt? Dieses Buch zeigt, dass man mit sehr viel Mut, mit dem Willen, alle Unwägbarkeiten des Lebens zu überwinden, sein Glück finden und festhalten kann. Menschen in dieser Situation reagieren anders als andere. Oft ernten sie Verständnislosigkeit, gelten als egoistisch, als unflexibel. Mit ein klein wenig Einfühlungsvermögen, mit einem vorsichtigen Blick hinter die Kulissen des Lebens des anderen, kann man sehr wohl verstehen. Und man lernt Unverständnis Schritt für Schritt in Bewunderung zu verwandeln. Das „Anderssein“ verstehen und die Hintergründe zu ergründen, hilft sowohl den Betroffenen wie auch den Hinterfragenden. So auch in diesem Roman, der Mut machen soll, der unterhalten soll und zeigen, dass man – so man es denn will – alles erreichen kann. Jeder verdient es geliebt zu werden!

Franca

Mailand, März 1969

„Niemals wieder, hören Sie mich, *niemals!* Ich will diese Frau nie wieder auf meiner Bühne sehen. Nur über meine Leiche. Haben Sie das verstanden?"

Franca nickte, sah sich dennoch bemüßigt, ihren Kommentar auch zu artikulieren. „Das habe ich, Salvatore. Laut und deutlich."

Wenn sich Salvatore Grecco, Intendant der Mailänder Scala, aufregte, dann richtig. Der temperamentvolle Neapolitaner war berühmt-berüchtigt für seine Wutausbrüche. Heute konnte sie ihm nicht einmal böse sein, denn ganz unrecht hatte er ja leider nicht. Seufzend hielt Franca den Telefonhörer etwas weiter weg von ihrem leidgeprüften Ohr. „Ich höre jedes Wort, Salvatore. Selbst wenn Sie es nicht glauben, ich verstehe Sie sogar, zumindest ein wenig."

„Ach, ein wenig. Dass ich nicht lache. Ich habe schon viele kommen und gehen sehen. Größen der Opern- und Ballettwelt. Sie kennen mich, Franca, ich bin ein gerechter Mensch. Ab und an vielleicht ein bisschen impulsiv, manch einer mag es emotional nennen, aber immer gerecht. Das, was sich diese Frau in der letzten Zeit herausnimmt, setzt allem, was ich erlebt habe, die Krone auf."

Franca drückte ihre Zigarette im Aschenbecher aus und konnte sich gerade noch davon abhalten, sofort eine neue anzustecken. „Lassen Sie uns ehrlich sein, lieber Salvatore, so ganz unschuldig waren Sie auch nicht daran, dass sich alles so hochgeschaukelt hat, nicht wahr? Wie haben Sie Marie gleich wieder genannt?“

Ein leises, höchst ungehaltenes Schnauben drang aus dem Hörer. „Ich habe sie als das bezeichnet, was sie nun einmal ist, eine überkandidelte, sich selbst fortwährend überschätzende Hupfdohle.“

Franca war dem Himmel dankbar, dass niemand ihr Lächeln sehen konnte. Sie hätte tatsächlich wer weiß was darum gegeben, wenn sie bei diesem Gespräch Mäuschen hätte spielen dürfen. Noch mehr allerdings dafür, Maries oder vielmehr Antonias Gesicht nach dieser Betitelung zu sehen. Das jedoch würde nie jemand erfahren, auch Salvatore nicht. „Die derzeit beste Primaballerina der Welt eine *Hupfdohle* zu nennen, mag dann doch etwas gewagt sein, finden Sie nicht, lieber Maestro?“

Das nun lautere Schnauben am anderen Ende der Leitung zeigte klar und deutlich, dass Grecco völlig anderer Meinung war. „Franca, wir kennen uns jetzt schon ... wie lange genau? Zwanzig Jahre, wenn ich mich nicht täusche. In all der Zeit ist mir niemand untergekommen, dem sein Ruhm in solchem Maße zu Kopf gestiegen ist wie Marie. Ja, sie ist gut und ich gestehe gerne ein, dass sie – noch – ein Publikumsmagnet ist. Aber lesen Sie sich bitte einmal die letzten Berichte in den einschlägigen Gazetten durch. Ich bin nicht der Einzige, den sie fortwährend an den Rand des Wahnsinns treibt. Sie wissen, wie sehr ich Ihr Urteil schätze und die Zusammenarbeit mit Ihnen. Dieses Mal aber bleibe ich unerbittlich. In der Juni-Aufführung anlässlich der Festspiele wird Marie Celeste nicht dabei sein. Basta, ich sehe es nicht ein, mir von ihr auf der Nase herumtanzen zu lassen. Irgendjemand muss ein Exempel statuieren. Scusa, ma non!“

Franca wusste, wann sie verloren hatte. Es wäre unklug, einen der wichtigsten Partner in der Theaterbranche zu verprellen, vor allem in puncto zukünftige Engagements. „Gut, Salvatore, ich gestehe ein, dass ich sehr traurig über diese Entscheidung bin, werde sie aber selbstverständlich akzeptieren. Ich hoffe, dass diese unerfreuliche Episode unsere zukünftige Zusammenarbeit nicht beeinträchtigen wird.“

Salvatores Lachen klang echt und herzlich. „Ach, Franca, Sie wissen doch, dass ich ohne Sie oft genug verloren gewesen wäre. Sie sind die beste Agentin, die ich kenne, auch wenn ich mich wirklich frage, warum Sie sich nicht endlich dieses undankbare Frauenzimmer vom Hals schaffen.“

Sie wechselte den Hörer in die andere Hand und griff nach ihrer Kaffeetasse. „Das hat etwas mit meinem Gewissen zu tun und damit, dass ich niemanden so leichtfertig fallen lasse. So etwas liegt mir einfach nicht, mag es auch noch so nervenaufreibend sein. Salvatore, ich freue mich auf unser nächstes Treffen.“

Franca legte den Hörer auf die Gabel und lehnte sich seufzend in ihrem wuchtigen Ledersessel zurück. Es war ein warmer Frühlingstag in Mailand und die Sonne drang durch die halbgeschlossenen Fensterläden. Nachdenklich betrachtete sie die Lichtstrahlen, in denen winzige Staubpartikel einen gemächlichen Tanz aufführten. Salvatore mochte richtig liegen, es wäre ihr ein Leichtes, Maries Vertrag zu beenden, sie ihrem selbstverschuldeten Schicksal zu überlassen. Aber dazu war sie einfach nicht fähig. Zu frisch war nach all den Jahren noch immer die Erinnerung an den Tag, an dem sie in dem kleinen Ort Borgonuovo, eine kurze Wegstrecke außerhalb Bolognas, ihren Wagen an der Tanzschule ihrer Freundin Serafina geparkt hatte.

„Du musst dir dieses Mädchen ansehen, sie ist einfach unglaublich. Sie tanzt wie eine Göttin."

Serafina tendierte gelegentlich zu Übertreibungen, und so war Franca auf alles Mögliche gefasst gewesen. Nicht aber auf die siebzehn Jahre alte Antonia, die, den Kopf schüchtern gesenkt, den altehrwürdigen Tanzsaal betrat. Das große, sehr schlanke Mädchen mit den dunklen Katzenaugen und den langen, schwarzen Haaren war tatsächlich ein wahres Tanzwunder. Franca war nicht leicht zu beeindrucken, Antonia aber war es von der ersten Sekunde an gelungen. Sie bewegte sich mit einer Grazie, tanzte mit einer Hingabe und Leichtigkeit, die Franca noch nie zuvor erlebt hatte, und sie hatte einiges erlebt. Noch am selben Tag begleitete sie Antonia zu ihrem Elternhaus und sprach mit ihren Eltern. Binnen zwei Stunden war alles besiegelt und Antonias Vater unterzeichnete einen Vorvertag, der es Franca ermöglichte, das junge Mädchen unter ihre Fittiche zu nehmen. Die Freude in Antonias Augen zu sehen, war für Franca ein Ansporn, deren Träume schnellstmöglich wahr werden zu lassen. Schon eine Woche später zog Antonia vom beschaulichen Dorf in eine Künstlerpension im quirligen Mailand. Franca hatte ein wachsames Auge auf das Mädchen und Antonia enttäuschte sie nicht. Mit ihrer natürlichen Begabung und viel Fleiß arbeitete sie sich beständig nach oben. Auf kleine Tanzrollen folgten schon bald größere Parts und Franca achtete mit Argusaugen darauf, dass Antonia den hohen Ansprüchen, die Franca in ihrer Agentur nun einmal hatte, gerecht wurde. Es gelang ihr mit Bravour.

All das war vor elf Jahren gewesen. Aus Antonia Corella wurde Marie Celeste, und sie erklomm die Erfolgsleiter beinahe schon spielerisch. Engagements an der Mailänder Scala waren ebenso selbstverständlich wie an der New Yorker Met oder in Wien, London und Paris. Neun Jahre lang waren sie ein eingespieltes und sehr erfolgreiches Gespann gewesen. Sicherlich, Maries steigende Ansprüche waren auch Franca aufgefallen, aber als Star der Ballettszene durfte sie durchaus etwas kapriziös sein. Der Wandel, der in den vergangenen zwei Jahren mit ihr vor sich gegangen war, war hingegen besorgniserregend. Ausgerechnet in einer Zeit, in der Jüngere nachdrängten, hungrig nach ersten Erfolgen wie einst Marie, biegsam und anpassungsfähig, stieß Marie so ziemlich jeden vor den Kopf, der ihr in die Quere kam. Franca kam seither aus den Entschuldigungen für ihren Star und deren Höhenflüge kaum mehr heraus. Marie war jedoch nicht nur hart gegen andere, sondern vor allem gegen sich selbst. Sie setzte stets Perfektion voraus und forderte dies auch von ihrem Umfeld. Allein aus diesem Grund hielt ihr Franca immer und immer wieder den Rücken frei und räumte Missverständnisse diplomatisch aus.

So auch heute wieder. Ausgerechnet Salvatore Grecco, der heißblütige Intendant, war Maries auserkorener Lieblingsfeind. Wie kurzsichtig das doch war.

Franca erhob sich stöhnend aus ihrem eleganten Sessel. Sie warf einen nachdenklichen Blick aus dem Fenster und betrachtete den quirligen Verkehr in der Mailänder Innenstadt. Irgendwie hatte Salvatore recht. Sie wurde schließlich nicht jünger und ihre Geduld mit Marie begann zu schwinden. Es gab andere, die ihren Platz einnehmen konnten, und doch wusste sie nur zu gut, dass sie beispielsweise dieses noble Büro zu einem guten Teil Marie verdankte. In ihre Gedanken versunken, trat sie vor den edlen, in einen antiken Holzrahmen gefassten Spiegel, der ihr vor wenigen Wochen auf einem Trödelmarkt ins Auge gestochen war. Da stand sie nun, Franca di Loreto, Inhaberin der Agentur *Di Loreto*, ein großer Name in der Branche, ein Name, der für Qualität bürgte. Mochte auch die Fünfzig am Horizont stehen, so waren ihr bis dahin noch vier Jahre vergönnt, und sie hatte sich ihre jugendliche, wohltrainierte Figur bewahrt. Ihr selbst war es nicht möglich gewesen, auf den Bühnen der Welt zu tanzen, auch wenn sie durchaus die Voraussetzungen dafür mitgebracht hatte. Es lag seinerzeit nicht am Talent, sondern schlicht am fehlenden Geld. Was ihr verwehrt geblieben war, das ermöglichte sie nun anderen. Jungen, ehrgeizigen Tänzerinnen und Tänzern, so wie Marie es gewesen war. Es tat ihr in der Seele weh, dass Marie nun ihren makellosen Ruf durch diese Starallüren aufs Spiel setzte. Franca streckte sich und strich den Rock ihres eleganten, dunkelroten Kostüms glatt. Andererseits, wo wäre Antonia Corella heute, hätte sie sie nicht in dieser Tanzschule ausfindig gemacht?

Es war müßig, darüber nachzusinnen. Zum einen musste sie Marie Greccos Entscheidung mitteilen, zum anderen wusste Franca genau, dass sie ihren Star nie und nimmer von heute auf morgen auf die Straße setzen konnte. Das brächte sie nach all den Jahren schlicht nicht übers Herz.

Sie nahm ihre Tasse vom Schreibtisch, durchquerte ihr geräumiges Büro und öffnete die Tür. Sofort schossen drei Köpfe in die Höhe.

„Franca, was können wir für Sie tun?"

Es ging doch nichts über motivierte Mitarbeiter. Lächelnd stellte sie ihre Tasse auf dem Schreibtisch direkt vor sich ab.

„Zwei Dinge, bitte: frischen Kaffee, und zwar stark, denn sonst bin ich nicht für Teil zwei gerüstet."

Pia, ihre langjährige rechte Hand, lächelte wissend. „Das Telefonat mit Marie Celeste?"

„Himmel, woher wissen Sie das alle schon wieder? Aber ja, ich muss sie anrufen. Sobald ich meinen Kaffee habe, verbinden Sie mich bitte mit ihr. Sie müsste planmäßig in London gelandet sein und sollte in diesen Minuten im Savoy eintreffen."

Pia erhob sich und eilte in Richtung Küche.

„Pia, Sie müssen sich eigentlich nicht allzu sehr beeilen. Es ist ja nun nicht so, dass ich dieses Gespräch kaum mehr erwarten kann."

Marie

London, 1969

Müde lehnte sie ihren Kopf an das weiche Polster. Die Limousine, mit der man sie am Flughafen abgeholt hatte, war, ihren Ansprüchen entsprechend, bequem und mit allem Luxus ausgestattet. Hier in London wusste man mit wahren Stars umzugehen. Sie war sich darüber im Klaren, dass man ihr unterstellte, so etwas nicht genügend zu honorieren. Eine rundweg falsche Annahme. Noch heute freute sie sich über kleine Beweise der Wertschätzung. Derartige Unterstellungen verärgerten sie, denn schließlich war ihr Erfolg hart erarbeitet.

„Marie, möchten Sie, dass ich nach dem Besuch des Theaters ein Essen im Hotel arrangiere oder möchten Sie die Einladung des Intendanten annehmen und mit ihm und dem Regisseur zu Abend essen?" Nicolos Blick ruhte fragend auf ihrem Gesicht, von dem er derzeit kaum allzu viel sah.

Seufzend nahm sie ihre große Sonnenbrille ab und schob das seidene Tuch, das sie sich um ihr Haar geschlungen hatte, etwas zurück. Ihr fleißiger und einfühlsamer Sekretär verdiente eine vernünftige Antwort und dass sie ihn dabei anblickte.

„Ein Essen im Hotel würde ich bevorzugen."

„Es wäre diplomatischer, die Einladung von Sir Jacob anzunehmen." Sie konnte sein unsicheres Zögern gut deuten, lediglich weigerte sie sich, es auf sich zu beziehen. Nachdem er einmal tief Luft geholt hatte, fuhr Nicolo fort. „Bitte missverstehen Sie mich jetzt nicht, Marie, aber nach den letzten Schlagzeilen in der Presse wäre dieser Termin, bei dem Reporter und Fotografen anwesend sein werden, durchaus anzuraten."

Sie rümpfte die Nase. „Anzuraten. Nicolo, ich bin doch keine Furie, die es dringend nötig hat, ihren Ruf wieder aufzupolieren."

Ihr junger Sekretär schwieg einen Hauch zu lange und fuhr sich nervös durch den schwarzen Lockenschopf. „Um der Wahrheit Genüge zu tun: Es könnte nicht schaden, wenn Sie heute Abend lächelnd an der Seite der beiden Macher des Ballettabends erscheinen. Wenn wir möchten, dass London uns weiter gewogen bleibt, sollten wir mögliche Problempunkte beizeiten ausräumen."

Marie zog sich die cremefarbenen Lederhandschuhe von den Händen und strich eine Strähne ihres langen, schwarzen Haares, die sich aus dem strengen Dutt am Hinterkopf gelöst hatte, wieder unter das Tuch. „Sollten wir das? Lass mich aufrichtig sein. Mir erschließt sich nicht, warum ich andauernd Zugeständnisse an andere machen soll." Sie bemerkte, dass Nicolo verzweifelt nach Worten suchte, und erlöste ihn. „Schon gut. Bitte, organisiere das Essen mit den beiden Herren. Ich möchte aber vor Mitternacht wieder im Hotel zu sein. Morgen stehen anstrengende Proben auf dem Programm." Seufzend setzte sie ihre Sonnenbrille wieder auf.

Nicolo nickte erleichtert. „Natürlich, Marie. Ich werde Sie um elf Uhr mit der Limousine abholen, ist das in Ihrem Sinne?“

„Ja, damit werde ich wohl leben können.“ Ihr Blick wanderte hinaus in den dichten Berufsverkehr Londons. Wie konnte man sich nur daran gewöhnen, auf der falschen Straßenseite zu fahren? Aber bitte, solange sie sich nicht damit herumquälen musste. Marie streckte sich in dem weichen Lederpolster, eine kleine Bewegung nur, und dennoch schoss der Schmerz ihr in Hüfte und Knöchel. Es fiel ihr zunehmend schwer, solche Schmerzattacken vor Nicolo zu verbergen. Er war einfach zu oft an ihrer Seite, kannte sie langsam zu gut.

„Marie, ist Ihnen nicht wohl? Haben Sie Kopfschmerzen von der Reise?“

Dankbar betrat sie die ihr von ihm gebaute Brücke. „Ja, schon seit der Landung in Heathrow. Hast du meine Tabletten zufällig griffbereit?“

Bedauernd schüttelte ihr Sekretär den Kopf. „Leider nein, aber sobald wir im Hotel sind, kümmere ich mich sofort.“

Dem Himmel sei Dank erreichten sie in diesem Augenblick die nicht sehr glamouröse Auffahrt des Luxushotels. Die Limousine stoppte äußerst sanft. Marie liebte Rolls-Royce!

Die Tür zum Fond des Wagens wurde geöffnet, und nachdem Nicolo ins Freie geklettert war, streckte sich ihr eine behandschuhte Hand entgegen.

„Madame, willkommen im Savoy. Bitte lassen Sie mich Ihnen behilflich sein.“

Die Begrüßung wiederholte sich in der großzügigen, eleganten Hotellobby. Der Empfangschef verbeugte sich leicht. „Madame Celeste, es ist uns eine große Ehre, Sie heute wieder im Savoy begrüßen zu dürfen."

Sie reichte ihm ihre Rechte. „Die Freude ist ganz auf meiner Seite. Ich pflege die Aufenthalte in Ihrem Haus sehr zu genießen."

„Stets zu Ihren Diensten, Madame. Sie haben auch dieses Mal die Savoy Suite, und ich hoffe, alles ist zu Ihrer Zufriedenheit vorbereitet."

Sie lächelte erfreut, offenbar hatte sie hier keinen allzu schlechten Eindruck hinterlassen. Während Nicolo die Formalitäten erledigte, nahm sie ihre Sonnenbrille ab und ließ den Blick durch die edle Halle schweifen. Ja, hier konnte man sich wohlfühlen. Luxus mit Stil und Charme, eine Kombination, die in Hotels dieser Klasse nicht immer gegeben war. Maries Blick fiel auf einen schönen, alten Holzaufsteller, in dem ein Plakat eingespannt war. Neugierig trat sie näher. Beim Anblick des Gesichtes, das ihr ernst und gemessen entgegenblickte, tat ihr Herz einen Hüpfer. Frederico! Das Plakat kündigte eine Sonderaufführung der Oper *Rigoletto* im Royal Opera House an. In der Titelrolle des Rigoletto: Frederico Alisi. Erfreut sog Marie den Anblick in sich auf. Frederico war eine wahre Augenweide. Als sie vor einigen Jahren das erste Mal sein Gesicht auf einem Plakat erblickt hatte, glaubte sie zuerst, den jungen Robert Taylor vor sich zu haben, so ähnlich waren sich der Tenor und der schöne Hollywoodstar. Wie stolz war sie gewesen, als Frederico sie das erste Mal wahrnahm und ihr Blumen schickte. „Sie tanzen wie eine Göttin."

Welch ein Lob aus seinem Mund. Vor einigen Wochen hatte er sie in Rom zum Lunch eingeladen, ehe er nach New York fliegen musste. Wie sehr hatte sie seine Gegenwart und auch das Blitzlichtgewitter der sich vor dem Restaurant drängelnden Fotografen genossen. Nicht, dass sie öffentliche Aufmerksamkeit nicht gewohnt gewesen wäre, die schiere Masse an Paparazzi allerdings, hatte sogar sie nachhaltig beeindruckt. Und nun war er auch hier in London, welch ausgesprochen schöner Zufall.

„Marie! Telefon für Sie."

Verärgert, aus ihren schönen Träumen gerissen zu werden, wandte sie sich Nicolo zu. „Muss das sein? Kannst du das bitte übernehmen?"

Der Empfangschef hinter dem Tresen machte ein trauriges Gesicht. „Madame Celeste, ich bedauere. Die Dame wünscht explizit, mit Ihnen zu sprechen. Franca di Loreto, Ihre Agentin. Darf ich verbinden?"

Hier blieb ihr keine Wahl. Franca abzuwimmeln kam nicht infrage. Ihre Agentin und beste Freundin war der einzige Mensch, den sie nie belügen könnte. „Ja, bitte. Tun Sie das."

Der Mann nickte sichtlich erleichtert. Er zeigte mit einer kleinen Verbeugung nach rechts, wo sie diverse Telefonkabinen erblickte. „Bitte sehr, Madame, Kabine eins. Ich stelle durch."

„Das kann doch nicht sein Ernst sein. Franca, ich bitte dich! Er kann mich nicht so einfach rauswerfen." Marie musste sich auf den samtbezogenen Hocker in der Kabine setzen. Ihre Knie drohten nachzugeben und ihre Hände zitterten. Das konnte und durfte Grecco nicht, das war unmöglich. Francas Antwort jedoch war ebenso eindeutig wie endgültig.

„Salvatore hat uns eine klare Absage erteilt. Er wünscht, zumindest vorerst, keine weitere Zusammenarbeit. Beruhige dich, Marie. Dies sind keine guten Neuigkeiten, das weiß ich selbst. Ich denke, ich muss dir nicht erzählen, dass ich alles versucht habe."

Ein Glas Wasser wäre in diesem Moment gut, allerdings wollte sie nicht, dass man sie in diesem aufgelösten Zustand erblickte. Marie schöpfte tief Atem und versuchte, ihren galoppierenden Herzschlag in den Griff zu bekommen. Die Mailänder Scala warf sie aus dem Programm. Ein Desaster! Dieser selbstherrliche, überhebliche Mensch. Was glaubte er, mit wem er es zu tun hatte?

„Franca, was bedeutet das für die beiden Aufführungen im Herbst? Bin ich etwa nicht im Ensemble?"

Sie ahnte die Antwort, ehe Franca dazu ansetzte. Tatsächlich waren alle ihre Auftritte in der Scala abgesagt. Welch ein Schlag ins Gesicht. Es war mehr als unwahrscheinlich, dass diese Aktion keine weiteren Kreise ziehen würde.

„Franca, wenn das öffentlich wird, ist mein Ruf angeschlagen, ich ..."

Ihre Agentin war immer ehrlich und aufrichtig zu ihr gewesen, darüber war sich Marie im Klaren, daher schmerzten Francas Worte sie umso mehr. „Du erntest, was du säst, meine Liebe. In den letzten beiden Jahren hast du dir mehr und mehr Menschen zum Feind gemacht. Du bist ungerecht, fordernd, egoistisch und unflexibel. So kann es nicht weitergehen, Marie. Salvatore ist nur der erste Dominostein, der gefallen ist. Wenn du so weitermachst, werden weitere folgen. Ich muss dir nicht erzählen, wie die Branche funktioniert. Du musst achtsamer sein. Pass auf deine Worte auf. Sie können sehr verletzend sein, und einmal ausgesprochen, nur schwer zurückgenommen werden."

Es stimmte ja, aber sah denn niemand, dass Greccos Reaktion vollkommen überzogen war? Ja, sie war manchmal kurz angebunden, hatte ihre Vorstellungen und Wünsche. Schließlich hatte sie wie eine Wahnsinnige gearbeitet, um dort zu sein, wo sie heute war. An der Spitze; die beste Tänzerin auf den Bühnen der westlichen Welt. Selbst in Moskau hatte man sie bejubelt. Und nun sollte ein einziger Mann das, was sie sich mühsam aufgebaut hatte, zum Einsturz bringen? Verdammter Salvatore Grecco, verdammte Scala.

Sie schaffte es, das Gespräch sehr gefasst zu beenden. Allerdings brauchte sie eine Weile, ehe sie die Kabine wieder verlassen konnte. Niemand durfte ihre Tränen sehen.

Kaum trat sie hocherhobenen Hauptes wieder in die Halle, vernahm sie seine wunderschöne Stimme.

„Marie! Sie sind es wirklich. Welch eine Freude, Sie hier zu sehen." Frederico Alisi stand mit ausgebreiteten Armen neben der Rezeption und strahlte sie an.

Vergessen war das unerfreuliche Telefonat, und sie eilte erfreut auf den Startenor zu. „Frederico, welch eine Überraschung. Ich wusste nicht, dass Sie hier sein würden."

Lächelnd umarmte der große, breitschultrige Mann sie. „Rigoletto ohne mich? Das kann ich nicht zulassen. Ich hoffe doch, ich werde Sie im Publikum sehen?"

„Wenn es in irgendeiner Weise machbar ist. Ich tanze in zwei Tagen die Tatjana in *Onegin*. Wann ist Ihr Auftritt?"

Sein Lächeln vertiefte sich. „Morgen Abend, meine liebe Marie. Das bedeutet, dass Sie sich die Oper ansehen können. Ich sorge dafür, dass Sie einen exzellenten Platz erhalten. Was sagen Sie?"

Natürlich sagte sie ja, was auch sonst?

Gewiss wäre es vernünftig gewesen, nach der Generalprobe am frühen Abend zu Bett zu gehen, ihre Füße zu schonen und dafür zu sorgen, dass sie am nächsten Tag in Topform war. Aber wer wollte bei solch einem Mann schon vernünftig sein?

„Sehr gerne, Frederico. Ich freue mich auf einen Abend, der dank Ihrer Stimme gewiss einfach wundervoll sein wird."

„Schmeichlerin, aber machen Sie gerne weiter so. Auch mein Ego muss schließlich gepflegt werden."

Erneut umarmte er sie, wobei sie genüsslich den Duft seines herben Männerparfums in ihre Lungen sog. Sein heller Trenchcoat raschelte an ihrem Ohr. Als er sich von ihr löste, sah sie für einen Augenblick in seine dunkelblauen Augen, die einen interessanten Kontrast zu seinen schwarzen Haaren darstellten. Ja, Frederico Alisi war mit absoluter Sicherheit einer der schönsten und faszinierendsten Männer dieser Welt.

„Meine liebe Marie, und schon bin ich wieder auf dem Weg. Ich werde Ihnen Ihre Karte hier hinterlegen. Ich freue mich sehr." Ein letztes Lächeln, und weg waren er und seine ihn stets umschwärmende Entourage.

Glücklich ergriff sie ihre Handtasche, die noch immer neben Nicolo auf dem langgezogenen Empfangstresen stand.

„Kommen Sie, Nicolo, lassen Sie uns gehen, der Tag ist noch jung."

Die Freude über das Treffen mit Alisi trug Marie durch den Tag. Gut gelaunt und eloquent, wie man sie von früher kannte, plauderte sie mit Sir Jacob, ließ sich erläutern, wie das Bühnenbild aussehen würde, und inspizierte die Bühnenkleidung. Sie liebte ihre Kostüme sofort. Nur ein Hauch von Stoff, ein wunderschöner, ihr auf dem Leib geschneiderter Traum aus Samt, zarter Baumwolle, Seide und Spitzen.

Sie war die Freundlichkeit in Person.

Allein der Gedanke, dass Alisi sie in dieser Aufführung sehen könnte, ließ ihr Herz schneller schlagen. Heute bekamen die Fotografen ihre Bilder, und Sir Jacob und Dean Bartram, der Regisseur, lagen ihr zu Füßen. Warum konnten die Tage nicht immer so sein?

Weil die Realität einen stets einholte. Spätestens als Nicolo sie zum vereinbarten Zeitpunkt in dem noblen Restaurant abholte und sie sich von ihren zufriedenen Gastgebern verabschiedete, war es auch für Marie so weit.

„Meine Füße bringen mich um."

Nicolo half ihr, als sie den Aufzug des Savoy verließ. Nach einem Blick in beide Richtungen nahm er sie kurzerhand auf die Arme und trug sie zu ihrer Suite. Seinem besorgten Blick standzuhalten, forderte ihr einiges ab.

„Marie, Sie müssen sich schonen. Ich weiß doch, dass die Schmerzen nicht einfach so verschwinden. Machen wir uns nichts vor." Behutsam stellte er sie vor der Tür zu ihrer Suite wieder auf dem weichen Teppich des Hotelflurs ab.

„Nicolo, was soll ich denn deiner Meinung nach tun?"

„Es gibt Spezialisten für so etwas. Hervorragende Spezialisten, das wissen Sie, Marie."

Sie verzog ärgerlich das Gesicht. „Ja, ich weiß jedoch auch, dass, sobald mein Zustand ans Licht käme, meine Karriere wahrscheinlich beendet wäre."

„Sie sagen es: wahrscheinlich. Ist es das wirklich wert? Ist es wert, diese unglaublichen Schmerzen zu ertragen? Marie, Sie vergiften sich mit den starken Medikamenten."

Sie musterte ihn prüfend und lächelte. „Nicolo, ich danke dir von Herzen. Ich weiß deine Sorge zu schätzen, glaub mir. Noch aber bin ich nicht gewillt, aufzugeben. Viel zu lange und zu hart habe ich gearbeitet, um dahin zu gelangen, wo ich heute stehe. Nein, noch ist all das erträglich."

Sie nahm das Döschen mit den Schmerzpillen entgegen und ignorierte seinen tadelnden Blick. Wie konnte ein so junger Kerl nur schon dermaßen anklagend schauen?

„Gute Nacht, Nicolo. Lass uns darüber schlafen. Wenn ich die Füße hochlegen kann, dann erhole ich mich rasch."

Sie musste ihn nicht einmal ansehen, um zu wissen, dass er ihr kein Wort glaubte.

Nicolo

Der Gang zur Apotheke war für ihn zur lieben Gewohnheit geworden. Die Unsummen, die er hinblättern musste, um die neuesten und teuersten Schmerzmittel, die legal verfügbar waren, zu bekommen, beunruhigten ihn weitaus weniger als die Gesundheit seiner Arbeitgeberin. Mochte Marie Celeste auch ab und an schwer zu ertragen sein, so überwog seine Bewunderung für diese starke Frau dies doch bei weitem. Seit einigen Monaten jedoch konnte er seine Sorge kaum mehr verbergen. Lange Zeit schon hätte sie in die Hände eines erfahrenen Spezialisten gehört. So konnte und durfte es nicht weitergehen. Mit den starken Mitteln vergiftete sich Marie schrittweise. Er wusste nicht mehr, wie oft er ihr das schon gesagt hatte. Wenn sie doch nur auf ihn hören würde! Mit einer weiteren Packung der stärksten Schmerzmittel, derer er hatte habhaft werden können, eilte Nicolo zurück zum Savoy. Als er an einem kleineren Hotel vorbeilief, erhaschte sein Blick die Meldung im Glaskasten des altehrwürdigen Hauses: „Ärztekongress – Degenerative Knochenerkrankungen". Neugierig geworden, trat Nicolo näher und spähte ins Innere. Es war sehr früh am Morgen und die Tagung der Mediziner hatte offenbar noch nicht begonnen. Die Flügeltüren des Konferenzraumes waren weit geöffnet und einige Männer in dunklen Anzügen fachsimpelten mit ernsten Mienen. Nur selten erklang ein Lachen. Nicolo nahm seinen Mut zusammen und trat an einen der Herren heran.

„Bitte verzeihen Sie, dürfte ich Ihnen wohl eine kurze Frage stellen?“ Sein Auftreten und seine ausgewählte Höflichkeit zahlten sich aus. Er durfte.

Nur kurze Zeit später klopfte er an Maries Zimmertür, und wenig später hatte er ihr seinen Plan erläutert.

Marie war absolut nicht seiner Meinung. „Nicolo, bitte versteh das nicht falsch, aber hast du den Verstand verloren? Was denkst du macht es für einen Eindruck, wenn ich bei einem Ärztekongress auftauche und mich mit einem Professor treffe, der auf degenerative Knochenerkrankungen spezialisiert ist? Unmöglich!“

So kam sie ihm heute nicht davon. Eine solche Chance würde sich wohl nie wieder bieten.

„Gut, dann hole ich ihn hierher. Auch eine internationale Koryphäe wie er lässt es sich nicht entgehen, eine Marie Celeste zu treffen.“

Marie schien noch nicht ganz überzeugt. „Das wird sich zeigen. Ich bewege mich auf jeden Fall nicht aus dem Hotel.“

Eine gute halbe Stunde später betrat Nicolo gemeinsam mit dem deutschen Arzt Professor Dr. Franz Schadbeck das Savoy. Ihm war gewiss nicht wohl bei dieser Sache, aber Maries Gesundheit durfte nicht weiter leiden. In der Kürze der Zeit hatte er im Gespräch einiges über den Professor in Erfahrung bringen können. Er war in Deutschland und der Schweiz nicht nur

Dozent für Medizin, sondern auch an diversen Forschungsprojekten für degenerative Knochenerkrankungen federführend beteiligt. Genau hier setzte Nicolo nun an. Bei einem neuen, erfolgversprechenden Medikament, das der Professor an deutschen Unikliniken laut eigener Aussage bereits sehr erfolgreich testete. Er musste glauben, was der erfahrene Mediziner ihm erzählte, eine andere Wahl hatte er nicht, ebenso wenig wie Marie.

„Bitte, Herr Professor, nehmen Sie einstweilen hier in der Lobby Platz. Darf ich Ihnen einen Kaffee oder Tee bringen lassen, während ich Madame Celeste auf Ihren Besuch vorbereite?"

Der Professor musterte ihn mit amüsierter Miene. „Junger Mann, Sie sehen mir sehr ängstlich aus. Verstehe ich das richtig, dass Madame Celeste kein einfacher Mensch ist?"

Nicolo atmete tief durch. „Herr Professor, Sie ahnen ja nicht, wie nahe Sie der Wahrheit kommen." Er sorgte noch in aller Eile dafür, dass der Professor seinen Kaffee erhielt, und lief so rasch er konnte zu Maries Suite.

„Gut, Nicolo, du sollst deinen Willen haben. Bringe diesen Professor zu mir. Aber ich bitte um absolute Diskretion. Über den Besuch dieses Arztes darf nichts an die Öffentlichkeit gelangen, hast du mich verstanden?"

Er nickte erleichtert. „Selbstverständlich, Marie, ich habe ihn unter dem Siegel der ärztlichen Schweigepflicht hierhergeholt. Er ist sich dessen bewusst."

Marie benahm sich gegenüber dem Professor mustergültig. Vielleicht auch schlicht aufgrund der Tatsache, dass Schadbeck eine eindrucksvolle Persönlichkeit war, dem seine langjährige Erfahrung und sein Wissen im Umgang mit Patienten deutlich anzumerken waren.

„Madame Celeste, Sie wissen, dass Sie sich und Ihren Gelenken bleibenden Schaden zufügen? Ihre Knochen haben begonnen, sich zu verformen. Sie wissen, was in Ihrem Fall eine Deformierung Ihres Fußes nach sich zieht? Auf lange Sicht heißt das, sich vom Spitzentanz zu verabschieden. Sie sind sich, so hoffe ich doch, darüber im Klaren, dass Sie über kurz oder lang um eine Operation nicht herumkommen?"

Marie schwieg Nicolo fast schon zu lange und er befürchtete schon eine harsche Entgegnung, als sie sehr leise antwortete. „Ja, Herr Professor, ich weiß das nur zu gut. Doch ehe ich mit Ihnen weiter darüber spreche, bitte ich Sie, mir eine Frage zu beantworten. Ehrlich und rundheraus, versprochen?"

Nicolo sah dem Mediziner sein Erstaunen an, doch dieser nickte. „Bitte, Madame, fragen Sie."

Maries Stimme war noch immer leise, aber sehr fest. „Sagen Sie mir, was ist Ihnen Ihr medizinischer Erfolg wert? Wie lange und wie hart haben Sie dafür gearbeitet, um sich dort wiederzufinden, wo Sie heute stehen? Was würden Sie alles in Kauf nehmen, um das Erreichte zu schützen? Wie gesagt, eine aufrichtige Antwort, bitte."

Professor Schadbeck fuhr sich durch seinen grauen Haarschopf und Nicolo sah das verständnisvolle Lächeln auf dessen Lippen. „Eine kluge und weise Frage, Madame Celeste. Ja, ich würde viel darum geben, meine Arbeit, meine Forschung und meinen Erfolg zu schützen. Ich weiß nur zu gut, worauf Sie abzielen. Bitte glauben Sie mir, ich verstehe Sie wahrscheinlich besser, als Sie sich vorstellen können. Dennoch bitte ich auch um Ihr Verständnis, dass ich Sie als verantwortungsvoller Mediziner warnen muss. Sie wollen nicht die beschwichtigende Antwort eines Scharlatans, Sie wollen die Wahrheit, sehe ich das richtig?"

Marie nickte, wenn auch zögerlich. „Ja, das will ich. Wahrheit gegen Wahrheit, das ist nur fair."

Der Professor griff nach Maries Hand. „Hören Sie mir gut zu. Ich verordne Ihnen ein Medikament, das Ihr Sekretär an der Uniklinik hier in London abholen kann. Es beinhaltet starke Entzündungshemmer, die von schmerzstillenden Komponenten unterstützt werden. Somit wird es Ihrer Entzündung entgegenwirken und die Schmerzen um ein Vielfaches verringern. Allerdings muss ich Sie eindringlich ermahnen: Nehmen Sie das Medikament nur nach einer Mahlzeit. Einem reichhaltigen Frühstück, einem guten Mittagessen oder einem vernünftigen Imbiss. Trinken Sie viel, gerne klares Wasser. Zu dem Medikament verordne ich Ihnen eine Salbe, mit der Sie sich jeden Morgen und jeden Abend ihre Füße und die Knöchel massieren." Er warf Nicolo einen auffordernden Blick zu. „Junger Mann, ich darf annehmen, dass Sie hierfür Sorge tragen werden?"

Er nickte eilig. „Selbstverständlich, alles, was Madame hilft."

„Gut, dann verlasse ich mich darauf, dass Sie meinen Anweisungen folgen werden." Professor Schadbeck setzte sich an den Sekretär und zog einen Rezeptblock aus seiner unauffälligen Aktentasche. „Besorgen Sie das Medikament schnellstmöglich, dann sollte einer beinahe schmerzfreien *Tatjana* nichts im Wege stehen.“ Lächelnd reichte er Nicolo das Rezept. Er erhob sich, schob seine randlose Brille etwas nach unten und wandte sich erneut an Marie. „Zu Ihnen, Madame, kann ich nur sagen, bitte hören Sie beizeiten auf die Signale Ihres Körpers. Denn ansonsten wird der Tag kommen, an dem schmerzstillende und die Entzündung eindämmende Mittel von starken Opiaten abgelöst werden müssen. Bitte, lassen Sie es nicht so weit kommen. Ihr Sekretär hat meine Karte. Ich kann Ihnen eine Operation in Deutschland anbieten, einen Eingriff, der gänzlich ohne großes Aufsehen durchgeführt wird. Niemand wird davon Kenntnis erhalten, Sie verstehen? Und ich darf Ihnen versichern, dass sie sich nach der Operation wieder schmerzfrei bewegen können.“

„Bewegen oder tanzen? Sie wissen, was für mich auf dem Spiel steht.“

Schadbeck runzelte nachdenklich die Stirn. „Madame Celeste, Sie wollten die Wahrheit, und die lautet nun einmal: Ich kann Ihnen keine Garantie geben.“

Marie ergriff die Hand des Professors. „Vielen Dank für Ihre Unterstützung, Ihre Aufrichtigkeit und Ihren Rat. Ich verspreche, mich zu melden, wenn ich Ihre Hilfe benötige.“

Nicolo begleitete den Arzt noch bis zum Aufzug. „Achten Sie auf Madame Celeste, sie selbst hat das schon lange verlernt.“

Professor Schadbecks Abschiedsworte wollten Nicolo so gar nicht gefallen.

Marie

Welch ein Hochgefühl, vor allem jedoch welch eine Freude. Die Generalprobe war für sie zum ersten Mal seit vielen Monaten beinahe schmerzfrei verlaufen. Woher genau es rührte, das wusste sie nicht. Es mochte eine Mischung aus der Vorfreude auf den heutigen Abend und den Medikamenten des deutschen Professors sein, letztendlich war es ihr einerlei. Sie schwebte elegant, ja beinahe schwerelos über die Bühne, so wie man es von ihr erwartete. Regisseur Dean und sein Team waren voll des Lobes gewesen. Marie betrachtete sich im Spiegel des Ankleidezimmers ihrer Suite. Das Strahlen in ihren Augen ließ sie um Jahre jünger aussehen.

„Nicolo! Wo steckst du? Ich brauche deine Hilfe. Der heutige Abend ist mir wichtig, sehr wichtig."

„Ich bin hier, Marie. Wo sonst sollte ich sein?" Lächelnd tauchte Nicolos Gesicht unter dem dunklen Haarschopf neben ihrem Spiegelbild auf. „Und da ich wusste, dass Sie heute besonders schön sein wollen, wobei ich anmerken darf, dass Sie immer wunderbar aussehen, habe ich bereits alle Vorkehrungen getroffen. Jeden Augenblick muss Miss Ally hier sein. Sie ist die Beste, wenn es um Frisuren geht. Meine Wahl fiel auch darum auf sie, da sie ein perfektes Abend-Make-up zu zaubern versteht."

Marie atmete tief ein und warf ihm einen dankbaren Blick zu. „Nicolo, was täte ich denn nur ohne dich?“

Die Brauen ihres Sekretärs zucken amüsiert nach oben. „Darüber, liebe Marie, möchte ich nicht einmal im Ansatz nachdenken.“

Wieder einmal war Nicolos Wahl exquisit gewesen. Marie drehte sich sehr zufrieden vor dem großen Spiegel in ihrem Salon. Ihr Haar war zu einer eleganten Hochfrisur gesteckt worden, das dezente Make-up betonte ihre Augen auf das Vortrefflichste, der rubinrote Lippenstift brachte ihre helle Haut wundervoll zur Geltung und die langen Perlohrringe vervollständigten das Kunstwerk, das Ally geschaffen hatte. Das von ihr gewählte, knapp knöchellange, schwarze Etuikleid mit den kurzen Ärmeln, hochhackige Pumps und eine Clutch im selben Rotton wie der Lippenstift machten ihr Abendoutfit perfekt.

„Und, Nicolo, was sagst du? Kann ich mich so auf die Straße wagen?“

Nicolo reichte ihr schmunzelnd das edle Kuvert mit der Ehrenkarte für das Konzert. „Marie, so können Sie der Königin von England gegenübertreten.“

Frederico Alisis Konzerte waren stets ein Kunstgenuss. Seine heutige Darbietung aber übertraf alles, was Marie jemals von ihm gehört oder gesehen hatte. Ihr Platz auf dem Balkon, direkt neben der großen Bühne, bot ihr die Möglichkeit, den Maestro genauestens zu beobachten. Täuschte sie sich, oder blickte er tatsächlich des Öfteren in ihre Richtung? War da tatsächlich ein warmes Lächeln, das er allein ihr schenkte? Ihr

Herz schien vor Freude doppelt so schnell zu schlagen und sie war froh darüber, dass sie Handschuhe trug, denn ihre Handflächen waren feucht vor Aufregung. Und es wollte ihr nicht gelingen, diese in den Griff zu bekommen. Wann immer ihr Blick auf Frederico fiel, jagte ein freudiger Schauder durch ihren Körper. Vergeblich rief sie sich selbst zur Räson. Schließlich war sie doch kein verliebter Teenager mehr. Der nächste Blick, das nächste Lächeln des Tenors, und jegliche Vernunft rückte in weite Ferne. Als das Konzert zu Ende ging und die Besucher sich wild applaudierend von ihren Sitzen erhoben, hielt es auch Marie nicht mehr auf ihrem Stuhl. Begeistert klatschte sie Frederico Beifall. Erst nach dem achten Vorhang beruhigte sich die Menge etwas. Alisi verbeugte sich erneut, drehte sich dann in Maries Richtung und lächelte sie an. Gänzlich gefangen von der Faszination seines Blicks bemerkte sie zunächst den livrierten Angestellten des Opernhauses nicht. Erst als er sich neben ihr leise räusperte, wandte sie sich ihm zu. Der herrliche Rosenstrauß, den er ihr in die Arme legte, konnte nur von Frederico kommen. Strahlend wandte sie sich der Bühne zu. Alisis Kusshand bestätigte ihre Vermutung.

Obwohl sie sonst viel Wert auf gute Presse legte und ihr ihr die Fotografen wichtig waren, in diesem Augenblick waren ihr die zahllosen, klickenden Kameras und das Blitzlichtgewitter einerlei. Sie sah nur noch den Mann dort auf der Bühne, der mit sichtlicher Bewunderung zu ihr aufblickte. So und nicht anders fühlte sich wahres Glück an.

Herausragend! Exzellent! Einzigartig!

Die Pressestimmen überschlugen sich vor Begeisterung. Beide Abende im restlos ausverkauften Theater hatten Marie einen nahezu triumphalen Erfolg eingebracht. Fast schon schmerzfrei zu tanzen, ließ ihre erfolgreichsten Jahre wieder auferstehen, dazu noch Frederico Alisi in der ersten Reihe, der ihr begeistert zujubelte. Konnte es denn besser sein? Als sie am späten Abend an Fredericos Arm das Theater verließ, lächelte Marie so glücklich und zufrieden wie schon lange nicht mehr in die Kameras. Vergessen war das Drama von Mailand, vergessen ihr Streit mit dem Intendanten der MET. Jetzt zählte nur dieser Moment. Marie wünschte sich, dieses unglaubliche Glücksgefühl auf ewig festhalten zu können.

„Liebes, ich denke, wir müssen aufstehen. Mein Flugzeug geht um halb vier und ich sollte zuvor noch auf mein Zimmer und packen." Frederico strich ihr zärtlich eine widerspenstige Locke aus der Stirn. Liebevoll sah er ihr in die Augen. „Du hast mich letzte Nacht zum glücklichsten Mann auf diesem Planeten gemacht. Ich möchte, dass du das weißt. Vor allem jedoch möchte ich dich so schnell wie möglich wieder in meinen Armen halten."

Marie zog sich mit einem verschämten Lächeln das seidene Laken über die nackten Brüste. „Das wirst du, Frederico, das wirst du. Aber müssen wir es denn nicht geheim halten? Was würden deine zahllosen Bewunderinnen sagen, wenn sie erfahren, dass ..." Marie stockte. Ja, was sollten die vielen Frauen dort draußen, die Frederico zu Füßen lagen, eigentlich erfahren? Was war diese Nacht für ihn gewesen? Fühlte er das Gleiche wie sie? Frederico konnte jede Frau haben, die er wollte. Sie durfte sich keinen allzu großen Hoffnungen hingeben. Eine Nacht, mochte sie noch so einzigartig gewesen sein, bedeutete in seinen Kreisen gar nichts.

Als könne er ihre Gedanken lesen, beugte er sich zu ihr und küsste sie liebevoll. „Marie, es ist mir einerlei, was die Damenwelt denkt. Alles, was für mich in diesem Augenblick zählt, das bist allein du, meine Liebe. Ich habe noch einen Auftritt in Paris. Sobald ich wieder in Rom bin, kommst du zu mir, sofern es dein Terminplan zulässt. Ich lade dich ein, dich in meinem ruhigen Landhaus in Trastevere von deinen vielen Auftritten zu erholen." Erneut küsste er sie und streichelte zärtlich ihre Wange. „Hab ein wenig Geduld mit mir."

Seufzend schlang Marie ihre Arme um seinen Hals, zog ihn nahe zu sich und küsste seine Stirn. „Alle Geduld der Welt, du wunderbarer Mann."

Franca

Mailand, Mai 1969

„Meinen Glückwunsch! Marie, du hast es offensichtlich geschafft, aus jeder Menge Zitronen süße Limonade zu machen."

Ihr Schützling betrachtete sie zweifelnd. „Was genau versuchst du mir zu sagen?"

Franca nippte mit ernster Miene an ihrem starken Kaffee. „Nach den Meldungen, die nach deinem Rauswurf aus der Scala die Gazetten beherrschten, singen sie nun wieder ein wahres Loblied auf dich. Ich hoffe, du weißt, dass du das nicht nur einzig und allein deinen Jahrhundertauftritten in *Onegin,* sondern auch deiner Beziehung zu Alisi zu verdanken hast."

Marie nickte, wenn auch zögernd. „Ja, das ist mir durchaus bewusst. Immerhin freut es mich, dass du meine Leistung in London als Jahrhundertauftritte bezeichnest."

Franca lehnte sich lächelnd in ihrem Bistrostuhl in dem feinen Café in der Mailänder Innenstadt zurück. „Ehre, wem Ehre gebührt. Du warst wunderbar. Die internationale Presse war voll des Lobes. Trotzdem müssen wir höllisch darauf achten, dass die positive Linie beibehalten wird. Ich beobachte mit Sorge, dass die aktuellen Auftritte derzeit weniger Beachtung in der

Presse finden als deine öffentlich gewordene Beziehung mit Frederico."

Maries Züge verfinsterten sich. Sie sah hinaus in das bunte Treiben auf der Straße. „Ich kann dir versprechen, dass ich mein Bestes tue. Trotzdem wäre ich dumm, würde ich die gute Presse nicht zu meinen Gunsten nutzen. Der Spruch *carpe diem* kommt dir doch sonst so leicht über die Lippen."

„Wohl wahr, nur übertreiben dürfen wir es nicht. Letztendlich muss nach wie vor deine Leistung als Tänzerin, als herausragende Tänzerin wohlgemerkt, im Vordergrund stehen. Bitte, lies dir die derzeitigen Meldungen einmal durch. Was möchtest du? Im Olymp verharren aufgrund deines Könnens oder wegen der Liebe eines Startenors?"

Marie schüttelte ungehalten den Kopf. „Du weißt, wie wichtig mir meine Karriere ist, ebenso muss dir bewusst sein, welche Opfer ich in der Vergangenheit dafür gebracht habe. Meine nächsten Auftritte in Marseille und Bordeaux werden den Erwartungen entsprechen, die man in mich setzt, das versichere ich dir. Ich kann dich nur bitten, meiner Entscheidungsfähigkeit zu vertrauen, in Ordnung? Ich bin nach wie vor zuerst Marie Celeste, die Tänzerin, und danach die Freundin von Frederico Alisi."

Franca zögerte eine Weile, ehe sie antwortete. „Ich habe dir immer vertraut und ich bin mir sicher, dass du mich nicht enttäuschen wirst."

„Nichts anderes habe ich von dir als meiner langjährigen Agentin erwartet. Danke, Franca." Marie warf einen Blick auf ihre goldene Armbanduhr. „Bitte sei mir nicht böse, aber ich muss los. Mein Flug nach Marseille geht in den frühen Morgenstunden. Ich möchte ausgeschlafen sein und dort zur Probe nicht müde auf der Bühne stehen."

Franca erhob sich und schloss ihren Schützling in die Arme. „Das Bild einer ausgeschlafenen und gut vorbereiteten Ballerina kommt meinen Vorstellungen sehr entgegen."

Lachend verabschiedete sich Marie und eilte unter den bewundernden Blicken der anderen Gäste hinaus zu ihrem bereits wartenden Taxi.

„Gianni, bringst du mir bitte noch einen Grappa? Einen doppelten, wenn ich bitten darf."

Nachdenklich sah Franca dem gemächlich davonfahrenden Wagen nach. Ja, sie machte sich Sorgen, große Sorgen. Mochte Marie auch derzeit im siebten Himmel schweben, so konnte sie selbst diesem Umstand nicht ganz so viel abgewinnen. Noch immer hallten die Skandale in Mailand und New York unterschwellig in der Fachpresse nach. Gut, die Boulevardblätter überschlugen sich mit Meldungen über das neue Traumpaar am Kunsthimmel. Letztendlich aber war das nur oberflächliches Geplänkel, das sich fast ausschließlich auf die Liebesbeziehung zwischen Alisi und Marie Celeste bezog. Franca wusste, wann es gut war zu schweigen. Daher schwieg sie auch jetzt. Als der Intendant des bezaubernden und beliebten Theaters in Marseille angerufen hatte, war ihr schnell klar gewesen, woher der Wind tatsächlich wehte. Charles Lenoux wollte das Engagement mit Marie Celeste nur, weil er befürchtete, ansonsten auf Alisi als Star des diesjährigen Sommertheaters verzichten zu müssen. Missmutig trank sie ihren köstlichen Grappa. Gut, Marseille wollte Marie für die Aufführung von *Beau Danube* nach der Musik von Johann Strauss. Anspruchsvoll, aber für Marie eigentlich ein Klacks. Eigentlich. Francas Vertrauen in Maries Können war zwar ungebrochen, dennoch beunruhigte sie die derzeitige Situation. Mochte Maries strahlendes Gesicht, meist an Alisis Seite, im Moment alle Coverseiten zieren, so ließen sich die ernsthaften Meldungen über ihr tänzerisches Können an fünf Fingern aufzählen. Ja, Franca war beunruhigt, und das nicht zu knapp. Marseille, Bordeaux und dann London im Winter. London war bereits vor Maries Beziehung mit Alisi gebucht worden, wo aber blieben die Neuanfragen? Derzeit hagelte es lediglich Interviewanfragen, in denen, da war sich Franca sicher, es gewiss nicht um neue Tanztechniken in Ravels *Bolero* ging. Selbst ihre zahlreichen Akquisitionsversuche für Marie Celeste endeten viel zu oft in der Frage nach dem Startenor. Als Franca sich auf den Weg in ihr nahegelegenes Büro machte, stand ihre Entscheidung fest. Sollte sich bei Marie beruflich nicht bald wieder mehr ergeben, würde sie sich nach neuen Gesichtern umsehen müssen, nach Gesichtern, die – so wie einst Marie – wieder frischen Wind in die internationale Ballettszene bringen konnten.

Marie

Rom, Oktober 1969

Der Himmel auf Erden hatte ein menschliches Gesicht. Das Gesicht Fredericos! Marie stand, eine Tasse duftenden Kaffees in ihren Händen, auf dem großen Balkon im ersten Stock von Fredericos herrschaftlicher Villa. Hier in Trastevere, abseits vom geschäftigen Treiben und Getümmel Roms, konnte man sich herrlich entspannen und zur Ruhe kommen. Hinter der weitläufigen Parkanlage schlängelte sich die alte, geschichtsträchtige Landstraße am Anwesen vorbei. Die Geschichte ihres Landes fast schon zu spüren, erfüllte sie mit Freude. Mittlerweile trugen auch sie und das, was sie in ihrem Leben geleistet hatte, zu dieser Geschichte bei. Marie nippte, in ihre angenehmen Gedanken versunken, an dem Getränk. Genügte das, was sie bisher geleistet hatte, um sich ihren Platz in den Annalen der italienischen Geschichte oder zumindest denen des Theaters zu sichern? Ihre Auftritte in Frankreich waren erneut ein Triumph gewesen. Das Medikament des deutschen Professors wirkte wahre Wunder. Ihr war wohl bewusst, dass sie sich nicht auf Dauer darauf verlassen konnte, doch für den Augenblick half es ihr außerordentlich. Sie wusste, dass Nicolo sie mit Argusaugen beobachtete. Hätte er auch nur annähernd geahnt, wie viele von den Pillen sie schluckte – sie hätte ihm zugetraut, ihr das Medikament wegzunehmen. Vorsichtig stellte Marie ihre Tasse auf dem eleganten Marmortisch ab. Sie wandte sich um und betrachtete zum wiederholten Male die Fassade der traumhaften Villa. Der in Zartgelb und Ocker gestrichene Bau mit den vielen hohen Fenstern ähnelte verblüffend dem französischen Château de Villesavin. Frederico hatte es in seinen Kindheitstagen besucht und sich dabei rettungslos in das schöne Bauwerk verliebt. Diese Villa war zwar etwas kleiner, jedoch in ihrer Pracht durchaus ebenbürtig. Lediglich in der Farbgebung hatte er sich für die warmen Farben der Umgebung entschieden. Der gepflegte Park mit den hohen Zypressen, die stolz in den azurblauen Herbsthimmel ragten, war ein herrlicher Ort, um einfach nur spazieren zu gehen und die Seele baumeln zu lassen. Marie fühlte sich hier sehr wohl. Derzeit erholte sie sich von ihrem letzten Engagement in Wien, das sie wirklich genossen hatte. Allerdings musste sie sich eingestehen, dass Angebote nicht mehr in der Menge bei Franca eingingen wie noch vor zwei Jahren. Marie rümpfte ärgerlich die Nase. Die unerbittliche Haltung des Mailänder Intendanten schien sich auf ihre Landsleute zu übertragen. Frankreich, Österreich, Deutschland und England – mehr stand derzeit nicht auf ihrem Plan. Mochte ihr Konterfei an Fredericos Seite auch auf den Titeln sämtlicher Magazine sein – das war nicht der Ruhm, den sie sich auf Dauer ersehnte.

Marie befiel ein flaues Gefühl, und sie versuchte, der aufsteigenden Übelkeit Herr zu werden, indem sie tief einatmete. Es war nicht das erste Mal in den letzten Tagen. Gut möglich, dass ihre Sorgen ihr auf den Magen schlugen. Sie zog sich einen der schmiedeeisernen Stühle heran und setzte sich. Gut, es mochte schon auch an den vielen Tabletten liegen. Allerdings war das Ergebnis es durchaus wert gewesen. Das anspruchsvolle Wiener Publikum beispielsweise war nach allen drei Auftritten ihres Gastspiels zu *Dornröschen* nach der Musik von Tschaikowski vollkommen aus dem Häuschen gewesen. Erneut stieg eine Welle der Übelkeit in ihr auf. Marie erhob sich mühsam, eilte zurück ins Schlafzimmer und weiter in das edle, mit Carrara-Marmor getäfelte Badezimmer. Was zur Hölle war denn nur los mit ihr? Sollte sie Frederico, wenn er heute Abend aus München zurückkehrte, etwa bleich und krank gegenübertreten? Niemals. Ein Arzt musste zu ihr kommen und zwar rasch. Sie wusch sich das Gesicht, richtete ihren Morgenrock und rief nach Nicolo.

„Signora, Sie werden sich mehr schonen müssen. Zum einen haben Sie offenbar eine Entzündung der Magenschleimhaut. Ihr Magen ist druckempfindlich. Zum anderen sind Sie zu erschöpft, Sie müssen sich mehr schonen.“ Dottore Mazzacurati, Fredericos langjähriger Hausarzt, war definitiv besorgt.

Marie, die sich soeben wieder ankleidete, warf ihm einen Blick zu. „Ich hatte ein Engagement in Wien und bin derzeit viel mit Proben für eine Aufführung in London beschäftigt. Allzu viel Zeit, um mich zu schonen, wird mir wohl kaum bleiben.“

Der Dottore schüttelte den Kopf. „Nein, Signora, Sie verstehen mich nicht. Sie werden sich schonen *müssen*. Noch ist nichts zu sehen, doch ich denke, in etwa zwei bis drei Monaten sieht das wahrscheinlich schon ganz anders aus."

Marie begann sich über ihn zu ärgern. Nicht *sie* verstand nicht, sondern *er.* Und was meinte er mit *noch ist nichts zu sehen*? Spielte er auf ihren Fuß an? Selbst wenn er die Veränderungen an ihrem Gelenk und Knöchel gesehen hatte, war das bei einer Tänzerin durchaus nichts Ungewöhnliches.

„Dottore, so schnell verformen sich nicht einmal meine Füße. Glauben Sie mir, im Dezember tanze ich in London, komme was da wolle."

Sein hintergründiges Lächeln irritierte Marie. „Meine Liebe, ich glaube, ich muss nun doch deutlicher werden. Bitte, tanzen Sie im Dezember in London, danach allerdings ist es mit dem Ballett erst einmal vorbei. Signora, Sie und Signore Alisi werden Eltern. Sie erwarten ein Kind."

Marie erinnerte sich im Nachhinein nicht mehr daran, wie und wann sich der Arzt endgültig verabschiedet hatte. Ein Kind! Welch ein Schock. Das konnte und durfte einfach nicht wahr sein. Wie sollte sie an der Zukunft ihrer Karriere arbeiten, wenn sie schwanger war? Wie würde Frederico darauf reagieren? Ihre Beziehung war noch so jung, so neu. Konnte sie überhaupt ein Kind verkraften? Frederico war derzeit der meistbeschäftigte Tenor der Welt. Nachwuchs kam denkbar ungelegen. Sie selbst, die um ihre Karriere kämpfte, würde endgültig alles verlieren. Eine schwangere Ballerina, undenkbar! Erneut spürte sie die aufsteigende Übelkeit.

Marie zog sich eine leichte Jacke über und ging hinaus in den Garten. Während sie über die ordentlich geharkten Kieswege schlenderte und den Duft des frisch geschnittenen Grases einatmete, wurde sie langsam wieder ruhiger. Nein, ein Kind passte weder in ihre noch – und sie war sich da ziemlich sicher – in Fredericos aktuelle Pläne. Sie konnte es nicht bekommen. Gewiss, ein Kind von Frederico wäre – zum richtigen Zeitpunkt – durchaus ein Glück. Allerdings nicht jetzt, nicht nach so kurzer Zeit. Nicht, wenn sie all ihre Kraft brauchte, um nicht ins Mittelmaß abzurutschen. Nachdem sie eine gute Stunde lang herumgewandert war und eine Weile den Goldfischen im gigantischen Brunnen zugesehen hatte, stand ihre Entscheidung fest: Dieses Kind durfte nicht zur Welt kommen.

„Ein Baby? Du erwartest ein Kind? Marie, du geliebtes Wesen, du kannst ja gar nicht ermessen, wie glücklich du mich machst." Aus Fredericos Augen strahlte das pure Glück. Zärtlich zog er sie in seine Arme. „Ich habe mir immer so sehr ein Kind gewünscht. Und nun schenkt es mir ausgerechnet die Frau, die ich mehr liebe und bewundere als alle anderen dieser Welt."

Das war nicht die Reaktion, die Marie erwartet hatte. Im Gegenteil, seine Begeisterung erschreckte sie regelrecht. Was sollte sie nun tun? Was konnte sie sagen, um das Unglück noch abzuwenden? Frederico wollte dieses Kind, ja, er schien überglücklich zu sein. Wie war es möglich, ihn davon zu überzeugen, dass es zu früh war, dass dieses Kind gänzlich ungelegen kam?

„Frederico, Liebling, bist du dir wirklich sicher? Ich hatte befürchtet, das Kind wäre dir ein Hindernis, stünde deiner Karriere im Weg. Ja, ich hatte Angst, du könntest denken, ich hätte es darauf abgesehen, dich an mich zu binden."

Der Blick aus den blauen Augen war geradezu entsetzt. „Wie kannst du so etwas denken? Es braucht kein Baby, um mich an dich zu binden. Marie, ich liebe dich von ganzem Herzen und dieses Kind ist die Krönung unserer Liebe. Ich verstehe nicht, wie du glauben kannst, ich könnte dir derartige Beweggründe unterstellen. Niemals." Er machte sich sanft von ihr los und schenkte ihr ein geheimnisvolles Lächeln. „Eigentlich wollte ich ja bis Weihnachten warten, aber um dir zu beweisen, dass ich nie etwas anderes wollte, als den Rest meines Lebens mit dir zu verbringen, möchte ich dir etwas zeigen. Bitte setz dich doch, während ich es rasch hole."

Frederico küsste sie auf den Scheitel und verließ eilig den Salon. Sobald seine Schritte im Flur verhallten, vergrub Marie ihr Gesicht in den Händen. Nein, nein und nochmals nein! Sie wollte kein Kind, sie war nicht bereit dafür, ein Baby zur Welt zu bringen. Ihr Körper würde sich verändern und nie wieder so sein, wie er heute war. Ihre Gelenke konnten das nie und nimmer ertragen, und das im wahrsten Sinne des Wortes. Da glaubte sie, ihr Leben entgegen Francas Unkenrufen wieder unter Kontrolle zu haben, und nun das? Nein, verflucht noch einmal, sie wollte dieses Kind nicht. Aber ihr war nach Fredericos Freudenausbruch auch klar, dass dies das Ende ihrer Beziehung bedeuten würde. Und ohne Frederico, ohne seine schützende und helfende Hand, wäre sie wahrscheinlich rettungslos verloren. Ganz davon abgesehen liebte sie ihn wirklich.

Der Mann war das Beste, das ihr passieren konnte, und sie war sich dessen bewusst. Was für ein furchtbares Dilemma, warum war sie nur nicht achtsamer gewesen? Seufzend schlang sie ihre Arme um sich. Was sollte denn nun werden? Wie sähe ihr zukünftiges Leben aus? Mutter und Hausfrau in Schürze und mit einem Neugeborenen auf dem Arm, während Frederico weiterhin die Ovationen seines Publikums genießen konnte? Welch grauenhafter Gedanke.

Als sie ihn kommen hörte, setzte sie sich eilig und wischte die Tränen der Verzweiflung, die sich aus ihren Augen stahlen, weg. Frederico hatte sein Jackett ausgezogen und stand nun in einem schwarzen Hemd und schwarzer Tuchhose vor ihr. „Marie, seit dem Augenblick, in dem ich dich das erste Mal gesehen habe, wusste ich, dass ich dich und sonst keine wollte. Deine Schönheit, dein unvergleichliches Lächeln und dein magischer Tanz haben mich sofort verzaubert. Deine Warmherzigkeit, deine Klugheit, dein Humor, ich liebe einfach alles an dir. Schon vor zwei Monaten habe ich in München ein einzigartiges Schmuckstück für dich anfertigen lassen. Nach dem, was du mir heute eröffnet hast, kann und will ich nicht mehr warten. Ich hoffe von Herzen, dass du ebenso empfindest wie ich."

Als er vor ihr auf die Knie ging, wurde ihr heiß und kalt zugleich. Wie sehr hatte sie sich diesen Augenblick gewünscht, wie sehr ihn herbeigesehnt? Zahllose Male war diese Szene vor ihren Augen abgelaufen, allerdings immer unter vollkommen anderen Voraussetzungen. In dem Moment, als Frederico das schwarze Samtkästchen öffnete und sie den Ring erblickte, konnte sie einen verzückten Ausruf nicht unterdrücken. Marie kannte sich mit Schmuck aus, und das, was ihr da entgegenblitzte, war mindestens hunderttausend Franken wert. In Lira konnte sie sich die Summe erst gar nicht vorstellen. Geblendet von der Schönheit und Kostbarkeit des Ringes, vernahm sie Fredericos warme Stimme.

„Marie, ich liebe dich über alles, bitte werde meine Frau und mach mich zum glücklichsten Mann weit und breit."

Hatte sie eine Wahl? Während sie mit Mühe ein strahlendes Lächeln auf ihre Lippen zauberte, überschlugen sich in ihrem Kopf die widersprüchlichsten Gedanken und Überlegungen. Ja, sie liebte ihn, aber es hatte ein Arrangement werden sollen, von dem sie beide profitierten. Ja, mit ihm war ihre Zukunft abgesichert, jetzt und für den Rest ihres Lebens. Nein, ihre Karriere würde nie wieder wirklich aufleben, ihr Leben an der Spitze des Erfolges war für immer vorbei. Würde sie ablehnen oder ihn bitten, das Kind abtreiben lassen zu dürfen, da sie noch nicht bereit war, würde sie ihn mit absoluter Gewissheit verlieren. Damit verlöre sie aber nicht nur ihn, sondern auch den Platz in der Gesellschaft, den nur eine Heirat mit ihm ihr dauerhaft sichern konnte. Ein letztes kleines Zuckerbrot angesichts dessen, was ihr bevorstand. Was nun? Vernunft oder der letzte Versuch, ihren eigenen Weg des Erfolges doch noch fortzusetzen?

„Frederico, du ahnst nicht, wie glücklich du mich hiermit machst. Womit habe ich einen Mann wie dich nur verdient? Ich liebe dich, Frederico, darum ja, tausend Mal ja."

Nicolo

Rom, Februar 1970

Immer hatte er seine Chefin bewundert, all ihre Marotten, ihre Ungeduld, ja selbst Ungerechtigkeiten ertragen, aber seit ihrer Schwangerschaft war sie einfach unerträglich. Lediglich sobald Alisi auf der Bildfläche erschien, wandelte sie sich komplett. Aus der launischen, zornigen und leidenden Diva wurde eine liebevolle, fürsorgliche Frau.

Nicolo lauschte nie. Aber den Heiratsantrag vor vier Monaten mitanzuhören, hatte er nicht verhindern können. Am Schreibtisch im Nachbarzimmer sitzend, bekam er jedes Wort mit. Ja, womit hatte sie so einen Mann eigentlich verdient? Sie ahnte nicht, wie richtig sie mit ihren Worten lag.

Alisi hatte eine märchenhafte Traumhochzeit in Rom arrangiert. Das komplette Lord Byron, eines der Top-Hotels und ein wahrer Jugendstiltraum, war für drei Tage exklusiv angemietet worden. Mit einer weißen Kutsche, gezogen von sechs Schimmeln, begleitet vom Blitzlichtgewitter zahlloser Fotografen, fuhren er und Marie Celeste von der Kirche aus durch Rom. Er schenkte ihr die Hochzeit einer Königin. Marie schien an diesem Tag restlos glücklich zu sein. Nichts war von der Schwangerschaft zu sehen, als sie in ihrem mit Perlen bestickten Traum in Weiß die Stufen vor der Kirche hinabschritt. Sie sah unbeschreiblich schön aus und man merkte, wie sehr sie die Aufmerksamkeit und die Anerkennung genoss.

Es waren Francas Worte gewesen, die ihn nachdenklich gemacht hatten. „Pass auf, mein Junge, ab heute kann es nur schlimmer werden." Ihm war im ersten Moment nicht klar gewesen, worauf die erfahrene Agentin anspielte. Heute wusste er es. Maries letzter Auftritt in London war nur gut gegangen, da sie ihre Schmerzen, wider besseres Wissen, mit zahllosen Pillen betäubt hatte. Irgendwie verstand er sie sogar. Der letzte große Auftritt der Marie Celeste. Der letzte, frenetische Jubel des Publikums, die letzte Bühnenluft, der letzte Vorhang für eine herausragende Künstlerin.

Mochte Alisi auch immer wieder beschwören, dass sie eines Tages wieder auf den heiligen Brettern stehen würde, er – und mit Sicherheit auch Marie – wussten es besser. Die Schwangerschaft wirkte sich negativ auf ihren Körper aus. Die Schmerzen in den Gelenken wurden so unerträglich, dass man Professor Schadbeck einfliegen ließ. Der zeigte sich erschrocken ob der Tatsache, dass Marie noch immer das Medikament schluckte. „Es schadet dem ungeborenen Kind, Sie müssen auf der Stelle damit aufhören, gnädige Frau." Gemeinsam mit Alisi beratschlagte man, was zu tun sei. Schadbeck erklärte, dass eine Operation am Gelenk zwar hilfreich wäre, aber er es für zu gewagt halte, die Schwangere stundenlang unter Narkose zu operieren. Sofort nachdem das Kind auf der Welt war und Marie nicht mehr stillte, sollte sie nach Deutschland fliegen, wo Schadbeck sie in seiner Privatklinik operieren würde. Nach einem kurzen Aufenthalt, um ihre Beweglichkeit wiederherzustellen, würde sie umgehend nach Italien zu Mann und Kind zurückkehren können.

Marie stimmte all dem geduldig zu, zeigte sich verständnisvoll und einsichtig, was den Konsum von Schmerzmitteln anbelangte. Leider nur, so lange Alisi und der Professor anwesend waren. Kaum verabschiedeten sich die beiden, tobte sie.

„Ich leide wie ein Hund! Die Schmerzen sind unerträglich, ich fühle mich nicht nur wie eine unförmige Tonne, ich sehe auch so aus. Wie soll ich all das ohne Medizin ertragen?"

Nicolo verbiss sich die Bemerkung, dass extra ein Spezialist aus Amerika eingeflogen wurde, der die Schmerzen mit einer Behandlungsmethode, die sich Akupunktur nannte, eindämmen konnte. Sie hörte ihm sowieso nicht zu. „Oh Nicolo, mein Leben liegt in Trümmern! Alles, was ich mir aufgebaut habe, wird von diesem Kind schon jetzt zerstört. Es vernichtet mich und mein Leben rücksichtslos und ohne Gnade. Dieses Kind ist der Teufel, Nicolo. Was habe ich in meinem Leben verbrochen, dass ich so bestraft werden muss?" Marie hatte ihre elegante, seidene Jacke um den Körper geschlungen und blickte lange aus dem Fenster hinaus in den italienischen Winter. Als sie sich zu ihm umwandte, erschrak er angesichts des offenen Hasses, der sich in ihren eigentlich so schönen Zügen widerspiegelte. „Nicolo, ich verabscheue dieses Wesen, das in mir heranwächst, ich verabscheue es aus tiefstem Herzen. Wäre es nicht Fredericos Kind, das er sich mehr wünscht als alles andere, so würde ich dem ein Ende bereiten, auf die eine oder andere Weise."

Kaum kehrte der Hausherr zurück, verwandelte sich die Furie wieder in ein anschmiegsames, nur dann und wann von leichten Schmerzen gepeinigtes Wesen. Nicolo war, selbst nach der langen Zeit in Maries Diensten, ernsthaft erstaunt, welch ein enormes, schauspielerisches Talent in seiner Chefin schlummerte.

Marie

Rom, Mai 1970

„Sie ist bezaubernd, ein kleiner, vollkommener Engel. Seht euch nur einmal dieses Gesichtchen an." Franca schien vollkommen entrückt zu sein. Mit einem warmen Lächeln hielt sie das gerade einmal zwei Tage alte Kind auf den Armen. „Ach, Marie, sie ist einfach wundervoll."

Marie nickte schwer. Ihr Kopf dröhnte von Narkose- und Schmerzmitteln. Im Nachhinein bereute sie ihren unnachgiebigen Wunsch nach einem Kaiserschnitt beinahe. Während sie noch, betäubt von all den Mitteln, nach denen sie unerbittlich verlangt hatte, in ihrem Zimmer lag, schien ihr Kind bereits alle, die ihm nahekamen, verzaubert zu haben. Selbst die kühle, rationale Franca schmolz dahin, seit die Schwester ihr die Kleine in die Arme gelegt hatte. Sehr behutsam strich sie mit dem Zeigefinger über die Wangen des Babys. „Sieh doch, Marie, sie hat Fredericos Augen. Wie klug sie schon in die Welt blickt, und so ernst, als verstünde sie genau, was wir sagen. Dabei weiß man doch, dass Kinder in dem Alter nichts verstehen." Erneut liebkoste sie das Gesichtchen des Kindes. „Wenn ich ihr in die Augen sehe, dann möchte ich diese Theorie bezweifeln. Sie ist ja so entzückend."

Franca begann, mit der Kleinen in dem geräumigen Krankenzimmer langsam auf und ab zu laufen. Sie durchschritt einen der leuchtend gelben Streifen, den die Maisonne durch die halb geöffneten Vorhänge schickte.

„Oh, mein Kleines, blendet dich die Sonne? Vergib mir, ich habe nicht daran gedacht, wie zart und empfindlich deine Augen noch sind." Als aus dem Mund des Kindes ein leiser Laut kam, hob Franca lächelnd den Kopf und sah zu Marie herüber. „Hast du das gehört? Sie hat geantwortet, was für ein kluges, kleines Mädchen. Ach Marie, ich beneide dich."

Das war ihr neu. „Mich?" Ihre Zunge fühlte sich noch immer taub und schwer an, aber sie bemühte sich, ihrer Stimme einen festen Klang zu geben. „Du beneidest mich? Ich hätte nie gedacht, dass du gerne Kinder gehabt hättest."

Franca zuckte leicht die Achseln. „Für mich ist der Zug schon längst abgefahren. Aber ja, es gab da vor vielen Jahren einen Mann, den ich mir sehr gut als Vater meiner Kinder hätte vorstellen können. Das Schicksal und ein verheerender Motorradunfall wollten es anders. Zu der Zeit war ich schwanger. Durch den Schock verlor ich das Kind. Danach war für mich mit dem Thema Schluss und ich entschied mich für meine Karriere. Aber wenn ich dieses bezaubernde Geschöpf sehe, dann kommen noch heute Zweifel in mir hoch." Behutsam legte Franca die Kleine zurück in ihre Wiege und trat neben Marie. „Wie geht es dir denn? Habt ihr schon entschieden, wann der Eingriff an deinem Bein durchgeführt werden soll? Du siehst sehr erschöpft aus, meine Liebe."

Es kostete sie viel Überwindung, ihre wahren Gefühle im Zaum zu halten. „Ja, ich bin sehr müde. Fast bereue ich, dass ich die Geburt nicht normal durchgestanden habe. So war es Frederico, der den ersten Schrei unserer Tochter gehört hat. Er bestand darauf, sie zu baden und zu wickeln. Die Hebamme war ganz entzückt darüber, wie gekonnt und liebevoll er mit seinem Kind umging. Er ist vollkommen verliebt in unser Baby."

Franca warf einen liebevollen Blick in die Wiege. „Das wundert mich nicht. Sie ist bildschön, eine perfekte Mischung aus Vater und Mutter."

Das Lob tat ihr gut und es fiel ihr nicht mehr ganz so schwer, fortzufahren. „Wir haben auch über den Eingriff in Deutschland gesprochen. Letztendlich ergibt es Sinn, es so schnell wie möglich hinter mich zu bringen, damit ich uneingeschränkt für das Kind da sein kann. Frederico hat alle Auftritte bis August abgesagt, dann aber muss er wieder auf die Bühnen, wenn er die großen Engagements nicht verlieren möchte."

Franca machte eine wegwerfende Handbewegung. „Das wird er nicht, dazu lieben ihn alle zu sehr und lechzen danach, ihn zu hören. Wo steckt der Mann denn überhaupt?"

Marie musste ihren Ärger herunterschlucken, ehe sie antwortete. „Er hat eine Pressekonferenz, er wird jeden Augenblick hier auftauchen und das Baby holen. Ich bin noch zu schwach, ich möchte nicht, dass man mich fotografiert. Aber Frederico platzt vor Stolz auf sein Kind und kann es gar nicht erwarten, sein Glück allen zu zeigen."

Franca beugte sich zu ihr und streichelte ihre Wange, so, wie sie zuvor das Kind liebkost hatte. „Marie, Liebes, sei nicht traurig. Du wirst, sobald du wieder auf den Beinen bist, der strahlende Mittelpunkt dieser kleinen, glücklichen Familie sein. Gönne Frederico sein Glück und freu dich darüber, dass er sein Kind schon jetzt vergöttert. Er wird ein wunderbarer Vater werden. Glaub mir, das ist sehr viel wert. Und wenn du klug bist, was ich jetzt einfach voraussetze, dann kannst du dir ein erfülltes, zufriedenes und glückliches neues Leben aufbauen. Mit einem Traummann, einem gesunden, bildhübschen Kind und dem luxuriösen Rahmen, den Frederico dir bietet und den du dir selbst erarbeitet hast."

Erneut gelang es ihr nur mit viel Selbstbeherrschung, ihre wahren Gedanken zu verbergen. „Gewiss hast du Recht, Franca, so wie immer. Sicher verstehst du, dass es mich schmerzt, meine Karriere vorzeitig beenden zu müssen. Bis zuletzt hatte ich gehofft, dass es noch nicht vorüber wäre."

Franca atmete hörbar ein. „Marie, lass uns aufrichtig zueinander sein. Deine Karriere ist schon lange vor der Kleinen ins Stocken gekommen. Du hast nach Sternen gegriffen, die unter anderen Umständen erreichbar gewesen wären. Es ist müßig, jetzt erneut darüber zu debattieren. Das Leben hat anders entschieden und es bietet dir einen geradezu perfekten Ausweg, einen, bei dem du nicht nur dein Gesicht wahren kannst, sondern auch noch als glanzvolle Gewinnerin dastehst. Als Signora Alisi, Mutter eines bezaubernden kleinen Mädchens, die für diese Familie ihre Karriere geopfert hat. Man wird dich dafür lieben und nicht zu knapp beneiden, Marie, vertrau mir." Gerade als Franca endete, klopfte es und Frederico steckte den Kopf durch den Türspalt. „Darf ich hereinkommen oder störe ich?"

„Liebling, wie könntest du jemals stören?“ Auch wenn es ihr schwerfiel, hob Marie die Arme und streckte sie ihm entgegen. Sofort war er bei ihr. „Geht es dir gut, meine Liebe? Hast du alles, was du brauchst?“ Seine Umarmung war warm und hüllte sie mit seiner Liebe ein.

„Es geht mir sehr gut. Ich bin nur etwas müde, das geht vorüber. Sieh doch, Franca ist gekommen.“

Frederico wandte sich ihrer Agentin zu. „Schon gesehen. Ich freue mich, dass du es möglich machen konntest. Hast du unsere Kleine schon kennengelernt?“ Mit strahlenden Augen zeigte er auf das Babybett.

Franca nickte schmunzelnd. „Selbstverständlich. Ich habe die kleine Maus gebührend bewundert. Sie ist reizend, das habt ihr hervorragend hinbekommen.“

Er beugte sich über das Bettchen und zu ihrer großen Überraschung erklang ein fröhlicher, heller Laut. Sofort nahm Frederico seine Tochter auf den Arm. „Hört ihr das? Sie erkennt mich schon, sie erkennt ihren Vater. Ist das nicht wie ein Wunder?“ Sanft drückte er das kleine Bündel an sich.

Franca trat neben ihn und strich dem Baby eine schwarze Haarlocke aus der Stirn. „So winzig und schon so viele Haare, das kann ja heiter werden.“ Ihr amüsierter Blick huschte zuerst zu Frederico und dann zu Marie. „Ich will ja nicht neugierig sein, aber hat das Kind denn schon einen Namen?“

Ein breites, glückliches Lächeln erschien auf Fredericos Zügen. „Ja, den hat sie allerdings. Mein kleiner Schatz heißt Eleonora. Meine Märchenprinzessin.“

Kurz nachdem Frederico mit seinem Kind zu den wartenden Vertretern der Presse geeilt war, verabschiedete sich auch Franca. „Ich sehe morgen noch mal bei dir vorbei. Jetzt erhol dich, schlaf ein wenig und komm in deinem neuen, wunderbaren Leben an."

Kaum fiel die Tür des Krankenzimmers ins Schloss, hieb Marie mit beiden Händen auf die Bettdecke. „Neues Leben, glückliche Zukunft, wunderbares Kind. Meine Karriere wäre ohne dieses Kind nicht ins Stocken geraten. Wie kann sie etwas Derartiges behaupten? Ich hätte alles noch meistern können. Dieses unscheinbare kleine Ding hat mein Leben zerstört, unwiederbringlich. Und ich soll es lieben?" Zornig und enttäuscht wandte sie den Kopf und sah zu dem großen Fenster, durch das helles, weiches Sonnenlicht in ihr luxuriöses Zimmer fiel. Ärgerlich wischte sie sich die Tränen aus den Augenwinkeln. „Ich kann und werde dieses Kind nicht lieben, dafür sollen andere zuständig sein."

Emma

Rom, August 1970

Sie hatte sich entschieden, den Bus zu nehmen und das letzte Stück zu laufen. Die Augustsonne brannte heiß auf sie herab und kleine Schweißtropfen bildeten sich auf ihrer Stirn. So gut es ihr eben möglich war, nutzte sie den Schatten der hohen Zedern und Pinien, die entlang der Landstraße majestätisch in den Himmel ragten. Emma bestaunte die teils alten, ehrwürdigen Häuser, die links und rechts neben ihr in den großen Gärten und Parks lagen. Einige versteckten sich hinter meterhohen Hecken oder üppigen Blumenbüschen. Andere erstrahlten gut sichtbar, für den Sommer frisch renoviert, in ihrer ganzen Pracht. Man musste es sich leisten können, hier zu leben. Derjenige, den sie heute aufsuchen sollte, konnte das. Je näher sie dem Haus kam, umso nervöser wurde sie. Zum wiederholten Mal blieb sie stehen und zog ihr hellblaues, knielanges Sommerkleid zurecht, überprüfte den Sitz des breiten, weißen Gürtels und kontrollierte, ob ihr straff geflochtener Zopf noch in Ordnung war. Ihr lag sehr viel daran, einen guten Eindruck zu hinterlassen. Nicht nur weil sie diese Anstellung dringend brauchte, sondern auch wegen Nonna. Ihre Großmutter, die versierte, erfahrene Hebamme, die eine enge Vertraute der Familie Alisi – oder zumindest der Eltern des berühmten Tenors –

war, seit sie vor achtunddreißig Jahren deren Sohn Frederico entbunden hatte. Fredericos Mutter war nun in großer Sorge um ihre kleine Enkeltochter Eleonora und vertraute Nonna an, dass sie sich sicher sei, die Mutter der Kleinen sei nicht in der Lage, sich vernünftig um das Kind zu kümmern. Offiziell sollte Emma sich heute als Kindermädchen für die Zeit vorstellen, in der die Hausherrin aus gesundheitlichen Gründen in Deutschland weilen würde. Inoffiziell war es der Wunsch der alten Dame, dass Emma langfristig als Kinderfrau der Kleinen im Hause Alisi bleiben sollte. Emma war bei dem Ganzen nicht wohl, aber seit ihre Mutter nach einem Schlaganfall nicht mehr arbeiten konnte, musste sie dringend Geld verdienen. Nonna war zu alt, um noch ihrem Beruf als Hebamme nachzugehen. Daher war es nun an ihr. Diese Stelle würde laut Nonna sehr gut bezahlt werden.

Langsam näherte sie sich dem herrschaftlichen Anwesen. Von der Straße aus waren nur ein Teil des Obergeschosses und das Dach zu sehen. Sie suchte nach einer Glocke und fand sie direkt neben dem herrlichen, schmiedeeisernen Tor.

„Na, wohin wollen Sie denn, Signorina?“ Die Stimme klang rau, aber freundlich. Ein Mann mittleren Alters in Arbeitskleidung mit einem gigantischen Laubrechen in der Hand und einem Strohhut auf dem Kopf erschien im Eingang.

Vor lauter Aufregung war Emmas Mund so trocken, dass sie kaum sprechen konnte. „Ich ... ich habe einen Termin bei Signore Alisi. Ich heiße Emma ... die Stellung als Kindermädchen.“ Es war ihr sehr peinlich, dass sie nicht in der Lage war, einen geraden Satz hervorzubringen. Wenn sie sich gegenüber dem Hausherrn nicht besser präsentieren konnte, dann war es das wohl für sie. Da sie fürchtete, wegen ihrer Jugend nicht die nötige Erfahrung mitzubringen, sollte sie zumindest einigermaßen souverän auftreten, um dieses Manko wettzumachen. Mit ihren dreiundzwanzig Jahren und einer Ausbildung zur Kindergärtnerin konnte sie noch nicht viel vorweisen.

Den Mann schienen ihre gestammelte Erklärung und ihre Unsicherheit nicht zu interessieren. „Na, dann kommen Sie mal rein. Ich bin Silvan und kümmere mich um den Garten der Alisis. Willkommen bei uns, ich bring Sie zum Haus."

Sie schlüpfte, ein leises Dankeschön murmelnd, durch den Spalt, den er für sie öffnete. Während sie stumm und von Sekunde zu Sekunde nervöser auf das schlossähnliche Anwesen zuging, spürte sie Silvans Blick auf sich. „Na, kommen Sie Signorina, der Herr des Hauses hat noch niemandem den Kopf abgerissen. Zumindest nicht, seit ich hier arbeite. Sie zittern ja und das bei dieser Hitze."

Wunderbar, wenn sie jetzt schon ihre Gefühle nicht im Griff hatte, wie sollte das werden, sobald sie dem Weltstar gegenüberstand? „Ja, ich bin sehr aufgeregt. Ich möchte diese Stelle so gerne haben."

Silvan klopfte ihr beruhigend auf den Rücken. „Keine Bange, machen Sie sich keinen Kopf. Hauptsache Sie und die Kleine verstehen sich. Das sollte nicht schwer sein. Ich habe nun nicht so die Erfahrung mit Babys, aber Eleonora ist wirklich ein süßer Fratz. So, da wären wir."

Tatsächlich standen sie vor der großen, mit Kupferornamenten beschlagenen Eingangstür der Villa. Silvan drückte auf einen Klingelknopf und von drinnen erfolgte prompt die Antwort. „Madonna! Eine alte Frau ist doch keine Dampflok, piano, bitte!"

Silvan grinste nur. „Aber sie sieht wie eine aus. Achtung!"

Die Tür öffnete sich, und ein rundes Gesicht mit hochroten Wangen und ärgerlich gerunzelter Stirn erschien. Die Frau pustete sich energisch eine silbergraue Haarsträhne aus dem Gesicht, war in etwa so breit wie hoch und stemmte energisch die Hände in die Hüften. „Ach, Silvan, hätte ich mir ja denken können. Du musst nicht jedes Mal, wenn du klingelst, das ganze Haus in Aufruhr versetzen. Wenn du das Baby aufgeweckt hast, dann gnade dir Gott."

Der Gescholtene schmunzelte lediglich. „Ach, mein Herz, was tätest du nur ohne mich. Nichts mehr, worüber du dich aufregen könntest. Ich bringe dir Signorina Emma. Sie hat einen Vorstellungstermin bei unserem Chef." Er legte seine große Hand auf ihren Rücken und schob Emma mit aufmunterndem Lächeln auf die Frau zu. „Keine Angst, Emma, wissen Sie, Hunde, die bellen, beißen nicht. Das ist bei Margarita nicht anders".

Margaritas Brauen zogen sich drohend zusammen. „Sieh zu, dass du Land gewinnst, du frecher Kerl." Viel freundlicher wandte sie sich an Emma. „Und Sie kommen jetzt schnell rein ins Kühle, ehe Sie mir da draußen verschmachten. Kommen Sie, ich bringe Sie zu Signore Alisi."

Mit jedem Schritt über die Stufen der marmornen Freitreppe, die vom lichtdurchfluteten Empfangsbereich nach oben führte, sank Emmas Herz tiefer. Der allgegenwärtige Luxus machte sie sprachlos und schüchterte sie ein. Ein herrliches Haus, in hellen, freundlichen Farben gehalten, mit alten, wundervoll restaurierten Holztüren, zahllosen Blumenarrangements in bunten Glasvasen und weichen Teppichen in den Fluren. Etwas aber störte Emma: Es herrschte Totenstille. Sie räusperte sich so leise wie möglich. „Verzeihung, Margarita, aber ist niemand außer dem Herrn hier? Es ist so still. Oder ist es wegen des Babys?"

Margarita zog eine sehr seltsame Grimasse. „Ach wo, die Kleine schläft auch dann, wenn sie neben ihr alle Opern Verdis abspielen. Sie ist so ein herrlich unkompliziertes Kind. Nein, die Herrin des Hauses bedarf der Ruhe. Sie muss bei Kräften sein, wenn sie nach Deutschland aufbricht und sich dort operieren lässt. Hören Sie Emma, das geht niemanden etwas an und die Signora reagiert sehr verschnupft, sobald man es erwähnt. Also wissen Sie von nichts, ja?"

Verwirrt bejahte sie, denn eigentlich wusste sie längst von den gesundheitlichen Problemen der Dame des Hauses. Marie Celeste, die beste Ballerina der Welt, zumindest in den letzten zehn Jahren. Emma bewunderte sie grenzenlos. Nur ein einziges Mal, in der Arena von Verona, war es ihr vergönnt gewesen, Marie tanzen zu sehen. Ja, sie war eine Göttin auf der Bühne. Nun aber vermeldeten einige Hochglanzmagazine, dass sie ihre Karriere für ihr Kind aufgeben wolle.

„Hier sind wir, ich melde Sie dem Herrn, einen Augenblick bitte." Margarita klopfte leise an eine der Türen, und von drinnen erklang ein ebenso leises „Ja, bitte?“. Margarita öffnete sehr behutsam und kündigte Emma an. Dann schob sie sie sanft ins Zimmer. „Na, nun kommen Sie, der Herr erwartet Sie.“

Emmas Handflächen waren feucht vor Aufregung, als sie den Raum betrat. Alisi saß in einem Ledersessel hinter seinem imposanten Schreibtisch, erhob sich aber sofort, als er sie erblickte. Sie hatte nicht gewusst, dass der Tenor so groß war. Und er wurde den Berichterstattungen mehr als gerecht. Schlank, das tiefschwarze Haar aus dem Gesicht frisiert, in einen grauen, dünnen Pullover und eine schwarze Leinenhose gekleidet, die bloßen Füße in schwarzen Lederslippern, kam er langsam auf sie zu und musterte sie neugierig aus dunkelblauen Augen, die von langen Wimpern beschattet wurden. Beeindruckt von so viel Eleganz und Schönheit hatte Emma das vage Gefühl, zu schrumpfen. Allerdings nicht lange. Das Lächeln des Stars war warm und freundlich, als er ihr seine Hand reichte. „Emma, meine Mutter hat Sie bereits angekündigt, und ich sehe, sie hat nicht übertrieben. Wie geht es Ihrer lieben Großmutter? Ich habe Nonna eine Ewigkeit nicht gesehen.“

Das vertraute *Nonna* erfreute Emma und sie ergriff seine Hand mit neuem Mut. „Herzlichen Dank für das freundliche Willkommen und auch für Ihre Frage nach meiner Großmutter. Es geht ihr gut, das Alter macht ihr zu schaffen. Sie will es nicht wahrhaben und schimpft schrecklich über all die kleinen, täglichen Wehwehchen.“

Alisis Lächeln vertiefte sich. „Bravo! Das kann ich mir gut vorstellen. Es freut mich, dass sie schimpft, dann geht es ihr wirklich noch gut. Und Sie sind gelernte Kindergärtnerin, habe ich gehört? Was hat Sie bewogen, sich eine neue Stelle zu suchen, wenn ich fragen darf? Reine Neugierde."

Sie musste und wollte von Anfang an ehrlich zu ihm sein. „Meine Arbeit im Kindergarten in Rom hat mir viel Freude gemacht, aber meine Mutter ist sehr krank und kann derzeit kein Geld verdienen. Nach ihrem Schlaganfall erholt sie sich zwar, aber daran, dass sie wieder in der Apotheke arbeitet, dürfen wir nicht einmal denken. Ich muss aufrichtig sein, ich brauche den Lohn. Aber ich verspreche Ihnen, dass Ihre Kleine bei mir in guten Händen ist. Ich habe nicht viele Zeugnisse, jedoch einen guten Leumund, und Ihre Frau Mutter kennt mich von Kindesbeinen an. Ich kann Sie nur um einen Vertrauensvorschuss bitten."

Sie holt tief Luft und wagte es kaum, Alisi in die Augen zu blicken. Als sie es doch tat, sah sie eine Mischung aus Freundlichkeit und Nachdenklichkeit. „Emma, den Vorschuss haben Sie alleine schon, da meine Mutter Sie in den höchsten Tönen lobt. Jetzt kann ich es Ihnen ja beichten, aber Mama hat in dem Kindergarten angerufen, in dem Sie arbeiten, und sich nach Ihrer Arbeit erkundigt. Wissen Sie, dass man sagt, die Kinder würden Sie anbeten?"

Emma fühlte, wie ihr die Röte in die Wangen schoss. „Das ist gewiss übertrieben. Ich mag Kinder allerdings wirklich, sie sind noch so offen, so unvoreingenommen, und sie lieben Menschen um ihrer selbst willen."

Alisi nickte und musterte sie lange und eindringlich. „Allein mit diesem Satz hätten Sie die Stelle schon, wenn es nach mir ginge. Aber da kommt noch eine Dame zu Wort, auf deren Urteil ich größten Wert lege."

Ein kühler Hauch schien ihren Nacken zu streifen. „Oh, natürlich muss auch Madame Celeste zustimmen, das habe ich erwartet." Ihr war nach Margaritas Worten nicht wohl dabei, der kapriziösen Dame des Hauses gegenübertreten zu müssen.

Alisi schien erstaunt. „Meine Frau? Aber nicht doch, sie vertraut in Bezug auf unsere Tochter voll und ganz auf mein Urteilsvermögen." Lächelnd wies er zur Tür. „Nein, das hängt von jemand ganz anderem ab. Kommen Sie bitte mit mir."

Sie liefen den Flur entlang, bis sie zu einer Tür gelangten, an der ein hübsch geschnitztes Schild prangte: *La nostra Princesa*. Ah ja, hier wurde für klare Verhältnisse gesorgt. Alisi bemerkte ihren überraschten Blick und lachte leise. „Das war nicht meine Idee. Das Schild hat unser Gärtner für Eleonora gemacht. Aus dem Ast einer uralten Zeder. Silvan hat ab und an ein loses Mundwerk, aber er hat das Herz am rechten Fleck und betet die Kleine an. Lassen Sie uns herausfinden, wie Sie und Eleonora zurechtkommen."

Das Kinderzimmer war ein Traum in Sonnengelb und Weiß. Die Fenster, an denen sich gelbe Gardinen im sanften Sommerwind bauschten, waren weit geöffnet, und auf dem Boden lag eine große Krabbeldecke, voll mit unterschiedlichen Spielsachen. Über der Wiege aus weißem Holz drehte sich ein Mobile aus Muscheln, geschnitzten Holztierchen und ausgehölten Ästchen, die ein weiches Geräusch erzeugten, wann immer sie im Windhauch aneinander stießen. Wahrscheinlich um Fliegen abzuhalten, war ein Netz über die Wiege gespannt, das Alisi nun sacht beiseite zog. Er bedeutete Emma, näher zu kommen und blickte dann voller Zuneigung auf sein Kind hinunter. „Emma, ich möchte Ihnen meine Tochter Eleonora vorstellen."

Es war Liebe auf den allerersten Blick.

So, als könne es fühlen, dass es nicht mehr alleine war, erwachte das kleine Geschöpf. Dasselbe Tiefblau, das Emma bei Alisi gesehen hatte, strahlte ihr entgegen. Eleonora blickte Emma lange und aufmerksam an, und dann lächelte sie. Für ein Kind von gerade einmal vier Monaten überraschend, schließlich war Emma eine Wildfremde für sie.

Die beugte sich vor und strich der Kleinen vorsichtig mit den Fingerspitzen über die runde, rosige Wange. Das Baby hob die Arme, und seine Hand fing Emmas rechten Zeigefinger ein. Lächelnd hob Emma den Blick. „Ein kräftiger Händedruck für so ein kleines Persönchen. Darf ich Eleonora hochnehmen?"

Alisi nickte. Sie hob das Mädchen langsam und bedacht, um es nicht zu erschrecken, aus ihrem Bett. Die schwarzen Locken klebten verschwitzt vom Schlaf an Stirn und Wange und Emma zupfte sie liebevoll beiseite. Eleonora war ein bildhübsches Kind, aber nicht nur ihr Äußeres, auch ihr Wesen faszinierte Emma sofort. Als Eleonora ihre Hand hob und sie an Emmas Wange legte, war es endgültig um sie geschehen. „Sie ist unglaublich, Signore Alisi. Wenn Sie mir das Vertrauen schenken könnten, so würde ich liebend gerne das Kindermädchen Ihrer Tochter sein."

Sie sah Alisis Lächeln, dann deutete er auf sein Kind. „Emma, Sie haben die Stelle. Ich denke nicht, dass ich hier noch viel mitzureden habe. Die junge Dame hat sich eindeutig für Sie entschieden. Ihr Zimmer liegt direkt neben dem Nellas." Er zeigte auf eine weiße Holztür in der Seitenwand. „Ich hoffe, Sie werden sich darin wohlfühlen. Sollten Sie etwas benötigen, wenden Sie sich gerne an mich oder Margarita. Ich werde Ihnen meinen Fahrer schicken, damit Sie Ihre Sachen holen können. Sie und Nella werden sicher gute Freunde."

Emma sah auf das Kind hinunter und so, als habe es die Worte seines Vaters verstanden, vertiefte sich das Lächeln auf seinem Gesicht.

Emma drückte es, einer spontanen Gefühlsregung folgend, an sich. „Vielen Dank, ich werde weder Ihr Vertrauen, Signore Alisi, noch das deine, Eleonora, jemals enttäuschen."

Emma

Rom, August 1971

„Nella, langsam, sonst fällst du mit deinem hübschen Kleid noch hin. Du willst doch schön sein, wenn dein Papa nach Hause kommt, oder?“ Sofort bremste der kleine Wildfang ab und kam etwas gesitteter auf Emma zu. „So ist es gut. Und jetzt komm her, du Wirbelwind.“ Sie breitete die Arme aus und Nella warf sich juchzend hinein.

„*Nella*. Ich bin ja gespannt, was ihre Mutter dazu sagt, wenn sie endlich wieder nach Hause kommt.“ Silvan kratzte sich an seinem mit Bartstoppeln übersäten Kinn und schob seinen unvermeidlichen Strohhut in den Nacken. „Wo sie doch so viel Wert auf Etikette legt. Eleonora klingt auch viel glamouröser.“

„Pff, glamouröser! Sie sollte sich lieber endlich einmal um ihre kleine Tochter kümmern. Über zehn Monate hat sie das Kind nicht gesehen. Welche Mutter will denn nicht wissen, wie ihr Töchterchen aussieht, wie es sich entwickelt, was es für Fortschritte macht? Ich finde das unmöglich.“ Emma erhob sich und strich ihre weiße Schürze glatt, während Nella schon wieder in Richtung der großen Schaukel unterwegs war.

„Nicht so laut. Wenn das der Dame des Hauses zu Ohren kommt, kannst du deine Stelle hier vergessen.“ Silvan sah sich besorgt um.

Emma winkte verärgert ab. „Hier ist niemand, Signore Alisi kommt erst heute aus der Schweiz zurück und Margarita teilt mein Unverständnis über Marie Celeste voll und ganz. Die Operation ist doch perfekt verlaufen. Danach zuerst das Sanatorium in Deutschland und nun seit geschlagenen drei Monaten der Erholungsurlaub in der Schweiz. Im Ernst, wovon muss sie sich denn erholen? Weißt du, was ich ab und an glaube? Dass sie eifersüchtig auf ihr eigenes Kind ist. Alisi vergöttert die Kleine und er hat mehrmals angeregt, Nella und mich zuerst mit nach Deutschland und dann in die Schweiz zu nehmen, und jedes Mal fühlte die Gnädige sich dem noch nicht gewachsen. Aber den Vater tagelang von seinem Kind fernzuhalten, und das, obwohl er auch noch die Auftritte weltweit hat, das bekommt sie problemlos geregelt."

„Hm, dass sie Nella nicht mit Liebe und Aufmerksamkeit überschüttet sehe ich auch, aber ich kann mir nicht vorstellen, dass man so einen Engel nicht lieben kann. Noch dazu die eigene Mutter." Silvan schien nicht überzeugt von Emmas Theorie. Die zuckte die Schultern und blickte zu Nella, die gerade in einer halsbrecherischen Aktion versuchte, auf die Schaukel zu klettern. „Abwarten, glaub mir, ich hätte sehr gerne Unrecht. Nella, warte, ich helfe dir." Sie lief zu dem Spielplatz, den Alisi für sein Kind hatte anlegen lassen, und hob die Kleine auf die Schaukel. „Gut festhalten, Nella, hörst du?" Sacht stupste sie das Kind an und Nella jauchzte vergnügt. „Emma mehr, Emma mehr!"

Emma schmunzelte. „Das würde dir so gefallen, was? Nichts da, wir achten darauf, dass Papas Prinzessin perfekt aussieht, wenn er kommt."

„Papa?“ Ein Strahlen ging über das Kindergesicht.

„Ja, du Elfchen, das sag ich doch schon die ganze Zeit.“ Es war so schön, in die glücklichen Kinderaugen zu blicken. Sie hatte Nella ein meerblaues Kleid mit Puffärmeln und einer weißen Schärpe angezogen, dazu weiße Söckchen mit blauem Spitzenrand und ebenfalls meerblaue Lackschuhe. Das inzwischen schulterlange, lockige Haar war zu einem dicken Pferdeschwanz gebunden, den eine blaue Schleife zierte. Ihre großen, blauen Augen, die entgegen aller Unkenrufe ihre Farbe behalten hatten und nicht braun geworden waren, leuchteten mit der Sonne um die Wette. Nella liebte ihren Vater heiß und innig. Es war herzerwärmend zu sehen, mit welch tiefer Zuneigung Vater und Tochter aneinander hingen.

Emma richtete sich auf und beobachtete das Mädchen, wie es versuchte, selbst höher zu schaukeln. Nella war schon jetzt ehrgeizig, allerdings im positiven Sinne. Sie wollte alles selbst können, fast als ob sie niemandem zur Last fallen wollte. Nach einer Weile hob Emma die Kleine von der Schaukel, und sie entschlossen sich, Blumen zu pflücken, die Nella ihrem Vater schenken konnte. Voller Begeisterung lief Nella durch die von Silvan mit Argusaugen bewachten Blumenbeete. „Princesa, vorsichtig, verstanden?“

Emma konnte sich ein Schmunzeln nicht verkneifen. „Keine Sorge, sie verwüstet deine geliebten Beete ganz sicher nicht.“

Silvan wedelte energisch mit der Rechten durch die Luft. „Ach, Unfug, ich will doch nur nicht, dass sie sich wehtut. Da sind auch Rosen dazwischen.“

Nella kam jedoch schon wieder zu ihnen. „Bumen da.“

Die sorgenvoll gerunzelte Stirn des Gärtners glättete sich umgehend. „Das hast du sehr gut gemacht, Nella. Auf dich kann ich mich verlassen. Du bist ein großes, kluges Mädchen."

Emma hob den Kopf und lauschte. Ja, sie hatte sich nicht getäuscht, das war eindeutig das Geräusch des schweren Wagens, mit dem Signore Alisis Manager ihn vom Flughafen abgeholt hatte. Das Knirschen der Reifen auf dem Kies der Einfahrt, als er bremste, war ebenfalls deutlich zu vernehmen. Nella, noch viel zu gefesselt von ihrem Blumenstrauß, hatte es offenbar nicht gehört. Sehr gut, umso größer würde gleich die Überraschung sein. Auf das leise *Plopp*, als die Wagentür zufiel, folgte das Geräusch von Schritten auf dem Weg in den Garten. Als Alisi um die Hausecke kam, lächelte Emma. In seinem dunkelgrauen Anzug, darunter das blaue Hemd, sah er wieder einmal sehr gut aus. Sein Haar war ein wenig gewachsen und lockte sich leicht. Seine Rechte umfasste den Griff eines edlen Aktenkoffers. Er legte einen Zeigefinger an die Lippen, aber es war zu spät: Nella hob ihren Kopf.

„Papa! Papa!"

Alisi ließ den Aktenkoffer fallen, tat zwei weitere Schritte, ging in die Knie und breitete die Arme aus. „Komm zu mir, meine Prinzessin."

Nella stürzte sich regelrecht in die Arme ihres Vaters, der sie sofort umfing und an sich drückte. „Ach Kind, du kannst ja nicht ahnen, wie sehr ich dich vermisst habe." Eine Weile hielten Vater und Tochter sich einfach fest, ehe Nella sich von seinem Hals löste, um ihm die Blumen zu zeigen, die sie für ihn gepflückt hatte. „Bumen da." Freudestrahlend hielt sie ihm den Strauß direkt unter die Nase, woraufhin er herzhaft niesen musste. Lachend griff er nach dem Sträußchen, nahm Nella auf den Arm und richtete sich wieder auf. „Ich danke dir, mein Schatz. Das ist lieb von dir und ich freue mich sehr darüber."

Während sich Nella an ihren Vater schmiegte, kam der auf Emma und den zur Begrüßung herbeigeeilten Silvan zu. „Es ist schön, wieder hier zu sein. Geht es Ihnen allen gut?"

„Alles in Ordnung, Chef. Keine Probleme." Silvan war in der Beziehung kein Freund vieler Worte, und Alisi nahm es grinsend zur Kenntnis. „Danke, Silvan, so mag ich das. Ich würde euch gerne die Hand geben, aber ihr seht, ich bin leider vollkommen in Beschlag genommen."

Emma zuckte lächelnd die Achseln. „Und das ist gut so. Hatten Sie eine schöne Reise?"

Alisi nickte, während er an Nellas Haar schnupperte. „Alles perfekt gelaufen. Meine Frau wollte unbedingt noch einige Tage am Genfer See verbringen, ein schönes Hotel, das muss ich sagen. Marie hat sich sehr gut erholt und konnte sogar ein leichtes Tanztraining absolvieren. Sie ist guter Dinge, und wenn keine Probleme auftreten, wird sie in einer Woche endlich wieder zurückkehren." Er kitzelte Nella mit den Blumen an der Nasenspitze. „Hast du das gehört, mein Schatz? Mama kommt endlich wieder nach Hause!"

Nella sah zu ihm, dann zu Emma. „Mama?"

Alisi suchte unsicher Emmas Blick und sie reagierte schnell und souverän. „Ja, Nella, deine Mutter darf endlich wieder nach Hause und zu dir. Ich habe dir doch so oft von ihr erzählt und dir die vielen Bilder gezeigt. Erinnerst du dich an die schönen Fotos deiner Mama? Auf denen sie so wundervoll tanzt?"

Nellas Augen wurden größer, und auf dem ernsten Gesicht erschien ein freudiges Lächeln. „Mama Nella?"

Emma nickte. „Ja, deine Mama kommt. Sie ist wieder gesund. Sie freut sich sehr auf dich. Alles wird wieder gut werden." Sie schluckte schwer, als sie Alisis undurchsichtigen Blick erwiderte. Glaubte sie eigentlich selbst, was sie da von sich gab? Nein, auch wenn sie es gerne getan hätte, aber die Vernunft überwog hier leider die Hoffnung.

„Sie ist ja so groß geworden und so schön." Die Stimme der Hausherrin im Salon zu vernehmen, war etwas, woran sich Emma erst wieder würde gewöhnen müssen. Tatsächlich war Marie, allerdings erst auf nachhaltiges Drängen ihres Gatten, am vergangenen Abend in die Villa zurückgekehrt. Ihre Gesundheit und vor allem ihre Gelenke schienen vollkommen wiederhergestellt zu sein. Sie hielt sich so stolz und aufrecht, wie man sie von zahllosen Bildern kannte. In den wenigen Stunden seit ihrer Ankunft zeigte sie sich von ihrer besten Seite. Schön und eindrucksvoll wie eh und je, verschaffte sie sich einen Überblick über den aktuellen Stand, ließ sich von Emma erzählen, wie sich Nella entwickelte und was sie alles versäumt hatte. Ihr großes Bedauern darüber, nicht bei ihrem Kind gewesen zu sein, erschien Emma übertrieben und aufgesetzt.

„Bitte sag mir, tue ich ihr Unrecht? Bin ich voreingenommen? Bilde ich mir das alles ein oder ist sie einfach nur unaufrichtig?“ Sie warf Margarita einen hilfesuchenden Blick zu. Die schob ihr ein riesiges Blech mit Apfelkuchen zu, den Emma in Stücke schneiden und auf einer Kuchenplatte anrichten sollte. Die Herrin über Küche und Speisekammer schüttelte energisch den Kopf. „Ach wo. Sie spielt eine Rolle, so wie sie schon so oft eine Rolle gespielt hat, seit der Herr sie hierhergebracht hat. Solange Signore Frederico in der Nähe ist, ist Madame die Sanftmut in Person, kaum ist er weg oder außer Hörweite, verwandelt sie sich in eine nörgelnde, unzufriedene und an allem herummäkelnde Frau. Ich glaube auch nicht, dass sich das jetzt ändert. Mir tut nur die Kleine leid. Ich danke der Madonna, dass unsere Nella zumindest der Augapfel ihres Vaters ist. Ohne ihn würde sie wohl wenig elterliche Liebe erfahren.“

Das war zwar traurig, bestätige Emma aber in ihrer Auffassung. „Danke, ich dachte schon, ich wäre einfach nur voller Vorurteile.“

„Ach, was soll's. Nun komm, lass uns den Kuchen in den Salon bringen, damit wir die Dame bei Laune halten. Noch sieht es recht gut aus. Ich hoffe von Herzen, dass das nicht allzu bald kippt.“

Emma lud sich das silberne Tablett auf die Arme. “Wie meinst du das?“ Margarita schnaubte verächtlich. „So, wie ich es sage. Madame Celeste glaubt, wieder an die Erfolge vor der Geburt ihres Kindes anknüpfen zu können. Ich sage dir, das ist Wunschdenken. Hast du die Meldung über die neue Tänzerin, die Franca unter Vertrag genommen hat, gelesen? Tolles Mädchen, sehr sympathisch. Das dürfte das berufliche Ende von Marie Celeste bedeuten. Sie war einmal ein wirklicher Star, eine unglaubliche Tänzerin, aber das ist vorüber. Pass auf, das fliegt uns noch böse um die Ohren."

Emma hoffte nur, dass Margarita sich täuschte.

„Heute bringe ich meinen kleinen Engel zu Bett. Viel zu lange wurde mir das verwehrt. Die Liebe seiner Mutter zu spüren, ist doch so wichtig für mein Mädchen."

Abgesehen davon, dass der Satz klang, als habe sie ihn direkt aus einem Roman abgelesen, war dem eigentlich nichts entgegenzusetzen. Eigentlich. Die Kühle, die Marie umgab, schien auch ihr Kind zu spüren. Nella verhielt sich zwar brav, ließ sich von ihrer Mutter in die Arme nehmen und auch für die Nacht umziehen, aber in ihren Augen spiegelte sich der Zweifel wider, den Emma verspürte. Marie verhielt sich vorbildlich, versuchte mit Nella zu scherzen und las ihr sogar eine Geschichte vor. Aber zumindest Emma merkte nur zu gut, dass da kein Funke übersprang. Sie nahm sich so gut sie konnte zusammen und beschloss, Marie eine faire Chance zu geben. Schließlich war sie Nellas Mutter, und vielleicht tat sie ihr ja doch Unrecht. So zog sie sich leise aus dem Kinderzimmer zurück. Zu ihrer Überraschung lehnte Alisi draußen am Türrahmen. Seine Miene war unergründlich.

„Gute Nacht, Signore." Emma flüsterte, da sie nicht wusste, ob der Hausherr entdeckt werden wollte. Der streckte die Hand aus, drückte schweigend ihren Arm und schenkte ihr ein freundliches Lächeln.

Sollte sie sich in Marie getäuscht haben? Konnte die ehemalige Primaballerina nur ihre Gefühle nicht richtig zeigen? Seit Wochen beobachtete Emma sie nun aufmerksam, und bis auf ein paar ärgerliche Bemerkungen über den Haushalt oder ein Gericht, das nicht ihren Wünschen entsprach, verhielt sie sich vollkommen normal. Emma wünschte sich so sehr, dass alles in geordneten Bahnen laufen würde. Allein schon für Nella, die sich zwar langsam, aber vertrauensvoll an die Mutter annäherte. Die spielte mit ihrer Tochter, ging mit ihr im Park spazieren, las ihr Märchen vor und zauberte ihr hübsche Frisuren, was der Kleinen sichtlich Freude machte. Auch Alisi schien mittlerweile davon überzeugt, dass seine Frau sich in ihre Rolle als Ehefrau und Mutter einfand. Laut Margarita hatte Marie sogar mit Franca telefoniert, ohne ihre Fassung zu verlieren. Der genaue Inhalt des Gespräches blieb ihr und Emma zwar vorenthalten, aber es hatte den Anschein, als würde Marie tatsächlich versuchen, ihr Leben neu zu ordnen.

Heute brach Alisi zu einem mehrtägigen Aufenthalt in Madrid auf, wo er den Don José in Bizets *Carmen* singen sollte. Emma glaubte ihren Ohren nicht zu trauen, als sie zufällig ein Gespräch mitanhörte, in dem Marie darum bat, ihn begleiten zu dürfen – angeblich, um endlich wieder Bühnenluft schnuppern zu können. Alisi lehnte ihre Bitte freundlich und sehr diplomatisch ab, bat sie, an Nella zu denken, die sich doch gerade an ihre Mutter gewöhnte, und versprach, im kommenden Sommer die ganze Familie mit nach Verona zu den Opernfestspielen zu nehmen. Er reiste wenig später ab, nicht ohne zuvor Nella lange in den Armen zu halten und ihr zu versprechen, schnell wieder bei ihr zu sein. Emma befiel ein ungutes Gefühl, als er sie ihrer Mutter übergab. Marie verabschiedete sich mit einem zärtlichen Kuss von ihrem Mann und drückte die Kleine lächelnd an sich. Die beiden winkten dem Wagen des Tenors nach, bis er nicht mehr zu sehen war.

Kaum war er außer Sichtweite, wandte sich Marie um, strich ihrer Tochter kurz über das Haar und übergab sie ohne Umschweife an Emma. „Hier, nimm sie. Ich bin erschöpft. Der Alltag ist doch noch sehr anstrengend für mich. Ich ziehe mich zurück und werde mich ausruhen."

Emma nahm das kleine Wesen, das seiner Mutter nachblickte, ohne zu begreifen, was los war, und küsste Nella auf die Stirn. „Na dann, mein Schatz, lass uns gehen und Silvan suchen. Er wollte doch mit dir Beeren pflücken. Hast du Lust dazu?"

Natürlich hatte Nella Lust auf süße, pralle Beeren. Schon bald saßen sie und der Gärtner mit von der Sommersonne geröteten Gesichtern zwischen den Sträuchern, deren mit reifen Früchten beladene Äste bis auf den Boden hingen, und hatten sichtlich Freude.

„*Erschöpft*? Ich bin fassungslos. So lange der Herr im Haus ist, spielt sie die liebevolle Mutter und Ehefrau, und kaum ist er weg, ist die Kleine ihr einerlei."

Margarita legte den Zeigefinger an die Lippen und schüttelte den Kopf. „Pscht, Emma. Nicht so laut. Hören kann die Dame sehr gut. Lass ihr deinen Ärger, und sei er auch noch so berechtigt, nicht zu Ohren kommen. Vergiss nicht, meine Liebe, dass du, wenn ihr Vater nicht da ist, die Bezugsperson für unsere Maus bist. Von ihrer Mutter erwarte ich da nicht allzu viel. Hüte deine Zunge, Emma. Denk immer daran, unsere Kleine braucht dich, und das dringend."

Wie recht die Köchin hatte, erschloss sich Emma in den folgenden Tagen. Marie telefonierte fast rund um die Uhr. Teils wurde ihre Stimme hoch und zu schrill. Das waren die Augenblicke, in denen Emma wusste: schlechte Nachrichten. Marie war von einer beinahe schon krankhaften Unruhe erfasst worden und erschien allen wie eine im Käfig eingeschlossene Tigerin. Selbst Francas Besuch konnte sie nicht beruhigen. Die erfahrene Agentin redete mit Engelszungen auf sie ein, woraufhin Marie ein Lamento über ihre von ihrem Kind und den Ärzten ruinierte Karriere anstimmte, das, wäre es nicht so traurig, fast schon etwas Groteskes hatte.

Irgendwann kam der Augenblick, in dem es selbst der geduldigen Franca zu viel wurde. „Marie, zum Donnerwetter! Es war nicht das unschuldige Kind und auch nicht die Ärzte. Kannst du wieder beinahe schmerzfrei laufen oder nicht? Kannst du dich wieder normal bewegen oder nicht? Deine ständigen Klagen, deine Unfähigkeit, den Tatsachen ins Auge zu sehen, sind unerträglich. Du hattest eine kometenhafte Karriere, du warst der Superstar auf den Ballettbühnen. Tritt doch bitte mit der gebotenen Grandezza ab. Du hast alles erreicht, und nun hast du einen Traummann an deiner Seite und dazu ein wunderbares Kind. Du hast keinerlei finanzielle Sorgen, im Gegenteil, im Kreis der Familie Alisi bist du von purem Luxus umgeben.“ Emma hörte, wie Franca, deren festen Schritt sie inzwischen gut kannte, im Nebenraum unruhig auf und ab lief. „Immer wieder habe ich versucht, es dir zu erklären, aber du bist uneinsichtig wie ein störrisches Kind. Es tut mir leid, dir das so unverblümt sagen zu müssen.

Zum allerletzten Mal, Marie. Es ist vorbei! Du kannst nicht mehr die Hauptrollen tanzen, und ich möchte dich sehen, wenn ich dich als dritte Tänzerin von rechts in der zweiten Reihe anbiete. Warum tust du dir das an? Warum setzt du dich dem öffentlichen Gerede aus?"

„Wieso sollte ich das tun? Das liegt mir fern." Maries Stimme klang tatsächlich trotzig.

„Ach, sag bloß? Du hast also nicht in London angerufen, um mit Dean zu *plaudern* und so ganz nebenbei fallen zu lassen, dass du an Weihnachten noch freie Termine hast? Marie! Das ist peinlich und unprofessionell! Sir Jacob hat sich sehr verstört bei mir gemeldet, da er nicht wusste, wie er und Dean reagieren sollten. So etwas kannst du nicht tun."

„Wenn du mich nicht vermittelst, wenn du als meine Agentin versagst, dann muss ich die Dinge eben selbst in die Hand nehmen."

Zum ersten Mal, seit Emma sie kannte, hob Franca ihre Stimme. „Marie, zum allerletzten Mal und lediglich um der guten, gemeinsamen Jahre willen: Du hattest deine Zeit, nun sind die Jungen dran. Anfragen zu dir und deiner Person drehen sich um deine Ehe, dein Töchterchen und wie du deine Zukunft zu gestalten gedenkst. Es ist vorüber! Sieh zu, dass du dein Leben auf die Reihe bekommst. Und tu es rasch, ehe du im Selbstmitleid ertrinkst." Francas Stimme wurde wieder leiser und gefasster. „Marie, deine Zeit ist ein für alle Mal vorüber. Basta. Hast du das jetzt verstanden?"

Emma konnte nur erahnen, was der letzte Satz der Agentin in Marie ausgelöst haben musste. Den weiteren Verlauf der Unterhaltung hörte sie nicht, da Nella aufwachte. Eine knappe Stunde später sah sie, wie Franca die Villa der Alisis verließ.

„Emma, Mama?“ Nella sah mit fragendem Blick zu ihr auf. Liebevoll zauste sie der Kleinen durch das schwarze Haar. „Bleib hier und putz dir die Zähne. Ich sehe nach, wo deine Mutter ist und hole sie, ja?“

Sie vermutete Marie in deren Schlafzimmer. Nachdem auf ihr Klopfen niemand antwortete, öffnete Emma zögernd die Tür. Marie lag voll bekleidet auf dem Sofa, neben ihr auf einem eleganten Glastisch eine leere Flasche Champagner und ein umgefallenes Sektglas. Sie begriff, dass es keinen Sinn hatte, die Diva in diesem Zustand zu wecken. So holte sie die dünne Überdecke vom Bett. Als sie Marie zudeckte, befiel sie eine erste Vorahnung von dem, was auf sie alle zukommen könnte.

Emma

Rom, November 1973

„Emma, darf ich hinuntergehen und zusehen?“ Nella blickte mit strahlenden Augen zu ihr auf.

Emma legte die letzten Kleidungsstücke, die sie aus den Koffern geholt hatte, sorgsam in den Schrank. „Lieber nicht, meine Kleine, du weißt, dass deine Mama bei ihren Stunden nicht gestört werden möchte.“ Die Enttäuschung stand Nella ins Gesicht geschrieben. „Wie schade. Ich sehe es doch so gerne.“

Emma schloss den Kleiderschrank, hievte den leeren, aber dennoch schweren Koffer vom Bett und setzte sich auf die Bettkante. „Komm her, Nella.“ Sie streckte beide Arme aus und hob die Kleine auf ihre Knie. „Deine Mama ist sehr streng mit ihren Schülerinnen. Sie möchte nur nicht, dass du die Mädchen ablenkst. Aber was hältst du davon, wenn wir in die Küche gehen und Margarita dabei helfen, einen schönen Kuchen zu backen?“ Nella nickte begeistert. „Da freut sich Margarita sicher, wenn sie uns sieht.“

Emma grinste. Ja, Margarita war immer wieder die Rettung im Haus. Seit Marie vor knapp einem Jahr ihre Ballettschule im Seitenflügel der Villa eröffnet hatte, hatte sie noch weniger Zeit für Nella. Immerhin, die Schule war ein großer Erfolg. Die High Society Roms und der Umgebung ließ es sich ein Vermögen kosten, ihre Kinder in der Obhut eines einstigen Weltstars zu wissen.

So war es Marie gelungen, ihren Ausstieg aus der Szene nicht in einem Desaster, sondern, Alisi und Franca sei Dank, in einem Triumph enden zu lassen. Die große Diva verzichtete aus Liebe zu ihrem Kind und ihrem Gatten darauf, auf die großen Bühnen der Welt zurückzukehren. Emma wurde noch heute übel, wenn sie an die Besuche der zahlreichen Journalisten dachte und an das perfekte Schauspiel der einstigen Primaballerina, wenn diese ihr Kind liebevoll an sich drückte und in die Kameras lächelte. Alisi hatte es sich ein Vermögen kosten lassen, den nicht genutzten Seitenflügel des Anwesens in eine helle, lichtdurchflutete Ballettschule umbauen zu lassen. Hier konnte Marie nunmehr nach Lust und Laune schalten und walten. Sie genoss die Bewunderung der Kinder ebenso wie die der meist hochkarätigen Eltern. Der Unterricht ruhte nur dann, wenn Marie und Nella den Tenor zu einem seiner Auslandsaufenthalte begleiten durften.

Erst am gestrigen Abend waren sie alle aus Paris zurückgekehrt, wo Alisi mehrere Auftritte am Opernhaus absolviert hatte. Emma war überglücklich, dass sie die Familie jedes Mal begleiten durfte. Nella genoss die Nähe zu ihrem Vater und dieser präsentierte, wo und wann immer es ging, voller Stolz Frau und Tochter. Im Moment befand er sich in seinem Büro, um die Zeit bis Weihnachten zu planen. Er wollte es zwar nicht, jedoch würde er den Auftritt in New York wahrnehmen müssen. Soweit Emma wusste, war die Gage so hoch, dass selbst ein Frederico Alisi schwerlich ablehnen konnte.

Man hatte ihm zugesagt, dass er sofort nach dem Auftritt am 22. Dezember nach Hause fliegen konnte.

Sie waren an der Küchentür angekommen und Nella klopfte höflich, so wie Emma es ihr beigebracht hatte.

„Wer ist denn da?"

„Hier ist Nella, und ich habe Emma mitgebracht. Dürfen wir reinkommen? Wir wollten dir beim Backen helfen."

Emma konnte das unterdrückte Lachen in Margaritas Stimme hören. „Na, wenn ihr kommt, um zu helfen, dann will ich mal nicht so sein. Rein mit euch!"

Sie beobachtete das Mädchen voller Stolz. Nella war lieb, gehorsam, neugierig und sehr gelehrig. Sie hinterfragte und machte sich ihre Gedanken zu vielen Dingen. Die Einzige, der das einerlei schien, war ihre Mutter. Getragen und besänftigt von ihrem Erfolg als Ballettlehrerin, kümmerte sich Marie denkbar wenig um ihr Kind. Lediglich sobald Alisi anwesend war, verwandelte sie sich in die hingebungsvolle Mutter. Emma war sich sicher, dass er Maries Doppelspiel durchschaute. Sein oftmals zweifelnder Blick, wenn er Mutter und Tochter beobachtete, sprach Bände.

„Emma, bitte mach mir die Haare nach hinten. Ich kann nicht, sieh doch." Nellas Hilferuf riss sie aus ihren Gedanken; sie hatte beide Arme voller Kuchenteig. Schmunzelnd erneuerte Emma den Pferdeschwanz der Kleinen. Die seufzte erleichtert. „Weißt du, Emma, Haare im Kuchen ist bäh." Die sorgenvoll gerunzelte Stirn ihres Schützlings ließ sie auflachen. „Alles ist gut, Nella. Alles ist wieder ordentlich."

„Störe ich?" Die tiefe, warme Stimme des Tenors drang durch den Türspalt.

„Papa, nein du störst nicht. Wir backen Kuchen.“ Vergessen war der Teig und Nella warf sich ihrem Vater entgegen. Der, nunmehr mit Mehl und Teig am burgunderroten Pullover, hielt seinen Wirbelwind lachend in die Höhe. „Ja, Nella, spätestens jetzt weiß ich das auch. Darf ich euch helfen?“

Mit stoischer Miene griff Margarita nach einer weißen Schürze. „Solange Sie nichts kaputtmachen, dürfen Sie hier fast alles.“

Alisi band sich die Schürze um, wusch sich die Hände an der Spüle und musterte seine langjährige Köchin mit einem Lächeln. „Ich verspreche, mich zu benehmen, Margarita.“

Zwei Stunden lang knetete er Teig, schälte und schnitt Äpfel und verteilte diese gemeinsam mit Nella auf den Teigplatten. In der geräumigen, gemütlichen Küche wirkte er so unbeschwert wie schon seit langem nicht mehr. Emma beobachtete ihn genau. Zu sehen, wie sehr er die Zeit mit seinem Kind und die bodenständige Arbeit genoss, war herzerwärmend. Als er Margarita half, die Kuchen in den Ofen zu schieben und dann die Espressokanne auf den Gasherd stellte, waren seine Züge ernst geworden. Er wandte sich an Emma, während Nella und Margarita große Stücke von einem Napfkuchen schnitten.

„Emma, ich möchte Sie bitten, morgen während der Kurse meiner Frau kurz in mein Büro zu kommen. Ich erwarte Alessandro und ich bräuchte Sie dazu.“

Sie versicherte ihm zu kommen, sobald er nach ihr verlangte. Nachdenklich beglückte sie Nella mit einer heißen Schokolade und einem Stück Kuchen. Warum brauchte Alisi sie, wenn er sich mit seinem Anwalt traf, und warum war er plötzlich so ernst geworden? Nellas Jubel über die leckeren Naschereien vertrieben ihre Grübeleien und auch Alisi schien wieder fröhlich und glücklich zu sein, als er seinen Espresso genoss und in den saftigen Kuchen biss.

„Bitte, Emma, setzen Sie sich doch. Sie kennen Alessandro bereits, nicht wahr?" Emma nickte und reichte dem stets etwas reserviert wirkenden Juristen die Hand.

„Ja, natürlich. Guten Tag, Signore Valdino."

Der ergriff ihre Hand und drückte sie fest. „Alessandro, einfach nur, Alessandro, Emma." Er zeigte, wie schon Alisi, auf den Stuhl neben dem Schreibtisch. „Bitte sehr. Sicherlich wundern Sie sich, warum wir Sie herbestellt haben. Frederico hat mich gebeten, es Ihnen bestmöglich zu erklären. Er ist der Meinung, ich könne das besser als er, was ich zu bezweifeln wage. Aber ich will es versuchen. Frederico ist in Sorge um seine Tochter." Er hob beschwichtigend beide Hände. „Das hat rein gar nichts mit Ihnen zu tun, Emma. Es geht um Eleonoras Zukunft, falls Frederico etwas zustoßen sollte. Mein lieber Freund hat ein Testament aufgesetzt, ein sehr explizites Testament. Darin wird ausführlich festgelegt, wie sein Vermögen geregelt werden soll, wenn er nicht mehr dazu in der Lage ist. Verstehen Sie das?"

Sie verstand sehr wohl, begreifen wollte sie es allerdings nicht. „Aber, Signore Alisi, Ihnen geschieht doch nichts. Ich verstehe nicht, wieso ..."

Alisi unterbrach sie freundlich und ruhig. „Liebe Emma, dies ist einzig und allein eine Vorsichtsmaßnahme. Vertrauen Sie mir, ich weiß sehr genau, was ich tue. Ein wichtiger Teil dieses Testaments bezieht sich, wie Sie sich sicherlich unschwer vorstellen können, auf meine Tochter. Hören Sie mir jetzt gut zu. Sollte mir etwas zustoßen, ist testamentarisch festgelegt, dass Sie sich weiterhin um Nella kümmern sollen. Ich lege größten Wert darauf, dass Nellas Erziehung in Ihren Händen verbleibt. Nella liebt Sie mehr als ihre Mutter."

Sie wollte aufbegehren, allein schon der Ordnung halber, doch Alisi wischte ihre Einwände mit einer ungeduldigen Bewegung beiseite. „Nein, Emma, jetzt ist nicht der Zeitpunkt für Zweifel. Bitte, vertrauen Sie mir, ich habe Augen im Kopf und ich kenne mein Kind. Ich bitte Sie, dieses Testament als Zeugin gemeinsam mit Alessandro zu unterzeichnen. Es ist mit keinerlei Pflichten für Sie verbunden, außer der, den Inhalt dieses Testaments zu bezeugen und bei Nella zu bleiben, wenn mir etwas zustößt. Für Ihr Auskommen wird großzügig gesorgt sein. Sie sind im Vollbesitz Ihrer geistigen Kräfte, dessen bin ich mir sicher, und Ihnen ist Nella ebenso wichtig wie mir. Bitte tun Sie mir diesen Gefallen, Sie würden mir damit eine große Sorge vom Herzen nehmen."

Natürlich unterzeichnete sie und versprach, alles zu tun, damit Nella im Falle eines Falles eine abgesicherte Kindheit voller Liebe haben würde. Dennoch machte Alisi ihr Angst. Was trieb den noch jungen, gesunden und erfolgreichen Mann dazu, ein solch umfangreiches Testament zu verfassen? Und warum bestand er so explizit darauf, dass sie unbedingt im Haus bleiben müsse? Sie beschlich der Verdacht, dass er tatsächlich um das Wohlergehen seines Kindes fürchtete, sollte er einmal nicht mehr sein. Bliebe Nella allein mit ihrer

Mutter, könnte das für die Kleine ein tristes Dasein bedeuten. Dieser Tag aber war noch fern, sehr fern, beruhigte Emma sich, als sie nach dem Gespräch mit den beiden Männern zurück zu Nella eilte.

Der 23. Dezember begann mit einem Jubelschrei Nellas. „Heute kommt Papa zurück! Emma, wach auf."

Emma gab sich zwar Mühe, schnell wach zu werden, jedoch war das bei undurchdringlicher Dunkelheit leichter gesagt als getan. Sie rieb sich die Augen, um zumindest etwas zu sehen. Ein Blick durch die Lamellen der Fensterläden zeigte ihr, dass es tatsächlich noch stockdunkel war. Ein Umstand, der Nella keineswegs daran hinderte, sie weiterhin zu rütteln.

Emmas Zimmer lag direkt neben Nellas, und durch die geöffnete Tür drang weiches Licht. Sie konnte Nellas Umrisse ausmachen. Zielsicher griff sie nach dem Arm der Kleinen. „Stopp! Es ist gut, Nella. Bitte beruhige dich. Ja, dein Vater kommt heute nach Hause, aber erst viel später. Wir haben noch alle Zeit der Welt."

„Später?" Dieses eine Wort klang so dermaßen traurig, dass ihr Groll rasch verflog.

„Aber ja, Nella. Dein Vater ist in Amerika. Um wieder zu dir zu kommen, muss er über den Atlantik und dann über das ganze Mittelmeer fliegen. Das dauert seine Zeit, verstehst du das?"

„Hm. Ja, schon. Wie lange denn noch?"

Emma knipste ihre Nachttischlampe an und hatte Mühe, mit ihren noch immer müden Augen das Ziffernblatt zu lesen. „Nella, es ist fünf Uhr am Morgen. Leg dich bitte noch einmal hin. Sonst bist du später müde, wenn er kommt, was nicht vor dem Nachmittag der Fall sein wird."

Nella ließ traurig den Kopf hängen und ihr Gesicht verschwand hinter einem Vorhang aus schwarzen Locken. Emma hob die Hand und strich ihr die Haare zur Seite. „Sei nicht traurig, du wirst sehen, wie schnell die Zeit vergeht."

„Darf ich zu dir ins Bett? Bitte!" Diesem Blick konnte Emma nicht widerstehen. Lächelnd lupfte sie die Bettdecke. „Na, dann komm schon, du kleiner, bezaubernder Plagegeist."

Vier Stunden später war Nella frisch gebadet und ihr Haar zu einem dicken, mit einem roten Samtband geschmückten Dutt gebunden. Sie sah zum Anbeißen aus in ihrem roten Kleid und den schwarzen Lackschuhen.

„Wirst du es denn schaffen, nicht zu toben, damit du auch in ein paar Stunden noch so aussiehst?" Emma musterte ihren Schützling zweifelnd.

„Aber sicher. Ich bin doch ein ruhiges, braves Kind."

Emma musste sich kräftig zusammennehmen, um nicht lauthals zu lachen. Nellas ernste Miene bei diesen Worten war köstlich. Eilig band sich Emma ihren eigenen Pferdeschwanz neu. „Nun, du ruhiges, braves Kind, dann wollen wir doch einmal zu Margarita in die Küche gehen und sehen, was wir heute frühstücken, was denkst du?"

Nella kam nicht mehr dazu, zu antworten, da es lange und fordernd an der Haustür läutete.

Der Schrei, der kurz darauf aus der Halle nach oben drang, ging Emma durch Mark und Bein. Noch nie hatte sie so viel Verzweiflung, so viel Entsetzen in einem einzigen Laut vernommen.

Marie hörte nicht auf zu schreien.

Emma wurde eiskalt. Es musste etwas Furchtbares geschehen sein. Entschlossen, wenn auch vor Angst zitternd, umfasste sie Nellas Hand fester und beugte sich zu ihr. „Schatz, möchtest du hierbleiben? Ich muss wissen, was geschehen ist."

Nella schüttelte den Kopf. „Ich möchte mitkommen. Ich habe Angst."

„Gut, dann los." Sie nahm das Mädchen auf den Arm und ging langsam, immer wieder einen vorsichtigen Blick nach unten werfend, die geschwungene Treppe hinunter. Sie sah die beiden Uniformierten, ebenso zwei Herren in dunklen Trenchcoats und – der Umstand, der ihr am meisten Furcht einflößte – den Leibarzt von Frederico Alisi. Marie saß, das Gesicht in den Händen vergraben, in einem der Sessel in der Halle. Einer der Männer hielt sie an den Schultern fest, während der Dottore ihr gerade eine Spritze gab. In dem Augenblick, als Emma mit Nella die Halle erreichte, hob Marie das Gesicht. Sie erblickte Emma, die Nella fest an sich drückte, und musterte sie einige Sekunden aus weit aufgerissenen Augen. Dann schrie sie erneut. Emma verstand nur, dass sie Nella wegbringen solle, dass Marie ihre Tochter nicht sehen wolle, sie solle sofort mit dem Kind verschwinden. Sie tobte regelrecht, und Nella klammerte sich erschrocken an Emma fest.

Einer der Polizisten trat mit ernster Miene auf Emma zu. „Bitte, kommen Sie mit mir. Wo können wir in Ruhe sprechen?"

Sie zeigte verängstigt auf die Tür zum Salon. „Dort, oder sollen wir in die Küche gehen?" Der Mann überlegte. „Lassen Sie uns in die Küche gehen." Er winkte einen der beiden Männer im Mantel herbei. „Maurizio, komm mit. Du kannst am besten mit Kindern umgehen." Er legte sanft den Arm um die heftig zitternde Emma, während Maurizio, der das offenbar sah, ihr kurzerhand Nella abnahm, was diese, da Emma direkt vor ihnen war, tatsächlich geschehen ließ. Beruhigend redete er auf sie ein. „Du bist aber ein besonders braves Mädchen. Hab keine Angst, Kleines, wir sind alle bei dir."

Kaum öffneten sie die Tür zur Küche, trat ihnen eine kreidebleiche Margarita entgegen. „Was ...?"

„Bitte, meine Damen, setzen Sie sich. Wir haben sehr schlimme Nachrichten. Ich bin mir nicht sicher, denke aber, dass die Kleine hierbleiben sollte, da die Mutter derzeit nicht in der Lage ist, sich um sie zu kümmern. Es sei denn, Sie möchten sie kurz wegbringen." Maurizio schien sich seiner Sache nicht sicher zu sein.

Nella entschied. „Ich gehe nicht weg. Ich bleibe bei Emma." Das Gesicht des Kindes zeigte die Entschlossenheit und zugleich Ernsthaftigkeit, die es schon des Öfteren an den Tag gelegt hatte.

„Gut, dann gehst du jetzt wieder zu ..." Maurizio warf Emma einen fragenden Blick zu. „Verzeihung, wie war gleich wieder der Name?"

Sie schöpfte tief Atem. „Emma, ich bin das Kindermädchen, und dies ist Margarita. Bitte, so sagen Sie doch, was passiert ist."

Es fiel ihm sichtlich schwer. „Signorina Emma, Signora Margarita, ich muss Ihnen leider mitteilen, dass

Signore Alisi in der letzten Nacht beim Absturz einer Linienmaschine über dem Mittelmeer ums Leben gekommen ist. Bis in die frühen Morgenstunden suchte man nach Überlebenden, leider vergeblich. Es tut uns so unendlich leid, Ihnen diese furchtbare Nachricht überbringen zu müssen. Wie uns sein Agent mitteilte, sollte er eigentlich erst einige Stunden später fliegen, doch es sollte wohl eine Überraschung für seine Tochter sein, um rechtzeitig an Weihnachten in Rom zu sein."

Sie glaubte ihren Ohren nicht zu trauen, als sie Nellas leise Stimme vernahm. „Papa ist tot? Mein Papa kommt nicht mehr zu mir zurück?"

Mit weit aufgerissenen Augen starrte sie, unfähig, der Kleinen zu antworten, hilfesuchend den Beamten an. Maurizio ging vor Nella in die Hocke. „Du musst jetzt ein ganz tapferes, kleines Mädchen sein. Ganz sicher warst du das Wichtigste im Leben deines Vaters, und darum musst du für ihn und für deine Mama stark sein. Du wirst lange traurig sein, aber denk daran, dass dein Papa sich gewiss gewünscht hat, dass seine kleine Tochter glücklich ist. Tu es für ihn, wenn er dich vom Himmel aus beobachtet, soll er doch sehen, dass es dir gut geht, nicht wahr?"

Zu Emmas grenzenloser Überraschung weinte Nella nicht, sondern betrachtete Maurizio mit ernster Miene. Dann griff sie nach seiner Hand, die er ihr entgegenstreckte. „Ich bin stark, für Papa, für Emma, für Margarita und für Silvan." Ihre kleine Hand noch immer in der großen Maurizios, fügte sie nach einer Weile leise hinzu: „Und wenn Mama es möchte, dann auch für sie."

Bis in die Nacht herrschte in und vor der Villa Ausnahmezustand. Mehrere Polizeiwagen hatten auf der Straße Stellung bezogen, um die zahllosen Journalisten und Fernsehreporter, die immer wieder versuchten, mit ihren Kameras in den Park zu gelangen, vom Haus fernzuhalten. Dort befanden sich noch immer die vier Beamten und der Dottore. Außerdem waren Fredericos Agent und sein Anwalt eingetroffen. Marie war von dem Arzt auf ihr Zimmer gebracht worden. Man hatte ihr erneut ein starkes Sedativum verabreicht, da sie sich anders nicht hatte beruhigen lassen. Es war Emma, die daran dachte, dass man Franca benachrichtigen müsse.

Sie ließ Nella bei alldem keine Sekunde aus den Augen. Die Reaktion des Mädchens war ihr unheimlich. Nella war noch so klein. War es möglich, dass sie die Tragweite der Ereignisse gar nicht begriff? Konnte es sein, dass sie dachte, ihr Vater käme irgendwann doch wieder? Emma war ratlos. Alles, was sie tun konnte, war für Nella da zu sein.

Wie der Tag vergangen war, konnte Emma später nicht mehr nachvollziehen. Sie wusste nur noch, dass Marie wieder zu toben begann, als die Wirkung der Medikamente nachließ. So laut und durchdringend, dass sich Nella zitternd die Hände an die Ohren presste.

„Sollten wir die Kleine zu ihr bringen? Vielleicht wäre ihr Kind ihr ein Trost?“ Margarita warf Emma einen fragenden Blick zu.

Der Arzt, der seine Medikamente soeben in seinem Koffer verstaute, hob den Blick und runzelte besorgt die Stirn. „Nein, auf gar keinen Fall. Die Signora ist fast hysterisch, was angesichts der Umstände verständlich ist. Lassen Sie die Kleine nicht zu ihr."

Emma musste mit dem Arzt sprechen, sie brauchte Klarheit, was sie tun sollte oder vielmehr tun durfte. Sie schickte Nella mit Margarita in die Küche, um zumindest einen warmen Tee zu trinken, da sie den ganzen Tag schon jegliche Mahlzeit verweigerte. Wie nicht anders zu erwarten folgte sie der Köchin.

„Dottore, bitte, ich muss Sie fragen, was ich tun soll. Nella sollte weinen, sollte verzweifelt sein. Sie ist so still, so in sich gekehrt. Das ist nicht normal. Ich weiß mir keinen Rat."

Der Arzt bedeutete ihr, sich mit ihm auf das Sofa im Salon zu setzen. „Emma, bitte glauben Sie mir, dass es mir nicht viel besser ergeht. Normal ist in solchen Situationen, dass Mutter und Kind sich gegenseitig trösten. Gerade für die Frauen sind die Kinder der Rettungsanker in einem Meer der Verzweiflung. Marie hingegen wollte Eleonora nicht einmal sehen, wollte, dass sie fortgebracht wird. Der Tod ihres Gatten hat sie sehr schwer getroffen, aber für die Kleine ist es ebenfalls eine Katastrophe. Ich betreue die Familie schon lange und kenne Eleonora seit ihrer Geburt. Sie ist ein besonders empfindsames Kind mit sehr viel Einfühlungsvermögen. Das Mädchen kann und darf mit seiner Trauer nicht alleine bleiben. Ich kann Sie nur bitten, es jetzt auf gar keinen Fall aus den Augen zu lassen."

Da hatte sie nicht vor, keine Minute, ach was, keine Sekunde.

Der nächste Tag brachte Tristesse und Dunkelheit. Das Wetter verschlechterte sich zusehends. Während der Wind an den Fensterläden rüttelte, versuchte Emma so gut sie konnte, zumindest in Kinderzimmer und Küche für einen Hauch Normalität zu sorgen. Sie bat Silvan, die Kamine zu entzünden, und so flackerten in Nellas Zimmer und im Salon wärmende Feuer. Margarita hatte Nellas Lieblingsplätzchen gebacken. Sie sprachen über Weihnachten, und Fragen zu Nellas Vater beantwortete Emma so behutsam wie möglich. Sie hielt Nella von dem Rummel im Haus fern. Die sofort angereiste Franca fungierte als Verbindung zu den anwesenden Anwälten, dem immer wieder herbeieilenden Arzt und einer Krankenschwester, die der Dottore für Marie angefordert hatte.

Silvan schlich wie ein Schatten durch das Haus und Margarita weinte immer wieder. Es war schwer, Nella aus alldem herauszuhalten. Als der Abend kam, trafen sich fast alle in der Küche, dem Ort, an dem man der Trauer zumindest für eine Weile entfliehen konnte. Franca war geblieben und überreichte Nella ihr Weihnachtsgeschenk, ebenso wie Silvan und Margarita. Alessandro war, bevor er die Villa verlassen hatte, ebenfalls in die Küche gekommen und drückte Emma die von Alisi seit längerer Zeit vorbereiteten Geschenke für seine Tochter in die Arme. „Bitte, Emma, geben Sie sie ihr. Ich bringe es nicht übers Herz."

Als ob es für sie leichter war. Der Gedanke, den fröhlichen, freundlichen Mann nie wiederzusehen, mit dem man sich so herrlich hatte unterhalten können und dessen feiner Humor einfach herzerfrischend gewesen war, machte sie unendlich traurig. Dennoch nahm sie sich zusammen.

„Nella, mein Schatz. Schau doch, die Geschenke, die dein Papa für dich vorbereitet hat. Er hatte sich so sehr darauf gefreut, dein Gesicht zu sehen, wenn du sie auspackst." Nella griff nach dem ersten Paket und hielt es andächtig in den Händen. „Denkst du, er sieht mir jetzt zu?"

Emma nickte mit einem dicken Kloss im Hals. „Das tut er ganz gewiss. Er wird immer über dich wachen. Du hast den wunderbarsten Schutzengel, den ein kleines Mädchen sich wünschen kann."

Nella legte das Geschenk auf den blank geputzten Küchentisch und öffnete vorsichtig die große Schleife. Es war eine Puppe, samt Kleidern, Schuhen, Handtaschen, Schmuck und allem, was sonst noch dazu gehörte. Dazu ein goldenes Armband mit einem Herzanhänger und eine Haarspange in Form eines Sternes. Als Nella alles ordentlich auf den Tisch legte, den Kopf hob und ihrem Vater dankte, gelang es niemandem, seine Tränen zurückzuhalten.

Es war bereits nach neun Uhr, als Emma mit Nella zurück in deren Zimmer ging. Sorgsam legten sie die Geschenke, zu denen sich noch einige mehr gesellt hatten, auf den Boden neben Nellas Spielecke. Emma half ihr, sich die Zähne zu putzen und in ihren warmen Schlafanzug zu schlüpfen. Als Nella in ihr Bett kletterte und Emma sie zudeckte, fing ihr Schützling ihre Hand ein. „Emma, ich bin so traurig. Ich will ja stark sein, aber ich weiß nicht, ob ich das kann. Papa fehlt mir so sehr."

Als wäre plötzlich ein Damm gebrochen, schossen dicke Tränen aus ihren Augen und kullerten über die blassen Wangen. Zunehmend heftige Schluchzer schüttelten den kleinen Körper, und alles, was Emma tun konnte, war sie ganz fest in die Arme zu nehmen und weinen zu lassen. Endlich! Endlich weinte Nella und ließ die Trauer um den geliebten Vater zu.

Emma wusste nicht, wie lange sie so saßen, bis sie sich sanft losmachte, um aus der Kommode ein Taschentuch für das Kind zu holen. Gerade schob sie die Schublade wieder zu, als die Tür aufgestoßen wurde und Marie in den Raum stürzte. Mit wirrem Haar und nur mit einem Nachthemd und Morgenmantel bekleidet, rannte sie zum Bett ihrer Tochter und fiel daneben auf die Knie.

Emma stand unschlüssig neben der Kommode. Sollte etwa doch der Mutterinstinkt überwiegen, sollte Marie endlich begriffen haben, dass ihre Tochter sie brauchte? Vage Hoffnung keimte in ihr auf.

Maries Hände krallten sich in die Bettdecke ihrer Tochter. „Hör auf zu heulen, hör auf der Stelle damit auf. Du hast kein Recht dazu, um deinen Vater zu weinen, du hast kein Recht dazu, auch nur eine einzige Träne für ihn zu vergießen." Ihre Stimme war hoch und schrill und sie schmerzte in Emmas Ohren. „Du bist schuld! Nur deinetwegen war er in diesem Flugzeug, um früher bei dir zu sein. Er ist tot! Nur wegen dir! Du hast deinen Vater auf dem Gewissen. Hörst du, du schreckliches Kind, du hast deinen Vater getötet!" Hatte sie eben noch wie gelähmt im Raum gestanden, so stürzte Emma nun an Nellas Bett, in dem das Mädchen kerzengerade aufgerichtet und mit angstvoll aufgerissenen Augen saß und seine tobende Mutter anstarrte. „Signora, gehen Sie! Verlassen Sie bitte sofort das Zimmer."

Im Türrahmen erschien die Krankenschwester, die offenbar schnell begriff, was geschah, und sofort versuchte, ihre Patientin zu beruhigen. Diese jedoch funkelte ihr Kind immer noch so hasserfüllt an, dass Emma schauderte. „Ich hoffe, du hast mich verstanden. Du hast ihn auf dem Gewissen." Endlich gelang es der resoluten Schwester, die zornbebende Frau mit ein wenig Hilfe von Emma aus dem Zimmer zu zerren.

Sofort lief Emma zurück zu Nella und zog sie in ihre Arme. Als sie Nellas leise, erstickte Stimme vernahm, gefror ihr das Blut in den Adern.

„Hast du gehört, Emma, ich bin schrecklich böse. Ich bin schuld, dass Papa tot ist."

Emma

Rom, Mai 1976

In den Zweigen der hohen Zypressen fing sich der warme Wind des Frühsommers und bewegte sie sanft hin und her. Aus dem Park vernahm Emma den fröhlichen Gesang der Vögel und Kinderlachen. Sie trat kräftig in die Pedale, um rechtzeitig an Nellas Schule zu sein. Viel zu früh, zumindest empfand sie es so, hatte Marie ihre Tochter an der exklusiven Privatschule angemeldet. Das Mädchen war, vor allem im vergangenen Jahr, immer stiller und ernster geworden. Nur auf gemeinsamen Ausflügen mit ihr und Silvan taute es wieder auf. In solchen Momenten zeigte sich Nellas alte Fröhlichkeit, dann war sie – für eine Weile – wieder Kind.

Emma kam rechtzeitig zum volltönenden Gongschlag am Portal des Instituts an. Prustend strich sie sich ihre Haare zurück und richtete ihren Blick auf den Eingang. Schon strömten lärmend und lachend Kinder heraus, die von ihren Eltern, teilweise aber auch von Nannys oder Chauffeuren abgeholt wurden. Als Nella ins Sonnenlicht trat, huschte ihr Blick sofort über die Menge. Kaum erspähte sie Emma auf ihrem Fahrrad, erschien ein Lächeln auf ihren Lippen, und sie lief auf ihr Kindermädchen zu.

„Das freut mich, dass du mich auf dem Rad abholst. Es macht viel mehr Spaß als mit dem ollen Auto.“ Sie hielt inne und runzelte die Stirn. „Müssen wir gleich nach Hause?“

Beruhigend schüttelte Emma den Kopf. „Ach wo, warum denkst du, dass ich mich hier abstrample? Los, spring auf. Aber du weißt, deine Mutter darf das nie erfahren. Ihre Anweisung lautet, dass du täglich mit dem Wagen abgeholt wirst.“

Nella verdrehte die Augen. „Von mir erfährt sie nichts.“

Das Mädchen kletterte auf den breiten Gepäckträger und schlang seine Arme um Emma. „Kann losgehen. Wohin fahren wir denn?“

Sie seufzte lediglich laut.

„Ach, eine Überraschung? Dann frag ich nicht mehr.“

„So ist es brav. Wart einfach ab.“

Sie stieg erneut in die Pedale und fuhr mit ihrer kostbaren Fracht, nun etwas vorsichtiger, in Richtung Trastevere. Hier nahm sie behutsam eine enge Kurve, fuhr bis zu einer hübschen, abgelegenen Piazza und bremste ab. „Da wären wir.“

„Wo?“

Lachend zeigte sie nach vorne. „Na, da wo wir hinwollten, schau einfach mal geradeaus.“

„Margarita, Silvan und Franca! Emma, ist das wahr? Ich sehe keine Gespenster, oder?“

„Ich gebe dir gleich Gespenst, du kleiner Frechdachs.“ Silvan drohte ihr lachend mit dem Zeigefinger. Er saß, gemeinsam mit der strahlenden Köchin und einer entspannt wirkenden Franca, auf der Terrasse eines Eiscafés und musterte Nella neugierig. „Freust du dich? Wir dachten, eine Überraschung und eine kleine Geburtstagsfeier außerhalb der Villa könnten dir gefallen."

Emma hielt das Rad fest, während Nella eilig herunterkletterte. Das breite, zufriedene Lächeln auf dem Gesicht des Kindes sagte mehr als tausend Worte.

„Leute, ich glaube, die Überraschung ist uns gelungen."

Franca, elegant und souverän wie immer, erhob sich und streckte die Arme nach Nella aus. „So soll es sein. Und jetzt komm her und lass dich von deiner Tante Franca in die Arme nehmen." Während sie Nella fest an sich drückte, wanderte ihr Blick zu Emma. Die verstand und schüttelte leicht den Kopf. Sie wusste auch ohne viele Worte, was Franca wissen wollte.

Im Hause Alisi war keine Besserung eingetreten, im Gegenteil, es wurde immer schlimmer. Die Freude ihres Schützlings über die Geschenke, die Anwesenheit der Menschen, die sie wirklich liebten und ein riesiger Eisbecher lenkten sie nur kurz von ihren sorgenvollen Gedanken ab. Nella war nun schon sechs Jahre alt und ihr Leben verlief so anders, als ihr Vater es sich für sie erträumt hatte. Die unbeschwerte Kindheit hatte mit dem Tag seines Todes geendet. Sie musste mit Franca sprechen, unbedingt. Bei dem, was sich seit zwei Jahren in der Villa abspielte, konnte Emma einfach nicht mehr schweigen. Ihre Angst um Nella war viel zu groß geworden.

Nellas sanfter Kuss auf ihre Wange riss sie aus ihren Gedanken. „Du bist so lieb, Emma, das hast du dir ausgedacht, nicht wahr?"

Liebevoll legte sie ihren Arm um das Mädchen. „Das waren wir alle, vor allem aber Franca, die dich endlich wieder einmal sehen wollte."

Nella krauste grübelnd ihr hübsches Näschen. „Franca, warum kommst du denn nicht einfach zu uns nach Hause? Mama würde sich sicherlich auch freuen, dich zu sehen."

Franca stieß den Atem aus. „Wohl eher nicht, das kannst du noch nicht verstehen, Kleines. Weißt du, deine Mutter und ich wir waren in vielen Dingen unterschiedlicher Meinung, und ehe ich mich wieder mit ihr streite, bleibe ich lieber weg. Deine Mama mag es nicht besonders, wenn man ihr widerspricht."

Nella nickte mit ernster Miene. „Ja, das weiß ich. Aber ich glaube, dass sie Freunde braucht, die mit ihr reden."

Franca streichelte sichtlich gerührt Nellas Wange. „Das siehst du schon richtig, mein kleiner Schatz, aber sie hat so viele Menschen um sich, dass sie mich wohl kaum vermisst."

Nella blickte in ihren Eisbecher, pflückte eine Erdbeere heraus und betrachtete die pralle, rote Frucht nachdenklich. „Ja, da sind viele Leute, stimmt, aber das sind keine ... echten Menschen."

Emma biss sich auf die Lippen, um ihr nicht laut zuzustimmen. Nella konnte ja nicht richtig einschätzen, wie recht sie hatte.

Es wurde eine schöne Feier. Die Sonne strahlte auf sie herab und Franca erzählte Nella von Mailand und von den Inseln, die sie im Frühling besucht hatte. Silvan schenkte ihr ein aus Wildlederbändern geflochtenes Armband samt Muschelanhänger und legte es ihr vorsichtig um. „Das ist aus einer Paua-Muschel, das ist etwas ganz Besonderes. Der Anhänger soll dich beschützen und dir Glück bringen."

Margarita überreichte ihr freudestrahlend einen selbst gehäkelten, knallroten Sommerpullover, der sehr gut zu Nellas glänzend schwarzen Haaren passte.

Von Emma und Franca bekam sie eine Goldkette und einen Anhänger, ein fein gearbeitetes Medaillon. Sie waren der Meinung, dass sie alt genug dafür war und sich darüber freuen würde. In dem Medaillon befand sich ein Bild von Frederico Alisi. Sie hatten es gemeinsam ausgewählt und hofften, dass es Nella gefiel. Sie hatte so wenige Erinnerungen an ihren Vater. Marie war sich nicht zu schade gewesen, ein Foto Alisis, das ihn mit Nella auf dem Arm zeigte, mit einer ungehaltenen Handbewegung von Nellas Nachttisch zu fegen. „Wenn du deinen Vater sehen willst, dann sieh dir die Bilder seiner Auftritte in seinem Büro an. Auf dieses hier hast du kein Recht. Gäbe es dich nicht, könnte er noch leben."

Diese für eine Mutter schrecklichen, unfassbaren Bemerkungen zerrissen Emma jedes Mal schier das Herz. Es war an der Zeit, dass Nella ihren Vater bei sich tragen konnte. Da Marie sich so gut wie nie mit ihr befasste, würde sie das Schmuckstück wahrscheinlich nicht bemerken.

Als Nella das Geschenk auspackte und sie und Franca ihr zeigten, wie man das Medaillon öffnete, schwammen die Augen des Mädchens in Tränen. „Das ist Papa, o wie schön, ich freue mich so, ich ..." Weinend warf Nella ihre Arme um sie und Franca.

Die Freude über das Fest, die Geschenke und die Liebe, die ihr alle zeigten, überwogen schon bald die Trauer. Als sie aufbrachen, hielt Franca Emma zurück. „Lass Nella mit Margarita und Silvan nach Hause gehen. Ich muss mit dir reden, bitte."

Erst, als sie Franca das Versprechen abgenommen hatte, bald wiederzukommen, trat Nella, wenn auch widerstrebend, den Heimweg an. „Wenn ihr langsam geht, hole ich euch sicherlich noch ein." Emma winkte den dreien nach und wandte sich dann Franca zu. Sie waren seit Alisis Tod, vor allem zum Wohle Nellas, zu einer verschworenen Einheit geworden.

Franca sah ihrer Patentochter nach. „Ich mache mir Sorgen, Emma, große Sorgen."

Sie konnte nur nicken. „Es muss sich etwas ändern. Unbedingt. Das ist kein Leben und kein Umfeld für ein kleines Kind."

„Holt sie sich denn noch immer diese seltsamen Menschen ins Haus?"

Emma verzog angewidert das Gesicht. „Es werden sogar immer mehr. Sie nennt sie *jugendliche Bohème* und behauptet, sie würden ihre Kreativität fördern. Sie brauche Gesprächspartner mit offenem Geist, die sie beflügeln."

„Pah, beflügeln, dass ich nicht lache! Hippies, Schnorrer, Säufer und Kiffer, bitte verzeih mir, wenn ich es so explizit ausspreche, aber etwas anderes holt sie sich da nicht ins Haus. Die sogenannte gute Gesellschaft hat ihr schon längst den Rücken gekehrt." Mit ärgerlicher Miene stemmte die energische Frau die Hände in die Seiten. „Allerdings weißt du ja, was passiert ist, als ich ihr die Meinung gesagt habe. Sie hat mich kurzerhand rausgeworfen."

„Signore Alisi würde sich im Grab umdrehen, wenn er wüsste, was sein Kind ertragen muss. Können wir denn nichts unternehmen?"

Franca schürzte ärgerlich die Lippen. „Nichts lieber als das, aber der Unfalltod seines Anwalts hat uns ein großes Stück zurückgeworfen. Sein Nachfolger sorgt zwar gewissenhaft dafür, dass die Regeln des Testaments eingehalten werden, aber ihm fehlt der persönliche Bezug zur Familie. Auf meine behutsame Nachfrage, ob wir nicht etwas zum Wohle Nellas unternehmen können, kam lediglich die Antwort, man könne einer Witwe nicht auch noch das Kind wegnehmen. Als ob sie das kümmern würde."

Emma zuckte die Achseln. „Alles, was ich tun kann, ist Nella weitestgehend von dem Treiben ihrer Mutter fernzuhalten. Nicht auszudenken, wenn sie tatsächlich mitbekäme, was in diesem *künstlerischen Salon* abläuft. Aber es wird immer schwerer. Marie achtet zunehmend nicht mehr auf das, was sie tut. Selbst ihre zahllosen Liebhaber laufen frech und ohne Schamgefühl durch das Haus."

Franca brauchte eine Weile, ehe sie das verdaut hatte. „Nicht zu fassen. Bitte hab ein wachsames Auge auf unsere Kleine. Ich verspreche, mir etwas einfallen zu lassen. Sag einmal, ist es nicht Usus, dass Marie zumindest an ihrem Geburtstag etwas mit ihr unternimmt? Darauf freut sich Nella doch jedes Mal wie eine Schneekönigin."

Emma stieg auf ihr Fahrrad und warf Franca einen traurigen Blick zu. „Lass uns hoffen, dass sie nicht entweder betrunken oder bekifft in ihrem Bett liegt, sonst bleibt Nella nicht einmal diese Freude."

Tatsächlich gelang es ihr, die kleine Gruppe noch vor der Villa einzuholen. „Nella, bitte sag deiner Mutter nichts davon, dass Franca hier war. Sie würde sich nur unnötig aufregen, ja?"

Nella nickte sichtlich betrübt. „Nein, ich sage nichts. Aber weißt du, was mich wirklich traurig macht? Heute ist mein Geburtstag und heute wird meine Mutter mit mir in ein Restaurant gehen. Ich freue mich darauf und habe doch Angst, denn ich weiß nicht, worüber ich mit ihr reden kann."

Emma war sich nicht sicher, was schrecklicher war: Maries trauriges Leben oder das, was Nella ertragen musste.

Es war schon spät, und Emma suchte gemeinsam mit Nella ein schönes Kleid aus und bürstete ihr sorgfältig das lange Haar. „Du bist sehr hübsch, mein Schatz. Kennst du noch das Märchen von Schneewittchen? Du erinnerst mich immer wieder an sie."

Nella sah sie an, lächelte dann und meinte: „Dann fehlen aber ganze sieben Zwerge, die möchte ich bitte haben."

Endlich gelang ihr ein unbeschwertes Lachen. „Sehr lustig, junge Dame. Die machen nichts als Ärger, da bin ich mir sicher."

Nella zuckte schmunzelnd die Schultern. „Macht nichts, ich komme mit denen schon klar. Silvan sagt immer, ich sei ein Zwerg. Also können Zwerge gar nicht so schlimm sein."

Sie alberten herum, Emma half Nella bei den Hausaufgaben, und die Zeiger der Uhr schritten unaufhaltsam voran. Sonst stand Marie um diese Zeit schon längst in der Tür, um Nella abzuholen. Emma war sich bewusst, dass sie das nicht für Nella tat. Marie wusste, dass jedes Jahr einige Fotografen kamen, um sie und Nella abzulichten, und am Tag darauf prangte das Bild der liebevollen Mutter mit der bezaubernden Tochter in den örtlichen Gazetten. Einer der wenigen Augenblicke, in denen sich Marie endlich wieder in der Zeitung fand. Umso mehr wunderte es Emma, dass sie heute einfach nicht auftauchen wollte. Wenn sie nicht bald gingen, würde es zu spät für Nella werden.

„Dann hole eben heute ich Mama ab und nicht sie mich. Immerhin bin ich inzwischen eine große Tochter."

„Nella, Schatz, nicht! Warte!" Ihr Ruf verhallte unbeachtet, der Wirbelwind war bereits aus dem Zimmer.

Maries wütender Schrei ließ Emma Böses ahnen. Sofort rannte sie zu deren Schlafzimmer. Nella stand wie angewurzelt neben der Tür. Der Anblick, der sich Emma bot, war traurig und erschreckend zugleich.

Sichtlich berauscht lag Marie in ihrem Bett. Nackt. An ihrer Seite ein langhaariger Mann, der ebenso eindeutig nicht Herr seiner Sinne war und Emma aus glasigen Augen anstierte.

Marie kreischte in den höchsten Tönen. „Bring sie sofort raus, sie hat hier nichts zu suchen. Verschwindet, alle beide, los raus hier! Das wirst du bereuen, du unfähiges Ding."

Dass das gegen sie ging, war Emma klar und berührte sie nicht weiter, aber dass Marie zum tausendsten Mal ihr Kind enttäuschte und verletzte, war ihr nicht egal. Sie ergriff Nellas Hand. „Komm mit, mein Kleines. Deine Mama ist krank, lass sie, wir gehen."

Wortlos folgte Nella ihr auf den Flur, und sie warf die Schlafzimmertür voller Zorn ins Schloss, während Marie noch immer lauthals die übelsten Drohungen ausstieß.

Emma ging auf die Knie und schloss Nella fest in ihre Arme. „Liebes, das wird wohl nichts mit dem Restaurant. Wollen wir in die Küche gehen und uns von Margarita etwas zaubern lassen?"

Nella schüttelte den Kopf. „Nein, Emma, ich habe keinen Hunger. Aber es wird schon dunkel. Darf ich mir etwas von dir wünschen?"

„Was immer du willst, Nella."

„Lass uns zu unserem Geheimplatz gehen, bitte. Ich möchte, dass du mir meine Lieblingsgeschichte erzählst."

Sie streichelte zärtlich Nellas Gesicht. „Du möchtest die Geschichte vom Nordlicht hören? Sehr gerne, mein Schatz. Aber du versprichst mir, danach etwas zu essen?"

Nella lächelte, fing ihre Hand ein und zog Emma sachte mit sich. „Du erzählst mir von der Liebe und dem Nordlicht und ich verspreche zu essen, einverstanden?"

Niemand ahnte etwas von ihrem geheimen Ort. Es war wohl auch das Verbotenste, das man sich vorstellen konnte, aber gerade das machte es zu etwas Besonderem. Emma zog behutsam den Hocker unter das

Dachfenster und ergriff fest Nellas Hand. „Schön vorsichtig, hörst du? Ich hab dich, aber trotzdem musst du aufpassen, verstanden?“

Nella nickte. „Klar, ich bin ja nicht dumm, auch wenn Mama das immer sagt.“

Es versetzte Emmas Herz jedes Mal erneut einen Stich. Marie war so unbeschreiblich grausam zu ihrer kleinen Tochter.

„Daran darfst du gar keinen Gedanken verschwenden. Und nun komm.“ Sie kletterten aus dem Dachfenster und langsam und mit Bedacht ein Stück nach links, wo sich ein etwa dreißig Zentimeter breites, gut befestigtes Holzbrett befand, auf dem man zum Reinigen des Daches oder für Reparaturarbeiten sicher stehen konnte. „Jetzt setz dich, halt dich an mir fest.“ Sie legte den Arm um Nella und drückte sie an sich. „Gut so, meine Kleine?“

„Ja. Schau hin, man kann den Mond schon sehen.“ Lächelnd betrachtete Emma die noch blasse Scheibe am Himmel. „Wenn die Geschichte vorbei ist, dann kannst du ihn richtig sehen. Und vielleicht ja auch das Nordlicht.“ Nella schmiegte sich an sie, und Emma lächelte. „Das wage ich zwar zu bezweifeln, aber man weiß ja nie.“

Zum gefühlt tausendsten Mal erzählte Emma ihrem Schützling die Geschichte von der Liebe und dem Nordlicht.

„Vor langer Zeit, in einem anderen Jahrtausend, weit oben im Norden, lag das Reich des Eiskönigs. Es war ein wunderschönes Königreich. Endlose, glitzernde Schneeflächen bedeckten die Ebenen, schimmernde

Eiszapfen hingen von den Dächern und Zinnen. Die Schneeflocken wirbelten wie funkelnde Kristalle durch die Luft und glänzten im Licht des Tages. Es gab auch eine andere Jahreszeit, in der das Licht der Sonne die Tage erhellte. Der Sommer im Nordreich war jedoch nur von kurzer Dauer, und so überwog die Dunkelheit des langen Winters.

Der König und seine Gemahlin hatten nur einen Sohn, den sie sehr liebten. Er war ein schöner und kluger junger Mann, freundlich und einfühlsam, jemand, dem die Herzen der Menschen zuflogen. Als die Zeit kam, in der der König und die Königin es angemessen fanden, dass sich der Prinz eine Ehefrau suchte, vermochte keines der kühlen jungen Mädchen des Nordens das Herz des Prinzen für sich zu gewinnen. Es war die Königin, die schließlich den Vorschlag machte, man solle den König des Südens besuchen. Gerüchte über dessen wunderschöne, liebenswerte Tochter waren bis in den Norden vorgedrungen und machten sie neugierig auf die Prinzessin.

Der König stimmte zu, und so brachen sie samt Gefolge auf und traten die lange Reise in den Süden an. Schon als sie die Grenzen passierten, umfingen sie die Wärme der Sonne, das Rauschen der Blätter im sanften Sommerwind und der Duft der zahllosen Blumen des Südens. Der Prinz war begeistert von der Schönheit des Königreiches und konnte sich kaum sattsehen an der Farbenpracht der Natur.

Als sie das Schloss erreichten, empfing man sie mit viel Freude, und der König des Südens ordnete an, man möge zu Ehren der hohen Gäste aus dem Norden ein großes Fest veranstalten. So wurden die köstlichsten

Speisen aufgetragen und die edelsten, vollmundigsten Weine ausgeschenkt, Musikanten spielten fröhliche Lieder und überall wurde getanzt, gesungen und gelacht. Der König und die Königin des Nordens genossen die Faszination der lauen Sommernächte und das fröhliche Treiben. Der Prinz jedoch hatte nur noch Augen für eine: die bezaubernde Prinzessin des Südens. Die junge Frau mit den langen, schwarzen Haaren, den sanften braunen Augen und dem strahlenden Lächeln hatte sein Herz vom ersten Augenblick an erobert, und auch sie war ihm sichtlich zugetan. Sie ritt mit ihm über die üppigen Blumenwiesen, freute sich darüber, wie sehr er die Wärme genoss, und zeigte ihm die Schönheit ihres Königreiches. Schon nach wenigen Wochen wurde die Hochzeit gefeiert und ein jeder freute sich über den glücklichen Ausgang dieses Besuchs.

Bald nach den Feierlichkeiten war es für den König des Nordens und seine Familie an der Zeit, zurückzukehren und sich wieder um die Regierungsgeschäfte zu kümmern. Gemeinsam mit der Prinzessin, die den Prinzen so sehr liebte, dass der Abschied ihr nicht so schwer fiel, wie alle es befürchteten, ging es zurück ins Nordland.

Die Prinzessin war neugierig auf ihr neues Zuhause, und da im Königreich noch die letzten Tage des Sommers herrschten, fand sie es herrlich. Die kühle, klare Luft, die felsigen, schroffen Küsten des Meeres, der frische Wind, die raue und doch faszinierende Landschaft und die Ruhe gefielen ihr ausnehmend gut.

Langsam brach der lange Winter über den Norden herein. Die Nächte wurden länger und die Dunkelheit legte sich über das Land.

Der Prinz unternahm was er konnte, um es seiner jungen Frau so schön und angenehm wie nur möglich zu machen. Überall im Schloss brannten große, knisternde Feuer, die behaglich wärmten, zahllose Kerzen flackerten in silbernen Leuchtern und weiche Felle bedeckten Böden und Bänke. Die Prinzessin war dankbar für all das und sie liebte ihren Mann über alles. Man sah jedoch, wie sehr sie sich mühte, ihr Lächeln aufrecht zu halten. Der Winter war lang und klirrend kalt. Als die Monate ins Land zogen, wirkte die Dunkelheit auf sie immer bedrückender. Ihr fehlten das Licht und die Wärme der Sonne. Die Kälte des Nordens raubte ihr die Lebensfreude, obwohl sie es, um ihren Mann nicht zu beunruhigen, tapfer zu verbergen versuchte. Sie wurde von Tag zu Tag stiller, trauriger. Ihr fehlten die Blumen, die saftigen Wiesen und der Duft des Sommers in ihrer Heimat. Der Prinz war der Verzweiflung nahe, fürchtete er doch, sie zu verlieren.

In seiner Angst ritt er in einer pechschwarzen Nacht hinaus zu den hohen Klippen am Ufer des Nordmeeres. Der Schnee war so hoch, dass sein Pferd nur mühsam vorankam, der Sturm trieb ihm die Eiskristalle in die Augen, und die schneidende Kälte raubten ihm schier den Atem. Er wusste jedoch, er musste durchhalten und durfte sich nicht beirren lassen. Nur an den Klippen über dem vom Wind gepeitschten Meer konnte er mit den Göttern des Nordens sprechen. Nur dort würden sie ihm zuhören. Mit letzter Kraft erreichte der junge Prinz die Felswände, glitt vom Pferd und fiel auf dem vereisten Stein auf die Knie. Unter ihm tobte das Meer und über ihm war nichts als die undurchdringliche Dunkelheit der endlos langen Winternacht. Der Prinz rief die Götter des Nordens an, bat inständig darum, ihm und vor allem seiner Frau zu helfen. Mehrmals drohten ihm in der eisigen Nacht die Sinne zu schwinden, doch er nahm seine letzte Kraft zusammen und flehte um ihr Erbarmen mit ihm und seiner Frau, die die lange, für sie ungewohnte Dunkelheit nicht mehr zu ertragen vermochte. Schon glaubte er, seine Bemühungen wären vergebens, die Götter wären in ihren Eispalästen taub für seine Bitten, da erschien in der Ferne ein Licht. Es wurde beständig heller, schlängelte sich über den Himmel, kam langsam auf ihn zu. In allen möglichen Blau- und Grüntönen schimmerte dieses Gebilde. Es sah fast aus wie eine wunderschöne, leuchtende Straße, die vom Himmel auf die Erde führte. Auf diesem Licht kam zunächst schemenhaft, aber fortwährend deutlicher eine irisierende Gestalt auf ihn zu. Langes, silbernes Haar, ein weißes Kleid, das einen schlanken Körper umfloss, und ein bildschönes Gesicht, aus dem eisblaue Augen funkelten. Direkt vor ihm hielt die Erscheinung inne, beugte sich zu ihm und berührte mir eisiger Hand seine nicht minder kalte Wange.

„Ich habe deine Bitte gehört und werde dir helfen. Ich, die Göttin des Nordens, schenke euch heute das Nordlicht. Dieses Licht wird der Prinzessin dabei helfen, auf kürzestem Wege in ihre Heimat zu gelangen. Das Nordlicht wird sie in den Süden führen, es soll eure Nächte erhellen und euch alle erfreuen. Aber ich habe auch Bedingungen. Ich hörte von den herrlichen Blumen des

Südens. Sag deiner Gemahlin, dass sie mir von ihrer Reise auf dem Nordlicht Blumen mitbringen möge. Viele Blumen, unterschiedliche Blumen. Du aber, Prinz des Nordens, wirst mir einen Eistempel bauen lassen, der meiner würdig ist. Dorthin bringst du mir die Blumen des Südens. Wenn ihr meine Wünsche erfüllt, werdet ihr meines Dankes gewiss sein."

Der Prinz versprach alles sofort zu tun und bedankte sich überglücklich bei der Göttin des Nordens. Sofort eilte er zurück ins Schloss und erzählte der Prinzessin vom Geschenk der Göttin. Noch ungläubig, aber voller Hoffnung, folgte sie ihm in der nächsten Nacht hinaus zu den Klippen. Und tatsächlich konnten sie schon von Weitem das Nordlicht sehen. Die Prinzessin fürchtete sich zwar, betrat aber schließlich mutig die leuchtende Straße der Göttin.

Sie wandte sich dem Prinzen zu, der zurückbleiben musste, um den Wunsch der Göttin zu erfüllen. Sie versprach ihrem Mann, der sie traurig ziehen ließ, so schnell wie möglich zu ihm zurückzukehren. So blickte er der Prinzessin nach, bis ihre Umrisse am Horizont mit dem Nordlicht verschmolzen.

Der Prinz begann sofort am nächsten Tag mit dem Bau des Eistempels für die Göttin. Er war mühsam und dauerte viele Wochen, doch letztendlich stand in der Ebene vor den Klippen ein herrlicher, strahlender Tempel, in dessen eisigen Zinnen und Kuppeln sich das Nordlicht widerspiegelte und alles in zarten, grünen und blauen Tönen funkeln ließ. Das Gebäude schien der Göttin zu gefallen, denn das Nordlicht wurde stärker und leuchtete nun in jeder Nacht für die Bewohner des Nordreiches. Noch immer aber gab es kein Lebenszeichen von der Prinzessin des Südens.

Als der Prinz eines Nachts wieder an den Klippen stand und sich fragte, ob er sie wohl jemals wiedersehen würde, erblickte er in weiter Ferne am Himmel einen hellen Punkt, der sich langsam näherte und immer größer wurde. Als der Prinz die Umrisse auszumachen vermochte, erkannte er eine große Kutsche. Auf dem Bock saß, in einen warmen, weißen Pelz gehüllt, die Prinzessin. Vier herrliche Schimmel zogen das prachtvolle Gefährt. Erst als die Kutsche ihn fast erreicht hatte, erkannte er, was darin war. Blumen! Zahllose Blumen in den buntesten Farben, deren berauschender Duft über das Nordlicht zu ihm herüberwehte. Die Prinzessin zügelte die Pferde, sprang vom Kutschbock und warf sich in seine Arme. Ihrer beider Glück über das Wiedersehen war unbeschreiblich. Sie wussten aber auch, dass sie nun den zweiten Wunsch der Göttin erfüllen mussten, und so brachten sie die Blumenkutsche in den Eistempel. Der Prinz und seine Frau legten die vielen herrlichen Blumen auf den Altar aus Eis und senkten demütig und dankbar ihre Köpfe.

Als sie die Stimme der Göttin vernahmen, hoben sie zaghaft ihre Blicke. Die Göttin des Nordens lächelte sie freundlich an und sprach: „Ihr habt meine Wünsche zu meiner vollsten Zufriedenheit erfüllt. Ich danke euch beiden. Das Nordlicht wird von heute an in alle Ewigkeit für euch leuchten. Wann immer du, Prinzessin, dich nach der Wärme deiner Heimat sehnst, wird es dich dorthin bringen. Doch zugleich wird es dich auch stets aufs Neue zurück zu deiner Liebe führen. Vergiss nie, mir bei deiner Rückkehr Blumen mitzubringen.

Nur dies ist meine Bedingung an dich. Und nun sieh, wie ich es euch vergelte."

Voll ehrfurchtsvollem Staunen sahen der Prinz und die Prinzessin, was um sie herum geschah. In den Wänden des Eistempels, auf dem Altar, überall erschienen die Umrisse der Blumen. Traumhaft schöne Eisblumen, wohin das Auge auch blickte. Bei ihrer Rückkehr in das Schloss entdeckten sie an den Fenstern die wundervollen Gebilde der zu Eis gewordenen Blumen des Südens. Die Prinzessin war überglücklich. Wohin sie auch sah, waren die Blumen ihrer Heimat, gezeichnet aus Eis. Und wann immer sie die Kälte nicht mehr ertrug, betrat sie das Nordlicht und besuchte den Süden. Sie tat es mit einem glücklichen Lächeln, denn sie wusste, dass es sie immer wieder sicher zu ihrer großen Liebe zurückgeleiten würde. Und sie vergaß niemals die Blumen für die Göttin des Nordens."

„O Emma, das ist so wunderschön. Bitte sag mir, darf ich auch einmal mit dem Nordlicht reisen? Bitte!" Nellas Stimme klang so traurig und flehend, dass es Emma einen schmerzhaften Stich versetzte.

„Ich wünsche es dir, ich wünsche es dir von ganzem Herzen."

Am Nachmittag des übernächsten Tages erhielt Emma auf Anordnung von Marie ihre Kündigung. Sie ahnte schon Böses, als ihr der junge Anwalt mit ausdrucksloser Miene das weiße Kuvert überreichte. Seit Alessandros Tod hing dieses Damoklesschwert über ihr. Marie wusste nur zu gut, was Emma von ihr hielt, und die enge, liebevolle Beziehung zwischen ihr und

Nella war der Diva von Anfang an ein Dorn im Auge gewesen. So lange Alessandro den Nachlass verwaltete, hatte sie diesen Schritt offenbar nicht gewagt. Nun war vor wenigen Wochen mit dessen Tod auch die letzte Hürde gefallen.

„Sie verlassen das Anwesen binnen vierundzwanzig Stunden. Noch heute wird ein Ersatz für Sie ankommen. Miss Francis hat sich bereits vor einigen Jahren um die Belange von Signora Alisi gekümmert. Sie wird sich nun der Kleinen annehmen."

Sie wusste, dass der junge Anwalt nur Maries Anordnungen ausführte, und trotzdem hätte sie ihm am liebsten die Augen ausgekratzt. Was bildete er sich nur ein? Ja, sie könnte klagen, könnte einfordern, dass Nellas Vater gewünscht hatte, dass sie sich um seine Tochter kümmerte. Aber sie hatte weder das Geld für einen Anwalt, noch rechnete sie sich gegen Marie auch nur den Hauch einer Chance aus. Vor allem würde unter einer solchen Aktion nur eine zu leiden haben: Nella.

So tat sie das, was man von ihr forderte, und packte ihre Koffer. Nur mit Mühe gelang es ihr, sich von Nella zu verabschieden. Das Kind klammerte sich weinend an sie und seine schmalen Arme wollten sie einfach nicht loslassen. Mit versteinerter Miene löste sie sich mit Margaritas Unterstützung aus Nellas Umarmung. Die Köchin zog das verzweifelt schluchzende Kind an sich und tröstete es, während Emma ihren Koffer ergriff und sich zum Gehen wandte.

„Emma, du darfst mich nicht alleinelassen, bitte! Ich habe doch nur dich. Bitte verlass mich nicht." Nellas Flehen zerriss ihr das Herz. Blind vor Tränen küsste sie das Mädchen ein letztes Mal und verließ die Villa Alisi.

Draußen ging sie zuerst langsam die Auffahrt entlang, doch noch immer hörte sie Nellas verzweifelte Schreie. Sie beschleunigte ihre Schritte und schließlich rannte sie. Sie floh regelrecht von dem Anwesen, auf dem sie für eine lange Zeit glücklich gewesen war.

Nella

Zuerst hatte sie die Stunden, dann die Tage gezählt, die vergangen waren, seit Emma fort war. Zuerst war sie wütend gewesen. Unendlich wütend, weil Emma sie hier in der Villa zurückgelassen hatte. Erst nach langen Erklärungen Silvans begann sie zu begreifen. Emma war nur gegangen, weil sie es tun musste.

Miss Francis, die sich jetzt um sie kümmerte, war schrecklich. Alt, knochig und entsetzlich streng, konnte sie Emma und deren Liebe nicht ersetzen. Auch jetzt, nach fünf Monaten, war es nicht besser geworden. Im Gegenteil, Emma fehlte ihr in jeder einzelnen Sekunde ihres Lebens.

Nella glitt vorsichtig aus dem Bett. Im Nachbarzimmer schnarchte Miss Francis so laut, dass sie es durch die geschlossene Tür hören konnte. Ärgerlich rümpfte Nella die Nase. So konnte es doch nicht weitergehen. Leise tapste sie auf bloßen Füßen zur Tür, öffnete sie und huschte hinaus in den Flur. Im Erdgeschoss zerbarst irgendwo ein Glas und schrilles Gelächter schallte zu ihr nach oben. Sie kannte es nicht mehr anders. Ungesehen gelangte sie zu dem Dachfenster. Sie holte den Hocker herbei, kletterte hinauf und es gelang ihr, wenn auch mit etwas Mühe, das Fenster zu öffnen.

Kühle Nachtluft strich über ihr Gesicht. Der Sommer war vorbei und es wurde frisch in den Nächten. Nella fröstelte, während sie mit etwas Mühe auf das Dach krabbelte. Sie hielt sich gut am Fensterrahmen fest und schaffte es, sich auf das vom letzten Regen noch feuchte Holzbrett zu setzen. Traurig starrte sie in den Nachthimmel. In dieser Nacht sah sie eine dichte, dunkle Wolkendecke, nur ein einziger Stern schimmerte zaghaft daraus hervor. Nella schlang die Arme um sich. Das dünne, lange Nachthemd bot keinen Schutz vor der zunehmenden Kälte. Sie wusste allerdings nicht, ob es die Kälte der Nacht oder die Kälte in ihrem Innern war, die sie schaudern ließ. Müde und unglücklich starrte sie in den Himmel. „Bitte! Lass mich einmal das Nordlicht sehen, nur ein einziges Mal. Mehr möchte ich doch gar nicht. Nur ansehen möchte ich es." Über ihr riss die Wolkendecke auf und der Stern leuchtete heller als zuvor zu ihr herunter. Nella lächelte hoffnungsfroh. „Hey, du, Stern! Bringst du mir das Nordlicht, zeigst du mir den Weg zur Liebe? Bitte, tu es doch." Automatisch streckte sie die Arme nach den Sternen aus.

Sie versuchte noch, sich festzuhalten doch ihre Hände griffen ins Leere. Mit einem angsterfüllten Schrei stürzte sie in die Tiefe.

Nella und die neuen Sterne

Trastevere, Villa Alisi, 1998

Unter ihren in leichten Sandalen steckenden Füßen knisterten verdorrte Blätter. Nur ein Jahr war das Anwesen sich selbst überlassen gewesen und schon begann die Natur, es zurückzuerobern. Aus den von Silvan einst akribisch gepflegten Kieswegen wuchs das Unkraut, und obwohl es mitten im Sommer war, konnte man denken, es wäre bereits Herbst, so viele Blätter lagen auf dem sich braun verfärbenden Rasen. Die herrlichen Blumenrabatten waren vertrocknet, und nun, da sich niemand mehr um sie kümmerte, rankten wilde Schlingpflanzen um die Zweige der Rosenbüsche.

Automatisch bückte sich Nella und zupfte eine vertrocknete Rosenblüte ab. Ein sinnloses Unterfangen, wenn sie die vielen toten Pflanzen betrachtete. Seufzend richtete sie sich wieder auf und strich ihr rotgeblümtes Sommerkleid glatt. Das Gerüst, an dem noch immer die von Wind, Wetter und der Zeit grau verfärbte Holzschaukel baumelte, war mit Rost überzogen. Als eine Brise die Schaukel bewegte, quietschte diese leise und kläglich. Das passte perfekt zu ihrer Stimmung. Alt, verlassen und traurig. Okay, alt war sie noch nicht wirklich, achtundzwanzig war kein Alter, trotzdem fühlte sie sich gerade uralt.

Sie war sehr froh, dass ihr Arbeitgeber ihr die Wohnung auf seinem Gutshof außerhalb Roms angeboten hatte. In ihrer Wohnung, die sie in den letzten zwei Jahren mit Ivano geteilt hatte, fiel ihr die Decke auf den Kopf. Sie zu vermieten und in die wunderschöne Dachwohnung des einstigen Weingutes zu ziehen, war eine gute Entscheidung gewesen. Bei Ivano hatte sie es zum wiederholten Mal geschafft, einen Mann mit ihrer tiefen Unsicherheit und ihrer Angst, seinen Ansprüchen nicht zu genügen, in die Flucht zu schlagen. Eine reife Leistung bei dem geduldigen Designer.

Langsam und zögerlich näherte sie sich der Villa, von deren Fensterrahmen die weiße Farbe abblätterte. Einige schöne und viele weniger schöne Erinnerungen brachen unweigerlich über sie herein. Die beste davon war die, als sie sich in die Arme ihres Vaters geworfen hatte, kaum dass sie richtig hatte laufen können. Fast glaubte sie, wenn sie die Augen schloss, seine tiefe, warme Stimme zu hören.

„Na, Princesa, auch hier, um Abschied zu nehmen?"

Erschrocken wirbelte sie herum. Er hatte sich natürlich verändert, schließlich waren viele Jahre ins Land gegangen, trotzdem erkannte sie ihn sofort. Der Bart war mittlerweile weiß geworden und auch die Locken, die unter dem löchrigen Strohhut hervorlugten, waren silbergrau. Die Zeit hatte auch dafür gesorgt, dass er leicht gebeugt daherkam, und sein liebevolles Lächeln entblößte eine breite Zahnlücke. Er sah nicht mehr so stark und unbesiegbar aus wie in ihrer Kindheit, und doch war er noch derselbe Mann. „Was ist, Princesa, erkennst du mich etwa nicht mehr?"

Lächelnd schüttelte sie den Kopf. „Silvan, wie könnte ich dich nicht erkennen?" Mit wenigen Schritten überwand sie die Entfernung zu ihm und schloss den alten Gärtner voller Freude in die Arme. Das Glücksgefühl darüber, ihn wiederzusehen, ließ den Tag sofort heller erscheinen. „Es ist so schön, dich zu sehen. Woher weißt du es?"

Silvan grinste sie an und tätschelte ihre Hand. „Ach, Mädchen, hier pfeifen es doch inzwischen die Spatzen von den Dächern, dass die Villa endlich verkauft wurde." Sein Blick glitt mit sichtlichem Bedauern über den Garten. „Eine Schande, dass es so weit kommen musste. Der schöne Park. Es tut mir in der Seele weh, dass ich das erleben muss."

Nella nickte bedauernd. „Das darfst du laut sagen, aber dank des nicht vorhandenen Testaments meiner Mutter hat die Regelung der Erbschaft ewig gedauert. Glaub mir, ich hätte es gerne beschleunigt. Aber das Gericht musste zuerst herausfinden, ob es nicht doch noch weitere Erben gibt, die Anspruch erheben könnten."

Silvan rümpfte die Nase. „Wen denn? Die alte Signora ist seit fast zwanzig Jahren tot. Außer Frederico hatte sie keine Kinder und dessen Testament war ja wohl eindeutig."

„Ja schon, aber erklär das mal der Bürokratie. Jetzt ist es endlich durch und ich konnte die Villa sehr gut verkaufen."

Silvan wirkte nachdenklich und zögerte. „Bleibt dir denn noch etwas davon? Konntest du den Schuldenberg deiner Mutter abtragen?"

Sie nickte traurig. „Nicht nur das. Der Käufer hat die von mir geforderte Summe ohne zu verhandeln bezahlt. Der Name Alisi und die sagenhaften Geschichten, die sich um unsere Familie ranken, haben wohl noch immer ein gewisses Gewicht. In der Villa des so tragisch ums Leben gekommenen Startenors und der einstigen Primaballerina zu leben, scheint sehr erstrebenswert zu sein."

Silvan streichelte tröstend ihre Wange. „Nicht doch, keine Verbitterung, Nella. Du hast das alles so gut gemeistert und dein Leben beneidenswert in den Griff bekommen. Mach dir das jetzt nicht selbst schlecht. Das hast du nicht nötig."

Sie musterte den alten Mann voller Zuneigung. „Silvan, lass es uns nüchtern betrachten. Hättest du mich nicht vor zweiundzwanzig Jahren in letzter Sekunde aus der Regenrinne gepflückt, gäbe es kein Leben mehr, das ich hätte in den Griff bekommen können."

Silvan zuckte schmunzelnd die Achseln. „Hab ich aber. Und nachdem du ab da sämtliche Flugversuche unterlassen hast, ist alles gut gegangen."

Nella umarmte ihn wortlos. Erst nach einer Weile ließ sie ihn wieder los. „Silvan, nicht weinen. Das ist doch alles so lange her. Trotzdem ist es eine Tatsache, dass du mir das Leben gerettet hast. Und das in jeder Hinsicht. Dass meine Mutter mich in das Internat gesteckt hat, war das Beste, was mir passieren konnte."

Der betagte Gärtner zog eine seltsame Grimasse. „Klingt schon verdammt traurig, findest du nicht? Allerdings hat Franca da wirklich Großes geleistet. Sich so eindeutig gegen deine Mutter zu stellen und das gute und schöne Internat auszusuchen, nicht die olle, fiese

Klosterschule, war eine reife Leistung. Wie geht es Franca eigentlich? Lebt sie noch?"

Nun musste sie wohl oder übel lachen. „Sie lebt! Und wie sie lebt. Auf ihre – wie sie es nennt – alten Tage hat sie sich vor einigen Jahren endlich zur Ruhe gesetzt. Sie lebt in einem hübschen Haus in der Toskana, hat einen zehn Jahre jüngeren Freund und findet das Leben prima. Ich telefoniere oft mir ihr und besuche sie jedes Jahr." Sie stockte und kniff die Lippen zusammen. „Dafür habe ich nie wieder etwas von Nicolo, geschweige denn von Emma gehört."

„Halt. Stopp. Du weißt schon, dass Emma mehrmals versucht hat, dich zu besuchen? Deine Mutter hat sie regelrecht davongejagt. Briefe, die Emma schrieb, mussten ungeöffnet zurückgeschickt werden." Silvan schwieg und wirkte plötzlich schuldbewusst. „Ich hätte dafür sorgen müssen, dass du sie bekommst. Heute ärgere ich mich so sehr über mich selbst."

Nella legte beruhigend ihren Arm um seine Schultern. „Hör auf damit, Silvan. Wenn du das getan hättest und meine Mutter hätte es herausgefunden, wärst du deinen Job los gewesen. Und dann? Nein, das war schon richtig so. Ich bin nur traurig, dass ich sie, auch als ich erwachsen war, nicht mehr gefunden habe."

„Nach dem Tod der alten Signora ist der Kontakt komplett abgerissen. Du weißt noch nicht alles. Emma durfte nicht zur Beerdigung deiner Großmutter. Es wurde ihr vom Anwalt deiner Mutter verboten. So wie sich dir zu nähern."

Nella runzelte ärgerlich die Stirn. „Meine Mutter hat, ohne sich einen Hauch für mich zu interessieren, in meinem Leben herumgewütet wie ein Orkan."

„Und trotzdem hast du sie zuletzt gepflegt. Nella, das ist wirklich bewundernswert, das zeigt, was für ein Mensch du bist. Du bist eben doch unser Engel."

Schmunzelnd stupste sie Silvan ihren Zeigefinger in die Rippen. „Wenn du das sagst. Ach, ehe ich es vergesse, da war noch was. Ich habe dafür gesorgt, dass du eine kleine Summe bekommst, die dir und deiner Familie hoffentlich Freude macht."

„Wieso tust du so was? Kind, du brauchst das Geld doch für dich."

Sie wehrte entschlossen ab. „Nichts da. Meine Wohnung in Rom konnte ich abbezahlen und sie ist gut vermietet. Ich habe keine Schulden und eine hübsche Summe auf dem Sparbuch. Mein Vater hat dafür gesorgt, dass ich nie werde Not leiden müssen. Außerdem wäre er sicher meiner Meinung, dass mein Lebensretter sich das verdient hat, basta, ich will nichts mehr hören."

Sein schiefes Grinsen amüsierte sie. „Gib es zu, du freust dich!"

Seufzend musterte er sie. „Kann es sein, dass du im Alter eine autoritäre Ader entwickelst?"

Nella lächelte nur und betrachtete nachdenklich die Villa. „Es ist an der Zeit, endgültig Abschied zu nehmen. Ich muss zurück zur Arbeit und für morgen auf dem Weingut eine große Veranstaltung vorbereiten. Von hier aus einmal komplett um Rom herum ist zwar streckenmäßig weiter, aber jetzt quer durch den stockenden Berufsverkehr zu fahren würde noch länger dauern. Soll ich dich irgendwohin mitnehmen?"

Silvan verneinte und zeigte auf ein im Schatten stehendes, altes Fahrrad. „Danke, Princesa, aber ich will noch zum Friedhof. Ich bin da regelmäßig. Warst du …“ Er hielt zögernd inne. Nella wusste, worauf er hinauswollte. „Ja, ich war an Vaters Grab und auch an dem von Mutter. Es ist so unendlich traurig, dass sie nicht im selben Grab ruhen. Wie konnte sie nur so unfassbar kalt sein? Nur weil sie nicht mit Großmutter in derselben Erde liegen wollte.“ Sie musterte Silvan und begriff. „Du pflegst das Grab von Papa so wunderbar, stimmts? Die herrlichen Blumen, der riesige Rosenbusch, das ist alles von dir, oder?“

Silvans Lächeln wirkte traurig. „Nach allem, was dein Vater für mich und meine Familie getan hat, ist das das Mindeste, was ich tun kann. Ich mach es sehr gerne. Auch auf das Grab deiner Mutter lege ich regelmäßig Blumen und stelle eine Schale drauf. Sie hatte kein schönes Leben. Sie tat mir zuletzt, trotz allem, nur noch leid.“

„Du bist ein wunderbarer Mensch.“

Nach einem letzten Blick auf den Park und die Villa schloss Nella den vertrauten Begleiter ihrer Kindheit noch einmal fest in die Arme und verabschiedete sich von ihm. Dann drehte sie sich um, ging langsam zum großen Tor und blickte nicht mehr zurück.

Nachdenklich und die Stimmung des Sommers in sich aufsaugend, lief sie zu ihrem Auto, das sie außerhalb des Anwesens geparkt hatte. Vögel sangen auch heute in den hohen Zypressen, der Duft der Blumen aus den gepflegten Parks und Gärten war allgegenwärtig. Nella atmete die vertrauten Gerüche noch einmal tief ein. Es war ruhig, so ruhig, wie es hier fast immer war. Gut, außer während ihrer jüngsten Kindheit. „Die kleine Alisi“ hatte für so manchen Schmunzler in der

Nachbarschaft gesorgt mit ihren musikalischen Einlagen auf Regentonnen, Gießkannen und anderem Gartengerät, das man so herrlich zu Musikinstrumenten umfunktionieren konnte. Mochte heute ein noch so trauriger Tag sein, so schlichen sich doch auch schöne, amüsante Erinnerungen in ihre Gedanken. Aber es nutzte nichts, in Nostalgie zu versinken, ihr Leben wartete und, zugegeben, das war gar nicht so übel.

Sie sperrte den knallroten Fiat mit dem cremefarbenen Dach auf und öffnete die Fahrertür so weit es eben ging. Heiße Luft strömte aus dem Inneren und Nella glaubte, sie flimmern zu sehen. „Prima, das heißt, ich komme wieder klatschnass an." Sie sollte dem Rat ihres Chefs folgen und sich endlich einen Wagen mit Klimaanlage zulegen. Aber sie liebte ihren Gianni nun einmal. Gianni, so war er schon von der Vorbesitzerin liebevoll genannt worden. Nella kletterte ins Auto, startete den Motor und drehte voller Optimismus die Lüftung auf die höchste Stufe.

Eine gefühlte Ewigkeit später bog sie von der Landstraße in die Auffahrt des alten Weingutes. Das herrliche Anwesen lag gute dreihundert Meter von der Straße entfernt und versteckte sich hinter zahlreichen, hohen Bäumen. Erst wenn man die letzte Kurve der gekiesten Auffahrt nahm, sah man es in seiner vollen Pracht. Seit längerem schon wurde hier nicht mehr viel Wein angebaut. Eigentlich nur noch zu Präsentationszwecken und um das Flair des Gutes aufrecht zu erhalten. Links lag das eindrucksvolle Wohnhaus, dessen eine Hälfte in ein komfortables Hotel umgebaut worden war, während in der anderen die Besitzer des Gutes residierten. Die weißen, mit wildem Wein berankten Mauern, in denen kunstvoll große, graue Natursteine aus der Umgebung verbaut worden waren, strahlten im Sonnenlicht. Das Portal mit der mächtigen Doppeltür aus rotbraunem Holz war geöffnet. Angestellte liefen, die Arme voller Kerzen, saftig-grünen, abgeschnittenen Weinranken für die Kerzenleuchter und anderen Dekorationsgegenständen geschäftig zwischen Haupthaus und der einstigen Lagerhalle für die Weinfässer hin und her. Nella bekam prompt ein schlechtes Gewissen. Sie hätte längst hier sein und helfen sollen. Sie parkte Gianni auf ihrem reservierten Platz und spurtete in Richtung Haupthaus.

„Jetzt einmal langsam, du musst nicht so rennen. Wir liegen gut in der Zeit. Piano, Nella!“ Die freundliche und deutlich amüsierte Stimme ihres Chefs beruhigte sie etwas.

„Danke, Filippo, ich wollte längst hier sein, aber selbst auf den Straßen aus Rom heraus staut sich der Verkehr. Und ich dachte, in den Ferien ist es besser.“

Ihr Chef fuhr sich schmunzelnd über das von einem gepflegten Dreitagebart bedeckte Kinn. „Erzähl das mal den vielen Touristen. Aber beklagen wir uns nicht, schließlich leben wir ja auch ganz gut von denen.“ In seinen Blick schlich sich eine Spur Besorgnis. „Wie geht es dir denn mit der Tatsache, dass dein Elternhaus veräußert wurde? Traurig?“

Nella musste nicht lange überlegen. „Nein, es ist eher eine Befreiung. Um an meinen Vater zu denken, brauche ich keine Steine. Alle schönen Erinnerungen sind hier drin.“ Sie tippte sich lächelnd an die Stirn. „Das genügt mir.“

„Weise Worte, Nella. Dann bin ich beruhigt. Ich gehe mal rüber und sehe nach dem Rechten. Kommst du nach?"

Sie nickte. „Ich bringe nur rasch meine Sachen ins Büro, dann bin ich sofort bei dir. Ist Alessia schon zurück?"

„Leider nein, meine Frau und *mal schnell etwas besorgen*, du kennst das ja." Grinsend wandte sich Filippo ab und ging zur Halle, von wo man lautes Scheppern und Scharren hörte. So klang es jedes Mal, wenn die schweren Holztische und die passenden Stühle für eine Veranstaltung aufgestellt wurden.

Nella sah Filippo nur kurz nach. Die eindrucksvolle Erscheinung des Römers war immer wieder angenehm anzusehen. Er war ein Mann, der gelernt hatte zu arbeiten, anzupacken und nicht nur zuzusehen. Sein Vermögen hatte sich Filippo redlich verdient. Aber davon, hier herumzustehen und ihren Gedanken nachzuhängen, wurde ihre Arbeit nicht erledigt. Morgen kamen die Gäste und die waren anspruchsvoll: Vertreter der schwedischen Automarke Volvo und ihre Vorstände. Sie reisten extra aus Stockholm an und verließen sich darauf, dass die exklusive Präsentation ihres neuesten Kombis in Italien perfekt und stilvoll über die Bühne ging. Nella war auch dieses Mal wieder für das komplette Rahmenprogramm, das Catering, die Musik und die Dekoration verantwortlich. Sie liebte ihren Job als Event-Organisatorin auf dem Gut. Die Akquise für Veranstaltungen hier, in dieser herrlichen Umgebung, stellte kein Problem dar. Die Menschen rissen sich darum, auf dem Gut zu heiraten oder ihre Firmen-Events auf dem Gelände abzuhalten. Im Vorbeigehen klopfte

Nella tröstend auf das Dach ihres Kleinwagens. „Keine Angst, Gianni, ich bleibe dir treu."

Fünf Stunden später begann es zu dämmern. Nella sorgte dafür, dass die gut verborgene Deckenbeleuchtung in der Halle angeschaltet wurde, damit alle weiterarbeiten konnten.

„Och, Nella, dieses ekelhafte Neonlicht. Das schmeichelt meinem Teint aber gar nicht." Matteo, der versierte Elektriker, der gerade die Monitore auf der edel mit Weinranken und Blumen geschmückten Bühne verdrahtete, musterte sie feixend.

„Das kann bei dir auch nichts mehr verschlimmern, schraub lieber weiter, damit wir testen können, ob die Technik funktioniert. Wir haben einen Ruf zu wahren." Filippo warf Matteo einen auffordernden Blick zu und der beeilte sich, der Anordnung seines Chefs nachzukommen. Nella amüsierte das Geplänkel köstlich. Mit Filippo legte sich niemand freiwillig an. Er war ein herzensguter Vorgesetzter. Ging es aber darum, die Perfektion abzuliefern, die er auch von sich selbst einforderte, dann kannte er keine Gnade. Sie steckte die letzte blutrote Kerze in den silbernen Kandelaber auf dem Tisch und trat einen Schritt zurück. Das sah gut aus. Blütenweiße Tischdecken, silberne Platzteller, mächtige, silberne Kerzenleuchter, die mit weißen und roten Kerzen bestückt und wie vieles andere mit grünen Weinreben geschmückt waren. Die Menükarten waren ebenfalls mit Weinblättern verziert und sogar das hässliche Neonlicht sah annähernd passabel aus, wenn es sich in den Weinkelchen widerspiegelte. An den teilweise mit dunklen Holzpanelen verzierten Wänden hingen alte, restaurierte Gerätschaften, die man einst auf den Feldern und zur Herstellung des Weines genutzt hatte. Wenn morgen nach dem Empfang auf der weitläufigen Rasenfläche hinter dem Haus die Gäste zum Dinner in die Halle geführt wurden, sah das gewiss umwerfend schön und romantisch aus. Nella war mit sich und ihrem Konzept zufrieden. Eine halbe Stunde später war auch die Technik fertig und alles klappte einwandfrei.

„Perfekt! Leute, das war wieder gute Arbeit. Für heute haben wir genug getan. Kommt mit zum Haus, Alessia hat ein Abendessen für alle vorbereiten lassen. Los, ab mit euch."

Nella legte die restlichen Kerzen zurück in die Schachtel und wartete, bis auch der Letzte aus der Halle war. Dann löschte sie das Licht, schloss das riesige Schiebetor und folgte den anderen. Sie fühlte sich wohl in dieser mittlerweile eingeschworenen Gemeinschaft. Ihre Leistung wurde von allen neidlos anerkannt, und im Gegensatz zu großen Marketingagenturen galt hier, unter Filippos strengem Regiment, die Losung: miteinander, nicht gegeneinander. Es war richtig gewesen, diesen Job anzunehmen. Langsam schlenderte sie über den Hof, streichelte Wachhund Camille, eine wunderschöne Schäferhündin, die im Notfall wahrscheinlich jedem Einbrecher freundlich die Taschenlampe gehalten hätte, und begab sich dann endlich auf die Terrasse des Haupthauses. Von hier aus hatte man nicht nur einen herrlichen Blick auf den Pool im Nebenhaus, wo sich das Hotel befand, sondern auch auf den Park und die einstigen Weinberge. Gut, wohl eher Weinhügel. Über der Terrasse leuchteten bunte Lichterketten, und an dem langgezogenen Holztisch am hinteren Ende saßen alle, die heute so eifrig dafür gesorgt hatten, dass morgen ein einwandfreies Event über die Bühne gehen konnte.

Als sich Nella setzte, kam Alessia heraus und warf einen prüfenden Blick auf die Tafel. „Ist alles da, was ihr braucht? Hat jeder etwas zu trinken?“ Die temperamentvolle Neapolitanerin, die nunmehr seit dreißig Jahren mit Filippo verheiratet war, sorgte sich wie immer um das Wohlergehen aller. Alessia war auch heute noch eine Schönheit. Das schwarze Haar zu einem strengen Knoten hochgesteckt, wirkte das edle Gesicht, das Nella an die Bildnisse der ägyptischen Königin Nofretete erinnerte, umso eindrucksvoller. Nur, dass Filippos Königin arbeitete bis zum Umfallen, und das auch noch gerne. Es machte Freude, mit der kreativen, quirligen Frau Ideen zu wälzen und umzusetzen.

Nella setzte sich und klopfte auf den freien Platz neben sich. „Alessia, alles ist perfekt, und wenn ich mir das so ansehe, dann biegt sich der Tisch unter all den leckeren Dingen. Komm, setz dich und entspann auch etwas.“

Alessia blickte sie sichtlich erheitert an. „Ja, Mama, ich setze mich ja schon.“

Filippo bat nach einem liebevollen Blick auf seine Frau um Ruhe. „Nur ganz kurz. Alles ist vorbereitet, morgen sollte eigentlich nichts schieflaufen. Die Busse mit den Presseleuten kommen um Punkt drei Uhr nachmittags. Die Bühnen sind aufgebaut, die Technik ist perfekt. Was mich ehrlich gesagt ärgert, ist dass die Verantwortlichen erst am Mittag den Kombi anliefern wollen. Als ob dem hier etwas passieren würde. Daher bitte alle Zuständigen, um halb zwölf vor dem Haus sein, damit wir das wertvolle Gefährt gut positionieren können und die Strahler für den Abend exakt ausgerichtet werden. Nella, im Hotel werden nur ein Reporter aus Schweden sowie ein Fotograf wohnen, der schon mit den Vorständen kommt. Sie sollten gegen Mittag eintreffen. Würdest du dich bitte um diese Vorstände und den offenbar sehr wichtigen Pressefritzen kümmern? Ich weiß, dass du das in gewohnter Professionalität meistern wirst. Schweden fahren sowieso auf schwarzhaarige Schönheiten ab."

„Filippo!"

„Entschuldige, Alessia, aber es ist doch wahr. Nun lasst es euch schmecken, langt ordentlich zu."

Das ließen sich die Anwesenden nicht zweimal sagen, und auch Nella war so hungrig, dass sie die duftende Lasagne, das frisch gebackene Brot und den knackigen Salat nicht verschmähte.

Während sich später am Abend alle verabschiedeten, war Nella neugierig. Sie musste wissen, was am nächsten Tag auf sie zukam, und so ging sie zur Rezeption des Hotels und sah die Anmeldelisten durch. Neben vier der gemeldeten Gäste stand der Name der Firma Volvo. Nur einer tanzte aus der Reihe.

Leander Clasen, Fotojournalist.

Nella war rechtschaffen müde und beschloss, sich morgen mit diesem Leander auseinanderzusetzen. Hoffentlich war das nicht einer von der hochnäsigen, superwichtigen Sorte. Gähnend stieg sie die Stufen zu ihrer Wohnung hoch. Zwei Zimmer, hübscher Erkerbalkon, Küche, Bad; perfekt für eine Person. Nachdem sie offensichtlich beziehungsunfähig war, fühlte sie sich nach der Trennung von Ivano auf dem Gut wunderbar aufgehoben. Sie war nie allein, Filippo und Alessia waren nicht nur gute Arbeitgeber, sondern auch wundervolle, stets um ihr Wohlergehen besorgte Vermieter. Was wollte sie mehr?

Am folgenden Tag führte Nellas erster Weg in das obere Stockwerk des kleinen, feinen Hotels.

Sie begutachtete eingehend die Gastgeschenke auf den Zimmern, arrangierte hier und da noch ein paar Blumenbouquets neu, zog Vorhänge zurecht und kontrollierte die Gläser neben den Weinflaschen auf den Tischen. Alles war exakt so, wie es dem hohen Niveau des Hauses entsprach. Auch in der großen Halle war man für das Dinner gerüstet und auf dem Rasen standen bereits zwei Pavillons zwischen dem Springbrunnen aus roséfarbenem Carrara-Marmor und den altehrwürdigen Steinbänken. Das Cateringpersonal war zu Mittag einbestellt, um alles für den Begrüßungscocktail vorzubereiten. Nella hakte einen Punkt nach dem anderen ab und war mit dem Gesamtergebnis zufrieden. Die Gäste konnten kommen.

Rasch eilte sie nach oben, um sich umzuziehen. Dem Anlass angemessen entschied sie sich für ein ärmelloses, elegantes, rotes Etuikleid, dazu schwarze Ballerinas. Hohe Hacken und Rasenflächen vertrugen sich nicht so gut, das wusste sie aus leidvoller Erfahrung.

Ihr langes, lockiges Haar bürstete sie und fasste lediglich das Deckhaar mit einer breiten Spange zusammen, dass es ihr nicht ins Gesicht fiel. Dazu entschied sie sich für auffällige, schwarz-silberne Creolen und einen breiten, passenden Armreif. Mehr Schmuck mochte sie nicht tragen. Weniger war einfach ab und an mehr. Zufrieden drehte sie sich vor dem Spiegel. Das sah gar nicht übel aus. Jetzt noch ein dezenter, mattroter Lippenstift, etwas Wimperntusche, das sollte genügen. Zwar war sie Dienstleister, repräsentierte aber doch das Weingut. Da hieß es ein vernünftiges Mittelmaß finden. Ein Blick auf die Uhr zeigte ihr, dass sie sich sputen musste. Jeden Augenblick konnten die hohen Gäste eintreffen.

Nella trat gerade aus dem Eingang des Hotels, als zwei Limousinen des Flughafen-Services vorfuhren. Ihnen entstiegen vier freundliche Männer, die sich sichtlich freuten, von ihr willkommen geheißen zu werden. Ihr Blick huschte mehrmals zurück zu den Wagen. Rasch aktivierte sie ihren englischen Wortschatz. „Bitte verzeihen Sie, meine Herren, aber fehlt da nicht jemand?"

Einer der Männer schüttelte lächelnd den Kopf. „Im Prinzip schon, aber Leander macht lieber sein eigenes Ding. Der hat sich selbst ein Auto gemietet und kommt, wie ich hoffe, rechtzeitig nach."

Aha. Sein eigenes Ding. Sollte ihr recht sein. Sie bat die Herren ins Hotel, zeigte ihnen ihre Zimmer, machte sie mit dem Hauspersonal bekannt, das sich während ihres Aufenthalts um sie kümmern würden. Nach einem erfrischenden Limoncello-Cocktail zogen sich die sehr leutseligen, freundlichen Vorstandsmitglieder zu

Nellas Freude auf ihre Zimmer zurück, um sich auf ihren Auftritt vorzubereiten.

Das wertvolle Auto traf kurz nach ihnen ein, und es lief wie am Schnürchen, exakt wie von Filippo geplant. Als die Schweden in den Park kamen, um den Aufbau zu begutachten, war er bereits da und nahm sich routiniert ihrer an. Nella kümmerte sich um die restliche Koordination, und so war alles genau nach den Vorstellungen der Kunden vorbereitet, als die Busse aus Rom ankamen.

Die geladenen Gäste aus Politik und der High Society Roms sowie Pressevertreter wurden vom Personal mit kühlen Drinks empfangen, wanderten zuerst neugierig durch den Park und scharten sich dann langsam um das noch abgedeckte Auto. Nella wusste, dass sie sich auf die Kollegen verlassen konnte. Jeder kannte seinen Part, und so beobachtete sie aufmerksam, aber keinesfalls nervös, den Beginn der Präsentation. Zahllose Fotografen und Kameraleute hatten sich um das Objekt der Begierde geschart, und als der Vorsitzende des Vorstandes schwungvoll die mit der schwedischen Flagge bedruckte Abdeckung von dem brandneuen Volvo-Kombi zog, erklang lauter Applaus. Nella erkannte an den zufriedenen Gesichtern der Gäste, dass alles wunschgemäß lief. Sie winkte den Bediensteten an den Büfetts zu, um ihnen zu signalisieren, dass die Gäste ab sofort auch auf dem Rasen bewirtet werden sollten, und kümmerte sich dann um die Musiker eines Quartetts aus Bologna, die – dem Wunsch der Gäste folgend – am Abend italienische Klassiker spielen würden.

Gegen halb fünf am Nachmittag begann Nellas Magen gefährlich zu knurren. Nicht weiter verwunderlich, wenn sie bedachte, dass sie außer einem kleinen Frühstück nichts gegessen hatte. Bei solchen Anlässen vergaß sie es schlicht und ergreifend. Nach einem prüfenden Blick über die Menge, das Catering und das Personal beschloss sie, auf ihren Magen zu hören. Wenn Alessia sie dabei erwischte, dass sie hungrig herumrannte, würde es eine gehörige Standpauke setzen.

Nella klemmte sich ihren Notizblock, den sie immer bei sich trug, unter den Arm und marschierte zielstrebig auf ein Büfett mit herrlichen, mundgerechten Häppchen zu. Sie bat um einen Teller und wählte mit Bedacht Leckereien, mit denen sie sich, egal was auch passierte, das Kleid nicht ruinieren konnte. Brotscheiben mit Mozzarella und Tomate waren ebenso perfekt wie Minipizzen mit Lachs und Kirschtomaten. Sie schenkte den freundlichen Kellnern ein dankbares Lächeln und wandte sich schwungvoll um. Etwas zu schwungvoll, wie sich herausstellen sollte.

Je später der Abend ...

„Hoppala! Gut, dass man mich vor den temperamentvollen Italienerinnen gewarnt hat." Der Mann, an dessen Hemd eine halbe Kirschtomate dramatisch langsam herabglitt, musterte sie neugierig. Dann lächelte er. „Sekunde, ich muss das umformulieren. Vor sehr hübschen, temperamentvollen Italienerinnen."

Nella wäre am liebsten im Erdboden versunken. Aber es war wie immer im Leben: Brauchte man ein passabel großes Loch, war weit und breit keines in Sicht. Viel schlimmer als der Umstand, dass sie das schöne, hellblaue Hemd des Gastes ruiniert hatte, war dass sie ihn anstarrte wie ein hypnotisiertes Kaninchen. Sie konnte es beim besten Willen nicht verhindern. Warum konnte sie nicht in einen langweiligen, durchschnittlich aussehenden Autoliebhaber hineinlaufen? Gut, er gehörte zu den schwedischen Gästen, aber musste er gleich ein Abbild von Odins Sohn Thor sein? Groß, breitschultrig, muskulös, hellblondes, verwuscheltes Haar, ein schlankes, markantes Gesicht mit einem strahlend blauen Augenpaar, das sie amüsiert musterte. Dazu gesellte sich ein Lächeln, das makellos weiße Zähne zum Vorschein brachte und dafür sorgte, dass ihr noch wärmer wurde, als ihr eh schon war. Nella hielt für einen Sekundenbruchteil den Atem an und reaktivierte eiligst ihre Hirntätigkeit. Vorerst hatte sie sich genug blamiert.

„Entschuldigen Sie bitte vielmals, das tut mir wirklich sehr leid. Es war nicht meine Absicht, Sie mit unseren Spezialitäten zu bewerfen. Wenn Sie möchten, bringe ich Sie ins Haus und sorge dafür, dass man Ihr Hemd reinigt."

Das Lächeln vertiefte sich, was zur Folge hatte, dass sie weiterhin fasziniert in das Gesicht des Fremden starrte.

„Bitte machen Sie sich keine Sorgen. Das kann doch passieren." Er pflückte die Tomatenscheibe, die inzwischen an seinem Gürtel zum Stillstand gekommen war, grinsend von seinem Hemd und steckte sie sich in den Mund. „Ich wollte doch sowieso zum Büfett, ich wusste nur nicht, dass es einen Flugservice besitzt."

Nella verzog belustigt das Gesicht. „Ich hätte es durchaus verstanden, wenn Sie die Tomate zurückgeworfen hätten."

Lachend schob sich der Mann an ihr vorbei. „Und leckeres Essen vergeuden? Aber nicht doch. Augenblick." Er nahm einen Teller, lud rasch einige Häppchen darauf und drehte sich zu ihr um. Mit ernster Miene pflückte er eine Tomatenscheibe von seinem Minisandwich und ersetzte die fehlende auf ihrem Häppchen. „So, sehen Sie, alles wieder in Ordnung."

Sekundenlang starrte sie verblüfft auf ihren Teller, ehe sie begriff, was er gerade getan hatte. „Ich merke schon, ein Mann der Tat. Der Punkt geht definitiv an Sie. Darf ich trotzdem für die Reinigungskosten aufkommen? Mir ist das Missgeschick sehr unangenehm. Bitte."

Er seufzte leise. „Na gut, wenn Sie darauf bestehen. Dürfte ich Sie denn nach Ihrem Namen und Ihrer Adresse fragen?“ Als er ihren fragenden Blick bemerkte, fügte er lächelnd hinzu: „Um Ihnen die Rechnung schicken zu können.“

„Ach so, ja, natürlich. Eleonora Alisi, ich wohne hier auf dem Anwesen. Ich kann auch gleich dafür sorgen, dass das Hemd gewaschen wird, wenn Sie das möchten.“

„Wenn Sie möchten, dass ich es jetzt auf der Stelle ausziehe.“

Nella spürte, wie ihr die Röte in die Wangen schoss. „Das dann doch nicht. Ich dachte ...“ Wo war ihre vielgepriesene Schlagfertigkeit, wenn sie sie einmal brauchte? Miese Verräterin!

„Schon gut, Eleonora, ich wollte Sie nicht in Verlegenheit bringen. Wirklich nicht.“ Sein Lächeln war eine Unverschämtheit. „Ich würde so gerne weiter mit Ihnen plaudern, aber ich muss dringend noch ein paar Fotos schießen, sonst könnten meine Auftraggeber denken, ich wäre nur hier gewesen, um mit schönen Frauen zu flirten. Ich hoffe, wir sehen uns im Laufe des Abends noch einmal.“

„Nicht ganz unwahrscheinlich, ich kann hier nicht weg ...“ Noch während sie sprach, wurde ihr bewusst, wie das klang. „So meinte ich das nicht, ehrlich.“

Jetzt lachte er wirklich. „Schon verstanden. Man sieht sich. Viel Spaß noch, Eleonora.“

So konnte sie das nicht stehen lassen. „Zum einen, bitte nennen Sie mich Nella, das halten alle anderen auch so, zum anderen, ich bin zuständig für die Organisation, daher der dumme Spruch vorhin.“

„Alles klar, Nella. Sie müssen sich nicht rechtfertigen. Ich kann auch mal um die Ecke denken, wissen Sie?“

Mit diesen Worten verschwand Thors Ebenbild in Richtung des neuen Fahrzeugs, von wo aus ihm zwei der Vorstandsmitglieder aufgeregt winkten.

Bravo! Eine perfekte Blamage; dank ihrer schrecklichen Unsicherheit war sie darin Profi. Ach ja, und flirten konnte sie offenbar heute wieder einmal perfekt. Ärgerlich über sich selbst schüttelte sie den Kopf. Allerdings passierte ihr das immer ausgerechnet dann, wenn ihr Gegenüber wirklich interessant oder gar so umwerfend war wie dieses Exemplar und vor Selbstsicherheit nur so strotzte, obwohl er nicht viel älter als sie zu sein schien. Sie würde für den Rest des Tages einen großen Bogen um den schönen Nordländer machen, ehe sie sich noch komplett in Teufels Küche redete.

„Sieht er nicht einmalig gut aus? Nella, hörst du mich?“

„Alessia, bitte verzeih, ich war in Gedanken. Was hast du gefragt?“

„Ich meinte, sieht er nicht einmalig gut aus? Er ist noch hübscher als auf den Bildern der Klatschpresse.“

„Wer? Der Mann von gerade eben? Der, dem ich die Tomate auf das Hemd katapultiert habe?“

„Du hast was? Glaube mir, das hätte ich gerne gesehen.“

„Na vielen Dank auch, das war mir auch so peinlich genug. Aber warum hast du vorhin die Klatschpresse erwähnt? Ist er ein Paparazzo oder so was in der Richtung?“

Alessia schüttelte nachsichtig den Kopf. „Weder noch, Nella. Du kennst ihn wirklich nicht, oder? Kind, du solltest öfter mal einschlägige Frauenmagazine lesen. Dann wärst du wieder up to date in der Gesellschaft." Alessia tätschelte ihr liebevoll die Wange. „Das gerade eben, meine Liebe, war Leander Clasen. Der begehrteste und beste Fotograf Skandinaviens und gleichzeitig Autor von mehreren sehr unterhaltsamen und informativen Reisebüchern. Sein Buch über seine Reise durch ganz Neuseeland ist noch immer in den Bestsellerlisten. Ein wahrer Globetrotter und vor allem Frauenschwarm."

„Auch das noch! Und ausgerechnet bei ihm benehme ich mich wie ein geistig zurückgebliebener Teenie. O Gott, ist mir das peinlich."

Alessia schnappte sich eine der letzten Minipizzen vom Buffet und warf ihr einen vielsagenden Blick zu. „Nella, so wie er dich angesehen hat, war ihm das relativ egal. Ich glaube, er hat nur die schöne, bezaubernde Frau erblickt, die ich immer in dir sehe." Mit diesen Worten eilte ihre Chefin über den Rasen davon. Nella blieb mit einem flauen Gefühl im Magen zurück. Hervorragend! Da begegnete sie einem waschechten Prominenten, bombardierte ihn mit Tomatenscheiben und hatte keinen blassen Schimmer, wem sie tatsächlich gegenüberstand. Ihr Entschluss, Leander Clasen für den Rest des Tages aus dem Weg zu gehen, verfestigte sich zusehends.

Ihr Vorhaben schien unter einem guten Stern zu stehen. Herr Clasen war vollauf damit beschäftigt, die hohen Herren des Autokonzerns mit ihrem neuen Lieblingsspielzeug und diversen bekannten Gesichtern aus der gehobenen Gesellschaft Roms abzulichten. Nella entspannte sich zunehmend und widmete sich den Gästen, die mehr über das Weingut und den weiteren Verlauf des Abends wissen wollten oder sich nach dem Designer ihres Kleides erkundigten. Freundlich und routiniert wie immer beantwortete sie alle Fragen, ließ hier und da einen kleinen Scherz einfließen und war rundum zufrieden mit diesem Tag. Die Musiker waren tatsächlich virtuos. Eine gute Wahl, diese Combo sollte sie sich merken. Mittlerweile war es dunkel geworden. Der Garten sowie der Platz vor der Halle, in der das Dinner in vollem Gange war, wurden von zahlreichen Fackeln und mehreren Feuerschalen erleuchtet. Ein Ambiente, das Nella sehr gefiel und das jedes Mal für große Begeisterung bei den Gästen sorgte. Filippo forderte sie zum wiederholten Male auf, endlich etwas Vernünftiges zu essen, und jetzt konnte sie es sich endlich erlauben, sich daran zu machen, ihren Zuckerspiegel auf ein akzeptables Maß zu bringen. Mit einem Teller voll zartem Kalbsfilet, knackigem, glasiertem Gemüse und einer duftenden Safransauce zog sie sich auf eine Bank hinter der Halle zurück. Just in dem Augenblick, als sie sich den ersten Bissen in den Mund steckte und sich die Aromen der sämigen Sauce in ihrem Mund ausbreiteten, vernahm sie das Klicken einer Kamera.

Erschrocken sah sie auf und direkt in ein Paar amüsiert funkelnder, hellblauer Augen, in denen sich das Licht einer Feuerschale spiegelte.

„Nella, Nella, wenn dieser verklärt-glückliche Blick jemals mir gelten sollte, dann wäre das der perfekte Tag."

Sie wusste nicht, ob sie verärgert oder geschmeichelt sein sollte. Höflich und professionell bleiben musste sie auf jeden Fall, auch wenn er sie nicht nur ungefragt beim Essen ablichtete, was sie per se überhaupt nicht mochte, sondern auch noch mit anzüglichen Sprüchen kam.

„Bitte verzeihen Sie, Herr Clasen, solch einen Blick widme ich tatsächlich nur einem herausragenden Essen, vor allem, wenn ich vor Hunger fast umkomme. Bitte nehmen Sie das nicht allzu persönlich."

Kurzfristig schien er verblüfft, dann lächelte er. „Gute Antwort. Ich bin es, der sich entschuldigen sollte. Man fotografiert niemanden ohne sein Wissen, schon gar nicht beim Essen, wenn er sich unbeobachtet glaubt. Also, noch einmal von vorne: Bitte entschuldigen Sie die dumme Anmache, Nella, aber Sie sahen wirklich bezaubernd aus." Er zeigte auf den Platz neben ihr. „Darf ich mich trotzdem setzen? Ich verspreche, mich vorbildlich zu benehmen." Er wirkte so schuldbewusst, dass sie gar nicht anders konnte.

„Bitte, setzen Sie sich. Wenn es Sie nicht stört, dass ich kaue?"

Vorsichtig legte er zuerst seine Kamera ab und ließ sich dann neben ihr nieder. „Keineswegs. Es ist mir tatsächlich unangenehm, Sie zu stören, aber nachdem ich den ganzen Nachmittag mit Beschlag belegt wurde und irgendwie das vage Gefühl hatte, Sie würden mir aus dem Weg gehen, habe ich keine andere Wahl."

Verflixt, da schien der nordische Halbgott feinfühliger zu sein, als sie es ihm zugetraut hätte. Was aber sollte sie darauf antworten? So lächelte sie und schob sich statt einer Entgegnung ein butterweiches Filetstück in den Mund. Es fiel ihr tatsächlich schwer, sich locker und ungezwungen mit diesem überdurchschnittlich gutaussehenden und dazu prominenten Mann zu unterhalten. Ihr in den letzten Jahren mühsam aufgebautes Selbstbewusstsein schien sich gemeinsam mit Ivano verabschiedet zu haben. Leander Clasen deutete ihr Schweigen offensichtlich spontan richtig. „Es stimmt, nicht wahr? Sie gehen mir aus dem Weg? Erzählen Sie mir nicht, die dumme Tomate ist daran schuld."

Nella schluckte den letzten Bissen hinunter und stupste mit ihrer Gabel eine einsame grüne Bohne über den Teller. Ehrlichkeit war fast immer Trumpf, hoffentlich auch hier. „Ja, das stimmt. Es ist mir tatsächlich unangenehm, und ich muss zugeben, dass ich derzeit in puncto Konversation nicht fit bin. Mir geht einfach sehr viel durch den Kopf. Ich bin keine gute Gesprächspartnerin, zumindest nicht im Augenblick. Es hat wirklich nichts mit Ihnen zu tun."

Sein Blick ruhte lange und forschend auf ihr. „Darf ich meine Meinung dazu äußern oder das nur schweigend akzeptieren?"

Schon wieder fühlte sie sich angegriffen, so, als hätte sie etwas Unpassendes oder Verletzendes gesagt. Hatte sie? Clasen ließ ihr nicht viel Zeit, um weiter darüber zu sinnieren.

„Keine Angst, ich meine das nicht böse oder herablassend. Sie müssen entschuldigen, ich schieße oft und gerne übers Ziel hinaus. Sie waren ehrlich, dann darf ich es auch sein. Mir werden, das muss ich eingestehen, selten meine Grenzen aufgezeigt. Daher versuche ich, wenn mir etwas wichtig erscheint, mich vorsichtig heranzutasten."

„Vorsichtig?" Sie musterte ihn mit gerunzelter Stirn.

„Für meine Verhältnisse durchaus, glauben Sie mir. Ein Wort wie *wichtig* nehme ich nicht unbedacht in den Mund."

Er hatte eine schöne, tiefe Stimme, eine Stimme, die es verstand, zu beruhigen. Es schien beinahe, als gelänge es ihm, eine Grundlage zu schaffen, auf der auch sie sich sicher fühlte. Mutiger geworden, sah sie ihm in die Augen. „Warum nehmen Sie es dann überhaupt in den Mund?"

„Weil es passt. Im Ernst, Nella, ich möchte nicht, dass Sie sich unwohl fühlen, aber ich möchte auch mehr über Sie erfahren. Eine schwierige Lage. Und gerade, weil ich mich habe hinreißen lassen, dieses Wort zu benutzen, möchte ich, dass Sie mir glauben. Allerdings ist die Situation natürlich für Sie vertrackt. Ich bin hier Gast und Sie, wenn ich das richtig verstanden habe, sind die Organisatorin. Das versetzt mich in die dumme Lage, nicht zu wissen, ob Sie wirklich mit mir reden möchten oder ob Sie nur höflich sind, weil Sie es müssen."

Gut, das war eine Aussage, mit der sie etwas anfangen konnte. Vor allem, wenn sie aufrichtig zu sich selbst war. Sie wollte ja, dass er mit ihr sprach, dass diese beruhigende, warme Stimme nicht verstummte – auch wenn er sie mit seiner selbstsicheren Art gehörig in die Enge trieb. Wem machte sie denn hier eigentlich etwas vor? Nella holte tief Luft, ehe sie antwortete.

„Bitte haben Sie etwas Vertrauen in meine kommunikativen Fähigkeiten. Es genügt vollkommen, wenn ich selbst manchmal daran zweifle. Und glauben Sie mir, dass ich Mittel und Wege habe, es Sie wissen zu lassen, wenn ich nicht mit Ihnen reden möchte."

Sein freches Lächeln gefiel ihr, seine Antwort noch mehr. „Nach diesem Satz ist mein Vertrauen nahezu grenzenlos, liebe Nella. Dumm nur, dass Sie mich damit ermutigt haben, Ihnen weiter auf die Nerven zu gehen."

Nella erwiderte sein Lächeln. „Tun Sie das, auch wenn ich Sie erst einmal eine Weile vertrösten muss, da wir noch eine musikalische Einlage und eine Ansprache des Vorstandsvorsitzenden auf dem Programm haben."

„Herrje, das habe ich vollkommen vergessen, ich muss Stig ja dabei ablichten. Danke für das Update. Darf ich mich Ihnen anschließen?"

Er durfte. Mit Clasen an ihrer Seite betrat Nella die Halle, verschaffte sich einen raschen Überblick und wandte sich ihm zu. „In fünf Minuten spricht Ihr Freund und kündigt die Künstlerin an, die dann singen wird. Da haben Sie jede Menge Fotomotive."

Er neigte sich ihr zu und Nella fühlte seinen warmen Atem an ihrer Wange. „Vielen Dank auch, beschäftigen Sie mich ruhig. Ich habe da so meine Pläne. Ich bin verdammt kreativ, müssen Sie wissen." Nach einem erneuten, spitzbübischen Lächeln verschwand er in Richtung VIP-Tisch.

Sollte sie sich jetzt freuen oder fürchten? Wirklich schlau wurde sie aus dem Schweden nicht.

Leander Clasen gab ihr im weiteren Verlauf des Abends keine Gelegenheit mehr, sich den Kopf zu zerbrechen. Er ignorierte sie, zumindest kam es Nella so vor. Für sie war es viel wichtiger, dass Filippo und Alessia zufrieden waren, nachdem sie begeistertes Feedback von den Gästen bekommen hatten. Nella atmete auf. Jedes Event war ein Drahtseilakt, auf die eine oder andere Weise. Dieses hier würde, so wie es aussah, als großer Erfolg in die Annalen des Gutes eingehen.

Während gegen zwei Uhr morgens die letzten Gäste sichtlich glücklich in die Busse kletterten, inspizierte Nella die Halle, zahlte die Musiker aus und sorgte dafür, dass der Caterer die übrigen Speisen verladen konnte. Es war nach drei, als sie endlich rechtschaffen müde die Stiege zu ihrem Apartment hochlief. Das kleine Kuvert, das zwischen Tür und Rahmen steckte, bemerkte sie erst, als es herunterfiel, nachdem sie aufgeschlossen hatte.

„Was ist das denn?" Sie hob es auf, betrachtete es ratlos und betrat ihre Wohnung. Sie schlüpfte mit einem glücklichen Seufzen aus den Schuhen, legte ihr Notizbuch auf die Kommode im Flur und tapste barfuß in die Küche. Im Schein der nicht besonders hellen Lampe hinter dem Küchentisch öffnete sie den Umschlag. Sie war so müde, dass die Buchstaben vor ihren Augen tanzten. Erst nachdem sie mehrmals geblinzelt und die Augen weit aufgerissen hatte, gelang es ihr, die handschriftlichen Zeilen zu entziffern.

Sehr geehrte Signorina Alisi, Sie werden herzlich gebeten, sich am morgigen Abend um acht Uhr am Empfang des Ristaurante „Il Vesuvio" zu melden. Eine Nachbesprechung der von Ihnen geleiteten Veranstaltung erscheint uns dringend notwendig. Wir danken Ihnen im Voraus für Ihr Erscheinen.

Was sollte das denn? Waren nicht alle vom Verlauf regelrecht begeistert gewesen? Warum dann eine Nachbesprechung, und warum mitten in Rom? Warum setzte man sich nicht einfach am Frühstückstisch hier im Hotel zusammen? Erneut überflog sie die wenigen Zeilen. Nicht einmal ein leserlicher Name stand irgendwo auf der Karte, lediglich diese – zugegeben schöne – verschnörkelte Unterschrift. Von wem auch immer diese Karte kam, und sie musste von einem der Volvo-Vorstände sein, er hatte die schönste Handschrift, die ihr jemals untergekommen war. Ein schwacher Trost angesichts der Tatsache, dass sie vollkommen verunsichert in ihrer Küche stand und sich das Gefühl des Triumphes zunehmend verflüchtigte.

Am nächsten Tag war sie zeitiger als nötig auf den Beinen. Überrascht stellte sie fest, dass die hohen Gäste bis auf den Vorstandsvorsitzenden, der vehement darauf bestand, Stig genannt zu werden, bereits abgereist waren. „Ich bleibe noch eine Weile, ich habe mich dermaßen in dieses Fleckchen Erde verliebt, dass ich meinen Rückflug um zwei Tage verschoben habe." Der freundliche Mann, dessen grüne Augen stets vergnügt funkelten, lächelte sie an. „Ich bin jetzt fast sechzig Jahre alt, ich liebe meine Heimat, keine Frage, aber die Wärme und die Fröhlichkeit hier in Italien mag ich mindestens genauso. Liegt vielleicht auch daran, dass es meinen Knochen hier um einiges besser geht."

Nella verstand nur zu gut. „Ich hoffe, Sie können Ihre Zeit genießen. Wenn ich etwas für Sie tun kann, dann lassen Sie es mich bitte wissen."

Stig zeigte lächelnd über ihre Schulter. „Da sehen Sie, ich war einfach frech und habe gefragt. Jetzt zeigt Ihr Chef mir heute die Umgebung, da kommt er schon. Ist das nicht schön?“

Ja, das war es, vor allem da Filippo sich darauf zu freuen schien. Eine Frage brannte ihr nun aber auf der Zunge. „Verzeihung, Stig, nur aus reiner Neugier. Ist denn Herr Clasen auch schon abgereist? Gibt es eine Möglichkeit, die Bilder, die er geschossen hat, zu sehen?“ Die Bilder des Fotografen waren eine hervorragende Ausrede, um nach ihm zu fragen. Und fragen musste sie einfach. Es wunderte sie tatsächlich, dass er ohne ein weiteres Wort verschwunden sein sollte. Irgendwie passte das nicht in das Bild, das sie vom vergangenen Abend im Kopf hatte.

Stig kratzte sich am Kinn. „Soweit ich weiß, hatte Leander schon am frühen Morgen einen Termin in Rom. Da wir vereinbart haben, seine Bilder, die in unseren Prospekt sollen, erst in Stockholm zu sichten, kann ich Ihnen leider nicht sagen, wann er zurückfliegt. Tut mir sehr leid, aber ich könnte meine Kollegen anrufen, sobald sie zuhause gelandet sind.“

Alles nur das nicht. Sie wollte hier nicht als aufdringliches Fotogroupie dastehen. „Vielen lieben Dank, das wird nicht nötig sein. Ich kann sicherlich über Ihr Sekretariat einige der Fotos für unsere Bildergalerie bekommen, nicht wahr?“

Sie erhielt die Zusicherung, dass sie alles geschickt bekäme, was sie brauchte, ehe ein eindeutig abenteuerlustiger Stig in den Jeep ihres Chefs kletterte.

„Nella, warum hast du denn Stig nicht gefragt? Vielleicht hätte er gewusst, wer die Karte geschrieben hat. Das ist schon etwas mysteriös. Vielleicht hast du einen heimlichen Bewunderer? Schließlich steht dein Name unten am Eingang. Jeder der eins und eins zusammenzählt, kann sich denken, dass du da oben wohnst. Trotzdem sollte mich ein unzufriedener Gast sehr wundern." Alessia nippte grübelnd an ihrem Espresso. „Hat sich denn während der Veranstaltung jemand über etwas beschwert? Gab es ein Problem?"

Nella schüttelte zum wiederholten Mal den Kopf. „Nichts, ich zermartere mir das Hirn. Ich hatte mich so gefreut, dass alles gut lief, und dann so was?"

„Nun lass mal gut sein. Vielleicht ist es wirklich nur ein heimlicher Verehrer, der dich überraschen will. Warum nimmst du eigentlich gleich wieder an, dass es etwas Negatives ist?"

„Erfahrungswerte." Nella erhob sich von der Bank auf der Terrasse und trat aus dem Schatten des Sonnensegels. „Hingehen werde ich auf jeden Fall, denn neugierig bin ich ja dann doch. Ich sollte mich umziehen, wer auch immer das arrangiert hat, er hat ein nobles Restaurant gewählt. Ich möchte, wenn ich schon innerlich vor Unsicherheit halb eingehe, zumindest nach außen hin souverän wirken."

Alessia schnaubte ungehalten auf. „Ach, Nella, nun mach aber halblang. Du bist hervorragend in allem, was du tust. Einzig und allein dein Selbstbewusstsein bräuchte dringend einen Schubs in die richtige Richtung. Hör auf damit, dich selbst klein zu reden."

Sie schenkte ihrer Chefin, die ihr immer mehr zu einer mütterlichen Freundin wurde, ein dankbares Lächeln. „Ich arbeite daran, versprochen."

Überraschung in der Abendstunde

Es war reiner Irrsinn, das wusste sie. Mit dem Auto in die Innenstadt Roms zu fahren und das, ehe die Läden und Büros schlossen, war verrückt. Aber Nella wagte es nicht, auf den Bus zu vertrauen, nicht, wenn ihr viel daran lag, pünktlich zu sein. Gefühlte zwanzig Mal hatte sie sich umgezogen, um letztendlich doch in einem eleganten, weißen Sommerkleid mit einem breiten türkis, gelb und grün gemusterten Leinengürtel und türkisen Schnürsandalen loszufahren. Sie sollte es langsam wissen: Das erste Outfit war fast jedes Mal das Beste. Noch immer grübelte sie darüber nach, wer wohl hinter der seltsamen Einladung steckte. Nervös lenkte sie Gianni durch den abendlichen Stoßverkehr und bog endlich in eine ruhigere Seitenstraße ab. Ganz in der Nähe lag ihre ehemalige Wohnung, und es fiel ihr schwer, die aufkeimende Wehmut zu unterdrücken. Noch vor kurzer Zeit war sie regelmäßig auf der Suche nach einem Parkplatz durch die hiesigen Gassen gekurvt. Den im Innenhof, der zur Wohnung gehörte, hatte sie Ivano überlassen, der seinen Mercedes ungern auf der Straße parkte. Wer mit der römischen Art des Aus- und Einparkens vertraut war, konnte nachvollziehen, warum. Heute stieg sie allerdings nicht mit Einkaufstüten voller Leckereien aus dem Auto und lief glücklich und voller Vorfreude auf einen gemeinsamen Abend zu ihrem gemütlichen Zuhause.

„Himmel noch mal, hör auf damit! Es ist vorbei, kapier es endlich, du hast es gehörig verbockt.“ Ärgerlich über sich selbst und ihre trüben Gedanken, manövrierte sie Gianni in eine kleine Parkbucht am Straßenrand. Ein letzter Blick in den Rückspiegel, den Sitz ihrer Haare überprüfen, die sie heute offen trug, ihre Lippen noch einmal mit dem roséfarbenen Lippenstift nachziehen, tief durchatmen und dann aussteigen. Leichter gesagt als getan. Die Unsicherheit, die sich ihrer bemächtigt hatte, war erdrückend. Ihr Zaudern machte das auch nicht besser, aber gegen die eigene Psyche zu arbeiten war verdammt schwer. Sie schloss ihr Auto ab und sah sich um. Langsam legte sich die Dämmerung über die Ewige Stadt. Die Luft war warm und weich. Hier, abseits der Hauptstraßen, war auch vom Gestank der zahllosen Mopeds, Autos und Busse fast nichts zu bemerken. Die Römer eilten, mit Tüten und Taschen bepackt, zu ihren Wohnungen, und aus den zahlreichen Bars und Restaurants drangen Musik und der Duft von Kräutern und frischem Knoblauch. Aus geöffneten Fenstern erklang Kinderlachen, und in der Mitte einer winzigen Piazza spuckte an der rechten Seite eines alten, steinernen Brunnens ein mit Algen überzogener Fisch eine dünne Fontäne in die Luft, die plätschernd im Becken landete. Nella liebte diese Gegend, hier war überall Leben, und wenn die Touristen mit ihren Bussen weitergezogen waren, gehörten die schmalen, idyllischen Gassen wieder ganz den Römern.

Sie bog um eine Häuserecke und sah das *Il Vesuvio* in gut zehn Metern Entfernung an der nächsten Piazza vor sich liegen. Es war ein sehr altes, traditionsreiches Haus, in dem es schwer war, einen Tisch zu ergattern. Normalerweise musste man sich Tage vorher anmelden, um einen der schönen Plätze zu bekommen und nicht an der Bar oder direkt an der Straße sitzen zu müssen. Wobei auch das einen echten Römer nicht erschüttern konnte. Auf dem eng bestuhlten Vorplatz des Restaurants war schon jetzt kein einziger freier Sitzplatz mehr zu sehen. Kein Wunder bei dem schönen, romantischen Ambiente. In die beiden Bäume, die tagsüber mit ihrem Blätterdach Schatten spendeten, waren Lichterketten gewunden, die abends zusammen mit weißen Windlichtern für angenehmes Licht sorgten. Nellas Blick huschte über die Gästeschar.

Sie trat entschlossen an das Stehpult, auf dem das Buch mit den Reservierungen lag und von wo aus ihr ein Mann in schwarzem Hemd und schwarzer Hose erwartungsvoll entgegenblickte.

„Signora, was kann ich für Sie tun?"

Sie räusperte sich, wie immer, wenn sie nervös war. „Mein Name ist Eleonora Alisi. Ich denke, ich werde erwartet."

Zu dem freundlichen Ausdruck gesellte sich ein breites Lächeln. „Ja, Signora Alisi, der Herr ist schon eine ganze Weile hier. Bitte folgen Sie mir." Er wandte sich um und eilte vor ihr her durch das Restaurant. Im vielbegehrten Innenhof steuerte er einen Tisch am Ende an, direkt neben einem Marmorbrunnen und unter einem ebenfalls mit Lichterketten geschmückten Olivenbaum. „Bitte sehr, Signora, darf ich Ihnen helfen?"

Sie wusste gar nicht, wohin sie zuerst blicken sollte: In das lächelnde Gesicht von Leander Clasen oder auf den für sie zurechtgerückten Stuhl. Clasen schien ihr Dilemma zu bemerken, denn er erhob sich und streckte ihr die Hand entgegen. „Guten Abend, Nella, ich freue mich sehr, dass Sie meiner Einladung gefolgt sind." An den noch immer wartenden Angestellten gewandt, erklärte er höflich: „Vielen Dank, ich mache das schon." Er wartete, bis sie sich gesetzt hatte, und nahm dann ihr gegenüber Platz. Sein Blick war ernst und nachdenklich. „Nella, Sie sehen umwerfend aus und ich freue mich wirklich, dass Sie hier sind. Ich war mir keineswegs sicher, dass Sie kommen würden."

Noch immer verwirrt und von der Situation gänzlich überfordert, schüttelte sie den Kopf. „Natürlich bin ich hier. Da in dem Brief stand, dass man über den vergangenen Abend sprechen müsse, war ich sehr beunruhigt. Ich dachte, es habe Probleme gegeben, über die man mit mir in Ruhe reden möchte."

Clasen sah sie eine Weile sichtlich überrascht an, dann zuckte seine rechte Augenbraue amüsiert nach oben. „Nella, das ist nicht Ihr Ernst, oder? Sie denken wirklich, dass jemand Sie hierher beordert, um Manöverkritik zum Event zu üben? Wussten Sie tatsächlich nicht, dass die Karte von mir war?"

Hilflos zuckte sie die Achseln. „Nein, das wusste ich nicht. Ich konnte die Schrift zwar lesen, aber die Unterschrift war mir dann doch zu schwungvoll. Sie hätten Arzt werden sollen, deren Schrift kann ich auch nie entziffern."

Clasen lehnte sich in seinem Stuhl zurück und legte den Kopf leicht schief, was bei ihm ausgesprochen anziehend wirkte. Überhaupt sah er verboten attraktiv aus. Das hellblaue Hemd zum grauen, leicht glänzenden Anzug ließ seine Augen regelrecht strahlen. Die strohblonden, gekonnt verwuschelten Haare, die ihm lässig in die Stirn fielen, dazu der gebräunte Teint und die perfekt weißen Zähne, all das vermittelte den Eindruck, als wäre er einem Modemagazin entsprungen. Nella presste die Lippen zusammen und fixierte einen Augenblick das blütenweiße Tischtuch, ehe sie es wagte, ihn wieder anzusehen. „Ich konnte die Karte ja schließlich nicht einfach ignorieren."

„Und ich bin sehr froh, dass Sie es nicht getan haben. Gestern hätte ich so gerne noch mit Ihnen geredet. Aber es war einfach eine dumme Konstellation. Sie waren beschäftigt und darum besorgt, dass alles gut lief, und ich wurde immer wieder von Stig und den anderen mit Beschlag belegt. Da erschien es mir einfach sinnvoller, Sie nicht weiter von der Arbeit abzuhalten. Die Idee mit dem gemeinsamen Abendessen kam mir schon, als ich Sie mit Ihrem Teller abgelichtet habe."

„Als Sie heute Morgen verschwunden waren, dachte ich, Sie würden nach Hause fliegen. Zumindest hat Ihr Freund etwas in der Richtung fallen lassen."

Wie schon am vergangenen Abend erschien dieses spitzbübische Lächeln auf seinen Lippen. „Stig? Na klar, wenn ich dem auf die Nase gebunden hätte, dass ich noch hierbleibe, dann raten Sie mal, was ich heute den ganzen Tag hätte tun dürfen? Ganz ehrlich, auf eine Fotosafari durch Rom und Umgebung hatte ich keine Lust."

„So, so, Sie schwindeln also Ihre Freunde an?“

Er zuckte mit unschuldigem Blick die Schultern. „Die Umstände heiligen die Mittel. Ich mag Stig sehr, aber er ist etwas besitzergreifend, und auf Dauer nervt das.“

„In Ordnung, das kann ich gelten lassen. Und jetzt bin ich wirklich neugierig. Wie komme ich zu der Ehre, von Ihnen eingeladen zu werden? Wir kennen uns doch kaum. Abgesehen davon, dass ich Ihr Hemd ruiniert habe.“

Er machte eine wegwerfende Handbewegung. „Davon will ich wirklich nichts mehr hören. Es war ein sehr schöner Moment, denn Ihr Gesichtsausdruck war einfach nur himmlisch. Zum Rest Ihrer Frage, von der ich eigentlich dachte, das wäre geklärt: Ich will, falsch, ich muss Sie näher kennenlernen. Das wusste ich von der ersten Sekunde an. Nella, Sie sind mir ein Mysterium auf zwei Beinen. Bildhübsch, eindeutig klug, kompetent im Job, dazu dieser spezielle Humor mit dem dezenten Hauch an Ironie, der da ab und an hervorblitzt.“ Er legte beide Hände zusammen und stützte sein markantes Kinn auf den Fingerspitzen auf, während er sie eingehend betrachtete. „All das, und dann kommt da eine dermaßen große Portion an Unsicherheit hinzu, die ich nicht verstehe. Allein die Tatsache, dass Sie überall Kritik wittern. Nella, ich bitte Sie, das ist so unsinnig. Ich war in meinem Leben auf zahllosen Veranstaltungen, mal besser, mal schlechter. Das, was Sie da gestern auf die Beine gestellt haben, war Perfektion. Und das sage ich jetzt nicht, weil ich Ihnen schmeicheln will. Es ist Fakt.“

Der Kellner trat mit den Getränkekarten an den Tisch und sie wurden kurzfristig unterbrochen. So konnte

Nella das soeben Gehörte sacken lassen. Das Lob tat ungemein gut, vor allem schien er es wirklich so zu meinen. Viel ruhiger als noch vor einigen Minuten wählte sie einen leichten Camparicocktail und ein stilles Wasser, während Clasen einen Aperitif des Hauses nahm. Dazu bestellten sie als Starter eine Vorspeisenplatte für zwei, so konnten sie all die Leckereien kosten, die hinter den Scheiben der großen Vitrine lockten.

Der Kellner brachte die Getränke und Clasen hob lächelnd sein Glas. „Auf Ihr Wohl, Nella. Darf ich Sie um etwas bitten?“

Sie stieß ihr Glas leicht an seines. „Versuchen Sie es einfach.“

„Könnten wir bitte etwas weniger förmlich werden? Ich heiße Leander.“

„Gerne. Nella, aber das ist ja nichts Neues. Es ist mir eine Ehre.“

„Ganz meinerseits. Aber zurück zum Thema. Ich wollte dich einfach auf dem Gut nicht weiter behelligen. Heute ist das anders. Heute hindert uns nichts daran, uns besser kennenzulernen.“ Er musterte sie einen Augenblick lang, um dann leise weiterzusprechen. „Das heißt, falls du das überhaupt möchtest. Ich will dich zu nichts zwingen.“ Wieder hielt er inne, und als er fortfuhr, war sein Tonfall sehr ernst. „Nella, das hier ist Neuland für mich. Ich möchte keinen Fehler machen, möchte nicht, dass du dich unwohl fühlst. Als ich dich gestern gesehen habe, hast du mich schlicht und ergreifend umgehauen. Dazu gehört bei mir eine ganze Menge. Ich musste einfach mit dir sprechen, musste wissen, wer du bist.“

Da just in diesem Moment das Essen serviert wurde, schwieg Leander, was Nella traurig stimmte. Solche Dinge las man sonst nur in Romanen oder sah sie in romantischen Filmen. Dass aber ein interessanter, schöner Mann vor ihr saß und genau so etwas zu ihr sagte, ließ ihr Herz klopfen wie verrückt. Was passierte hier? War das real? Sie hoffte es jedenfalls, und auch die fröhliche Konversation während des Essens deutete darauf hin, dass sie nicht halluzinierte. Mit der Bestellung des Desserts wurde Leander wieder ernster.

„Dürfte ich wieder dort anknüpfen, wo wir vor den Artischockenherzen unterbrochen wurden, oder ist es dir unangenehm?"

Sie stützte sich mit den Ellbogen auf dem Tisch auf und legte ihr Kinn auf die ineinander verschränkten Hände. „Sprich weiter. Was man beginnt, soll man auch beenden."

„Gut, ich will einfach nur ehrlich sein. Mir ist in meinem Leben einiges in den Schoß gefallen. Wohlhabende Eltern, eine behütete Kindheit, teure Schulen, eine auf meine Wünsche zugeschnittene Ausbildung. Allerdings war ich nie einfach nur der reiche Sprössling. Ich habe immer mein Bestes gegeben und mir vor allem nach der Ausbildung meinen Erfolg schwer erarbeitet. Mit Worten zu jonglieren ist mir schon immer leichtgefallen und ein Auge für schöne, außergewöhnliche Bilder habe ich schnell entwickelt. Mein Agent hat meine Bücher hervorragend verkauft und letztendlich kamen die Verlage mit Auftragsarbeiten. Mein großer Durchbruch waren meine Reiseberichte über Neuseeland, das einfach nur atemberaubend ist, und meine Bücher über Norwegen, das kaum weniger fasziniert, wenn man sich darauf einlässt." Er stocherte unruhig in seinem Mandelkuchen herum. „Bei Frauen hatte ich nie ein Problem. Irgendwie scheinen sie mich zu mögen. Ich weiß nicht, wie ich das richtig ausdrücken soll, ohne dass es total bescheuert klingt."

„Sag doch einfach, dass sie dir zu Füßen liegen."

„Na ja, ganz so ist es auch nicht. Aber du hast schon recht, sie haben es mir immer sehr leicht gemacht."

„Könnte das an deinem Aussehen liegen? Nur mal so angedacht?" Schmunzelnd schob sie sich einen Löffel mit köstlicher Mousse in den Mund.

„Siehst du, da war er wieder, der Humor, von dem ich denke, dass er viel öfter zum Einsatz kommen sollte. Abgesehen davon nehme ich es als Kompliment, vielen Dank. Ja, ich hatte es recht leicht in allen Dingen. Mir ist vieles zugeflogen. Mag sein, dass mich das etwas oberflächlich hat werden lassen, etwas zu selbstsicher." Leander hielt inne und vermied es, ihr in die Augen zu sehen. „Als ich 1995 gefragt wurde, ob ich für ein Politmagazin in das gerade befriedete Gebiet des ehemaligen Jugoslawiens fliegen und eine Reportage schreiben könne, fand ich das eine gute, spannende Sache. Allerdings schwand meine anfängliche Euphorie, als mir das Ausmaß der Zerstörung entgegenschlug, als ich das ganze Leid sah und es ablichtete. Mein Bericht kam hervorragend an, und der Chefredakteur des Magazins hatte die Idee, mich 1996 in den Kosovo zu schicken. Falls ich gedacht haben sollte, ich hätte schon alles Leid gesehen, wurde ich verdammt schnell eines Besseren belehrt. Es ist noch mal was anderes, aus einem Nachkriegsgebiet zu berichten, als aus einem Land, in dem dir die Gewehrkugeln um die Ohren fliegen. Niemand kann sich vorstellen, was du fühlst, wenn in dem Hotel, in dem die Reporter wohnen, eine Bombe einschlägt und der Kollege, mit dem du eben noch geredet hast, tot in seinem Blut liegt. Ich habe in diesen Tagen gelernt, in den Augen der Menschen dort zu lesen. Sie hatten panische Angst, mit mir zu sprechen. Nella, du kannst dir nicht vorstellen, was ich alles in diesen Augen gesehen habe. Nachdem ich zurück in Schweden war, habe ich mich wochenlang in einem der Ferienhäuser meiner Familie verschanzt. Ich wollte niemanden sehen, mit niemandem reden. Erst als ich meinen Report fertig hatte, alles noch einmal durchlebt und verarbeitet hatte, ging es mir etwas besser."

„Das ist ja schrecklich! Musstet du denn im Kriegsgebiet bleiben?"

Er hob die Hände. „Es ist wie ein Sog. Du möchtest wegrennen, aber du kannst es nicht, du schaffst es nicht einmal wegzusehen. Du starrst auf das Grauen vor dir und fragst dich, was Menschen dazu bringt, sich gegenseitig so unendlich viel Schmerz zuzufügen." Leander hob seinen Blick und sah ihr lange in die Augen. „Wenn ich jetzt etwas sage, dir eine Frage stelle, bitte sei nicht ärgerlich, ich will dich nicht aushorchen oder dir Angst machen, okay?"

Erstaunt legte sie den Dessertlöffel beiseite. „Jetzt machst du mich neugierig, also bitte frag, was immer du fragen willst."

Leander beugte sich über den Tisch und griff nach ihren Händen. Seine schlanken Finger umschlossen die ihren und hielten sie fest. „Nella, ich habe dir gerade erzählt, dass ich gelernt habe, in den Augen der Menschen zu lesen. Ich tue das, ohne darüber nachzudenken, es passiert einfach. Bei dir wollte ich es allerdings unbedingt. Ich war neugierig auf das, was sich hinter der Stirn einer so schönen Frau abspielt. Was ich aber gesehen habe, das ist, gut verborgen für andere, eine so tiefe Unsicherheit, dass es mich erschreckt. Da ist nicht nur Unsicherheit, da sind auch Trauer und andauernde Selbstzweifel. Nella, allein deine Furcht, du könntest etwas falsch machen, obwohl du in deinem Job absolut perfekt bist, ist erschreckend. Seit ich in deine Augen gesehen habe, habe ich nur noch einen Wunsch. Ich möchte für dich da sein, möchte sehen, erleben, wie diese Unsicherheit auf immer verschwindet.“ Er hielt inne. „Ist das zu vermessen? Ängstige ich dich? Das möchte ich nicht. Aber seit meiner Zeit im Kosovo weiß ich, dass jeder Tag kostbar und unwiederbringlich ist. Nella Alisi, du bist einfach bezaubernd, und ich möchte dich in meinem Leben haben. Wie schon gesagt, darum zu bitten ist für mich etwas Neues. Ich stelle mich wahrscheinlich unmöglich an, aber versuchen muss ich es.“

Nella atmete tief aus aus. „Das ist sehr viel auf einmal. Ich muss zugeben, du hast mich kalt erwischt, vor allem mit deinen Betrachtungen über mich und meine Ängste. Du warst ehrlich zu mir, also bin ich es auch. Es fällt mir zwar schwer, da ich es nicht gewohnt bin, über mich zu reden, aber ich versuche es. Ja, ich bin unsicher und ja, ich habe tiefsitzende Ängste. Und, nein, ich kann nicht so ad hoc darüber sprechen, dazu ist es zu kompliziert. Du musst wissen, ich bin in manchen Dingen etwas seltsam. In dem Internat, das ich besucht habe, habe ich einmal gehört, wie zwei Erzieherinnen über mich geredet haben. Die eine sagte etwas, das mich perfekt beschreibt. *Eleonora ist ein seltsames Kind. Es scheint, als ob sie ihr Leben nach den Wünschen anderer ausrichtet und dabei vergisst, wer sie eigentlich ist.*"

Leander drückte sacht ihre Hände. „Siehst du, das ist doch schon einmal ein Anfang."

Nach dem köstlichen Essen beschlossen beide, einen Spaziergang durch die Altstadt zu unternehmen. Es kostete Nella viel Mühe, den unbeschreiblichen Gefühlswirrwarr in ihrem Kopf ansatzweise in den Griff zu bekommen. Leander hatte ihr, durch und durch Gentleman, seinen Arm angeboten. Und so lief sie nun, untergehakt bei diesem gutaussehenden, einfühlsamen und zu allem Überfluss auch noch intelligenten Mann durch die warme, römische Sommernacht. Sollte dies ein Traum sein, so musste sie rechtzeitig aufwachen, ehe sie seinem Charisma erlag.

„Deine Stadt ist wirklich beeindruckend. Denke ich allein an die Geschichte, an diejenigen, die vor uns über diese Steine gelaufen sind ... Was mögen sie alles gesehen haben?"

Es war nicht gut, über schöne Männer, laue Abende und das eigene Herzklopfen zu sinnieren, wenn man eloquent Konversation betreiben wollte. „Äh, die Steine?"

Leander blieb stehen und beugte sich zu ihr. „Natürlich die Steine, Nella, woran denkst du gerade?"

„Das willst du nicht wissen."

„Falscher Satz, ganz falscher Satz, meine Liebe. Es ist doch so was von klar, dass ich es jetzt erst recht wissen muss, oder?"

„Du sprichst so faszinierend über alte Steine und ich denke an schöne Männer, an deren Seite ich gerade über diese alten Steine laufe. Jetzt zufrieden?" Sie blickte stirnrunzelnd zu ihm auf. Sein unglaublich breites Grinsen erheiterte sie. „Scheint so, wenn ich mich nicht irre."

„Korrekt! Ich hoffe doch, dass du von mir gesprochen hast und nicht irgendwelche hypothetischen Fremden in deine Fantasie einbaust?"

„Das nennt man, wenn ich mich recht erinnere, bedingungslose Aufrichtigkeit. Ich dachte mir, ich versuch's mal damit." Sie gab sich große Mühe, einen einigermaßen unbeteiligten Blick auf ihr Gesicht zu zaubern.

Leander sah sie eine kleine Ewigkeit schweigend an, dann schmunzelte er, legte einen Arm um ihre Schultern und zog sie an sich. „Ein durchaus gelungener Versuch, Nella. Ich mag Ehrlichkeit, musst du wissen. Nichts stößt mich so sehr ab wie Lügen. Bei dir habe ich das unbestimmte Gefühl, dass du nicht zu einer Lüge fähig bist."

Sie griff nach der Hand, die auf ihrer Schulter ruhte, und verschränkte ihre Finger mit den seinen. „Du kennst mich doch kaum, wie kannst du dir da sicher sein?"

„Sicher sein kann man sich nie, egal wie lange man jemanden kennt. Zeit ist hier irrelevant. Hier geht es um Gefühle, und wie gesagt, ich glaube zu fühlen, dass du ein aufrichtiger Mensch bist. Und widersprich jetzt bitte nicht sofort wieder. Nimm ein Kompliment bitte einfach einmal an."

Es waren nicht nur seine Worte. Es war ein Zusammenspiel aus dem, was er sagte, und dem, was er tat. Es war die Selbstverständlichkeit, mit der er sie im Arm hielt, mit der er ihr Dinge über sie erzählte, die er eigentlich nicht – oder vielmehr noch nicht – wissen konnte. Leander schien tatsächlich die seltene Gabe zu besitzen, in ihrem Gesicht zu lesen. Irgendwie hatte Ivano es auch gekonnt und daran war ihre Liebe zerbrochen. Zumindest war sich Nella sicher, dass er ebenfalls ihre tiefe Verunsicherung in ihren Augen hatte lesen können. Leander hingegen schien das nicht abzuschrecken, im Gegenteil, er vermittelte ihr das Gefühl, sie so anzunehmen, wie sie war. Ein Ding der Unmöglichkeit nach so kurzer Zeit und doch ...

„Du grübelst schon wieder viel zu viel. Hör einmal kurz damit auf und sieh dir das an." Ihr Begleiter blieb erneut stehen und zeigte nach vorne, wo eines der berühmtesten Postkartenmotive der Ewigen Stadt, die Scalinata di Trinità dei Monti, die Spanische Treppe, zu sehen war. „Kitschig, wahrscheinlich abgedroschen, und doch sehe ich sofort die herrlichsten Szenen aus alten und wunderbaren Filmen vor meinen Augen. Ich sage nur Audrey Hepburn."

Nella nickte nur. „Weder abgedroschen noch kitschig. Die Spanische Treppe gehört zu Rom wie der Eiffelturm zu Paris. Hier sitzen die Verliebten, hier trifft man sich, wenn man sich verabredet hat. Es ist der perfekte Ort für das erste Rendezvous. Jede einzelne Stufe kann dir unglaubliche Geschichten erzählen."

Er zog eine amüsierte Grimasse. „Ach ja? Auf welche Stufe muss ich mich setzen, um einige deiner Geheimnisse zu hören?"

Nella zuckte traurig die Schultern. „Eigentlich auf keine. Wobei, wenn, dann auf die dritte von oben. Dort saßen meine Patentante Franca und ich, als sie mich vor zwei Jahren in Rom besucht hat. Das ist tatsächlich eine schöne Erinnerung. Es war eine herrlich warme Sommernacht wie heute und alle Restaurants waren voll. Franca hat mich spontan besucht und ich konnte keinen Tisch mehr reservieren. Also haben wir uns Panini mit Parmaschinken und Aperol Spritz aus dem Bistro vorne an der Ecke geholt. Es war ein lustiger und langer Abend, einer von denen, an die man mit einem Lächeln auf den Lippen zurückdenkt."

„Und was ist mit deinen Rendezvous hier, den Nächten mit feurigen Verehrern?"

„Die waren nicht so glorreich. Das erste endete damit, dass er einige Treppenstufen unter uns seine alte Flamme entdeckte, die mit einem anderen knutschte, und daraufhin in Tränen ausbrach. Das baut das Ego auf, das kann ich dir sagen. Das zweite war mit Ivano, der mir in dieser Nacht mitteilte, dass wir an unserer Beziehung arbeiten müssten, wenn sie weiter funktionieren sollte. Du siehst, der Romantikfaktor in meiner Liebesaffäre mit der Spanischen Treppe spielt eine eher untergeordnete Rolle."

„Nella, so kann das mit dir nicht weitergehen. Komm doch bitte mit." Ehe sie reagieren konnte, geschweige denn ihn fragen, was so nicht weitergehen könne, führte er sie zur Mitte der Treppe, wo sie einen schönen Platz fanden. „Setz dich bitte, ich bin sofort wieder da."

Leander sprang sportlich-elegant die ausgetretenen Stufen hinauf und verschwand. Hatte sie jetzt auch ihn in die Flucht geschlagen? War etwas von dem, das sie erzählt hatte, zu ehrlich gewesen, zu persönlich? Und warum, verdammt noch einmal, saß sie schon wieder hier und dachte darüber nach, was sie falsch gemacht haben könnte?

Eine langstielige, blutrote Rose tauchte vor ihrer Nasenspitze auf. „Für die schönste, begehrenswerteste und faszinierendste Frau Italiens. Und nimm sie bitte schnell, das Eis schmilzt."

Rasch griff sie nach der schönen Blume und sah zu ihm hoch. In seiner Rechten balancierte er zwei Eisbecher. „Ich dachte mir, Eis passt zum ersten Rendezvous, was denkst du?"

Gerührt schnupperte sie an der halb geöffneten Blüte. „Es passt perfekt."

Sie verkniff es sich zu fragen, woher er wusste, dass sie die Kombination aus Vanilleeis und Pfirsich liebte. Kurz darauf saßen sie nebeneinander auf der Treppe und redeten über amüsante und verrückte Dinge, wobei Leander so gestenreich und unterhaltsam erzählte, dass sie mehrmals lauthals lachen musste. Sie lauschte diesem Lachen beinahe schon überrascht nach. Wann hatte sie sich das letzte Mal so gut amüsiert, wann sich so frei und unbeschwert gefühlt? Als Leander auf seine Uhr sah, wurde sie ernst. „Du musst los, nicht wahr? Fliegst du morgen?"

Kopfschüttelnd musterte er sie. „Würdest du es bitte mir überlassen, ob und wann ich los muss? Bitte, Nella, ich sitze hier mit dir. Es gibt für mich in diesem Moment nichts Wichtigeres als dich. Selbst wenn ich vor meinem Abflug keine Sekunde Schlaf bekomme, bist du das wert. Ich sehe schon, wir haben da ein hartes Stück Arbeit vor uns."

„Entschuldige."

„Ich entschuldige hier gar nichts. Gib mir deinen Eisbecher, leer ist er ja, oder?"

Sie nickte und reichte ihm den Becher. „Habe ich etwas Falsches gesagt?"

Seine Antwort war lediglich ein tiefes Seufzen. Sanft ergriff seine Hand die ihre, woraufhin ihre Haut dort, wo er sie berührte, angenehm prickelte. „Nella, ist das jetzt dein Ernst?"

Ehe sie ihm antworten konnte, fühlte sie seine Finger an ihrer Wange. Er drehte ihren Kopf behutsam, bis sie ihm in die Augen sehen musste. Sein Blick war so intensiv, dass ihre Haut nun überall zu kribbeln begann. Langsam, mit Bedacht, so als wollte er testen, wie sie reagieren würde, ob sie zurückschrecken könnte, beugte er sich zu ihr. Seine kühlen Lippen waren weich, zärtlich und schmeckten nach Erdbeereis. Nella schlang ihre Arme um seinen Hals, und während sie das tat, wovon sie seit der ersten Minute geträumt hatte – nämlich diesen einzigartigen Mann zu küssen –, geschah etwas Seltsames.

Sie sah sich und ihn auf der Treppe sitzen, im dämmrigen Licht der alten Laterne, die Rose lag über ihren Knien, der leichte Wind spielte mit ihrem offenen Haar. Leander hatte die Hand an ihren Hinterkopf gelegt und hielt sie liebevoll fest. Sie beobachtete, wie sie beide sich lang und innig küssten, als ein Gefühl in ihr aufstieg, das sie so noch nie verspürt hatte. Und plötzlich wusste sie es: So fühlte sich wahres Glück an. Nella schloss die Augen, und als sie sie wieder öffnete, sah sie Leanders Blick auf sich ruhen. Lächelnd grub sie ihre Hand in sein dichtes Haar, zog ihn ganz nahe zu sich und küsste ihn.

Wo ein Wille ist, ist auch ein Weg

„Nella, darf ich reinkommen?“

Erschrocken zuckte sie zusammen, dann erkannte sie Umbertos dunklen Schopf im Türrahmen. „Na klar, komm rein. Wenn ich schon alles sperrangelweit offenlasse.“

Umberto drückte die Tür hinter sich ins Schloss. „So, jetzt ist sie wieder zu.“ Er musterte sie kurz und lächelte. „Herzchen, du wirkst etwas abwesend, darf ich fragen, woran du denkst? Muss was Angenehmes sein, du hast so ein Strahlen im Gesicht.“

„Es ist etwas sehr Angenehmes, aber das siehst du mir an? Himmel, das mit dem Pokerface klappt bei mir überhaupt nicht, oder?“

Umberto schüttelte mit bedauernder Miene den Kopf. „Nicht wirklich, Süße.“

„Na, ich habe es immerhin versucht. Aber was kann ich für dich tun?“

„Hast du was Kaltes zum Trinken im Haus, draußen ist eine Bullenhitze.“ Ohne ihre Antwort abzuwarten, marschierte er in die Küche und öffnete den Kühlschrank. „Oh, Tonic, darf ich?“

„Bitte, bediene dich.“ Sie machte eine einladende Handbewegung und schaltete gleichzeitig den Computer aus, in den sie in der letzten Stunde den Ablaufplan für die Hochzeit am kommenden Wochenende getippt hatte. „Du hast Glück, ich bin gerade fertig geworden."

„Perfekt, dann kannst du mir ja gleich die Haare färben."

„Öhm?"

Umberto rollte theatralisch mit den Augen. „Süße, dein Ernst? Die Party meiner Schwester, der entzückende Arzt, den sie extra wegen mir eingeladen hat, klingelt da etwas?"

Sie schlug sich mit der flachen Hand vor die Stirn. „Schatz, ich bin untröstlich. Wie konnte ich dein Date vergessen. Verzeih mir."

Umberto seufzte leise. „Dir verzeih ich doch fast alles. Aber mich beunruhigt, dass meine Eltern auch anwesend sein werden. Meine Mutter ist inzwischen wirklich cool, aber mein Vater wird es wohl nie akzeptieren."

Nella stand auf und umarmte den langjährigen Freund. „Nimm es dir nicht so zu Herzen. Er kann es nun einmal nicht gutheißen, dass sein einziger Sohn nicht seinen Vorstellungen entspricht."

„Nett ausgedrückt." Umberto trank einen großen Schluck aus der Tonicflasche und strich sich seine dicke, braune Haartolle zurück, die ihm in die Stirn gefallen war. Seine dunklen Augen schimmerten verdächtig feucht. „Da lässt er es sich ein Vermögen kosten, den Herrn Sohn auf ein Eliteinternat zu schicken, und dann schafft man es dort doch tatsächlich nicht, den Bengel von seiner Homosexualität zu kurieren. Pädagogisches Versagen auf der ganzen Linie, würde ich mal sagen."

„Sei dankbar! Hätte er dich nicht dort hingeschickt, hätten wir uns nie kennengelernt." Nella küsste ihn liebevoll auf die Wange. „Und ich bin sehr froh, dass es dich gibt."

„Das ist ein gutes Argument. Aber jetzt rühre ich die Farbe an. Und während du mich in einen rassigen Casanova verwandelst, erzählst du mir bitte alles. Du weißt schon, warum du so glücklich grinst und so weiter."

Nella musste lachen. „Ach, alles? Schon mal was von Privatsphäre gehört?"

„Lächerlich! Als ob so was unter uns Mädels nötig wäre."

Noch immer lachend, bereitete Nella alles für die Aktion „Aus Braun mach Schwarz" vor, zog sich eine Schürze über und schlüpfte in Gummihandschuhe.

Umberto kam mit einer Plastikflasche, aus der es grauenhaft nach Chemie stank, und einem Handtuch um die nackten Schultern zurück. „Schatz, du siehst mit dieser Aufmachung so richtig sexy aus."

„Noch ein Ton und du wirst rothaarig."

Der Freund schmunzelte nur. „Mich kann nichts entstellen, und jetzt fang schon an, vor allem mit Erzählen, wird's bald?"

Zögerlich berichtete ihm Nella von den Ereignissen der beiden letzten Tage. Kaum erwähnte sie, um wen es sich handelte, unterbrach Umberto sie aufgeregt.

„Leander Clasen? Der gefeierte Bestsellerautor und Starfotograf? Der Typ, dem die Frauen im Dutzend zu Füßen liegen und bei dem sich der Jetset darum reißt, ihn auf seinen Partys zu haben? Nella! Ich würde töten für einen Abend mit dem Mann." Umbertos fassungsloses Gesicht starrte ihr aus dem Badezimmerspiegel entgegen. Sie drückte ihn fester auf den Schemel. „Ja, genau der, und jetzt halt still. Madonna, wie soll ich dich nicht mit Farbe einsauen, wenn du so herumhampelst?"

„Du kannst mir doch nicht seelenruhig erzählen, von Leander Clasen geküsst worden zu sein und erwarten, dass ich nur stoisch nicke. Der Mann ist der Hammer! Schön, sexy, unglaublich belesen, er kann mit Worten jonglieren wie kaum jemand." Umberto stöhnte gequält auf. „Und ich gebe mit einer Party an, auf der ich einem Zahnarzt vorgestellt werde, oh Mann!"

„Jetzt mach mal halblang. Das war ein sehr intensiver Flirt, mehr wohl kaum." Sorgsam trennte Nella Strähne für Strähne von Umbertos dichtem Lockenschopf und strich sie mit dem Färbemittel ein. „Er hat mich zu meinem Auto gebracht, mich zum Abschied geküsst und *bis bald* gesagt. Hörst du? Ich meine *bis bald*, das ist genau so eine Floskel wie *ich ruf dich an* oder *man sieht sich*. Er ist heute am frühen Morgen in eine Maschine nach Stockholm gestiegen, und wenn er erst wieder in seinen Kreisen ist, dann hat er die kleine unbedeutende Nella ganz schnell vergessen."

Umberto musterte sie mit stark gerunzelter Stirn. „Nella, das glaubst du doch selbst nicht. Alles, was du mir erzählt hast, spricht dafür, dass er sich in dich verliebt hat. Warum sollte er sonst all das abziehen? Die Einladung, die Rose, das Eis. Maledetto, Nella, du hast schon wieder eine Scheißangst, dass du Gefühle zulässt und enttäuscht werden könntest. Hast du Problemkind schon einmal etwas von *self-fulfilling prophecy* gehört? Du forderst es aber auch heraus."

Vorsichtig verteilte sie die restliche Farbe auf seinem Haar. „Und wenn? Ich hatte lange genug an Ivano und unserer Trennung zu kauen. Ich brauch das nicht schon wieder." Ganz langsam ließ sie ihre Hände sinken. „Besonders nicht bei ihm. Ich weiß, dass ich mich jetzt schon in ihn verliebt habe. Es ging gar nicht anders. Leander ist einzigartig, die Gefühle, die er in mir auslöst, sind einfach unbeschreiblich. Umberto, so etwas kannte ich bisher nicht." Sorgsam deckte sie seine Haare mit einer Plastikduschhaube ab. „Dreißig Minuten einziehen. Magst du einen Kaffee?"

Umberto stand auf, ergriff behutsam ihre Oberarme und zog sie an sich. „Ja, ich mag gerne einen Kaffee, aber zuvor muss ich dir leider sagen, dass du komplett durchgeknallt bist, Süße. Lass es zu. Lass dieses Gefühl, das du mir beschrieben hast, zu. Gib ihm doch eine Chance."

Nella legte ihre Stirn an Umbertos Kinn und atmete tief ein. „Ich möchte es ja, mehr als alles andere. Aber die Angst ist schon wieder da."

„Hey, ich bin bei dir. Ich lasse dich nicht allein, und ich verspreche dir, dass hinter seinem Verhalten mehr steckt als nur der Wunsch nach einem schönen Abend in reizender Gesellschaft." Umberto legte seine Hand unter ihr Kinn und hob Nellas Gesicht sacht an. „Dich muss man doch einfach lieben, du verrücktes Huhn."

Wenn sie doch nur annähernd so sicher gewesen wäre wie er.

Leander

Stockholm, Schweden

Schweden machte ihm die Heimkehr schwer. Bei der Landung vor etwa einer halben Stunde hatte die Maschine gefühlt eine drei Kilometer dicke Wolkenschicht durchflogen.

Seine Einschätzung war gar nicht so falsch, betrachtete er jetzt den Himmel über Stockholm. Es goss wie aus Eimern und die Scheibenwischer seines Geländewagens hatten ihre liebe Not, der Wassermassen Herr zu werden. Leander bog von der Hauptstraße in die ruhigeren Seitenstraßen seiner Wohngegend. Hier lebte es sich angenehm. Zwar waren die Mietpreise für so manchen Herzinfarkt verantwortlich, aber wenn einem das Penthouse gehörte, in dem man lebte, so erübrigte sich jedwede Schnappatmung. Das große, handgemalte Pappschild „Leider defekt, wird repariert“ an der Tiefgaragenabfahrt trug nicht gerade dazu bei, seine Laune zu verbessern.

„O fuck! Wofür hab ich denn den Stellplatz eigentlich?“ Seit fünf Jahren wohnte er hier, und seit gefühlt dreien war das supermoderne Rolltor defekt. Was war eigentlich aus den guten, alten Eisentoren geworden? Ärgerlich parkte er den Wagen auf einem freien Außenplatz, schlüpfte in seine braune Lederjacke und klappte den Kragen hoch. „Nutzt ja nun nichts.“

Er war klatschnass, ehe er die riesige Reisetasche aus dem Kofferraum gehievt und sich über die Schulter gehängt hatte. Im Laufschritt rannte er auf den Eingang zu. Wie von Zauberhand öffnete sich die Glastür.

„Nicht übel. Seit wann haben wir eine Türautomatik? Danke Janny." Lächelnd nickte er dem schuldbewusst dreinblickenden Hausmeister zu.

„Hmpf, ist ja wohl das Geringste, das ich tun kann, nachdem die Einfahrt schon wieder lädiert ist. Immerhin war es dieses Mal nicht die Technik."

Leander stellte seine Tasche ab und schüttelte sich wie ein nasser Hund. „Pfui Teufel, ist das eklig. Was war es denn dieses Mal?"

Janny verdrehte theatralisch die Augen. „Die Dame aus Apartment C11 dachte wohl, dass ihr Porsche locker durch ein läppisches Rolltor kommt. Keine Ahnung, woran sie in dem Moment gedacht hat, wir werden es wohl nie erfahren. Jedenfalls ist die Innenstange verbogen. Mein Helfer schweißt gerade fleißig daran herum."

„Na toll, Augen auf im Straßenverkehr sollte auch für Tiefgaragen gelten, Himmel noch eins. Abgesehen davon, Janny, wissen Sie, ob ich Post habe?"

Der Hausmeister nickte eifrig. „Einige Briefe, die Werbung habe ich wunschgemäß entsorgt. Sekunde, ich hole sie."

Die Briefe unter den Arm geklemmt, die Tasche in der Rechten, stieg Leander wenig später in den Aufzug, steckte seinen magischen Schlüssel in das dafür vorgesehene Schloss, und sofort schwebte er in den neunten Stock, der im Aufzug nicht angegeben war. Ohne den passenden Schlüssel hieß es im achten Stock aussteigen und über die Treppe zur Wohnung laufen. Er fand diese Lösung höchst angenehm.

In seiner Wohnung ließ er die schwere Tasche ächzend auf den Marmorboden fallen und zuckte zeitgleich schmerzlich zusammen. „Verdammt, die zweite Kamera."

Noch etwas nässer, kehrte er kurz darauf mit seinem Fotokoffer in die Wohnung zurück. Als Erstes drehte er die Heizung auf – im Sommer! Anschließend brühte er sich mit seiner neuen Maschine, die ihm mit ihren Fauchgeräuschen immer noch unheimlich war, einen schmackhaften Kaffee.

Leander begann damit, die Bilder auf den Computer zu ziehen, und sichtete sie gewissenhaft. Besondere Sorgfalt verwendete er auf ein Bild, das er während Stigs Begrüßungsansprache geschossen hatte. Nella stand im Halbschatten zwischen einem Baum und einem Baldachin. Das Sonnenlicht, das sich durch die Blätter stahl, ließ ihr Haar bläulich glänzen. Aufrecht und mit aufmerksamem Blick lauschte sie der Ansprache. Das rote Kleid umschmeichelte ihre weibliche Figur auf das Vortrefflichste und bildete einen wunderschönen Kontrast zu der schwarzen Lockenpracht. Ihr Gesicht war einfach bildschön. Schmal, schlank, gleichzeitig weich und anziehend. Dieser traumhafte Mund mit den geschwungenen, vollen Lippen, wie sie jeden Maler begeistern würden, die großen, dunklen, leicht schräg stehenden Augen, überschattet von langen, schwarzen Wimpern und den geradezu elegant geschwungenen Bögen ihrer Augenbrauen. Er konnte sich nicht sattsehen. Heute am frühen Morgen in Rom in die Maschine steigen zu müssen, war ihm verflixt schwergefallen. Zu wissen, dass sie dort zurückblieb, bereitete ihm körperliche Schmerzen. Ohne zu begreifen, was mit ihm los war, hatte er sich an den Brustkorb gefasst. Als das Flugzeug einen weiten Bogen über Rom flog, er nach unten sah und die Gegend suchte, in der das Restaurant lag, verstand er. Sie fehlte ihm schon jetzt, er vermisste sie schmerzlich.

Er lehnte sich stöhnend in seinem wuchtigen Chefsessel zurück und hob den Blick, sah hinaus in den Regen und über die von Nässe glänzenden Dächer der Stadt. Er versuchte nicht einmal, sich etwas vorzumachen. Gefühle wie diese waren ihm bis zu dem Moment, in dem er in Nellas Augen versunken war, fremd gewesen. Der Zauber, der von ihr ausging, war nicht in Worte zu fassen. Nach allem, was er in seinem Leben gesehen hatte oder in seinen dreiunddreißig Lebensjahren hatte sehen müssen, war die Romantik für ihn in den vergangenen Jahren in weite Ferne gerückt. Mit Nella war sie wie eine alles überrollende Naturgewalt zurückgekehrt. Es war unmöglich, sich dagegen zu wehren. Abgesehen davon, wie hätte er das bewerkstelligen sollen? Sich gegen eine Liebe, ein solch tiefes Gefühl, wie Nella es in ihm auslöste, zur Wehr zu setzen, wäre ein Sakrileg. Er rief sich einige seiner Verflossenen ins Gedächtnis, durch die Bank bildschöne Frauen. Viele von ihnen auch klug, weltgewandt und höchst anziehend, aber wann immer er sich dazu Nellas Lächeln vorstellte, verschwanden sie alle in der Dunkelheit. Nella ließ für ihn die Sonne aufgehen, in jeder Beziehung. Leander trank grübelnd einige Schlucke des heißen, duftenden Kaffees, dann griff er mit entschlossenem Blick zum Telefon.

Casanova & Co.KG

„Läuft wieder exzellent. Gute Ideen und perfekt umgesetzt. Hervorragende Arbeit, Nella.“ Filippo lächelte ihr zu, und schon war er wieder hinter der nächsten Ecke verschwunden. Er lag richtig. Die Hochzeit der Tochter eines seiner größten Kunden lief wie geschmiert. Es war so warm und sonnig, dass Nella für den Nachmittag eine wunderhübsche Bühne mit Überdachung aus weißem Holz und mit romantischer Rosendekoration hatte aufstellen lassen. Das Paar tanzte seinen Brautwalzer zu Bon Jovis *Always*, und im Anschluss durfte die Musik von Altmeister Giuseppe Verdi über den Rasen schallen, um die ältere Verwandtschaft zu erfreuen. Wohin Nella auch sah, überall glückliche Gesichter. Für den Abend waren Zelte aufgebaut worden, und aus Richtung der gigantischen Grillstation duftete es bereits verführerisch. Zufrieden klemmte sie sich ihr Notizbuch unter den Arm. Heute konnte sie sich weitestgehend heraushalten, da Alessia und Filippo das Gut als geladene Gäste höchstpersönlich repräsentierten.

So durfte sie in einer weißen Jeans und einem ärmellosen rosa Rollkragenpullover samt rosa Ballerinas entspannt und leger zwischen Halle, Rasenfläche und Cateringzelten umherlaufen.

„Das hast du wieder einmal super hingezaubert.“

„Umberto, was tust du denn hier? Musst du dich nicht auf dein Date vorbereiten?“ Sie musterte den treuen Freund mit liebevollem Lächeln.

Der hob mit leichter Panik im Blick die Augenbrauen. „Schon, darum bin ich ja hier. Ich brauche deinen Rat.“ Er drehte sich vor ihr wie ein Model bei einer Mailänder Modenschau. „Zu viel, zu wenig? Ach, Nella, hilf mir, ich bin so unsicher.“

„Hm, lass mal sehen.“ Sie betrachtete den bildhübschen Römer mit gerunzelter Stirn, was gar nicht gut anzukommen schien. „Nun sag schon, doch zu viel, nicht wahr?“

Sie ließ ihren Blick über die schwarze Lockenpracht, den hellgrauen Anzug, das rote Hemd, das perfekt mit dem Grau harmonierte, und die roten Lederslipper gleiten. „Jetzt lass mich doch erst einmal schauen, Himmel noch mal, du und deine Nervosität. Sollte ich da Selbstzweifel erkennen?“

Umberto machte eine wegwerfende Handbewegung und verzog den Mund. „Vergiss es, Süße, das ist grundsätzlich dein Part.“

„Na, vielen Dank aber auch. Abgesehen davon siehst du klasse aus. Richtig cool, genau die richtige Mischung aus edel, leger und leicht irre.“

„Was womit genau zu begründen wäre, also das irre?“ Sorgenvoll sah er an sich hinunter.

Sie zeigte auf die roten Schuhe. „Das traut sich nicht jeder.“ Umberto grinste zufrieden. „Ein kleines Wagnis, ein wenig Auflehnung gegen das graue Einerlei des Establishments, du kennst mich doch.“

Sie musste lachen. „Hm, ich sage nur pinke Cowboystiefeletten.“

Er zuckte zusammen. „Das waren die Sünden der ersten Glam-Rocker. Bei Mick Tucker sah das super sexy aus."

Nella stupste ihn freundschaftlich in die Rippen. „Mag sein, aber erstens war es der Geburtstag deines konservativen Vaters, und zweitens bist du eben nicht der Drummer von *Sweet*."

Umberto seufzte tief. „Ich bin einfach ein gänzlich unverstandenes Wesen."

Sie warf einen Blick auf ihre Armbanduhr. „Du unverstandenes Wesen solltest los, nicht, dass dir ein anderer den Dottore wegschnappt. Und ich will morgen eine Berichterstattung, ist das klar?" Umberto holte tief Luft und drückte ihr ein Küsschen auf die Wange. „Nachdem ich fest vorhabe, heute all meine Verführungskünste einzusetzen, hoffe ich auf einen positiven Ausgang der Geschichte."

„Na dann auf, Signore Casanova, lass deine roten Schuhe dich ins Glück tragen." Sie klopfte ihm aufmunternd auf den Rücken.

„So ganz ernst nimmst du mich und meine Nöte nicht, oder? Hast du schon was von deinem schwedischen Thoralf gehört?"

„Leander, Herzblatt, er heißt Leander. Und nein, wie zu erwarten war, habe ich keinen Ton von ihm gehört." Sie konnte es nicht verhindern, dass sich ein trauriger Unterton in ihre Stimme schlich.

Sofort nahm Umberto ihre Hand. „Nicht traurig sein. Du wirst von ihm hören. Ich weiß das einfach."

Sie drückte seine Hand. „Danke, Umberto, das ist lieb von dir. Und nun verschwinde, damit wenigstens du schon einmal Wolke Sieben erklimmen kannst."

Nella öffnete die Tür zu ihrem kleinen Balkon. Kühle, würzige Abendluft strömte herein und sie atmete tief durch. Es war ein langer Tag gewesen und sie war rechtschaffen müde. Mochte es auch interessant und dank Filippo teilweise sehr unterhaltsam sein, mit ihm auf Werbetour für das Gut zu gehen, so war es doch anstrengend, von frühmorgens bis zum späten Abend zu lächeln, entspannt und fröhlich zu plaudern, Events vorzustellen und Möglichkeiten zu erläutern. Sie öffnete den Kühlschrank und angelte nach einer Dose ihrer geliebten Zitronenlimonade. Durstig öffnete sie sie und nahm einen großen Schluck. Besser! Neugierig durchsuchte sie den kleinen Poststapel, den Alessia ihr mitgegeben hatte. Bis auf ein paar Rechnungen und Werbung für Mode fand sich nichts Interessantes. Enttäuscht ließ sie die Briefe auf den Küchentisch fallen und ging nach draußen. Hübsch beleuchtet lag der Garten des Guts vor ihr und im Hotelpool schwamm ein Gast seine nächtlichen Bahnen. Sie setzte sich auf einen ihrer Balkonstühle und sah zum Himmel. Jede Menge Sterne – weit und breit kein Nordlicht. Sie musste über die eigenen, verqueren Gedanken schmunzeln. Eigentlich sollte sie inzwischen alt genug sein, um zu wissen, was das Nordlicht war. Insbesondere die Tatsache, dass es vergleichsweise selten über Italien zu sehen war. Ob Leander es kannte? Zwei Wochen waren seit seiner Abreise vergangen und bis heute gab es weder einen Anruf noch einen Brief – nichts. Die Nordhalbkugel existierte jedoch noch und auch über Stockholm per se waren keine Asteroideneinschläge vermeldet worden. Behielt sie also wieder recht. Es war ein nettes Geplänkel für ihn gewesen; offenbar konnte sie die Gefühle anderer nur miserabel einschätzen. Sie war sich so sicher gewesen, dass auch er mehr empfand.

Ein leichter, kühler Windhauch strich über ihr noch immer erhitztes Gesicht und sie hielt es seufzend in die angenehme Brise. Als es an der Tür klopfte, dauerte es ewig, bis sie es wirklich wahrnahm.

Vor ihrer Wohnungstür stand ein junger Mann, der sie genervt musterte. „Sie wissen schon, dass Sie verdammt schwer zu finden sind?" Offenbar sah sie so dermaßen überrumpelt aus, dass sein Gesichtsausdruck sich rasch änderte. „Scusa, aber es ist sehr spät und mein Chef bestand darauf, dass das noch heute zu Ihnen geliefert wird. Er meinte, es sei sehr wichtig. Hier, bitte." Er reichte ihr einen großen, weißen Karton, der mit einer dicken, roten Schleife verziert war.

Verwundert nahm sie das schöne Paket entgegen. „Das soll für mich sein?"

Ihr Gegenüber zuckte mit den Schultern. „Also wenn Sie Eleonora Alisi sind, dann ja."

„Oh, danke vielmals, bitte warten Sie kurz." Sie kramte in ihrer Geldbörse und gab dem armen Paketboten ein anständiges Trinkgeld. Dessen Züge erstrahlten. „Na, dann sage ich doch herzlichen Dank. Und viel Freude mit den Blumen."

„Blumen?"

Jetzt lächelte der junge Kerl mit dem Igelhaarschnitt nachsichtig. „Signora, wir sind ein Blumenladen, was denken Sie wird da wohl drin sein? Gute Nacht." Kopfschüttelnd lief er die Treppe hinab.

Wer sollte ihr denn Blumen schicken? Noch dazu so nobel verpackt und per Boten? Neugierig legte sie den glänzenden Pappkarton, auf dem sie nun das Siegel des Blumenhändlers erkannte, auf den Küchentisch und hob den Deckel ab. Rosen. Vierzehn wunderschöne, langstielige, blutrote Rosen. Nella suchte nach einer Karte und fand ein rechteckiges Kärtchen mit einer goldenen 14. Was sollte das denn? Mehr Hinweise auf den Absender der Rosen fanden sich nicht. Leander? Aber warum so und warum ohne Nachricht? Ebenso erfreut wie verunsichert stellte sie die Blumen in eine Vase.

„Das geht jetzt so seit zwölf Tagen. Schau dich um. Meine Wohnung sieht aus wie ein Rosenladen. Jedes Mal ist nur eine Karte dabei, auf der die Anzahl der Rosen steht. Zum einen weiß ich langsam nicht mehr wohin damit, zum anderen macht mich diese Ungewissheit zunehmend fertig. Wer steckt dahinter? Es kann nur Leander sein ... Umberto, hörst du mir überhaupt zu?" Nella stemmte empört die Arme in die Hüften. „Ich rede mir den Mund fusselig und du bist geistig ganz woanders."

„Äh, bitte entschuldige, was hast du gesagt? Ich bin tatsächlich gerade etwas unkonzentriert." Umberto zog eine schuldbewusste Grimasse.

Nella ließ sich in den Sessel neben ihm fallen. „Ich erzähle dir davon, dass ich seit zwölf Tagen Blumen geschickt bekomme. Könnten wir uns bitte kurz konzentrieren?"

Umbertos Seufzer war herzerweichend. „Vergib mir, Süße, ich bin nach über zwei Jahren wieder so richtig verliebt. Ich sehe nur noch Yves vor mir."

„Yves?"

„Seine Mutter ist Französin. Sie fand den Namen wunderschön. Mit gefällt er auch ausnehmend gut."

Nella hatte Mühe, ihre Gesichtszüge unter Kontrolle zu halten. „Nur der Name? Oder auch der Träger?"

„Das weißt du ganz genau. Ach, Nella, es war wirklich Liebe auf den ersten Blick. Er sieht aus wie ein Zwillingsbruder von Jason Lewis."

„Wer?"

Umberto schüttelte in gespielter Entrüstung den Kopf. „Du bist so was von out. Du solltest mehr Frauenmagazine lesen."

Nella kicherte leise. „Komisch, du bist jetzt schon der Zweite, der mit das sagt. Und wer ist das jetzt, dieser Jason?"

„Ein amerikanisches Model, das gerade in die Schauspielerei einsteigt. Ein absolutes Zuckerstückchen."

„Und so sieht dein Yves aus?"

Umberto lehnte sich mit zufriedener Miene zurück. „Genau! So sieht mein Yves aus. Aber jetzt erzähl du. Woher kommen die ganzen Rosen?"

Nella zupfte eine der Blumen aus der nächststehenden Vase und warf sie, nicht gerade sachte, nach ihm. „Das habe ich dir doch gerade erzählt. Ich weiß es nicht. Jeden Tag bekomme ich Rosen, immer eine weniger als am Vortag."

Umbertos Blick verklärte sich. „Hach, wie romantisch! Und du hast keine Ahnung von wem?"

„Ich glaube kaum, dass Ivano zurückkommen möchte. Also bleibt, falls ich nicht irgendwo einen heimlichen Verehrer habe, eigentlich nur einer. Leander."

„Sagte ich es nicht? Er liebt dich."

Sie spürte, wie sich die steile Falte über ihrer Nase bildete. „Erde an Umberto, jemand zu Hause? Das ist nur eine Idee. Ich bin mir keineswegs sicher."

Der Freund winkte mit siegessicherer Miene ab. „Dafür bin ich mir umso sicherer. Er ist es hundertprozentig, er ist ein weltgewandter, kreativer Zeitgenosse, ihm traue ich so etwas zu. Da kommt jede Menge Wunderbares auf dich zu."

Nella musterte Umberto mit zusammengezogenen Augenbrauen. „Dein Wort in Gottes Ohr. Und jetzt erzähl mir von deinem ersten Treffen mit diesem Mr. Wonderful, ehe es dich zerreißt."

Breit grinsend ließ sich Umberto tiefer in den Sessel sinken. „Ich dachte schon, du fragst nie."

Eine geschlagene Stunde lauschte Nella geduldig und mit interessierter Miene den Ausführungen zum wunderbarsten Mann der Welt. Beredt, schön, erfolgreich im internationalen Jetset unterwegs, wohlhabend und – zu Umbertos maßloser Erleichterung – tatsächlich schwul.

„Du musst ihn so bald wie möglich kennenlernen. Wir sollten uns in einem schönen Restaurant treffen. Du wirst ihn lieben, ich verspreche es dir."

Sanft legte sie dem aufgeregten Jugendfreund ihre Linke auf den Unterarm. „Wenn er dich glücklich macht, dann liebe ich ihn schon jetzt. Genießt ihr erst einmal eure Zweisamkeit, dann sehen wir weiter."

„Nichts da, du kommst mit uns essen. Vielleicht nimmst du Leander mit."

Sie schnaubte ehrlich empört auf. „Herzlichen Dank. Leg doch bitte den Finger noch etwas tiefer in die

Wunde. Ich gönne dir dein Glück von Herzen, aber bei mir sieht das noch anders aus."

Er winkte in einer großen, ausladenden Geste, einem Bühnenschauspieler gleich, ab. „Ha, wir werden sehen. Du wirst sehr bald an meine Worte denken. Wenn ich recht habe, zahlst du den Aperitif, abgemacht?"

Sie kam nicht dazu zu antworten, denn wie an den Abenden zuvor klopfte es laut und kräftig an ihrer Wohnungstür. „Ich werde den Bengel vermissen, wenn das mit den Blumen aufhört." Schwungvoll öffnete Nella und tatsächlich stand ihr Lieblingsblumenbote vor ihr, der sie sehr zufrieden angrinste. „Guten Abend, Signorina. Ich hoffe, Sie hatten einen schönen Tag? Darf ich Ihren Abend wieder etwas versüßen?" Er streckte ihr einen wesentlich kleineren Karton entgegen als noch in den letzten Tagen. „So sehr ich es bedauere, aber ich schätze, unsere Dates werden bald der Vergangenheit angehören."

Nella musste einfach lachen, der Kerl war ebenso frech wie charmant. „Ob Sie es glauben oder nicht, Sie werden mir fehlen."

Er versank in einer tiefen Verbeugung. „Meinem Charisma kann man schwerlich widerstehen. Aber wir sehen uns ja morgen noch einmal – denke ich. Also noch einen schönen Abend, Signorina Alisi." Sein übliches Trinkgeld in der Hand, trollte er sich fröhlich pfeifend über die Treppe nach unten.

„Frecher Bengel, aber er hat was."

„Umberto, du bist in festen Händen, du erinnerst dich?"

„Natürlich. Wenn ich richtig gerechnet habe, sollten da zwei Rosen drin sein, oder?“ Neugierig glitt sein Blick über den weißen Karton.

„Sekunde.“ Nella band die Schleife auf und öffnete die Schachtel. „Et voilà, zwei rote Rosen.“

Umberto nahm vorsichtig eine der schönen Blumen aus dem Karton und schnupperte daran. „Ich kann Schweden regelrecht an dieser Blüte riechen. Der Gratis-Aperitif ist mir sicher.“

Die Magie Roms

In dieser Nacht plagte sie wieder der gleiche Traum, der sie einfach nicht losließ. Wieder und wieder. Sie war zurück in ihrer Kindheit, lief durch den Park der Villa in Trastevere. Die Sonne schien auf sie herab und die Blumen um sie herum dufteten so stark, dass es in ihrer Nase kitzelte. Sie suchte nach Emma und Silvan, aber beide waren wie vom Erdboden verschluckt. Sie vernahm nichts außer dem Rauschen des Windes in den Blättern der vielen Bäume und dem Gesang der Vögel.

Das Flüstern begann unvermittelt. Es kam aus dem Nichts, wurde zunehmend lauter und deutlicher. Die Blüten wandten ihr ihre Köpfe zu, die Äste neigten sich tiefer, die Gräser säuselten im zunehmenden Wind: *Du hast ihn getötet. Du bist ein fürchterliches Kind. Du bist das Mädchen, das seinen Vater getötet hat.* Während sie vor Angst erstarrte und die Hände an die Ohren presste, konnte sie die Augen nicht schließen. So sah sie, wie die Blumen verdorrten, die Blätter vom Wind hinweggefegt wurden, sah, wie die Gräser gelb wurden und in sich zusammenfielen. *Nun hast du auch uns getötet, wo du bist, ist nur der Tod. Du bringst den Tod, nur du allein, geh weg, so geh doch weg, du schreckliches Mädchen, und nimm den Tod mit dir.* Sie wollte fortlaufen, weg von diesem Grauen, aber ihre Füße waren wie mit dem Boden verwachsen, keinen einzigen Schritt konnte sie tun. Tränen liefen über ihre Wangen, ihr kleiner Körper zitterte vor heftigem Schluchzen. „Ich wollte das nicht, ich wollte das doch nicht, bitte, ihr müsst mir glauben. Ich habe meinen Vater doch so sehr geliebt, so glaubt mir doch." Als die Äste der inzwischen laublosen Bäume nach ihr griffen, schrie sie verzweifelt nach Emma.

Dieser Schrei riss Nella jedes Mal aus ihrem Albtraum. Sie wusste nie, ob sie wirklich geschrien hatte. Ivano hatte sie damals beruhigt, laut ihm hatte sie lediglich ab und an im Schlaf geredet. Allerdings befürchtete sie, dass er sie nicht noch mehr hatte verunsichern wollen.

Mühsam kroch sie aus dem Bett und zupfte das schweißnasse Nachthemd von ihrer glühenden Haut. Sie fischte im Dämmerlicht der sternenklaren Nacht eine kalte Limonade aus dem Kühlschrank und öffnete leise die Balkontür, um Filippo und Alessia nicht zu wecken, deren Wohnbereich unter ihrem lag. Der kühle Nachtwind war wohltuend und holte sie endgültig in die Gegenwart zurück. Wollten diese furchtbaren Träume niemals enden? Was sollte sie denn noch unternehmen, um ihr Unterbewusstsein zu überlisten? Auslöschen konnte sie ihre Erinnerungen nicht. Die Psychologin, zu der Franca sie geschickt hatte, war wirklich gut und einfühlsam gewesen, und trotzdem waren sie immer noch da: all die Träume, die schrecklichen Erinnerungen. Sie klangen in ihr nach wie ein böses Echo, das einfach nicht verstummen wollte. Natürlich war sie nicht schuld an Vaters Tod, natürlich hatte sie ihre Mutter nicht gequält, natürlich war sie nicht verantwortlich für deren verpfuschtes Leben.

Nella wusste das alles – nur änderte dieses Wissen leider nichts an ihrer kaputten Psyche. Sie trank die kalte Limonade in kleinen, bewussten Schlucken und spürte der erfrischenden Flüssigkeit nach, wie sie durch ihre Kehle rann. So vieles konnte man mit Vernunft und Logik kontrollieren, nur die Erinnerungen, tief im Unterbewusstsein verborgen, die waren anscheinend unantastbar. Nella wusste, sie brauchte Licht in ihrem Leben, Licht und Fröhlichkeit. Nun, sie gab ihr Bestes, aber ab und an siegte die Dunkelheit. Ein Blick auf die im Licht der Sterne gerade noch zu erkennende Küchenuhr zeigte ihr, dass es erst drei am Morgen war. Sie ging zurück in ihr Schlafzimmer, wendete die dünne Bettdecke und schlüpfte wieder darunter. Hoffentlich ließen die Geister der Vergangenheit sie wenigstens für die letzten Stunden dieser Nacht zufrieden.

„Nella, bist du schon wach?“ Alessias Stimme klang energiegeladen und fröhlich wie immer. Beneidenswert.

„Ja, warte, ich mach auf.“ Nella stellte ihre Kaffeetasse ab und eilte zur Tür. „Guten Morgen, ich bin schon beim Kaffee. Was gibt's denn?“

Ihre Chefin strahlte sie gut gelaunt an. „Bitte entschuldige die frühe Störung. Aber du brauchst heute nicht zur Besprechung ins Hotel kommen. Fahr so schnell wie möglich nach Rom. Ein neuer, wunderbarer Auftrag winkt. Sei, wenn es irgendwie geht, um Punkt neun im Café Canova Tadolini. Der Kunde erwartet dich dort, ich habe dich genau beschrieben, also wird er dich erkennen.“

Nella staunte. Normalerweise überfiel Alessia sie nicht mit solch überraschenden Aufträgen. „Hui, da muss ich mich beeilen, sonst schaffe ich das nicht. Gut, dass dorthin vom großen Parkplatz aus ein Bus fährt. Um die Zeit brauche ich sonst zu lange."

Alessia tätschelte ihr beruhigend die Schulter. „Du machst das schon. Alles Weitere erklärt dir der Kunde, in Ordnung, Bellissima? Und nun spring los." Und weg war sie.

Verblüfft starrte Nella ihrer Arbeitgeberin nach. „Spring los? Aber sicher doch, ich schwing dann mal den Zauberstab." Ihr blieben genau eineinhalb Stunden, um sich businessmäßig anzuziehen, alles vorzubereiten und in die römische Altstadt zu gelangen. So viel zu einem entspannten Start in den Tag.

Auch heute gelang ihr das Kunststück, sich binnen fünfzehn Minuten anzuziehen und zu schminken. Gott sei Dank war sie sofort nach dem Aufstehen unter die Dusche gehüpft. Rasch schob sie ihren Notizblock, die Prospekte vom Gut, die Mappe mit den Vorschlägen und die Aufzeichnungen zum aktuellen Weinsortiment in die dunkelblaue Ledermappe, die sehr gut zu ihrem Outfit passte. Weiße Hose, weißer Rolli, blauer Kurzblazer und blaue Mokassins. Sie warf einen letzten Blick in den Spiegel. Ja, so konnte man das Gut repräsentieren.

Während sie eine Stunde später die letzte Station mit dem Bus fuhr, überlegte sie, wer wohl so wichtig sein konnte, dass Alessia sie hierher beorderte. Normalerweise wurden Termine mit mindestens einem Tag Vorlauf festgelegt. Egal, es gab sicher Gründe, und sie hatte ihren Job zu erledigen, auch wenn es mal sehr schnell gehen musste.

Das Café lag nahe an der Spanischen Treppe, und sofort kamen schöne, wehmütige Erinnerungen in ihr hoch. Allerdings durfte sie diese gerade jetzt nicht zulassen, sie brauchte ihre sieben Sinne, um das Kundengespräch zu führen. Sie stieg aus dem Bus, ignorierte die Orte, an denen sie mit Leander gewesen war, und eilte raschen Schrittes auf das ehrwürdige, stilvolle Café zu. Zu dieser frühen Stunde waren wenige Touristen unterwegs, und so war die Außenterrasse noch beinahe leer. Als sie näherkam, erhob sich an einem der Tische ein Herr und winkte ihr zu.

„Signora Alisi? Hier bitte!“ Er mochte etwa fünfzig sein, groß, schlank, das kurzgeschnittene Haar von grauen Strähnen durchzogen, was ihm sehr gut zu Gesicht stand. Der dunkelblaue Anzug schien teuer zu sein und die Uhr an seinem Handgelenk war definitiv eine Rolex. Er wäre als Double für Cary Grant durchgegangen – Nella liebte alte Filme.

Er blickte ihr mit freundlichem Lächeln entgegen. „Guten Morgen. Kann es sein, dass ich für ein wenig Aufruhr gesorgt habe, als ich heute früh angerufen habe? Wenn dem so ist, bedauere ich es zutiefst.“

Jemandem, der so charmant war und so aussah, konnte Nella einfach nicht böse sein. „Es ist alles in Ordnung. Machen Sie sich keine Sorgen, Herr ...?“

„O mein Gott, meine Manieren waren auch schon einmal besser. Harold, Harold Clement, von Clement & Partners aus London. Aber bitte einfach Harold.“ Er reichte ihr seine Hand und schob gleichzeitig ihren Stuhl zurecht. „Bitte, setzen Sie sich. Sie haben gewiss nicht mehr frühstücken können, darf ich Sie einladen?"

Nella erwiderte sein freundliches Lächeln und holte ihr bestes Englisch hervor. „Vielen Dank, nennen Sie mich bitte Nella. Eine Latte macchiato und ein Croissant wären wunderbar."

Harold bestellte für sie beide und wandte sich dann wieder ihr zu. „Signora Alisi, Verzeihung, Nella, ich bin im Auftrag eines unserer besten Kunden hier, ein internationaler Künstler. Er hat sich vor Kurzem eine Wohnung in Rom gekauft und möchte diese nicht nur mit einem stilvollen Fest einweihen, sondern auch seine neuesten Werke bei einem Event auf dem Weingut ausstellen. Er will diesen herrlichen Sommer nutzen und die Veranstaltung soll etwas Besonderes sein. Unser Kunde bestand darauf, dass alles über das Gut läuft. Ist das möglich?"

Nella war verwirrt. „Verzeihung, ich bin doch überrascht. Ihre Kanzlei ist sogar mir ein Begriff. Bitte korrigieren Sie mich, Clement & Partners ist eine der größten Anwaltskanzleien Englands. Ich bin gerade etwas eingeschüchtert ob der Tatsache, dass der Chef persönlich für einen Kunden nach Italien reist."

Nun schien er verwirrt. „Sie kennen unsere Kanzlei? Hatten wir schon miteinander zu tun?"

Nella lächelte und wusste, dass es ein trauriges Lächeln war. „Ja, seit fast fünfundzwanzig Jahren. Ihre Kanzlei regelt seit seinem Tod den internationalen, künstlerischen Nachlass meines Vaters. In den letzten Jahren dürfte das nur noch wenig sein, aber bis 1985 war es wohl eine ziemliche Herausforderung."

Er musterte sie mit nachdenklich gerunzelter Stirn. Plötzlich weiteten sich seine Augen. „Alisi! Natürlich, Gott, wie unaufmerksam kann man eigentlich sein. Frederico Alisi, der weltbekannte Tenor, mein Vater kannte ihn sehr gut. Da sitze ich hier mit seiner Tochter und bin mir dessen nicht einmal bewusst."

Von hier an wurde ihr Gespräch vertraulicher und sehr entspannt. Nach einem gemeinsamen Frühstück, Nellas Vorschlägen zu Organisation und Präsentation auf dem Gut wirkte Harold ausgesprochen zufrieden. „Das klingt sehr gut und professionell, definitiv kein Event von der Stange. Ich möchte Sie nun bitten, mich zu der Wohnung meines Klienten zu begleiten. Es ist nicht weit von hier. Sie können sich ein Bild davon machen, wie alles am besten aufgebaut werden kann. Die Weinauswahl ist schon einmal exzellent."

Nella nickte. „Sehr gerne, nun bin ich wirklich neugierig, welch eine Wohnung sich jemand kauft, für den Sie die Organisation übernehmen. Darf ich den Namen Ihres Klienten denn auch erfahren?"

„Hier muss ich Sie leider um Geduld bitten."

Rom war mittlerweile vollends zum Leben erwacht, und so bahnten sie sich ihren Weg durch die ersten Besuchermassen, die zum Sturm auf die Altstadt rüsteten. Harold hatte nicht übertrieben, die Wohnung lag tatsächlich nur knappe zehn Minuten entfernt. Vorbei an der Colonna dell'Immacolata liefen sie über die Piazza di Spagna in die Via dei Due Macelli. Hier bog Harold schnellen Schrittes ab und trat durch einen großen Torbogen in einen paradiesisch ruhigen, wunderschönen Innenhof. Harold durchquerte ihn zügig, während sich Nella vorzustellen versuchte, was in diesem Komplex eine Wohnung kosten würde. Ihre kleine Altbauwohnung war schon astronomisch teuer gewesen, aber das war kein Vergleich zu dieser Gegend. Harold zog einen Schlüssel aus der Tasche, öffnete eine Sicherheitstür mit drei Schlössern und ließ Nella eintreten. „Der Aufzug ist da hinten. Oberstes Stockwerk bitte."

Staunend stand Nella in dem Aufzug. Eine auf antik getrimmte Spiegelfläche, dazu goldene Rahmen und ein Spiegelboden – sie wagte kaum, sich zu bewegen, geschweige denn fester aufzutreten.

„So, hier wären wir. Bitte folgen Sie mir." Es gab im Obergeschoss nur eine zweiflügelige Tür, und diese schloss ihr Begleiter nun auf. „Bitte, treten Sie doch ein."

Stumm vor Staunen stand Nella in der eindrucksvollen Wohnung. Allein der Eingangsbereich war so groß wie ihr Wohnzimmer. Hohe, weiße Türen, nach altem Vorbild kunstvoll gezimmert, goldene Klinken, edelster Parkettboden aus hellem, matt glänzendem Holz. Die Wände in zartem Vanillegelb gestrichen, strahlte allein schon der Flur Wärme und Wohnlichkeit aus. Nella war angenehm überrascht. Sie hatte befürchtet, wie so oft in Italien, auf Kitsch und Prunk zu treffen, aber alles wirkte einladend. Die restlichen Räume standen dem in nichts nach. Gemütliche Sofas und Sessel, Wände in warmen Farben gestrichen, helle, lichtdurchflutete Räume und eine Küche, die jeder toskanischen Landhausküche locker den Rang abgelaufen hätte. Nella wandte sich begeistert zu Harold um. „Ich muss schon sagen, Ihr Klient hat einen sehr guten Geschmack."

Harolds Lächeln hatte etwas Verschmitztes. „Davon dürfen Sie ausgehen, meine Liebe, und zwar in jeder Beziehung. Aber gehen wir doch auf die Dachterrasse, dort soll ja das Einweihungsfest stattfinden."

Nella schmunzelte. „Ich versuche meine Begeisterung zu dämpfen, aber es ist wirklich sehr schön hier."

Harold öffnete die breite Glasschiebetür, und sie traten auf eine großzügige Terrasse mit einem atemberaubenden Blick auf die Umgebung. Hier gab es einen langen, weißen Holztisch samt weißen Korbstühlen. Blutrote Kissen bildeten einen schönen Kontrast, und auch das große Sonnensegel war in Rot gehalten. In der Mitte der Terrasse stand ein weißer Stehtisch mit eingelegtem Mosaik auf der runden Tischplatte, und darauf eine edle, silberne Vase mit einer herrlichen langstieligen Rose. Neugierig trat Nella auf den Tisch zu. Welch Zufall. Ob hier wohl jemand denselben Blumenhändler ausgewählt hatte? „Harold, Sie werden es nicht glauben, aber ich ..." Als sie sich umdrehte, war der Anwalt wie vom Erdboden verschluckt. Überrascht drehte sie sich einmal um sich selbst. Erneut sah sie zu der Rose und wollte soeben die Hand danach ausstrecken, als sie eine Stimme vernahm, eine Stimme, die sie unter Hunderten erkannt hätte.

„Gefällt es dir? Also mir jedenfalls gefällt außerordentlich, was ich sehe. Vor allem, da ich so lange darauf verzichten musste. Du hast mir von der ersten Sekunde an gefehlt."

Er stand in der Terrassentür. Der sanfte Wind wehte ihm die blonden Haare in die Stirn und er kniff ob der hellen Sonne die Augen zusammen. Als er die Hände aus den Taschen seiner Jeans nahm und ihr die Arme entgegenstreckte, überlegte sie keine Sekunde.

„Leander! Das träume ich doch." Sie umschlang seinen Hals und sah zu ihm auf. Sie musste ihn einfach ansehen. So etwas geschah in Filmen, in Büchern, in kitschigen Liebesromanen, aber doch nicht in ihrem Leben. Niemals. Wenn dies hier aber ein Traum war, dann endlich einmal ein wunderschöner.

Leander half ihr auf unkonventionelle Art, sich in der Realität zurecht zu finden, indem er sie kurzerhand kräftig in den Oberarm kniff.

„Aua, das tut weh!"

Grinsend zog er sie noch enger an sich. „Du hast mich gefragt, ob du träumst. Ich wollte nur beweisen, dass ich real bin."

Nella rieb sich den Arm. „Na dann, danke!"

„Sehr gerne. Nella, sag doch bitte einmal etwas wie: Leander, wie kommst du denn hierher? Musst du denn nicht in Stockholm sein? Du weißt schon, Fragen, auf die ich schon seit dem Tag, an dem ich zurück nach Schweden geflogen bin, eine Antwort parat habe. Nun mach schon, ich brenne regelrecht darauf, meine Ansprache endlich loszuwerden. Jetzt zu schweigen grenzt an seelische Grausamkeit."

Nella legte den Kopf in den Nacken und blinzelte kokett zu ihm auf. „Wenn du mich so lieb bittest. Also, was tust du in Rom, wenn du doch eigentlich dein Leben in Stockholm hast?"

Leander strich ihr zärtlich mit den Fingerspitzen über die Wange. „Die Vorlage, meine Liebe, ist perfekt! Nein, von dem Augenblick an, als ich dich sah, war Stockholm mir nicht mehr wichtig. Willst du wissen warum?

Weil von diesem Augenblick an du mein Leben warst. Ich bin ein sehr ehrlicher Mensch, ab und an so ehrlich, dass es schmerzt. Daher musst du mir einfach vertrauen, bitte. Ich hatte noch niemals solche Gefühle für eine andere Frau. Darüber war ich mir eigentlich von der ersten Sekunde an im Klaren, wollte aber auch sichergehen. Ich wollte dir auf keinen Fall wehtun, wollte nur ja keine falschen Hoffnungen wecken, wenn sich dann doch wieder mein Freiheitsdrang lauthals zu Wort gemeldet hätte. Hat er aber nicht. Im Gegenteil. Ich musste dich wiedersehen, musste dich wieder im Arm halten, den Duft deiner Haare riechen, in deine strahlenden Augen schauen." Er stockte. „Gütiger Himmel, das klingt dermaßen theatralisch und kitschig, und doch gibt es dafür keine anderen Worte. Schöner Mist! Da steht er, der gefeierte Herr Autor, und sucht verzweifelt nach Worten, für etwas, das unbeschreiblich ist. Merkst du eigentlich, was du mit mir machst?"

„Ich sorge dafür, dass dir die Worte fehlen? Willkommen in meiner Welt, Leander. Abgesehen davon, dass ich trotz des dezenten blauen Flecks, den du mir gerade verpasst hast, noch immer glaube, dass ich träume, bin ich tatsächlich sprachlos, okay, beinahe." Sie krauste die Nase. „Aber freu dich da nicht zu früh. Hin und wieder bin ich verflixt schlagfertig. Meist mit einer leichten Verzögerung, aber dann, ha, du wirst staunen."

Unternehmen „Zukunft“

„Es ist wirklich unglaublich, wie treffsicher du deine Einrichtung ausgewählt hast. Vor allem die Küche.“ Nella ging langsamen Schrittes an der langgezogenen, im Landhausstil gehaltenen Front entlang. Fast schon zärtlich strich ihre Hand über die hölzernen Regale. „Darf ich ehrlich sein? Ich war eher der Auffassung, dass du der nordisch-kühle Einrichtungstyp bist. Also Glas, Chrom, blitzende Oberflächen.“

Er überlegte sich seine Antwort sehr gut. „Darf ich auch ehrlich sein? Das bin ich tatsächlich. Oder wohl eher, das war ich. Meine Küche in Stockholm ist komplett in Schwarz, Chrom und Glas gehalten. Hier aber habe ich mich von kompetenter Seite beraten lassen. Nachdem Alessia mir erzählte, dass du dich, als du bei ihnen zu arbeiten begonnen hast, Hals über Kopf in die Küche im Haupthaus verliebt hast, wusste ich, was ich zu tun habe. Alessia schickte mir Bilder und nannte mir den Hersteller. Ich hatte Riesenglück, dass er das passende Model gerade als Ausstellungsstück bei einer Messe abgebaut hatte. Da musste ich zuschlagen. Dann noch ein paar Feinheiten, auf die ich nicht verzichten wollte, und der Plan stand. Die Monteure haben kräftig Überstunden gemacht, um sie rechtzeitig einzubauen.“

Nella hielt inne und warf ihm einen zweifelnden Blick zu. „Willst du sagen, du hast die Küche nur wegen mir so eingerichtet?“

Verflixt dünnes Eis. Er war in solchen Situationen noch unsicher, es war ein Terrain, auf dem er sich noch nie bewegt hatte. Mit einer Frau zusammenleben zu wollen, war ihm bisher nie in den Sinn gekommen. „Ja, das habe ich. Ehe du nun Rückschlüsse ziehst, die in eine falsche Richtung gehen könnten: Ich erwarte von dir nicht, dass du jubelschreiend hier einziehst. Als ich diese Wohnung im Schnelldurchlauf erworben und durchgeplant habe, war mir wichtig, dass du dich wohlfühlst in der Zeit, die du, wie ich hoffe, hier verbringen wirst. Selbstverständlich erwarte ich gar nichts." Leander biss sich auf die Zunge. Himmel, war das schwer, sich zu erklären, wenn einem das, was man tat, selbst noch vollkommen verrückt erschien. Er hob hilflos die Schultern. „Nella, ich fühle mich wie ein kleiner Junge, der gerade die Schule wechseln muss. Alles ist neu und ungewohnt für mich. Eine Frau in meinem Leben haben zu wollen und das mit einer solchen Intensität, wie ich das jetzt unbedingt möchte, ist absolut ungewohnt. Bitte, Nella, glaub mir, ich bin sonst nicht gerade um Worte verlegen, hier aber habe ich Angst, das Falsche zu sagen. Ich habe Angst, dich zu erschrecken. Das ist das Letzte, was ich will. Ich weiß ja nicht einmal, ob du für mich ebenso empfindest wie ich für dich."

Er musterte Nella besorgt, die wieder damit begonnen hatte, seine Küche zu streicheln. War er etwa schon zu weit vorgeprescht? Hatte er sie schon verschreckt? Das Sonnenlicht fiel durch die großen Fenster in den Raum und ließ ihr Haar auch heute bläulich schimmern. Eine lange Locke fiel vor ihr Gesicht und so konnte er nur ahnen, was sich auf ihren Zügen widerspiegelte. Lächelte sie?

„Leander, hör auf der Stelle damit auf, dir Sorgen zu machen. Wie kannst du denn glauben, du würdest mich erschrecken? Wenn ein Mann sich so sehr ins Zeug legt, um eine Frau zu überraschen, dann ist das überhaupt nicht erschreckend. Ganz im Gegenteil." Sie blieb dicht vor ihm stehen und hob ihren Blick. „Es kann gar nicht erschreckend sein, allein schon, weil ich so sehr hoffte, von dir zu hören, dich wiederzusehen. Ich war mir beinahe sicher, dass ich nur ein netter Flirt gewesen bin, nichts weiter. Die Rosen haben mich hoffen lassen, aber ich habe geglaubt, dass du dich lediglich für einen schönen Abend bedanken wolltest."

Er setzte an zu sprechen, aber Nella legte ihren Zeigefinger auf seine Lippen. „Nein, warte, ich bin noch nicht fertig. Ich muss das sagen. Du musst das verstehen, das ist wichtig. Für mich ist es unbeschreiblich schwer, mich zu freuen, mich in das Gefühl von Freude ... fallen zu lassen."

Leander griff nach ihrer Hand, umfasste sie zärtlich und küsste ihre Fingerspitzen. „Warum denn, um Himmels willen? Wer hat dich so maßlos enttäuscht?"

Sie zuckte die Achseln. „Das ist so wie bei einer Regentonne, weißt du? Sehr lange passt das Wasser hinein und niemand merkt, dass sie beinahe voll ist, weil auch niemand darauf achtet. Tatsächlich ist es aber schon der nächste, winzige Tropfen, der die Tonne überlaufen lässt. In meinem Leben steht nicht nur eine solche Tonne herum. Ich konnte ja den Hals wieder nicht vollkriegen und musste gleich mehrere in meinen Weg einbauen, Tonnen voller Angst, Fehler zu machen. Angeblich gibt es da etwas, das man als Grundvertrauen bezeichnet.“ Sie hielt inne, senkte den Blick und betrachtete ihre Hand, die er noch immer fest mit der seinen umschloss. Als Nella fortfuhr, war ihre Stimme leise, ja, traurig. „Dieses Gefühl, dieses Grundvertrauen, ist mir fremd. Ich kenne es nicht. Was ich dafür aus dem Stegreif kenne, ist die Angst zu versagen, die Angst, den Ansprüchen der anderen nicht zu genügen. Daher sei versichert, dass du mir mit dem hier eine unbeschreibliche Freude machst. Dass du, der du ja wirklich jede Frau haben kannst, mir hier so viel Aufmerksamkeit schenkst, macht mich sehr glücklich.“ Sie lachte verhalten. „Zumindest glaube ich, dass es das ist, was ich jetzt im Augenblick fühle: Glück.“

Er konnte nicht anders, als sie ungestüm in seine Arme zu ziehen und festzuhalten. Nichts anderes war ihm noch wichtig, als diese bezaubernde Frau, deren Gefühle so filigran, so zerbrechlich schienen, zu beschützen.

„Eleonora Alisi, ich verspreche dir, dass du dich, wenn dich das hier glücklich macht, ohne Angst fallen lassen kannst. Ich bin hier, meine Arme sind hier, mein Herz ist hier. Lass uns die ersten Schritte gemeinsam gehen.“ Er hob ihr Kinn sacht an und schmunzelte. „Und nimm dieses zweideutige Lächeln von deinen Lippen. Nein, das war *keine* Passage aus einem meiner Bücher.“

Nella schlang ihre Arme um seinen Hals und strahlte ihn an. „Sehr schön, Gedanken lesen kann der Mann auch noch. Ich verspreche dir etwas: Alle Vorurteile, alles, was ich einigermaßen kontrollieren kann, ist ab heute ganz weit weg. Ich kann es nur versuchen, bitte, hab einfach Geduld mit mir. Denkst du, du schaffst das?“

Erleichterung durchströmte ihn. „Alle Geduld der Welt, ich schwöre es dir."

Nella stellte sich auf die Zehenspitzen und küsste ihn leicht auf den Mund, ehe sie ihren Blick erneut über die Küche schweifen ließ. „So weit so gut. Ich muss zwar heute Nacht in meine Wohnung, erstens, da ich nichts dabei habe und zweitens, da morgen eine Veranstaltung stattfindet, aber wir könnten zusammen essen. Kannst du kochen?"

Herrje, es war eindeutig an der Zeit, Farbe zu bekennen. „Im Prinzip ja, aber ..."

Sie schien verwirrt. „Was heißt das nun genau?"

Er fuhr sich grinsend mit der Linken durch die Haare. „Wirf bitte einen Blick in die Schränke."

Vorsichtig öffnete Nella zuerst einen, dann den nächsten Schrank. Bis auf Gläser, Becher und Tassen war da nicht viel zu sehen. Lachend schüttelte sie den Kopf. „Ich muss schon sagen. Daran sollten wir arbeiten. Was hältst du davon, einkaufen zu gehen? Sonst verhungerst du morgen."

Er hielt sehr viel davon. Hoch erfreut über den bisherigen Verlauf seiner Unternehmung *Nella* nahm er ihre Hand, um die ersten Schritte in eine gemeinsame Zukunft zu gehen.

Schweden contra Italien

„Wo hast du gesteckt? Ich mache mir schließlich Sorgen, wenn du stundenlang bis in die Nacht hinein verschwunden bist." Umberto stemmte die Hände in die Hüfte und musterte sie anklagend.

Nella schloss betont langsam ihre Wohnungstür und hängte den schicken Blazer auf einen Kleiderbügel an der Garderobe. Erst dann wandte sie sich dem treuen Freund zu. „Schatz, ernsthaft, ich bin ein großes Mädchen, das gut auf sich selbst aufpassen kann. Der Umstand, dass du meine Wohnungsschlüssel hast, darf nicht dazu führen, dass du mich überwachst, okay?"

Umberto schnaubte regelrecht erbost. „Überwachen? Süße, davon kann keine Rede sein, aber wenn du, wie ich erfahren habe, am frühen Morgen losfährst, um einen Termin in Rom wahrzunehmen, und kurz vor Mitternacht noch immer nicht zurück bist, werde ich mir wohl Sorgen machen dürfen, nicht wahr?"

Nella wusste, dass er es weder böse meinte noch sie ärgern wollte. „Das darfst du. Heute war es aber gänzlich unnötig, ehrlich." Sie trat auf Umberto zu und küsste ihn freundschaftlich auf beide Wangen. Sie zeigte auf den bequemen Lehnsessel in ihrem Wohnzimmer. „Los, da hinein, ich muss dir etwas erzählen. Etwas Wunderbares!"

Zwanzig Minuten später starrte Umberto sie mit offenem Mund an.

„Na, sind das gute Nachrichten? Ist das nicht eine wirklich romantische Geschichte? Und sie passiert mir! Verstehst du, mir, Nella Alisi."

Endlich klappte Umbertos Unterkiefer wieder nach oben. „Ich bin sprachlos. Gut, fast sprachlos. Nella, Schätzchen, das ist fabelhaft! Und er meint das alles wirklich ernst?"

„Sieht so aus."

„Er hat die Wohnung nicht nur gemietet, sondern gekauft?"

„Hat er."

„Er will den größten Teil seiner Zeit hier in Rom verbringen?"

„Rom und Toskana. Er hat einen Vertrag über einen Bildband toskanischer Orte unterzeichnet."

Umberto kniff misstrauisch die Augen zusammen. „Und er hat das nicht auf Pump gekauft? Da ist nichts faul an der Sache? Dir ist schon bewusst, was eine Wohnung in der Lage und in der von dir beschriebenen Größe kostet?"

Nella zuckte die Achseln. „Kein Pump, kein Kredit. Sein Notar und Anwalt hat sich heute kurz zu uns gesellt. Er hat alles für Leander geregelt und meinte: *Die Überweisung ist schon letzte Woche eingegangen. Vielen Dank dafür.* Wenn ich richtig zugehört und es vor allem richtig verstanden habe, dann hat Leander nicht nur viel Geld, sondern auch eine reiche Familie. Oder wie sonst ließe es sich erklären, dass der Sohn zum Examen ein Ferienhaus in Småland geschenkt bekommt?"

„Wo?"

Nella musste grinsen. „Eine sehr schöne schwedische Region, lies Pippi Langstrumpf, dann weißt du, wie es da aussieht. Leander hat als Kind mit seiner Familie oft Ferien dort gemacht und wohl eines Tages fallenlassen, dass er in der Ruhe und der Einsamkeit perfekt schreiben könnte. Kurz darauf hatte er nicht nur seinen Universitätsabschluss, sondern auch noch ein Haus direkt am Meer in Västervik."

„Denkst du, dass seine Eltern an mir Gefallen finden könnten und mich adoptieren möchten?" Umbertos Stirn lag in grüblerischen Falten.

„Sieht nicht gut aus für dich. Zwei Söhne und eine Tochter, ich befürchte, das genügt ihnen erst einmal."

Seufzend ließ sich Umberto zurückfallen. „Wäre ja auch zu schön gewesen. Mein alter Herr ist zwar nicht gerade arm, aber was er mir einmal hinterlassen wird, steht in den Sternen. Ich schätze, Geld für eine Therapie gegen Homosexualität."

Sie stand auf und legte ihm die Hände an die Wangen. „Hör auf damit. Vielleicht hat dein Vater es schon lange akzeptiert. Du weißt, dass es helfen könnte, mit ihm zu reden?"

Umberto ergriff ihre Hände und küsste sie liebevoll. „Und du weißt schon, dass ich aus diesen Gesprächen bis heute jedes Mal mit einem mittleren Nervenzusammenbruch herausgekommen bin?"

Nella sparte sich eine Antwort und ging stattdessen in die Küche, ließ Wasser in ihren Wasserkocher laufen und holte zwei Teetassen aus dem Schrank. „Du trinkst, ehe ich dich rauswerfe, da ich schlafen muss, noch einen leckeren Tee. Ich hoffe, du kommst dann auf andere Gedanken und kannst dich mit mir freuen."

Sofort war Umberto neben ihr. „Ach, Süße, bitte sei nicht böse. Ich freue mich doch mit dir, aufrichtig, ich schwör's. Ich rutsche da eben schnell mal ab. Misstrauen ist mein zweiter Vorname. Das bekomme ich irgendwann auch noch in den Griff. Vielleicht hilft mir Yves dabei. Aber sag mal, wann lerne ich denn Mr. Halbgott kennen? Er muss sich mir schon vorstellen. Schließlich überlasse ich mein bildschönes Mädchen nicht jedem dahergelaufenen Nordmann."

Seufzend goss Nella den Tee auf. „Honig? Zucker?"

„Bitter wie das wahre Leben."

Nella warf einen zweifelnden Blick in die Tassen. „Rotbusch-Vanille, bitter?"

„Na toll, das war es mit meinem heldenhaften Auftritt. Gib schon her." Umberto griff nach der Tasse und legte die Hände darum. „Gut abgelenkt, meine Süße, aber nicht gut genug. Also, ich beschließe hiermit wie folgt: Am Samstagabend treffen wir uns um acht Uhr im *Limoncello*. Da ist es schön romantisch und das Essen ist phänomenal. Ich bringe Yves mit und du deinen Leander. Ich reserviere, einverstanden?"

Nella nickte ergeben. „Ich hab ja wohl keine Wahl. Lass ihn bitte am Leben, versprochen?"

„Wenn er sich benimmt, der Nordmann." Mit zufriedenem Lächeln schlürfte ihr langjähriger Vertrauter seinen Tee.

Nella streckte sich vorsichtig. Nach mehreren Stunden in der mehr oder weniger gleichen Sitzposition wollten nicht alle Gelenke so, wie sie sollten. Es knackte verdächtig, als sie die Arme über den Kopf hob und die Schultern lockerte. Die Verspannungen ertrug sie gerne, wenn sie bedachte, dass alle Termine, alle Events, die Teilnehmer, der Ablauf und die Buchungen für die nächsten vier Wochen ordentlich aufgelistet, die dazugehörigen Telefonate abgearbeitet und die Vorbereitungen auf dem neuesten Stand waren. Nun konnte sie guten Gewissens ins Wochenende gehen. Schlagartig wurde ihr bewusst, dass die kommenden Tage einige problematische Punkte enthielten. Unter anderem stand regelrecht drohend der Restaurantbesuch am nächsten Abend bevor.

Sie räumte ihren Schreibtisch auf, gönnte der Zimmerpflanze in der Ecke neben dem geöffneten Fenster ein Kännchen Wasser und sah sich um. Ihr Büro, gleich neben der Rezeption im Hotel, war penibel sauber. Chaos vertrug sie nicht. Von draußen vernahm sie das Rascheln von Papier. Ein kurzer Blick durch die halb offenstehende Tür verriet, dass sie nicht die Einzige war, die um kurz vor neun am Abend noch arbeitete.

„Alessia, solltest du nicht im Theater sein?"

Ihre Chefin verzog spöttisch den Mund. „Alleine? Ganz prima. Filippo steht in einem Unfallstau bei Palestrina. Zugegeben bin ich sehr erleichtert, dass er, wenn ich das richtig verstanden habe, die Strecke knapp fünf Minuten nach dem schrecklichen Unfall gefahren ist, aber unser Abend ist wieder einmal ins Wasser gefallen."

„Das tut mir so leid für dich. Was machst du jetzt?"

Alessia zuckte die Schultern. „Die Ankünfte von morgen vorbereiten, dann mache ich wenigstens etwas Sinnvolles. Aber wo wir gerade beim Thema sind. Was tust du denn noch hier? Du hast derzeit doch sicher andere Prioritäten. Ich sage nur Leander."

Allein wenn sie seinen Namen hörte, breitete sich ein warmes Gefühl in ihrem Körper aus. „Ja, schon. Aber ich möchte nicht, dass meine Arbeit darunter leidet. Darum habe ich schnell alles für die nächsten Wochen erledigt."

„Nella, das ist löblich, wirklich, aber jetzt nimm deine Tasche und verschwinde augenblicklich zu dem Mann, der mal schnell um den halben Erdball gezogen ist, um in deiner Nähe zu sein."

„Ich gehe ja schon, ich will ihm aber auch nicht andauernd auf der Pelle hocken."

„Stopp! Einen Augenblick, meine Liebe. Was höre ich denn da schon wieder für einen Unsinn? Auf der Pelle hocken." Alessia war mit zwei Schritten bei ihr und legte ihre Hände auf Nellas Schultern. „Deine dauernde, dumme Sorge, irgendjemandem zur Last zu fallen, musst du in diesem Fall entweder ganz schnell ablegen oder – und ich glaube das wäre die bessere Lösung – du sprichst mit Leander darüber. So geht das nicht. Ich kenne dich lange genug und weiß, wie ich es nehmen muss. Für den Mann, der dich liebt, und ich bin mir verdammt sicher, dass er das tut, könnte das so aussehen, als mangle es dir an Interesse."

Nellas Herz zog sich angstvoll zusammen. „Aber das stimmt nicht. Ich liebe ihn doch." Sie senkte den Kopf und betrachtete ihre in goldfarbenen Sandalen steckenden Zehen. „Mehr als ich jemals zuvor einen Mann geliebt habe."

Der Druck von Alessias Händen wurde fester. „Und darum, du krankhafte Zweiflerin, bist du auch an einem Freitagabend nach neun Uhr noch in deinem Büro und diskutierst mit deiner abgedrehten Chefin, anstatt in seinen Armen zu liegen. Ah ja, das erklär mir mal." Sie ließ Nella los. „Andiamo, du nimmst jetzt die Beine in die Hand und verschwindest auf dem schnellsten Wege. Hol dir noch eine Flasche richtig guten, teuren Wein, Käse und Zitronenkuchen aus der Küche und dann Abflug. Du musst mit ihm reden, vertrau mir."

Ihr Verstand sagte ihr, dass Alessia richtig lag. Nicht nur das, er machte ihr auch mit Nachdruck klar, dass sie wirklich schnell, offen und ehrlich mit Leander sprechen musste.

„Danke, Alessia, ich bin schon weg." Sie umarmte ihre Chefin und lief in die Hotelküche, um die angebotenen Leckereien einzupacken.

Sie war sehr froh um den Parkplatz im Innenhof. Um diese Nachtzeit war, noch dazu an einem Freitag, auf den Straßen kein einziger mehr frei. Sie hängte sich ihre Korbtasche über die Schulter, schloss das Auto ab und eilte im Laufschritt zum Aufzug. Leise sperrte sie die Tür zu Leanders Wohnung auf. Aus dem Wohnzimmer drang leise Musik und sie vernahm das Klackern der Tasten von Leanders Computer. Gott sei Dank. Er arbeitete also auch noch. Sie schlüpfte aus ihren Sandalen und schlich auf Zehenspitzen ins Wohnzimmer. Leander saß mit dem Rücken zu ihr an seinem Schreibtisch und hackte eifrig in die Tasten. Sie wusste, dass er ein Manuskript abgeben musste, aber er erklärte stets lächelnd, er müsse derzeit seine Prioritäten neu ordnen. Das sollte sie dringend auch einmal in Angriff nehmen. Wie er da saß, barfuß, in ausgewaschenen Jeans, einem weißen, dünnen Longsleeve, die Haare so wirr und verwuschelt wie immer, sah er zum Anbeißen aus. Er war nicht nur ein Nordmann, wie Umberto ihn so schön bezeichnete, er war der Mensch gewordene

Thor. O Mann, seit wann war sie eine Geliebte der Götter? Verflixt, der Gedanke gefiel ihr! Leise trat sie hinter ihn und küsste ihn auf den Hals. Leander zuckte zuerst zusammen, dann lächelte er. „Du kannst von Glück sagen, dass ich ein stabiles Nervenkostüm und vernünftige Herzfunktionen habe. Schön, dass du da bist. Ich hab dich schon vermisst."

Sie stellte ihre Tasche ab und setzte sich kurzerhand auf seinen Schoss. „Ich dich auch, aber ich wollte dir Zeit geben, um deine Prioritäten oder was auch immer zu überdenken."

„Nette Ausrede, du kleines Arbeitstier. Da musste schlicht wieder irgendetwas fertig werden. Stimmt doch, nicht wahr?" Ertappt zuckte sie die Schultern. „Schon, so ein bisschen."

Er küsste sie liebevoll auf die Nasenspitze, ehe er sich mit seinem Stuhl vom Schreibtisch abstieß und mit ihr durch den Raum rollte. „Wenn ich das richtig sehe, hast du uns etwas zu essen mitgebracht. Ist das Fläschchen da wirklich das, wofür ich es halte? Ein 1985er Qualitätswein aus eurer eigenen Herstellung? Ein exquisiter Jahrgang, das weißt du, nicht wahr?"

Sie grinste ihn entschuldigend an. „Alessia wusste es, das muss genügen."

„Mädchen, Mädchen, da haben wir noch einen steinigen Weg in Weinkunde vor uns. Allerdings fehlt mir gerade die Motivation. Ich habe die Zeit tatsächlich genutzt, um am Manuskript weiterzuarbeiten. Nun freu ich mich auf etwas zwischen die Zähne und darauf, dich in den Armen zu halten."

Sie machte sich lächelnd los und stand auf. „Ich mich auch, auf das Essen und auf dich. Ich mache uns ein leichtes Abendessen zurecht, was denkst du? Und dann ..." Sie zögerte, unsicher, ob sie es wirklich tun sollte, dann aber dachte sie an Alessias Worte. „Und dann muss ich dir von steinigen Wegen erzählen."

Schlagartig wurde sein Gesicht ernst. „Ist etwas passiert? Alles in Ordnung mit dir? Geht es dir gut?"

Seine spontane Sorge rührte sie. „Ja, alles gut. Es geht nur darum, dass auch weiterhin alles gut ist. Aber das erzähle ich dir, wenn wir auf der Terrasse sitzen, leckeres Essen vor uns steht und wir Rotwein in den Händen halten, was meinst du?"

Er schmunzelte, beugte sich zu ihr herab und strich ihr eine ihrer Locken hinters Ohr. „Ein guter Plan."

Seine Arme schlossen sich fest und tröstend um sie und Nella schmiegte sich noch enger an seine breite Brust. Ihr Herz auszuschütten war nie leicht, und für sie war es noch viel schwerer als für andere. „Du kannst mich vielleicht nicht verstehen. Ich meine, wenn man eine paranoide, hasserfüllte Mutter und ein Zuhause, das seit dem vierten Lebensjahr die Hölle war, nicht selbst erlebt hat, dann erscheint es wahrscheinlich übertrieben, ja vielleicht sogar hysterisch." Sie strich sanft über die blonden Härchen auf seinem Arm.

„Nella, ich bitte dich. Das hat nichts mit hysterisch zu tun. Wie kommst du auf solch abwegige Gedanken? Sich ungewollt, unerwünscht, ja überflüssig im Leben eines Menschen zu fühlen, ist einfach nur schrecklich. Vor allem, wenn der Mensch die eigene Mutter war. Du hast schon recht. Ich kann es mir nur schwer vorstellen. Meine Familie ist auch nicht perfekt, keinesfalls. Mein Vater war viel unterwegs, er ist nun einmal ein erfolgreicher Geschäftsmann. Meine Mutter hatte mit uns dreien alle Hände voll zu tun. Leicht war das wohl kaum für sie. Wir hatten, und böse Zungen behaupten wir hätten noch immer, alle drei einen schrecklichen Dickkopf. Wir haben unsere Grenzen ausgetestet und das nicht zu knapp. Wenn es aber darum ging, als Familie zusammenzuhalten, waren wir eine Einheit. Niemand, wirklich niemand, hätte hier dazwischenfunken dürfen. Meine Mutter mochte sich noch so sehr über uns aufregen – und vertrau mir, das war oft der Fall –, sie konnte uns noch so oft damit drohen, uns zur Adoption freizugeben, sobald einer von uns im Schlamassel steckte, kämpfte sie wie eine Löwin. Und dafür lieben wir sie noch heute von ganzem Herzen. Wenn unser recht diplomatischer Vater mitbekam, was wir abzogen, dann hat es dermaßen gekracht, dass wir alle so klein mit Hut waren." Leander deutete eine Zehn-Zentimeter-Spanne mit Daumen und Zeigefinger an.

Nella grinste. „Echt, so klein?"

Er nickte. „Wenn nicht noch kleiner."

„Das ist schön." Sie legte ihren Kopf in seine Halsbeuge und vernahm sein leises Lachen.

„Ach ja? Du findest es schön, dass unser alter Herr uns so zusammengefaltet hat, dass wir nur noch mit eingezogenem Kopf durch das Haus liefen?"

Nella nickte. „Allerdings. Das zeigt doch, dass er sich um euch gesorgt hat, dass ihr ihm wichtig wart und er wollte, dass ihr euren Weg findet."

„Stimmt. Sag mal, du kluges Mädchen, wo warst du denn damals, als ich diese durchaus logische Erklärung dringend gebraucht hätte?"

„Ich war in einem herrlichen Haus, mit einer Handvoll schöner Erinnerungen und einem Berg an Vorhaltungen, Ablehnung, Wut und enttäuschter Eitelkeiten." Ihre Stimme war leise, und sie konnte es nicht verhindern, dass man ihre tiefe Traurigkeit heraushörte. „Ich stand einem unerklärlichen Hass gegenüber, den ich ertragen musste, da er von dem einzigen Menschen kam, der sich meine Familie schimpfte. Ich habe verzweifelt herauszufinden versucht, warum meine eigene Mutter mich so sehr verabscheute."

„Um Himmels willen, Nella, Liebes. Warum hast du dich niemandem anvertraut? Es muss doch Menschen gegeben haben, die wussten, was in diesem Haus geschah. Das ist unfassbar, so etwas kann doch nicht unbemerkt bleiben. Das kann mir keiner erzählen."

Sie drehte sich etwas und suchte seinen Blick. „Es gab einige wenige. Darunter meine Patentante Franca. Sie war einst Mutters Agentin. Du glaubst gar nicht, wie oft sie sich für mich in die Nesseln gesetzt hat. Die Schimpftiraden und haltlosen Anschuldigungen, die Mutter ihr an den Kopf geworfen hat, waren vom Allerfeinsten. Franca hat das alles mit stoischer Ruhe weggesteckt. Sie kannte sie einfach zu gut. Ihr konnte sie auch nichts vorspielen, bei ihr kam sie damit nicht durch. Franca habe ich es zu verdanken, dass ich endlich auf das teure Internat gehen durfte." Sie zupfte nachdenklich an ihrem Ärmel herum. „Heute ist das durchaus unterhaltsam, damals hat es mir eine Riesenangst gemacht. Mutter wollte mich weiter auf die Schule in Trastevere schicken, um mich im Auge zu haben, da ich so ein unmögliches Kind war. Zumindest war das ihre Ausrede. Natürlich, sie brauchte mich ja, um ihre Launen an mir auszuleben, als Ventil für ihren Frust und ihren tief sitzenden Zorn. An ihren Bohème- und Künstlerfreunden konnte sie das alles schlecht auslassen. Denen spielte sie eine andere Marie Celeste vor. Die weltoffene, kunstbegeisterte Ex-Ballerina, die glaubte, mit Joints und LSD-Trips ihr Bewusstsein zu erweitern. Wunderbar, das Erwachen in der harten Realität war dann der Augenblick, in dem ich ins Spiel kam. Schließlich war ich schuld an ihrem verpfuschten Leben, nur meinetwegen musste sie alles aufgeben, auf ihre weitere Karriere verzichten. Das hat Franca nicht mehr mitgemacht. Sie drohte ihr in einem Gespräch – na ja, Gespräch ist etwas hoch gegriffen, die beiden haben sich angebrüllt wie die Waschweiber auf dem Wochenmarkt –, dass sie alles daransetzen würde, dass das Denkmal der leidenden Witwe und aufopfernden Mutter ein für alle Mal restlos zerstört würde, wenn sie mich nicht sofort auf diese Schule gehen ließe. Sie drohte damit, das zügellose Leben meiner Mutter an die Öffentlichkeit zu zerren. Mutter hatte vor nichts und niemandem mehr Angst als davor, dass die Welt erfahren würde, was aus ihr geworden war. Franca stellte eine echte Gefahr für sie dar. Ihre *Freunde*, die sich bei ihr und mit ihrem Geld ein schönes Leben machten, eher nicht. Du kannst dir nicht vorstellen, wie wütend sie war, aber sie ließ mich ziehen. Franca hat mich noch am selben Abend mitgenommen und persönlich zwei Tage später, nachdem es mir etwas besser ging, im Internat abgeliefert. Heute glaube ich, das war der Tag, an dem Franca mein Leben gerettet hat. Zuerst hat das Silvan getan, als er mich aus der Dachrinne geholt hat, und dann Franca, die mich aus der Gefahrenzone brachte.“ Sie legte sanft ihre Hand an Leanders Wange. „Du siehst, ganz allein war ich nicht.“

„Trotzdem! Kein Kind sollte so etwas ertragen müssen. Du schaffst es zwar immer wieder recht glaubwürdig zu behaupten, das wäre alles nicht so schlimm gewesen.“ Sie spürte, wie er tief einatmete. „Ich höre deine Beteuerungen, weiß aber auch, dass keine Kinderseele, es sei denn, sie wäre aus Stein, so etwas wegstecken kann. Von solchen Erlebnissen bleiben Narben zurück. Du, Nella, hast viele Narben auf deiner Seele, heute noch. Man soll über Tote nichts Schlechtes sagen, aber ernsthaft, mit deiner Mutter würde ich gerne mal ein Wörtchen reden.“

Sie umschlang ihn mit beiden Armen. Er konnte nicht wissen, wie gut es tat, ihn zu fühlen und das zu hören. Ja, das mit den Narben stimmte schon. Sie waren da, viele von ihnen, und sie waren schuld daran, dass sie selbst nicht immer ganz begriff, warum sie auf eine bestimmte Weise reagierte oder was sie tat.

„Ich weiß nicht, ob sie es verstehen würde. Mutter lebte in ihren letzten Jahren in ihrer eigenen Welt. Aber mir ist wichtig, dass du verstehst, warum ich ab und an seltsame Dinge tue, beziehungsweise in der ein oder anderen Situation komisch reagiere. Weißt du, was ich meine?“ Sie sah ihm in die Augen. „Manchmal sage ich Dinge und glaube sofort, mich für irgendetwas verteidigen zu müssen. In dem Augenblick, in dem ich die ganze Situation noch einmal in Ruhe durchdenke, fällt mir auf, wie vorschnell und teilweise sogar überzogen unlogisch ich reagiert habe. Leider ist es dann aber zu spät. Am Mienenspiel meines Gegenübers kann ich oft ablesen, was er oder sie denken. *Hysterische Ziege* ist da wahrscheinlich noch tief gegriffen. Und bei dir ist mir das ganz besonders wichtig. Ich will nicht, dass du denkst, ich sei komplett abgedreht oder hyperempfindlich. Dafür liebe ich dich zu sehr, ich will nicht, dass du denkst, ich sei irre." Seufzend schmiegte sie sich noch enger an seine harte Brust. „Darum schütte ich dir mein Herz aus und darum bin ich vollkommen ehrlich zu dir. Ich möchte doch nur, dass du mich verstehst."

Sie spürte, wie Leander seine Nase in ihre Haare steckte und erneut tief einatmete. „Du riechst so gut. Was ist das?"

Sie lächelte. „Zitronen-Olivenöl-Shampoo. Eine Manufaktur in Marcellina stellt es her, die Oliven stammen vom Anwesen. Die Seifen und das Shampoo sind im Hotel heiß begehrt."

Leander legte eine Hand an ihr Kinn und zog es sanft hoch. „Nella, ich verstehe dich. Ich verspreche dir, ich werde dich nie unter Druck setzen und ich werde dich nie voreilig für etwas beurteilen. Ich liebe dich, Nella, ich habe dich vom ersten Augenblick an geliebt, als du so furchtbar erschrocken zu mir aufgeschaut hast. Und warum? Wegen einer Tomate auf meinem Hemd. Vertrau mir bitte, ich tue, was ich kann, um dich nicht zu verletzen. Ich werde mir immer ins Gedächtnis rufen, was du als Kind durchgemacht hast. Insbesondere, da es ja mit der Kindheit nicht getan war, wenn ich das richtig einschätze. Aber versprich auch du mir etwas. Wenn du glaubst, ich liege falsch, wenn ich etwas sage oder mache, von dem du denkst *spinnt der Mann jetzt*, dann rede mit mir. Lass uns Unklarheiten sofort aus der Welt schaffen, in Ordnung? Kein Herumgrübeln, wie der andere etwas gemeint haben könnte, sondern sofort fragen und für klare Verhältnisse sorgen. Nur wenn wir genau das tun, vermeiden wir Missverständnisse. Und glaub mir Nella, die gibt es schnell einmal. Denkst du, wir bekommen das hin?"

Sie betrachtete ihn lange, etwas, das sie ausgesprochen gern tat. Kein Wunder, so wie er aussah. „Wenn ich dich so ansehe, dann hege ich die vage Vermutung, dass du Ansporn genug sein könntest, daran zu arbeiten."

Kopfschüttelnd beugte er sich zu ihr und küsste sie liebevoll und lang. „Dir werde ich helfen, Ansporn genug, na warte. Komm du mir nachher im Schlafzimmer in die Finger."

Nella grinste ihn herausfordernd an. „Damit machst du mir keine Angst. Du aber solltest Angst haben, große Angst, mein Liebling. Du musst dich morgen Abend Umberto und seiner Nella-Tauglichkeits-Prüfung stellen. Das könnte heikel werden."

Sein Lächeln war verdammt selbstsicher. „Umberto mag Männer, erinnere ich mich richtig? Ich glaube, ich bekomme das geregelt."

„Er ist aber auch mein Beschützer, und das seit geschlagenen fünfzehn Jahren. Pass auf, die Messlatte liegt verflixt hoch. Für ihn bin ich Schwester, Freundin und Seelenmensch zugleich. Er will immer nur, dass mir niemand wehtut."

Leander grub seine Hand in ihr Haar und zog ihren Kopf ganz nahe an sein Gesicht. Sein warmer Atem strich über ihre Haut und der Blick aus diesen herrlich blauen Augen versank in ihrem, als er flüsterte: „Und schon liebe ich den Kerl wie meinen eigenen Bruder. Denn nichts anderes will auch ich."

Traum und Realität

Leander nahm die vor sich hinbrodelnde Espressokanne vom Gasherd, schäumte Milch für zwei Gläser Latte macchiato auf und goss den Espresso langsam und vorsichtig in die heiße Milch. Das sah doch schon einmal professionell italienisch aus. Nun gut, zumindest einigermaßen. Allzu viel Lärm durfte er nicht machen, denn Nella schlief noch. Nach der vergangenen Nacht kein Wunder. Wirklich viel Schlaf war keinem von ihnen vergönnt gewesen. Diese unglaubliche Frau lieben zu dürfen, war für ihn nicht selbstverständlich. Da stand er nun, dreiunddreißig Jahre alt, welterfahren und bei Nella ziemlich verunsichert. Nachdenklich schnitt er einen prallen, saftigen Pfirsich in mundgerechte Stücke und vermischte sie in einer Glasschüssel mit Erdbeer- und Mangostücken. Dazu zwei frische Croissants, ein Panino rusticale, Baguette mit Vollkorn, so wie Nella es mochte. Während er den Orangensaft in hohe Gläser füllte, ließ er die vergangene Nacht Revue passieren. Noch nie war er mit einer Frau im Bett gewesen, die sich ihrer selbst so unsicher war wie Nella. Ausgerechnet sie, die es wahrlich nicht nötig hatte, an sich zu zweifeln. Sie war so schön, so begehrenswert, dass ihm allein beim Gedanken an sie wieder heiß wurde.

Ihre Entscheidung, mit ihm zu reden, ihre Unsicherheiten anzusprechen und ihn um Verständnis und Geduld zu bitten, war goldrichtig gewesen. Ihr Verhalten ließ sich jetzt auch erklären. Allein die Tatsache, dass sie nur im Dunkeln mit ihm schlafen wollte, war für ihn vollkommen unverständlich. Sie hatte einen wundervollen Körper, der ihn in den Wahnsinn trieb, allein wenn sie ihn umarmte und küsste. Sie zu fühlen war eine Offenbarung, und ausgerechnet sie schämte sich für diesen Körper? Wie tief mussten die ihr zugefügten Verletzungen sitzen? Welche Erniedrigungen mussten sich in ihr Unterbewusstsein eingegraben haben? Sorgsam stellte er alles für das Frühstück im Bett auf ein großes, silbernes Tablett. Prüfend musterte er sein Arrangement. Sah doch gut aus.

Seine Familie hatte ihn für verrückt erklärt. Sie liebte und unterstützte ihn, wo immer es ging. Seine Entscheidung, wegen einer Frau, die er zwei Mal gesehen hatte, sein ganzes Leben binnen vierzehn Tagen umzukrempeln, verstand sie allerdings nicht. Das wiederum konnte er nachvollziehen, denn wenn er ehrlich war, verstand er das ja selbst nicht. Die einzige sinnvolle Erklärung war, dass er in Nella die Liebe seines Lebens gefunden hatte. Seine Mutter hatte diese Aussage mit hochgezogenen Augenbrauen und der Frage quittiert, seit wann ihr ansonsten kühl kalkulierender Sohn zum hoffnungslosen Romantiker mutiert war. Eine passende Antwort darauf war schwer. Ehe er Nella getroffen hatte, war er ein ziemlicher Eigenbrötler gewesen. Vor allem auf den eigenen Vorteil und insbesondere darauf bedacht, sich seine Freiheiten nicht beschneiden zu lassen. Der Umstand, dass ihm diese Freiheiten jetzt vollkommen egal waren, musste einen tieferen Sinn haben. Seine Familie wusste nicht, wie verletzt Nella tatsächlich war. Selbst er wusste das noch nicht genau. Umso mehr musste er jetzt um sie kämpfen, für sie da sein, denn wenn er eines aus alldem gelernt hatte, dann, dass so etwas wie mit ihr nur einmal im Leben passierte. Ein Gefühl, das einen bodenständigen, selbstverliebten Nordländer von einer Sekunde auf die andere schweben ließ, alles um sich herum vergessend, und das nur, weil er in ein Paar traumhaft schöner Augen geblickt hatte.

So waren nun einmal die Fakten und damit kam er gut klar. Was er nicht so locker wegsteckte, auch wenn er das gestern im Brustton der Überzeugung behauptet hatte, war das Treffen mit diesem Umberto. Gewiss, der Kerl tat einfach das, was er an dessen Stelle auch getan hätte, nämlich diesen neuen Mann an der Seite seiner Freundin auf Herz und Nieren zu prüfen, was aber, wenn er ihm nun nicht passte? Was, wenn er ihm nicht vertraute und sich das auf Nella übertrug? Leander scheuchte diese dummen Gedanken umgehend aus seinem Kopf. Nein, solange er einfach nur er selbst war und vor allem vollkommen ehrlich, würde alles perfekt laufen. Hoffte er.

Vorsichtig, um sein Kunstwerk auf dem Tablett nicht zu zerstören, öffnete er die Tür zum Schlafzimmer. Nella wachte offenbar gerade erst auf. Allein dieser Anblick ließ sein Herz schneller schlagen. Sie sah zu bezaubernd aus, wie sie sich zwischen den Laken reckte und streckte. Die dunklen Locken, vom Schlaf und der letzten Nacht zerzaust, nackt wie Gott sie schuf. Ach verdammt! Hier musste er unbedingt noch an sich arbeiten, es ging nicht an, dass er, sobald er sie sah, nur noch an Sex denken konnte ... wobei ...

„Guten Morgen, Liebling. Ich hoffe, du hast nichts gegen Frühstück im Bett. Vor allem hoffe ich, dass du das, was ich zusammengebastelt habe, überhaupt magst." Er stellte das Frühstück langsam und behutsam auf die Matratze. Durch die Vorhänge fiel weiches Sonnenlicht ins Zimmer. In den gefächerten Strahlen tanzten fröhlich winzige Staubpartikel. Warum waren ihm solche Kleinigkeiten früher nicht aufgefallen?

„Hast du gut geschlafen? Magst du das Bett, das ich besorgt habe?"

Sie zog mit verschämtem Lächeln die Decke vor ihre Brust. „Ich habe himmlisch geschlafen und ich liebe das Bett." Sie betrachtete ihn eine Weile. „Da ist aber etwas, das noch viel wichtiger ist."

„Als da wäre?" Nun war er neugierig.

„Ich liebe vor allem den Menschen, dem dieses Bett gehört. Noch nie habe ich mich so wohl und sicher in Gegenwart eines Mannes gefühlt. Dir bedingungslos vertrauen zu können, ist etwas, das ich nicht kannte. Glaub mir, es war nicht leicht, dieses Gefühl überhaupt einzuordnen."

Mit Sprachlosigkeit zu kämpfen war Neuland für Leander. Nun aber beugte er sich, darauf achtend, nichts umzuwerfen, zu Nella und küsste sie. Eine bessere, sinnvollere Antwort auf ihre Aussage wollte ihm nicht einfallen.

„Und jetzt möchte ich gerne die Prioritäten neu setzen."

„Ähm, ja, gerne. Und wie?"

Sie grinste ihn schelmisch an. „Ich habe einen Bärenhunger und das duftet verführerisch. Ich freue mich über das Frühstück im Bett."

Es war schön, zu beobachten, wie sie mit gesundem Appetit zulangte, und dabei ihr glückliches Gesicht zu sehen. „Geht es dir gut? Ich muss mich heute ganz besonders anstrengen, weißt du? Nicht, dass mir heute Abend Klagen kommen.“

Sie schluckte den letzten Bissen ihres Croissants und spülte mit Kaffee nach. „Ha, du hast also doch Angst vor Umberto, ich wusste es. Aber jetzt einmal ganz im Ernst, Leander. Es geht mir so gut wie noch nie zuvor in meinem Leben. Das habe ich dir zu verdanken, du gibst mir Sicherheit, du lässt mich fühlen, dass du mich liebst, und du beweist es auch durch Taten.“ Sie strich die Bettdecke glatt. „Weißt du, dass noch nie ein Mann das hier für mich getan hat? Also Frühstück im Bett, nicht nur eine Tasse Kaffee in der Küche oder Rühreier auf dem Balkon, wobei das durchaus auch etwas hat. Das hier ist genauso neu für mich wie das Gefühl, das du mir gibst. Kannst du mich verstehen, wenn ich sage, dass ich mich noch nicht so richtig getraue, das alles zu glauben? Ich habe noch immer Angst, dass irgendwo ein Wecker losschrillt und ich aus einem einzigartigen Traum gerissen werde, von dem ich weiß, dass er nie wiederkommen wird.“

Zärtlich strich er ihr die wilden Locken aus der Stirn. „Ja, das begreife ich. Glaub mir einfach, dass ich es wirklich ernst meine und dich kein noch so lauter, gruseliger Wecker mehr aus diesem Traum reißen kann. Denn das hier ist unser beider Traum, ein Traum, den wir gemeinsam leben, und ebenso werden wir gemeinsam an dieser Beziehung arbeiten.“ Er schenkte ihr ein liebevolles Lächeln. „Ich zieh doch nicht von Stockholm nach Rom, um dann meinen ganz persönlichen

Engel wieder loszulassen. Das darfst du getrost vergessen, mich wirst du nicht mehr los, nie wieder." Er musste über seine eigenen Worte lachen, kaum dass er sie ausgesprochen hatte. „Okay, und ich muss noch an meinen Liebeserklärungen arbeiten, um sie nicht wie eine Drohung klingen zu lassen."

Nella tupfte sich mit hoheitsvollem Blick den Mund mit einer Serviette ab und stellte das Tablett auf das Nachtkästchen. „Als Drohung würde ich das jetzt nicht unbedingt bezeichnen. Allerdings kann ich mithalten, denn wenn du glaubst, dass du in der nächsten Stunde aus dem Bett kommst, liegst du falsch."

Nella umschlang seinen Hals und zog ihn langsam zu sich heran. Während er sie küsste, ihre nackten Brüste liebkoste und sie ihm das Hemd aufknöpfte, wurde ihm bewusst, dass sie ihn zum ersten Mal nicht darum gebeten hatte, die Vorhänge zuzuziehen, um das Licht auszusperren. Sie waren auf einem guten Weg.

„Das rote Kleid oder das schwarze?"

„Das rote. Du bist eine schöne, rassige Italienerin. Du kannst das tragen. Blaues oder schwarzes Hemd?"

Ihr Lachen wirkte ansteckend. „Blau, so wie das Meer in euren Fjorden, kühl wie der Norden. Na, wie mache ich mich auf dem literarischen Sektor?"

„Hervorragend. Ich bin beeindruckt. Solltest du anfangen zu schreiben, müsste ich mich vor Konkurrenz in Acht nehmen, ich sehe es schon." Während er in das blaue Hemd schlüpfte, pirschte er sich von hinten an sie heran und küsste sie auf den schlanken Hals. „Blau und rot, eine gewagte Kombination."

Sie strich das knallrote Etuikleid glatt, das ihr bis knapp über die Knie reichte, und stellte sich direkt vor ihn, sodass er den Reißverschluss schließen konnte. „Wir dürfen das, mein Schatz. Wir sind per se eine gewagte Kombination. Nord und Süd."

Er nickte. „Da gibt es ein sehr schönes Buch von Elisabeth Gaskell. Kennst du es?"

„Ich kenne und liebe es. Es ist faszinierend. Ich mag die alten Bücher. Umberto mag sie übrigens auch."

Er prustete leise. „Warum wundert mich das jetzt nicht?"

„Vorsicht, Umberto ist unantastbar!"

Solche Äußerungen waren es, die ihm ein flaues Gefühl im Magen bescherten.

***

Nella hielt seine Hand fest in der ihren. Die letzten Stunden waren wie ein Traum gewesen. Ihr Traum, ihr ganz persönlicher, herrlicher Traum. Leander war zu gut, um wahr zu sein. Bei ihrem ersten Aufeinandertreffen auf dem Fest im Weingut wäre ihr nie im Leben in den Sinn gekommen, dass dieser selbstsichere, begehrte und so ganz nebenbei auch noch berühmte Mann sich überhaupt für sie interessieren könnte. Nun hatte er sich ihr zuliebe eine verboten teure Wohnung in Rom gekauft, lebte meistens in Italien und lief neben ihr durch die belebten Straßen. Heute tat es nicht weh, die glücklichen, verliebten Pärchen zu sehen, heute versetzte es ihr keinen Stich, wenn sie fröhliches Lachen hörte – heute war sie glücklich.

„Wir sind da, dort ist das *Limoncello*. Ich bin sicher, Umberto ist schon da. Du bist im Übrigen nicht allein damit, heute auf dem Prüfstand zu stehen. Ich werde gleich seinen neuen Freund Yves kennenlernen.“

„Oh, Modedesigner?“

Sie gluckste vergnügt. „Nein, Zahnarzt.“

„Ups, knapp daneben.“

Sie betraten das durch einen niedrigen Holzzaun von der belebten Straße abgetrennte Gärtchen des Lokals. Lediglich zehn Tische mit jeweils vier Stühlen fanden hier Platz. Das *Limoncello* war ein Geheimtipp unter den Römern. Touristen verliefen sich selten in die kleine Gasse, und das war gut so. Zwei riesige, rote Sonnenschirme spendeten tagsüber Schatten und sorgten jetzt in der Dämmerung dafür, dass rotes Licht eine romantische Stimmung zauberte.

Nella entdeckte Umberto an einem der hinteren Tische. Er winkte ihr zu, und sie kannte ihn gut genug, um zu sehen, dass er aufgeregt war. Das hübsche Gesicht unter den schwarzen Locken wirkte angespannt. Mit ausgestreckten Armen ging sie auf ihn zu. „Umberto! Pünktlich wie immer, Schatz.“

Umberto schloss sie in die Arme. „Was denkst du denn? An einem so wichtigen Tag bin ich die Disziplin in Person.“ Leise folgte der nächste Satz. „Sag, wie du ihn findest, ja?“

Sie ließ ihn los, küsste ihn auf beide Wangen, ergriff Leanders Hand und zog ihn neben sich. „Darf ich dir ...“ Sie beugte sich etwas zur Seite, um an Umberto vorbeisehen zu können. „Verzeihung, darf ich euch Leander Clasen vorstellen?“ Sie strahlte den fremden Mann in schwarzer Jeans und silbergrauem Hemd an. „Ich nehme an, Sie sind Yves?“

Der Mann erhob sich und nickte. „Der bin ich. Ich freue mich sehr, Sie kennenzulernen. Ich habe schon eine ganze Menge über Sie gehört.“ Sein Händedruck war angenehm kräftig, und er sah tatsächlich so gut aus, wie Umberto ihn beschrieben hatte. Der begrüßte erst einmal Leander. „Na endlich! Ich war sehr neugierig, wer es geschafft hat, dass meine Nella so von ihm begeistert ist. Ich freue mich sehr. Angenehm, Umberto.“

Leander ergriff die ihm dargebotene Hand und schüttelte sie mit stoischer Miene. „Im Ernst, ich hatte langsam echt ein mulmiges Gefühl. Nella hat mich mehr als einmal wissen lassen, dass Ihr Urteil gnadenlos ausfallen könnte und ich dann wahrscheinlich meine Koffer packen müsste.“

Nella drehte sich schwungvoll zu ihm herum. „Na hör mal, ich hab dir doch keine Angst gemacht. Ich sagte doch, er ist harmlos.“

Leander musterte sie aus leicht zusammengekniffenen Augen. „Das, meine Liebe, klang vorhin noch wesentlich bedrohlicher.“

Yves’ deutlich amüsierte Stimme unterbrach ihr Geplänkel. „Leute, ehrlich! Ich bin mir dermaßen sicher, dass Leander recht hat. Umberto hat nur noch von Nella gesprochen und dass ich mich ja gut benehmen sollte, denn ihr Urteil wäre enorm wichtig. Nicht umsonst habe ich mich drei Mal umgezogen, mir den Bart abrasiert und meine Ohrringe herausgenommen. Also, ich kann mir sehr gut vorstellen, was Nella mit Leander veranstaltet hat. So viel zu *total harmlos*, was?“

Einen Sekundenbruchteil sahen sie sich schweigend an, dann prusteten alle vier lauthals los.

Melodie des nächsten Sommers

„Schatz, Umberto hat angerufen, er und Yves müssen unser Abendessen absagen."

Nella schälte die Karotte für den Kuchen fertig und legte sie zu den anderen in die Schüssel. „Seit wann bespricht er solch elementaren Ankündigungen nicht mehr mit mir, sondern mit dir?"

Leanders fröhliches Gesicht erschien im Türspalt zwischen Wohnzimmer und Küche. „Seit wir vor einem Jahr die besten Freunde geworden sind. Insbesondere, seit wir erkannt haben, dass wir alle nur eins wollen: dein Bestes!"

Grummelnd spülte sie das Wurzelgemüse noch einmal mit kaltem Wasser ab, ehe sie begann, die Karotten zu raspeln. „Ganz toll, eine echte Männerfreundschaft. Haltet ihr nur zusammen, alles gut."

Wirklich böse konnte sie den beiden wichtigsten Männern in ihrem Leben natürlich nicht sein. Weder Leander noch Umberto konnten auch nur annähernd ahnen, wie viel ihre Liebe ihr bedeutete und wie viel Kraft sie ihr damit gaben. Seit dem ersten Treffen der beiden im *Limoncello* vor etwas über einem Jahr schienen die so grundverschiedenen Männer eine verschworene Einheit geworden zu sein.

„Dann kann ich ja das mit dem Kuchen getrost vergessen, oder? Du magst doch keinen Karottenkuchen?"

„Untersteh dich!" Wie von Zauberhand stand er plötzlich direkt hinter ihr. „Ich liebe deine Kuchen, also nichts wie her damit. Kann ich dir helfen? Ich habe eh gerade eine grauenhafte Schreibblockade."

Ihr fiel fast der Gemüsehobel aus der Hand. „Schreibblockade? Du? Seit wann?"

Er legte die Stirn in dramatische Falten. „Seit gerade eben. Lass mich doch auch mal etwas künstlerisch-hochgestochen sein. Ich wollte einfach testen, wie es rüberkommt, wenn ich das Wort *Schreibblockade* in den Mund nehme." Leander strich sich seine ungebändigten Haare aus der Stirn. „Und, sag schon, kam es Hemingway-mäßig bei dir an?"

Sie schüttelte seufzend den Kopf. „Nein, mein Liebling. Leider klingt das aus deinem Mund vollkommen unglaubwürdig. Es tut mir ehrlich leid, aber du bist der kreativste, fantasievollste und positivste Mensch, der jemals in mein Leben getreten ist. Ich kauf dir viel ab. Aber das mit der Schreibblockade kannst du getrost vergessen. Bei dir ist sogar ein spontan hingekritzelter Einkaufszettel ein Quell der Inspiration."

Leander musterte sie kurz, dann umschlang er sie. „Hach, du meine Lieblingskritikerin. Gnadenlos wie immer."

„Einer muss es ja sein, wenn dir alle anderen zu Füßen liegen", brummelte sie leise.

„Und du machst es hervorragend." Leander ließ sie so plötzlich los, dass sie leicht schwankte.

„Hey, was ist?"

Er wirkte etwas abwesend. „Sekunde, ich habe eine wunderbare Idee."

„Wie jetzt? In Bezug auf Karottenkuchen?"

„Quatsch, Nella, doch nicht wegen des Kuchens. Wegen der Toskana." Ein Strahlen ging über seine Züge.

Sie zuckte verwirrt die Schultern. „Okay, spätestens jetzt bin ich raus. Aber siehst du, das meinte ich mit kreativ. Könntest du mich bitte an der gedanklichen Verbindung zwischen dem Backen eines Kuchens und der Toskana teilhaben lassen?"

Er atmete tief ein und ein zufriedenes Lächeln erschien auf seinem Gesicht. „Sehr gerne, mein Schatz. Ich muss doch nächste Woche in die Toskana, um die letzten Recherchen für mein Buch abzuschließen. Und ich weiß, dass du noch jede Menge Urlaub hast und in den nächsten zwei Wochen auf dem Gut nichts ansteht. Nella, möchtest du mich begleiten? Du, falsch, wir, könnten Franca besuchen. Du hast mir so viel von ihr erzählt, ist es da ein Wunder, dass ich neugierig auf diese Frau bin? Außerdem, gib es zu, würdest du sie doch sicher gerne wiedersehen."

„Aber ich hab gar keinen Urlaub eingereicht. Alessia und Filippo sind gewiss nicht begeistert, wenn ich ankündige, in drei Tagen in die Toskana zu verschwinden."

Leander legte einen Zeigefinger sacht auf ihre Lippen und brachte sie so zum Schweigen. „Was hatten wir über Spontaneität und Lebensfreude gesagt? Wie war das mit *tu, was dein Herz dir sagt*? Ich könnte wetten, dein Herz schreit geradezu danach, Franca zu besuchen."

Sie umarmte ihn, ohne darauf zu achten, dass kleine Karottenflocken in seinen Hemdkragen rieselten. „Habe ich dir in letzter Zeit gesagt, dass ich dich liebe?“

Die Fahrt an sich war schon ein Erlebnis. Trotz des fortgeschrittenen Sommers und der damit einhergehenden Trockenheit waren die Pinienwälder entlang der Landstraße von einem satten Dunkelgrün. In die hügelige Landschaft schmiegten sich Dörfer und kleine Städte, und ein strahlend blauer Himmel reichte bis zum Horizont. Als eine Herde Ziegen, die sich von ihrer Weide auf die Straße verirrt hatten, ihre Weiterfahrt verzögerte und der Hirte, mit der Situation eindeutig überfordert, sie nur mit viel Mühe und unter lautstarkem Fluchen dazu bewegen konnte, wieder zurück auf die Wiese zu trotten, ließ Leander das Fenster herunter und betrachtete die Gegend.

Schmunzelnd neigte sich Nella zu ihm. „Eau de Ziege? Magst du den Duft?“

Er warf ihr einen tadelnden Blick zu. „Das ist das Flair Italiens. Ernsthaft, muss *ich* dir das sagen? Ich brauche das alles für mein Buch. Es soll schließlich der Wahrheit entsprechen. Wenn zu dieser Wahrheit ein lauthals fluchender Ziegenhirte gehört, dann ist das doch genial, oder etwa nicht? Dazu das unvergleichlich schöne Ambiente. Schau dir bitte einmal den Blick hier links an. Siehst du diese sanften Hügel? Und das Dorf, das da hinten in der hellen Mittagssonne liegt? Oder die Straße, die dorthin führt. Sind die hohen, edlen Zypressen nicht majestätisch? Der Kirchturm, der von der Sonne direkt angestrahlt wird, sodass der Glockenturm in Flammen zu stehen scheint, das alles ist ein Gesamtkunstwerk, das Mensch und Natur gemeinsam erschaffen haben. Es ist schön, sich so etwas anzusehen, da stört mich der Geruch von ein paar Ziegen nicht."

„Kann es sein, dass du Italien wirklich magst?"

Er legte beide Unterarme auf das Lenkrad und sah auf die Straße, wo sich noch immer drei versprengte Ziegen tummelten. „Ich mag Schönheit, ich mag Natur, und besonders mag ich es, wenn der Mensch es schafft, mit dieser Natur im Einklang zu leben. Das kommt selten genug vor. Hier in Italien, außerhalb der großen Städte, scheint es gut zu funktionieren."

Nella legte ihren Kopf an seine Schulter. „Das hast du schön gesagt. Ich mag deine Art, die Dinge zu betrachten."

Leander schloss das Seitenfenster, startete den Motor und setzte sich, da die Sonne langsam tiefer sank, eine dunkelblaue Fliegerbrille auf die Nase. Dann streckte er seinen rechten Arm aus, zog Nella zu sich heran und küsste sie auf die Stirn. „Aber muss ich zugeben: Am allerliebsten betrachte ich dich."

„Du weißt also noch ganz genau, wie man zum Haus deiner Patentante kommt, ja?"

Sein spöttisches Lächeln bestmöglich ausblendend, nickte sie zuversichtlich. „Nun sei nicht kleinlich. Wir haben jetzt lächerliche zwei Mal die falsche Abfahrt erwischt. So etwas passiert eben."

„Landkarten? Straßenkarten?" Er klang geringfügig genervt.

„So etwas brauche ich nicht. Ich kenne die Gegend wie meine Westentasche.“ Sie fand, dass sie ziemlich überzeugend klang.

„Ah ja, Westentasche. Kann es sein, dass deine Weste vergleichsweise viele Taschen hat, mein Liebling?“

Diesem leicht ironischen Unterton musste sie dringend Ortskenntnis entgegensetzen. „Hat sie nicht. Dort vorne kommt gleich eine große Kreuzung, wenn wir da rechts fahren, sind wir auf der richtigen Straße.“

„Sicher?“

„Leander!“

„Man wird ja noch fragen dürfen, nachdem ich jetzt einige Gegenden der Toskana kenne, die ich eigentlich heute gar nicht kennenlernen wollte.“

„Machst du dich etwa über mich lustig?“

Sie hörte sein leises Prusten. „Das würde ich nie im Leben wagen.“

O Gott, wie sehr sie diesen Mann liebte, der ihr Leben um so vieles heller und fröhlicher machte!

„Ha, da, siehst du die Kreuzung? Fahr rechts und dann immer geradeaus. Wir müssen durch den Ort, dann geht es links zu Francas Haus.“ Siegessicher deutete sie nach vorne.

„Jawohl, mein einzigartiger, bildhübscher Copilot. Ich tu doch alles, was du mir sagst.“ Er bremste leicht und bog ab.

„Echt alles?“ Sie blickte ihn schmunzelnd an.

„Fast.“

Gespielt enttäuscht ließ sich Nella in den Sitz des Wagens sinken. „Dachte ich es mir doch. Große Versprechungen und sofort zurückrudern. Männer!“

Sie bekam einen sanften Klaps auf den Oberschenkel. „Du bist in den letzten Wochen ganz schön frech geworden."

Nella schlang verlegen die Arme um ihren Oberkörper. „Nein, nicht frech", flüsterte sie. „Ich bin in den letzten Monaten nur sehr, sehr glücklich geworden."

Kurz darauf bogen sie in die mit weißem Kies ausgestreute Auffahrt zu Francas Landhaus ein und Nellas Herz überschlug sich beinahe vor lauter Vorfreude. Es war viel zu lange her, dass sie ihre Patentante gesehen hatte. Leander lag schon richtig, ein Besuch war längst überfällig gewesen. Dass sie jetzt auch noch ihn an ihrer Seite hatte, machte diesen Augenblick perfekt.

Das Haus war ein zweistöckiges Rustico, ein Steinhaus, das mit Mauern aus dunklen Steinen, leuchtend grün gestrichenen Fensterläden und bunt blühenden Blumenstauden, die sich üppig an der Fassade emporrankten, einen eindrucksvollen Anblick bot. Vor dem Haus zog sich eine gemauerte Terrasse über die komplette Länge, von der aus man einen herrlichen Blick auf das Meer hatte.

Franca hatte ein gutes Auge bewiesen, als sie das in die Jahre gekommene Gebäude vor geraumer Zeit entdeckt und sich sofort verliebt hatte. Die Renovierung war rundum gelungen und der Charme des ursprünglichen Rustico sogar noch verstärkt worden. Über der antiken, hölzernen Haustür hing eine gigantische Blumenampel mit sattroten Geranien. Dieses schöne Arrangement kam bedrohlich ins Wanken, als ungestüm die Tür geöffnet wurde, kaum dass Nella und Leander aus dem Wagen gestiegen waren und ihre steifen Gliedmaßen ausstreckten.

„Da ist sie ja. Das wurde aber auch Zeit, ich dachte schon, ich würde hier bis ins hohe Alter, vergessen von der Welt, dahinsiechen." Franca eilte ihnen mit ausgestreckten Armen entgegen. Mochte ihr Haar auch silbern geworden, ihre Augen von zahlreichen Fältchen geradezu umwoben sein, sie hielt sich noch immer so stolz und aufrecht, wie Nella sie schon immer kannte.

Kopfschüttelnd umarmte Nella ihre Ersatzmutter. „Vergessen dahinsiechen? Du hast noch immer einen Hang zur Dramatik, nicht wahr?" Franca drückte sie so fest an sich, dass Nella lachen musste. „Und wenn ich spüre, wie viel Kraft in diesen Armen ist, dann kann das mit dem hohen Alter auch noch nicht stimmen."

„Entschuldige bitte, aber fünfundsiebzig ist nun ja kein Pappenstiel, mein Kind. Das kommt nur vom vielen Schwimmen und davon, dass ich einfach nicht stillsitzen kann." Franca ergriff Nella an den Schultern und betrachtete sie mit leicht schief gelegtem Kopf. „Nella, du bist noch hübscher geworden, und das will etwas heißen. Meine Kleine strahlt ja regelrecht." Sie neigte sich zur Seite und warf einen Blick auf Leander, der noch immer neben der Fahrertür stand. „Könnte das an Ihnen liegen, junger Mann? Das würde spontan dazu beitragen, dass ich Sie jetzt und hier in mein Herz schließe."

Nella bemerkte, dass Leander ob Francas überschwänglicher Begrüßung etwas überrumpelt aussah. Also legte sie ihren Arm um Franca und zog sie mit sich. „Franca, darf ich dir Leander vorstellen? Und um deine Frage zu beantworten: Ja, es geht mir sehr gut, und das verdanke ich zu einem großen Teil diesem wunderbaren Schwedenimport."

Leander, sichtlich erfreut über ihre Worte, reichte Franca seine Rechte. „Vielen Dank für die herzliche Begrüßung. Ich war schon neugierig auf die Frau, mit der ich mir Nellas Herz und Liebe teilen darf."

Franca schüttelte seine Hand und sah zu Nella. „Eindeutig! Ein Schriftsteller und Schöngeist. Gut gewählt, meine Kleine. Der Kerl hat Potenzial."

Auf der Terrasse des Hauses erwartete sie Francas Lebensgefährte Pietro mit einem üppig gedeckten Tisch. Der gut aussehende Sizilianer war lange Zeit als Sternekoch von einem Nobelhotel zum nächsten gewechselt, arbeitete vom frühen Morgen bis spät in die Nacht, bis er einen schweren Herzinfarkt erlitt und von einem Tag auf den anderen aus der Tretmühle der Hotelgastronomie ausstieg. Nun führte er seit einigen Jahren ein winziges Lokal in Strandnähe und arbeitete nur noch einen Bruchteil von dem, was er sich einst aufgebürdet hatte. Franca war bei ihrer Suche nach einem geeigneten Haus auf ihn getroffen, als er das Lokal gerade eröffnet hatte. Pietro war zehn Jahre jünger als sie, was man jedoch kaum bemerkte. Noch immer war die Mailänderin eine schöne Frau, die trotz ihres Alters Eleganz, Lebensfreude und Energie ausstrahlte.

Nella schämte sich beinahe dafür, dass sie nicht wusste, ob Franca schon immer als Agentin und Managerin hatte arbeiten wollen oder nicht doch andere Pläne und Träume gehabt hatte. Pietro ließ nicht zu, dass sie lange grübeln konnte. Er umrundete den Tisch und nahm sie in den Arm. „Da ist sie ja wieder. War auch an der Zeit. Franca wird unleidlich, wenn sie dich länger nicht sieht." Er funkelte Nella aus seinen dunklen Augen amüsiert an. „Na gut, ich freue mich auch, dass Leben ins Haus kommt."

Franca drohte ihrem Lebensgefährten lachend mit erhobenem Zeigefinger. „Pass auf, bin ich dir etwa nicht Leben genug?"

Grinsend begrüßte Pietro auch Leander mit einer festen Umarmung. „Ihr seht schon, spitzzüngig wie eh und je. Ich muss auf meine Worte achten. Aber ich brenne darauf zu erfahren, wie euch meine Kreationen munden. Daher geht ihr jetzt Hände waschen, damit wir essen können, und ich öffne so lange den Wein. Ist euch ein kühler Rosé genehm?"

Nella schmiegte sich an Leander und blickte lächelnd zu ihm auf. „Kannst du verstehen, warum ich diese beiden Menschen liebe?"

Während Leander gemeinsam mit Pietro, der ihm eine geradezu unschätzbare Hilfe im Aufspüren von alten Geschichten, Familiengeheimnissen und verlassenen, uralten Höfen oder verfallenen Landsitzen war, die Gegend abklapperte, saßen Franca und Nella auf der Terrasse und hielten die Nasen in die Spätsommersonne.

„Ist das nicht herrlich? Allein dieser Blick ist ein Traum, findest du nicht?" Franca breitete seufzend die Arme aus und beschrieb einen Bogen über den Küstenstreifen.

„Allerdings. Du hast dir ein traumhaftes Fleckchen Erde ausgesucht, um endlich zur Ruhe zu kommen." Nella schob ihre Sonnenbrille ein Stück nach unten und warf Franca einen Blick zu. „Du bist doch hier zur Ruhe gekommen, oder?“

Die einstige Staragentin schmunzelte. Erst nach ein, zwei Minuten antwortete sie. „Ruhe, meine Kleine, ist relativ. Ich muss immer etwas tun. Sei es, dass ich den Garten wieder einmal neu gestalte, sei es, dass ich Pietro dabei helfe, in seinem Lokal umzuräumen oder neue Rezepte auszutesten.“ Sie warf Nella einen beinahe schon entschuldigenden Blick zu. „Rasten und rosten, nein, das ist nichts für mich. Habe ich dir erzählt, dass ich an einem Rezeptbuch schreibe? Samt Illustrationen?“

Nella nickte begeistert. „Eine prima Idee. Du konntest immer schon so schön zeichnen. Wann kann ich denn das Kunstwerk in den Händen halten?“

Franca zuckte die Achseln. „In einem halben Jahr, in einem, wer kann das sagen? Ich bin frei wie ein Vogel.“ Ihr verschmitzter Blick ließ Nella lauthals auflachen.

„Ach Franca, du bist einfach unglaublich.“ Sie stockte, griff nach ihrem Glas mit selbstgemachtem Zitroneneistee und trank ein paar Schlucke. Ihre Neugier überwog letztendlich die Unsicherheit, ob sie Franca über deren Vergangenheit ausfragen durfte. „Franca, ich wollte dich schon lange etwas fragen. Ich kenne dich nun seit meiner Geburt. Du siehst nicht nur heute noch atemberaubend aus, du bewegst dich auch – nicht immer, aber ziemlich oft – wie eine Tänzerin. Abgesehen davon denke ich doch, dass alles, was mit Tanz zu tun hatte, dein Leben bestimmt hat. Bitte sei mir nicht böse, und wenn es zu persönlich ist, dann musst du nicht antworten ... aber warum bist du damals nicht selbst zur Bühne gegangen?“

Francas Miene wurde sehr ernst und Nella glaubte schon, zu weit gegangen zu sein, als ihre Patin letztendlich mit leiser Stimme antwortete.

„Es war mein großer Traum. Tanzen war etwas, das mich begeisterte, faszinierte, etwas, das es ermöglichte, die tiefsten Gefühle auszudrücken, so, wie es mit Worten nie gelingen würde. Aber es war eben nur ein Traum. Ich wurde 1923 geboren, vor fast sechsundsiebzig Jahren. Damals war das Ballett etwas Elitäres. Es gab keine Stipendien oder Vergleichbares. Ich hatte eine reizende Lehrerin an meiner Schule, die eigentlich Turnen unterrichtete. An den Nachmittagen brachte sie den Mädchen, die gerne tanzen wollten, die Grundlagen des Balletts bei. Um weiterzukommen, hätten meine Eltern mich auf eine Ballettschule schicken müssen. Das kostete viel Geld. Geld, das mein Vater nicht hatte. Die Lehrerin bekniete meine Eltern, es mir irgendwie zu ermöglichen, und die beiden versuchten es, aber da waren noch meine Geschwister und das alltägliche Leben. Es war einfach unmöglich. Ich werde nie die traurigen Augen meines Vaters vergessen, als er mir sagte, dass er mich nicht auf die Schule schicken konnte.

Signora Rosa, meine Lehrerin, tat alles, was in ihrer Macht lag, aber sie hatte ja selbst keine Lira zu viel, daher waren ihr die Hände gebunden. Immerhin unterrichtete sie mich, so lange sie konnte. Irgendwann musste ich Geld verdienen, und mit dem Tanzen ging das nicht so einfach. Ich habe einen Kompromiss gefunden und in der Verwaltung einer renommierten Ballettschule in Mailand gearbeitet. Man hat schnell herausgefunden, dass ich wirklich gut war, und wenn eine Lehrkraft krank war oder aus sonstigen Gründen ausfiel, ließ man mich die Stunden übernehmen. Das war es aber dann auch, weiter kam ich nicht mit meiner Karriere als Tänzerin. Aber ich merkte schnell, dass ich etwas anderes tun konnte. Ich hatte ein Auge für Talente, für große Talente." Franca nippte gedankenverloren an ihrem Eistee und sah eine Weile aufs Meer. „Während des Krieges habe ich in der Schule immer noch heimlich Kinder im Tanz unterrichtet. Ein kleines Stück Normalität inmitten von menschengemachtem Wahnsinn. Nach dieser schrecklichen Zeit habe ich begonnen, meine Agentur aufzubauen. Ich wollte talentierten Tänzerinnen und Tänzern dabei helfen, sich ihre Träume zu erfüllen."

Nella schluckte schwer. „Und so bist du auf Mama getroffen?" Sie spürte Francas Hand, die sich tröstend auf die ihre legte. „Ja, so habe ich deine Mutter kennengelernt. Eine ehemalige Tänzerin, eine gute Bekannte, von der ich wusste, dass sie nicht zu Übertreibungen neigt, rief mich an. Sie war geradezu euphorisch, als sie mir Marie beschrieb. Zuerst zögerte ich, denn eigentlich war ich gerade gut ausgelastet, aber sie bat mich so inständig darum, mir das Mädchen anzusehen, dass ich letztendlich einwilligte. Ausschlaggebend war ein Satz: *Ihre Eltern können sich eine teure Schule einfach nicht leisten.* Das rief Erinnerungen in mir wach und ich fragte mich, was wohl geschehen wäre, wenn ich jemanden mit Einfluss gehabt hätte, der sich für mich eingesetzt hätte. Also außer der lieben, guten Rosa, versteht sich.

Tja, und dann habe ich dieses Mädchen gesehen und war sprachlos. Deine Mutter tanzte wie eine Göttin und du weißt, dass ich eher untertreibe als übertreibe. Sie war sagenhaft. So begann die Karriere der Marie Celeste. Eine atemberaubende, kometenhafte Karriere, und das vollkommen verdient. Sie war der Liebling aller, bis sie nach knapp zehn Jahren begann, den Bezug zur Realität zu verlieren. Sie mutete sich viel zu viel zu, schluckte Medikamente, die sie zerstörten, und brachte mit ihren Launen die Verantwortlichen der Branche gegen sich auf." Franca hielt inne, erhob sich, trat hinter Nella und nahm sie in die Arme. „Und dann lernte sie deinen Vater kennen. Den Rest, mein Schatz, den kennst du nur allzu gut."

Nella griff nach Francas Hand und schmiegte ihre Wange in deren warme, leicht raue Handfläche. „Ja, den Rest kenne ich tatsächlich."

Franca ging neben ihr auf die Knie und streichelte ihr Gesicht. „Nicht weinen, Nella, es ist Vergangenheit, bitte lass nicht zu, dass sie deine Gegenwart zerstört. Die Sache mit Ivano, die Probleme und die Dramen mit seinen Vorgängern, deine Sehnsucht danach, geliebt zu werden, um deinetwillen geliebt zu werden, verbunden mit der Unsicherheit und den Selbstzweifeln, die dich immer wieder quälen – lass es endlich hinter dir. Du hast da einen wirklichen Traummann an deiner Seite. Man kann sehen und fühlen, wie sehr er dich liebt. Nella, er betet dich an. Bitte, hab einfach Vertrauen und sei offen für die Liebe, die er dir schenkt. Du darfst, hörst du mich, du darfst nicht wieder in selbstzerstörerischen Grübeleien und Zweifeln untergehen. Das hast du verdammt noch einmal nicht nötig!"

Nella hob den Blick und sah in Francas funkelnde Augen. „Da bin ich auf einem sehr guten Weg, das kann ich dir versprechen. Ich vertraue ihm, ich bin mir ganz sicher, um meinetwillen geliebt zu werden. Das ist eine ganz neue Erfahrung für mich."

Franca erhob sich leise ächzend und rieb sich die Kniescheiben. „So mag ich das. Das klingt tatsächlich erfolgversprechend. Wirst du denn irgendwann ganz zu ihm ziehen? Ich frag nur, da er schon eine Luxuswohnung gekauft hat. Ist schließlich schon ein Jahr her." Der gänzlich unschuldige Blick ihrer Patentante amüsierte sie.

„Gib mir noch eine Weile. Zumindest so lange bis ich weiß, wie er auf meinen Wunsch reagieren wird."

„Welchen Wunsch? Habe ich da etwas nicht mitbekommen?" Franca wirkte verstört.

Nella zuckte lächelnd die Schultern. „Na ja, ich vertraue ihm, ich liebe ihn wie nie jemanden zuvor, ich gehe mit Riesenschritten auf die dreißig zu. Ich möchte ein Kind von Leander."

Nun wirkte Franca nicht mehr nur leicht verstört. „Okay, im Prinzip ein schöner, verständlicher Wunsch, aber, und versteh das jetzt nicht falsch, geht das nicht ein bisschen zu schnell?"

Nella schüttelte den Kopf. „Keineswegs. Schau doch, er hat nach ein paar Stunden mit mir sein ganzes Leben umgekrempelt. Leander ist von Schweden nach Italien gezogen, nur um bei mir sein zu können. Ich liebe ihn und er liebt mich. Und wenn ich schon andauernd das Wort Liebe in den Mund nehme, dann auch aus dem Grund, weil ich die Liebe, die in mir ist und die so lange niemand wollte, einem Wesen schenken möchte, das alle Liebe der Welt verdient hat. Wow, so viel Liebe." Nella zog eine zweifelnde Grimasse.

Franca war einen Schritt zur Seite getreten und musterte sie prüfend. „Das klingt sehr schön, aber kann es sein, dass du so schnell ein Kind möchtest, um deine Vergangenheit zu überwinden? Nur eine Frage, keine Kritik, ja?“

Nella überlegte sich ihre Antwort sehr genau. „Das ist nicht der Grund. Es ist tatsächlich so, dass ich eine Familie haben möchte, in der man einander liebt, füreinander da ist, eine Familie, zu der man gerne nach Hause kommt, in der gelacht und gescherzt wird. Eine Familie, wie ich sie gerne gehabt hätte. Franca, ich werde nicht jünger, und du warst es, die gesagt hat, dass ich mir alles Glück der Welt verdient hätte. Jetzt, mit Leander an meiner Seite, greife ich danach.“

Nun lächelte Franca. „Gut so. Ich denke, du weißt, was du tust. Abgesehen davon sollst du wissen, dass auch bei diesem Schritt die alte Franca wieder unerschütterlich an deiner Seite stehen wird.“

Nella sprang auf und umarmte ihre Patentante stürmisch. „Danke! Ich danke dir von ganzem Herzen. Ich hatte tatsächlich Angst, dass du meinen Wunsch egoistisch oder dumm finden würdest.

„Weder dumm noch egoistisch, meine Kleine“, brummelte Franca leise in ihr Ohr. „Im Gegenteil, du wirst eine wunderbare, liebevolle Mutter werden. Wobei ich anmerken möchte, dass du dich, wenn du dich schon entschlossen hast, gerne ein bisschen ins Zeug legen kannst, dann ich werde ja schließlich auch nicht jünger und will den neuen Erdenbürger auf jeden Fall im Arm halten, schon klar, oder?“

Nella umarmte Franca noch etwas fester. „Sonnenklar.“

Ein großer Schritt

Leander liebte das Meer. Das war schon immer so gewesen. Als kleiner Junge war er mit seinem Vater bei Urlauben in einem der Ferienhäuser der Familie oder in den diversen Urlauben in Kanada oder Alaska liebend gerne mit dem Kanu hinausgefahren. Gemeinsam waren sie am Ufer entlanggepaddelt und sein Vater hatte ihn immer wieder auf den ein oder anderen Ausblick aufmerksam gemacht. Auch das gemeinsame Angeln war ihm in bester Erinnerung geblieben.

„Du musst still sein, Leander. So lange du hier Geschichten erzählst, wird das nichts mit unserem selbst gefangenen Abendessen." Daran, dass dabei stets ein Lächeln in der Stimme seines Vaters mitgeschwungen hatte, dachte er ebenfalls mit einem Schmunzeln zurück.

Heute ging er wieder am Strand entlang. Die Spiaggia delle Rocchette breitete sich links und rechts von ihm aus. Ein weitestgehend naturbelassener Strand mit fast weißem Sand und kristallklarem Wasser. Seit etwa zwanzig Minuten liefen er und Nella bereits Hand in Hand am Meer entlang, die Schuhe in den Händen, die Füße in der kühlen Flut. Er bemerkte, dass Nella ihm immer wieder neugierige und vor allem nervöse Blicke zuwarf, dass sie auf eine Antwort wartete, dennoch schwieg er.

„Leander, bitte sag doch etwas. Habe ich einen Fehler gemacht? Ich habe nicht richtig nachgedacht, bitte verzeih mir, ich ..."

Es war eindeutig an der Zeit, endlich den Mund aufzumachen.

„Nella, Liebling, so gib mir doch einen Moment, um das, was du mir gerade gesagt hast, zu verarbeiten. Nein, du hast keinen Fehler gemacht. Weißt du, woran ich spontan denken musste? An die herrlichen Ferientage mit meinen Eltern, daran, wie glücklich wir Kinder waren. Vor allem meinen Vater über mehrere Tage für mich, nein, für uns zu haben, war immer wieder etwas Besonderes." Er blieb stehen, ließ seine Schuhe in den Sand fallen und nahm sie in den Arm. „Hör zu, mein Liebling, das, was du da gerade gesagt hast, ist ein verdammt großer Schritt. Aber es ist zugleich eine sehr schöne Vorstellung. Ich muss zugeben, dass ich Kinder bisher noch nicht in meinem Leben gesehen habe, aber wenn ich darüber nachdenke, wenn ich mir die Vergangenheit ins Gedächtnis rufe, dann hast du vollkommen recht. Ja, ich will Kinder mit dir. Alles, worum ich dich bitte, ist die Möglichkeit, gedanklich zu dir aufzuschließen. Kinder waren für mich bis dato eher etwas, das ich noch in weiter Ferne gewähnt habe. Da war mein vierjähriger Großcousin, für den ich regelmäßig Geburtstagsgeschenke kaufe und für den ich im letzten Jahr Santa Claus gemimt habe. Das Ganze mit dem Ergebnis, dass der Bengel mir brav zuhört, zu allem nickt, und als ich fertig bin, dreht er sich zu seinem Vater um und erklärt todernst: *Ihr habt mich angeschwindelt. Das ist gemein. Onkel Leander ist gar nicht am Nordpol verschollen.* So viel zu meiner Glaubwürdigkeit."

Er lachte, so wie immer, wenn er sich an diese Riesenblamage erinnerte. Immerhin war es ihm gelungen, ein halbherziges Lächeln auf Nellas Lippen zu zaubern. Er musste jetzt gut darauf achten, sämtlichen Fettnäpfchen auszuweichen.

„Schatz, ich möchte mich lediglich in Ruhe an den Gedanken gewöhnen, Vater zu werden. Das hat nichts mit dir zu tun. Wenn jemand die Mutter meiner Kinder werden soll, dann du. Ich liebe dich, ich hoffe, das weißt du inzwischen, und ich will mein Leben mit dir verbringen. Vielleicht hast du hier gerade an meinem einstmals vielgerühmten Egoismus gekratzt. Mag gut möglich sein, dass ich dich einfach noch eine Weile für mich allein haben will."

Er fühlte, wie sie sich anspannte. „Du hast mich doch für dich allein. Wer weiß, wie lange es dauert, bis wir ein Kind haben? Ich bin mir nicht einmal sicher, ob ich schwanger werden kann."

„Stopp! Daran darfst du nicht einmal denken, du schwenkst bitte wieder auf den Gedanken ein, dass wir ein Kind bekommen, hörst du? Nella, ich will ja eine Familie mit dir. Ich bitte dich nur darum, dass ich mich emotional darauf einstellen darf. Schau doch, wenn du mir vorhin eröffnet hättest, dass du schwanger bist, dann hätte ich mich zu fünfundsiebzig Prozent gefreut und zu fünfundzwanzig Prozent eine Heidenangst gehabt. Das ist normal, Nella. Das hat weder etwas mit dir noch mit der Idee, ein Kind zu bekommen, zu tun. Ich glaube, dass bei vielen Männern ein natürlicher Fluchtreflex aktiviert wird, wenn sie das Wort *Kind* hören.

Das sind ein paar Sekunden, dann kapieren sie es langsam. Oh, ein Baby, oh, ich werde Vater – yeah, ich werde mich vermehren! Du verstehst, was ich meine?"

Gott sei Dank, sie lachte wieder.

„Ja, ich glaube schon. Aber du kennst mich inzwischen. Ich denke oft sehr schräg, also nicht der Norm entsprechend, und falle dann mit der Tür ins Haus. Ich liebe dich so sehr, dass allein der Gedanke daran, eine kleine Ausgabe von dir im Arm halten zu dürfen, mich überglücklich macht."

Er umarmte sie, so fest er konnte. „Das weiß ich doch, mein Liebling. Du hast so viel Liebe in dir, und es ist nur allzu verständlich, dass du sie jemandem schenken möchtest. Ich bin mir auch sicher, dass diese Liebe für mehrere Menschen reichen wird."

„Jetzt hast du mir die Worte quasi aus dem Mund genommen."

Die enge Kurve schien er mit Bravour gemeistert zu haben. „Tja, ich bin einfach gut."

Sie hob den Blick und lächelte ihn an. „Ja, ab und an bist du mir ziemlich unheimlich. Quasi zu gut, um wahr zu sein."

Nella wusste genau, wie sie sein Ego füttern konnte. Er legte seine Hände an ihre Wangen, neigte sein Gesicht, bis seine Lippen die ihren beinahe berührten, und flüsterte: „Du kleine Schmeichlerin. Es ist ja nicht so, als dass ich das nicht gerne hören würde, aber du musst nicht weitermachen. Ja, ich will ein Kind mit dir, und ja, ich freue mich darüber, dass du dir eine Zukunft mit mir wünscht."

Es wurde ein langer, besonders liebevoller Kuss. Leander wusste, dass das, was er als Nächstes sagen würde, Nella erschrecken könnte. Allerdings hatte sie heute, nach einem Jahr ihres gemeinsamen, traumhaft schönen Lebens, von einer gemeinsamen Familie geredet. Jetzt musste sie auch den letzten Schritt gehen, dem sie bisher immer wieder elegant ausgewichen war. Ihre Vorstellung von Familie musste unbeschreiblich schmerzhaft sein. Das sollte jetzt ein Ende haben.

Sie hatte ihn noch nie nach Schweden begleitet. Sie kannte seine Familie nur aus seinen Erzählungen und von Bildern. Das war traurig und vor allem nicht fair seinen Eltern gegenüber. Sie wollten Nella kennenlernen, denn von Anfang an waren sie neugierig auf die Frau gewesen, der es gelungen war, dass aus einem Weltenbummler ein Mann geworden war, der es jetzt schon seit über einem Jahr am selben Fleck aushielt. Schon mehrmals hatte er sich dazu gezwungen gesehen, ihnen Nellas tiefe Ängste zu schildern, ihre Unsicherheit und das, was sie durchgemacht hatte. Jedes Mal, wenn er allein in Stockholm oder zu Familienfeiern auf ihrem Landsitz auftauchte, fand er Entschuldigungen für Nellas Abwesenheit. Damit musste ab sofort Schluss sein, endgültig.

„Liebling, du weißt sicher, dass der Spätsommer in Schweden wunderschön ist, oder?"

Sie nickte und war offensichtlich vollkommen arglos. „Ja, es muss herrlich sein. Bei den Bildern, die du mir gezeigt hast, könnte man denken, man sei im Indian Summer."

„Es freut mich sehr, dass du das so siehst. Ich werde für nächstes Wochenende einen Flug für uns beide nach Schweden buchen. Meine ganze Familie feiert in unserem Landhaus. Das ist die perfekte Gelegenheit, dass meine Eltern die Mutter ihres zukünftigen Enkelkindes endlich kennenlernen."

***

„Umberto, hörst du mir überhaupt zu?" Kam es ihr nur so vor, oder nahm man sie derzeit schlicht nicht ernst? „Ich stecke in der Klemme und du spielst den Kühlschranktester."

Umberto zuckte grinsend die Achseln. „Tut mir echt leid, meine Süße, aber du musst zugeben, dass dieser Hightech-Kühlschrank, den dein sexy Lebensgefährte da angeschafft hat, sehr genial ist." Zum wiederholten Mal ließ er aus dem Spender Eiswürfel in sein Glas klackern.

„Freut mich wirklich, dass du ihn geradezu vergötterst, ich tu das ja auch, trotzdem habe ich ein ernstes Problem."

Sie ließ sich auf einen der Barhocker plumpsen und stützte die Ellbogen auf der Theke auf. „Ich habe Angst, hörst du mich?"

Umberto stellte mit einem letzten bedauernden Blick auf den funkelnagelneuen amerikanischen Kühlschrank sein Teeglas ab und wandte sich ihr zu. „Okay, dann wollen wir mal dein sogenanntes Problem analysieren."

Sie öffnete den Mund, um ihm in puncto *sogenannt* zu widersprechen, aber er war schneller. „Stopp, Ruhe, sofort. Du, mein Herzblatt, hast vorerst Sendepause. Du weißt, wie wichtig du mir bist, du weißt auch, dass ich immer zu dir stehe, dich verteidige oder dich unterstütze, wenn es nötig ist. Dieses Mal muss ich leider sagen: Du bist am Zug. Schatz, du hast – zuerst im Alleingang – beschlossen, dass du ein Kind möchtest. Du hast den Wunsch an deinen Lebensgefährten, ich nenne es jetzt einmal, *herangetragen*, und er hat in gewohnter Leander-Manier wunderbar reagiert. Es kam kein *Ey, ich bin noch nicht so weit* oder *Das kommt zu plötzlich*. Nein, er liebt dich so sehr, dass er es binnen einer halben Stunde prima fand, mit dir eine Familie zu gründen. Bis hierhin denke ich, stimmst du mir uneingeschränkt zu?"

Nella nickte. Sie kannte Umberto gut genug, um zu wissen, wann es besser war, den Mund zu halten.

„Sehr gut. Leander verlangt im Gegenzug von dir lediglich, dass du endlich seine Familie kennenlernst. Eine Familie, die intakt ist, die zueinander steht, in der man dem anderen den Rücken stärkt und in der man sehr liebevoll miteinander umgeht." Umberto fuchtelte theatralisch mit den Händen in der Luft herum. „Wo zur Hölle ist dein Problem, Nella?"

„Genau da! Was, wenn sie mich nicht mögen? Leander sind seine Familie und deren Meinung wichtig. Seine jüngere Schwester liest und beurteilt seine Manuskripte und sein Bruder hilft bei der Auswahl der Bilder für seine Bücher und wohnt in seiner Wohnung. Sie sind eine eingeschworene Einheit, die durch nichts so leicht ins Wanken zu bringen ist."

„Was soll das denn jetzt?" Umbertos Blick ruhte mit sichtlichem Unverständnis auf ihr. „Nellamaus, bitte versteh mich jetzt nicht falsch, aber nur weil deine Familie nach dem Tod deines Vaters nicht mehr existierte und zu einer Art Vorhölle mutierte, muss das nicht heißen, dass eine intakte, eingeschworene Gemeinschaft automatisch eine Bedrohung für dich darstellt. Das siehst du grundfalsch. Du musst es als Möglichkeit sehen, als Chance, ein Teil dieser Gemeinschaft zu werden. Leander liebt dich von ganzem Herzen, du machst ihn glücklich, zumindest meistens." Er wich dem Bonbon, das sie nach ihm warf, geschickt aus. „Ist doch wahr. Himmel, Nella, komm sofort aus deinem Panikmodus und stell dich der Realität. Familie Clasen zu treffen wird eine Bereicherung für dich sein. Lass dich auf sie ein, gib ihnen eine faire Chance, sie verdienen es."

Sie konnte sich das Grinsen nicht verkneifen. „Soll ich vielleicht nicht doch in Erfahrung bringen, ob sie deinen Adoptionsantrag im Falle eines Falles wohlwollend prüfen würden?"

„Solange du schon wieder dumme Witze reißen kannst, scheine ich immerhin bei dir einen Schritt in die richtige Richtung bewirkt zu haben." Umberto bückte sich, hob das Bonbon auf, wickelte es aus und steckte es sich in den Mund. „Hmm, ich liebe Himbeere. Abgesehen davon habe ich das Gefühl, du weißt genau, dass ich recht habe. Ich sehe es dir an der Nasenspitze an, du hast einfach nur Angst vor dem nächsten Schritt. Tut mir echt leid, Nella, aber das Team Leander ist in dem Punkt eindeutig in Führung."

Sie knibbelte nervös an ihrem Daumen herum. „Die Quintessenz deiner Rede ist also: Flieg gefälligst mit. Stimmt das?"

„Das ist meine kluge, besonnene Lieblingsfrau."

„Besonnen. Dass ich nicht lache. Und du denkst, sie werden mich nicht hassen, weil ich ihnen ihren Sohn weggenommen habe?"

Umberto umrundete die Küchentheke, warf seine dichte Haartolle zurück und legte seufzend den Kopf schief. „Ach, Schatz, du fällst schon wieder in alte Muster zurück. Du hast niemandem etwas weggenommen. Nein, die Clasens gewinnen ein neues Familienmitglied." Er schloss tröstend seine Arme um sie und Nella schmiegte sich an ihn.

„Du glaubst, dass sie das so sehen werden?"

Seine Hand streichelte beruhigend über ihr Haar. „Wenn du ihnen endlich auch die Möglichkeit dazu gibst, ganz gewiss."

Sie fühlte sich tatsächlich besser. Die Panik, die sich seit Leanders spontaner Ankündigung in ihr breit gemacht hatte, schien – zumindest für den Augenblick – verschwunden zu sein.

„Wenn du dir da so sicher bist, will ich es auch sein. Ich sollte mich wahrscheinlich etwas mehr anstrengen. Leander tut so viel für mich und ich bin so oft ein Problemfall auf zwei Beinen. Da wünsche ich mir immer eine Familie, dann wird sie mir auf dem silbernen Tablett präsentiert und ich fange sofort an zu hyperventilieren."

„Diese Sicht auf die Dinge wird es dir letztendlich ermöglichen, dich sogar auf das Ereignis zu freuen." Umberto löste sich von ihr, küsste sie auf die Stirn und wandte sich wieder seinem Glas zu. „Kann ich mir noch einen Eistee aus diesem Wunderwerk der Technik holen?"

„Seit wann fragst du? Das sind ja ganz neue Töne." Nella hüpfte erleichtert von ihrem Hocker.

„Seit ihr in diesem Luxusdomizil residiert und ich deinen Auserwählten tatsächlich sehr mag und respektiere. Wo steckt der nordische Wunderknabe denn überhaupt? Ich wollte euch eigentlich fragen, ob ihr mit Yves und mir heute Abend essen gehen möchtet." Er nahm die Flasche mit Eistee aus dem Kühlschrank, füllte Eiswürfel auf und goss sich eine große Menge des süßen Durstlöschers ein. Das volle Glas in der Rechten, wandte er ich zu ihr um und sah plötzlich sehr zufrieden aus. „Wir haben eine schöne Neuigkeit, eine, die euch beide vielleicht freuen könnte."

„Was denn? Du kannst es mir doch schon einmal sagen." Sie versuchte einen verführerischen Augenaufschlag, musste jedoch lachen. „Okay, ich weiß, vergebene Liebesmüh, aber es liegt mir im Blut."

Umberto nippte kopfschüttelnd an seinem Tee. „Herzchen, heb dir das für Leander auf, da zeigt so was sicher Wirkung. Noch mal, wann kommt er denn nun?"

Sie zuckte die Schultern. „Er trifft sich mit seinem Verleger, um die neue Veröffentlichung seines schwedischen Starautors zu besprechen. Ich schätze, er ist in spätestens zwei Stunden zurück. Wollen wir uns im *Limoncello* treffen? Abendessen dort stehen eindeutig unter einem guten Stern."

Leander hatte seinen Arm um sie gelegt, während sie gemächlichen Schrittes zu ihrem Lieblingslokal schlenderten. „Nella, du glaubst nicht, wie begeistert sie im Verlag von dem Buch sind. Ich habe dir erzählt, dass ich mir unsicher war, die Toskana kannte ich von kurzen

Urlauben, hatte sie aber nie wirklich ausführlich bereist. Allein die Woche bei Franca hat mich unglaublich weitergebracht. Die Tage mit Pietro waren nicht nur unterhaltsam, sondern auch sehr lehrreich." Er blieb stehen und drückte sie liebevoll an sich. „Dir ist bewusst, dass ich versucht habe, Land und Leute mit deinen Augen zu sehen, mit den Augen einer feurigen, verliebten Italienerin?"

„Feurig? Ich?"

„Ja du! Sophia Loren war nun mal leider nicht greifbar."

„Komm du mir nachher nach Hause." Sie piekte ihm spielerisch ihren Zeigefinger in die Rippen. „Ich freue mich für dich, glaub mir. Das ist wundervoll und bestärkt dich eventuell darin, dass dein Wechsel von Stockholm nach Rom die richtige Entscheidung gewesen ist."

„Weil ich, um das zu wissen, ein Manuskript brauche? Alles, was ich dazu nötig habe, bist du, du bezauberndes Problemkind."

Nella wand sich kichernd aus seiner Umarmung. „Schön gesagt. Und nun gehen wir weiter, sonst verhungert dein Problemkind, und außerdem bin ich dermaßen neugierig auf die Neuigkeiten von Umberto und Yves, dass ich fast platze."

„Das sollten wir verhindern." Leander ergriff ihre Hand und sie strebten dem *Limoncello* entgegen.

Umberto und sein Lebensgefährte saßen bereits an einem Tisch neben der geöffneten Tür zur Terrasse, und der Freund winkte ihnen fröhlich zu. „Hier! Endlich, Leute, das wurde aber auch Zeit."

Kaum dass sie Platz genommen hatten, blickte Umberto zuerst strahlend zu Yves, der in seinem hellen Jeanshemd, der modisch zerrissenen Designer-Jeans und mit den blonden, langen Haaren heute mehr denn je wie ein Model aussah, dann zu ihr und Leander. „Ihr Lieben, ihr müsst verzeihen, aber ich habe schon einmal einen Champagner-Cocktail geordert, denn es gibt etwas zu feiern." Kaum, dass der Kellner die eleganten, hohen Gläser am Tisch abgestellt hatte, drückte Umberto ihnen ihr Getränk in die Hand und fuhr freudestrahlend fort. „Wir sind, genau wie ihr, jetzt etwas über ein Jahr zusammen. Vor einer Woche haben wir eine herrliche Wohnung gefunden. Sie liegt eine knappe Stunde vom Zentrum entfernt, ist groß, es gibt viel Grün in der Umgebung und sie hat ein Kinderzimmer."

„Wieso, darf Yves nicht bei dir schlafen?" Nella schlug sich die Hand vor den Mund. „Sorry, tut mir echt leid." Der Umstand, dass Yves schallend lachte, beruhigte sie schnell wieder.

Umberto warf ihr einen tadelnden Blick zu. „Sehr witzig, wirklich. Nein, das Kinderzimmer hat einen anderen Grund, und wenn du mich jetzt fragst, ob ich schwanger bin, rede ich ein Jahr lang kein Wort mehr mit dir."

Während Leander sich deutlich amüsiert in seinem Stuhl zurücklehnte, fuhr sie sich mit Daumen und Zeigefinger über die Lippen.

„Du wirst schweigen? Sehr schön. Also, wir waren vor ein paar Wochen bei Freunden in Holland. Die beiden sind seit vier Jahren ein Paar und wollten ihre Beziehung zu etwas Besonderem machen." Umberto atmete tief ein. „Die zwei haben ein Kind adoptiert! Ein kleines Mädchen. Lou heißt sie, ist drei Monate alt und rundum bezaubernd. Ihre Väter vergöttern die Kleine und bezeichnen sie als die Krönung ihrer Liebe." Umberto hielt, sichtlich gerührt, inne und blickte zu Yves.

Der nickte ihm aufmunternd zu. „Na komm, nun erzähl schon weiter. Du darfst Nella und Leander nicht so auf die Folter spannen".

Umberto räusperte sich umständlich und schöpfte tief Luft. Trotzdem wurde es nur ein Flüstern. „Wir haben uns entschlossen, ein Kind zu adoptieren. Ich bin so glücklich wie nie zuvor in meinem ganzen Leben."

Nella, die die Freudentränen in seinen Augen sah, sprang auf und umarmte ihn voller Begeisterung. „Das sind wirklich richtig gute Nachrichten. Ich freu mich so sehr für euch."

Nachdem sie die Antipasti bestellt hatten, diskutierten sie aufgeregt über das, was auf sie zukommen würde. Yves, der Umberto behutsam bremste, war eindeutig der Besonnenere von den beiden.

„Wir wissen, dass das ein großer Schritt für uns ist. Darum haben wir ihn uns auch sehr gut überlegt. Nach wie vor ist es für ein schwules Paar sehr schwer, eine Adoption durchzubekommen. Aber da wir beide gut verdienen, über die entsprechenden Rücklagen verfügen und einem Kind ein sicheres und komfortables Umfeld bieten können, sollte es kein Problem werden." Er zog eine Grimasse. „Lasst mich das bitte modifizieren, es sollte kein allzu großes Problem werden."

Nella griff nach Leanders Hand. „Haben wir euch etwa inspiriert? Na ja, wohl eher ich, mit meinem Kinderwunsch?“ Der feste Händedruck von Leander freute sie.

Umberto schüttelte den Kopf. „Ehrlich gesagt ist mir der Gedanke schon so lange im Kopf herumgespukt. Ich möchte einfach einem Kind bedingungslose Liebe, Geborgenheit und Sicherheit geben.“

Er hatte nicht ansatzweise eine Ahnung, *wie* gut sie das in diesem Augenblick verstand.

Mittsommernacht

Schweden war gar nicht so kalt, wie sie es sich vorgestellt hatte. Es war auch nicht so dunkel. Es war nicht einmal so regnerisch – es war überhaupt ganz anders.

Von einem blauen Himmel, über den der sanfte Herbstwind wenige weiße Wölkchen trieb, schien die Sonne auf Stockholm herab. Leanders Bruder, der zwischendurch immer wieder in dessen Wohnung in der Stadt lebte, war so nett gewesen, seinen Wagen am Flughafen zu deponieren. Er selbst musste leider zu einer Besprechung in seine Firma und konnte sie nicht abholen. Offenbar tat es ihm leid, denn hinter dem Scheibenwischer klemmte eine wunderschöne weiße Rose, an der ein Zettel baumelte:

Willkommen in Schweden, Nella!

Lars könnte sie schon einmal mögen.

„Wir fahren aber zuerst in deine Wohnung hier in der Stadt, nicht wahr?“

„Ja, tun wir. Ich möchte ein paar Sachen abholen, und es ergibt auch wenig Sinn, jetzt am Nachmittag noch zum Ferienhaus zu fahren. Wir sind mindestens zweieinhalb Stunden unterwegs. Wenn wir morgen am frühen Vormittag gemütlich losfahren, können wir nicht nur Lars mitnehmen, sondern sind auch noch rechtzeitig zum Tee in Söderbärke.“

„Wo?“

Er schmunzelte. „Söderbärke, ein bezaubernder Ort. Viel Grün, viel Wasser und sehr hübsche Cafés und Restaurants. Ja, und eines der Feriendomizile der Familie Clasen, wenn sie mal ihre Ruhe will oder aber all ihre Lieben um sich schart.“

„Ah ja.“ Sie konnte nur hoffen, dass sie ihre Nervosität gut genug verbarg. Familie! Ein Wort, das in Italien so viel bedeutete, ja, fast ein Lebensgefühl umschrieb, und in ihrem Kopf löste es vor allem eines aus: Angst.

Leanders Blick erschien ihr nervös. Er war sehr schweigsam, außer wenn er sie im Vorüberfahren auf einige der Schönheiten Stockholms aufmerksam machte. Die Stadt wirkte quirlig, lebendig und irgendwie fröhlich. Als sie Leander an ihren Gedanken teilhaben ließ, schmunzelte der nur. Er zeige auf seine Haare und raunte. „Das kommt nur von den ganzen Blonden, da wirkt gleich alles viel heller, weißt du?“

Sie schlug ihm spielerisch gegen den Oberschenkel. „Danke, veräppeln kann ich mich ganz gut selbst. Nein, ich meine das ernst.“

„Freut mich, bisher hatte ich immer das Gefühl, du verbindest Schweden mit grauen Wolken, Regen und knallbunten Sommerhäusern.“

„Das stimmt nicht. Ich verbinde es auch mit IKEA.“

Leander schüttelte seufzend den Kopf. „Schwedens Marketing ist hundsmiserabel. Ernsthaft, wenn man andauernd in einem Atemzug mit einem Buchregal genannt wird, das auf den anspruchsvollen Namen Billy hört, ist das nicht gerade aufbauend.“

Tröstend tätschelte Nella seinen Arm. „Immerhin habe ich euch noch nie als IKEAs bezeichnet, was bei einigen meiner Landsleute durchaus passieren kann."

„Das wird ja immer schöner. Dann ist es umso wichtiger, dass du in den nächsten Tagen *mein* Schweden kennen- und vor allem auch lieben lernst."

Nella wickelte sich eine ihrer langen Locken um den Zeigefinger. „Ich liebe es jetzt schon. Dafür, dass es dich mir geschenkt hat."

Langsam und neugierig durchstreifte sie Leanders Wohnung. Chromblitzende Küchenfronten, weißer Parkettboden, schwarz-weiße Ledergarnituren, Spiegelschränke, ein schwarzes Eisenbett mit grauer Satinbettwäsche, kühle, abstrakte Bilder hinter Glas. Einzig der ebenfalls mit Glas verkleidete, moderne, offene Kamin erinnerte annähernd an ihr Zuhause in Rom. Welch ein frappierender Unterschied. Wie konnte er sich in Rom wohlfühlen, wenn dies hier seinem eigentlichen Geschmack entsprach? Verbog er sich nur ihretwegen so sehr? Sie ließ ihre Hand über das kühle Metall des Bettgestells gleiten.

„Gefällt es dir?" Aus seiner Stimme sprachen die Zweifel, die sie gerade fühlte.

„Hm, sehr schön. Und sehr elegant." Sie suchte nach den richtigen Worten. „Eine ausgesprochen stylische Männerwohnung."

„Es gefällt dir also nicht?"

Sie zuckte die Achseln. „Was soll ich sagen? Wenn ich das in *Living in Style* sähe, würde ich es sicher schick finden. Aber eben zum Anschauen, weißt du, was ich meine? Eine wirklich tolle Wohnung, ein Gesamtkunstwerk per se."

Er sah sich in seinem Schlafzimmer um. „Okay, ich gebe zu, mit dem Romantikfaktor hapert es gewaltig. Aber für mich war es so absolut in Ordnung. Mir war in dem Augenblick, als ich dich sah, vollkommen klar, dass dir so was wie das hier viel zu kühl sein würde. Du brauchst eine – wie soll ich es sagen – lebendige Wohnung."

„Das ist dir auch gelungen. Aber, jetzt mal im Ernst, fühlst du dich denn überhaupt wohl in Rom? Ist dir das nicht alles viel zu rustikal?"

Lachend kam er auf sie zu und nahm sie in die Arme. „Nein, Schatz, überhaupt nicht. Im Gegenteil, die Wohnung in Rom hab ich selbst eingerichtet. Bei der hier hat sich ein hochbezahlter Innenarchitekt ausgetobt. Ich muss zugeben, mir ging es damals vor allem ums Repräsentieren. Wann immer ein Kamerateam oder ein Pressevertreter hierherkam, war es schon sehr beeindruckend. Alles passte zu meinem Image. Du weißt schon, der erfolgsverwöhnte Starautor."

Lachend machte sie sich los. „Okay, Herr Starautor, dann zeig mir bitte mal das gewiss sehr beindruckende Badezimmer. Ich möchte mich gerne etwas frischmachen. Wann willst du morgen losfahren?"

Er bugsierte sie auf den Flur und öffnete eine schwarz-weiß marmorierte Tür, hinter der tatsächlich ein Badezimmer in Silber und schwarzem Marmor auf sie wartete. „Ich möchte gegen Mittag losfahren. Ich hoffe, Lars ist pünktlich."

Sie mochte Lars vom ersten Augenblick an. Wobei es wahrscheinlich vielen Leuten so erging. Man musste den fröhlichen Mann mit dem blonden Pferdeschwanz, den blitzenden blauen Augen und dem charmanten Lächeln einfach mögen. Er war das jüngere Abbild von Leander, nur etwas aufmüpfiger. Jeans, Jeanshemd, Cowboystiefel, eine braune Lederjacke und zwei Creolen in den Ohrläppchen. Er begrüßte Nella mit einer festen Umarmung. „Endlich ein echter Mensch! Bruderherz, das war auch an der Zeit. Dass du aber gleich sowas Bildhübsches mitbringst, macht mich jetzt doch etwas neidisch."

„Idiot!" Leander umarmte seinen Bruder so herzlich, dass Nella genau wusste, wie seine Begrüßung gemeint war. „Du kannst gerne neidisch sein, hast auch allen Grund dazu. Wenn du bei all deinen Reisen nach Asien deine Traumfrau nicht finden konntest, solltest du nach Italien fahren. Wer weiß, vielleicht hättest du auch mal Glück und fändest eine tolle Freundin."

Lars warf ihr einen strahlenden Blick zu. „Nella, gibt es da, wo du herkommst, mehr von dir? Das wär echt eine Überlegung wert."

Nella nickte mit ernster Miene. „Tausende, eine besser als die andere."

Lars stöhnte theatralisch auf. „Und schon werde ich wieder verarscht. Leute, ehe ihr mein Ego ruiniert, lasst uns losfahren. Ich habe vorhin schon mit Mutter telefoniert. Es gibt Apfelkuchen und Blaubeertarte, und das auch noch mit Vanilleeis. Sorry, aber da werde ich wieder zum kleinen Jungen. Also los geht's, ich will meinen Kuchen."

Während der Fahrt erfuhr Nella einiges über Lars, seine Trips nach Asien, vornehmlich Thailand und Kambodscha, und so ganz nebenbei nette Anekdoten über Leander als Kind. Der stieß zwar mit finsterer Miene die fürchterlichsten Drohungen aus, was er mit Lars anstellen würde, sobald sie Söderbärke erreichten, musste letztendlich jedoch über die humorvoll vorgetragenen Episoden seiner Kindertage genauso herzlich lachen wie sie. Lars war unterhaltungstechnisch ein echtes Naturtalent. Es fiel ihr leicht, sich vorzustellen, wieviel Spaß die beiden Brüder immer zusammen gehabt hatten. Dank Lars' amüsanten Beschreibungen seiner Familie fiel die Anspannung stückweise von ihr ab. Es schien ihr an der Zeit, ihre Ängste, die in ihr hochkrochen, sobald jemand das Wort *Familie* in den Mund nahm, in den Griff zu bekommen. Das Leben mit Erik und Lina Clasen war mit dem, was sie in der Villa in Trastevere erlebt hatte, ganz gewiss nicht zu vergleichen.

Die Straßen wurden schmaler, dafür die Wälder dichter. Die Natur war herrlich. Neben den sattgrünen Bäumen gab es glitzernde Flüsse, die durch Wiesen mäanderten, auf denen zahllose Wildblumen wuchsen, obwohl der Herbst vor der Tür stand. Wenn man das Fenster herunterließ, konnte man die würzige, mit Kräuterduft geschwängerte Luft genießen.

„Das ist herrlich, dieser Geruch, und es ist alles so grün und klar. Bis jetzt gefällt mir euer Land verflixt gut."

„Wenn man dann noch seine äußerst liebenswerten Bewohner in Betracht zieht." Lars zwinkerte ihr im Rückspiegel verschwörerisch zu. „Abgesehen davon, holde Nella: An einem sonnigen Frühlingstag durch einen Pinienwald in Venezien zu laufen ist auch nicht ohne. Aber zu einem ganz anderen Thema, wie lange wollt ihr denn bleiben?“

Nella zuckte die Schultern, sie wusste es tatsächlich nicht. Leander sprach immer vom *Wochenende*. Aus Erfahrung wusste sie, dass das ein dehnbarer Begriff sein konnte. „Das musst du den Herrn am Steuer fragen, ich dachte eigentlich an zwei Tage.“

„Der Herr am Steuer hört euch zu, schon klar, oder? Ich würde gerne nicht nur das Wochenende genießen, sondern erst am Dienstag oder Mittwoch zurück nach Stockholm fahren. Ich habe nur einen einzigen, geschäftlichen Termin am Donnerstag und möchte dir die Gegend um Söderbärke in Ruhe zeigen, damit du endlich siehst, wo ich aufgewachsen bin, bist du einverstanden?“

„Och, das ist ja süß von dir, dass du mir alles zeigen willst.“ Lars’ Gesicht tauchte mit breitem Grinsen zwischen den beiden Rückenlehnen auf.

Leander stöhnte auf. „Nicht dir, du Idiot, Nella natürlich.“

„Wär ich nie draufgekommen, Großer. Mir ging es auch nur darum, ob ich mit euch zurückfahren kann. Es ist bequemer als mit dem Zug, und die Gesellschaft ist um einiges besser.“

Während die Brüder sich weiter ein humorvolles Wortgefecht lieferten, wurde Nella schon wieder Angst und Bang. Gleich fast eine Woche bei eigentlich Fremden. Sie wusste nicht so recht, was sie davon halten sollte. Lars holte sie gerade noch rechtzeitig aus ihren Gedanken zurück.

„Sag mal, Nella, kennst du unser Häuschen? Hat der Knabe hier dir Fotos gezeigt?“

Sie verneinte zerknirscht. Nach so langer Zeit mit Leander hätte sie wahrlich mehr Interesse an seiner Vergangenheit an den Tag legen können. „Ich lasse mich überraschen. Ich weiß nur, dass Leander dort immer sehr glücklich war.“

Lars nickte schmunzelnd. „Japp, die Hütte ist echt ganz heimelig. Da ist man gerne Kind.“

„Hütte?“ Nella warf Leander einen fragenden Blick zu. „Haben wir denn alle darin Platz oder sollten wir uns doch ein Zimmer in einem Hotel nehmen?“

Als sie zwanzig Minuten später an einem hübschen, weißen Holzschild mit der Aufschrift *Välkommen till Söderbärke* nach links abbogen, erinnerte sich Nella an das Gelächter der Brüder – und verstand. Vor ihnen breitete sich ein großer See aus, dessen anderes Ufer man gerade eben noch erkannte. Weiße Segelschiffe glitten gemächlich über die in der Herbstsonne glitzernde Oberfläche, Ruderboote und Kajaks durchpflügten das blaugrüne Wasser. Häuser in den unterschiedlichsten Farben reihten sich wie Perlen an einer Kette am Ufer aneinander. Auf sanft ansteigenden Hügeln standen wunderschöne Villen, und an der Straße fanden sich entzückende Cafés und kleine Läden. In Blumenampeln baumelten bunte Blüten über Holzveranden in der sanften, vom See kommenden Brise. Nella hatte das Fenster komplett heruntergelassen und genoss das Flair des Ortes. „Das ist ja regelrecht malerisch hier. Ich verstehen schon jetzt, warum ihr euch hier so wohl fühlt.“

„Ja, nicht wahr?“ Leander zeigte nach vorne. „Dort ist unser Lieblingseisladen, da müssen wir unbedingt auch hin. Greta ist inzwischen mindestens siebzig, aber unsere Jungenstreiche hat sie uns noch immer nicht ganz verziehen.“

„Quatsch, sie kann gar nicht anders, als uns zu lieben. Die Clasen-Boys und ihr Charisma sind hier legendär“, mischte sich Lars feixend in die Unterhaltung ein. „Und jetzt mach hin. Ich muss auf die Toilette.“

„Und noch etwas, das sich in den letzten zwanzig Jahren nicht geändert hat.“ Leander warf seinem Bruder einen liebevollen Blick zu. „Du lernst es nie, oder?“

„Jetzt werde mir ja nicht sentimental, gib lieber Gas. Du weißt doch: Ich muss pinkeln, ich hab Hunger, ich hab Durst und wann sind wir überhaupt da?“ Lars beugte sich erneut nach vorne und blinzelte Nella kokett zu. „Ich hoffe, du weißt, auf was du dich mit uns eingelassen hast?“

Sie schnippte ihm spielerisch gegen den Oberarm. „Ich denke schon.“

„Festhalten, Kurve! Wird die Einfahrt immer enger oder bilde ich mir das ein?“

„Nein, mein Großer, aber deine Autos werden immer wuchtiger. Schon mal daran gedacht?“ Lars hielt sich an beiden Kopfstützen fest, als Leander in flottem Tempo in eine Auffahrt einbog, die zwischen zwei eindrucksvollen, weißen Säulen lag. „Prima, das Tor ist offen. Sie erwarten uns also schon.“

Nella hörte ab diesem Augenblick nicht mehr zu. Leander lenkte den Wagen über einen gewundenen Kiesweg, der durch eine weitläufige, gepflegte Rasenfläche führte. Vor ihnen lag auf einer leichten Anhöhe das *Ferienhäuschen* der Clasens. Es war ein eindrucksvoller, zweistöckiger Bau, ganz in Weiß, lediglich die Fensterrahmen waren in strahlendem Meeresblau gestrichen. Der Eingang bestand aus einer Doppelflügeltür, geschützt durch ein von zwei Säulen getragenem Kapitell. Neben dem Haus entdeckte Nella Parkplätze für grob geschätzt zehn Autos. An der Front zogen sich wunderschöne, gepflegte Blumenrabatten entlang. Silvan hätte seine helle Freude an ihnen gehabt. Das Haus war sichtlich alt, aber sehr gut erhalten. Links neben dem Eingang befand sich ein großer, rechteckiger Erker aus Glas, und über die Länge des Obergeschosses zog sich ein schmaler Balkon, der üppig mit Grünpflanzen geschmückt war. Das Grundstück lag direkt am See. Himmel, das Anwesen war nicht nur traumhaft schön, es war riesig. Wie es schien, waren die Clasens so etwas wie die Onassis von Schweden. Bewundernd glitt Nellas Blick über die beeindruckende Front des Hauses. „So so, das ist also euer *Ferienhäuschen*. Klein aber fein, was?"

Leander bremste lachend den Wagen und stellte den Motor ab. „So ist es, mein Schatz. Willkommen in unserer bescheidenen Hütte." Er kletterte vom Fahrersitz und streckte sich kräftig. Sie stieg langsam und mit Bedacht aus dem Wagen. Sie war sich schon lange darüber im Klaren, dass Leander aus einer wohlhabenden Familie stammte, das hier aber war beeindruckend. Hoffentlich war seine Familie nicht allzu elitär, wobei sie damit, dank ihres Aufenthalts im Internat und ihrer Kindheit in der Villa Alisi genügend Erfahrungen hatte sammeln können.

Lars schulterte seine riesige Reisetasche und stapfte auf den Eingang zu. Er war noch etwa zwei Schritte davon entfernt, als sich die Tür öffnete und eine blonde, hochgewachsene Frau heraustrat. Sie lief auf Lars zu und umarmte ihn strahlend. Was sie sagte, verstand Nella allerdings nicht. Ihr Schwedisch beschränkte sich auf *god dag* oder *bra dag*, also *Guten Tag*, *adjö* für *Auf Wiedersehen* und *smaklig måltid*, was angeblich *Guten Appetit* bedeutete. *Jag älskar dig* für *Ich liebe dich* kam ihr ebenfalls nicht gerade leicht über die Lippen, außerdem fand sie, dass *ti amo* einfach unerreicht blieb. Immerhin schloss sie aus Lars' Begrüßung, dass die Frau wohl seine Mutter war. *Mamma* klang auch auf Schwedisch vertraut.

Als diese ihren Sohn aus ihrer Umarmung entließ und sich ihr und Leander zuwandte, klopfte Nellas Herz zum Zerspringen. Leanders Mutter war eine schöne Frau, die durch die weißblonden Haare und die hellen Augen kühl und ein wenig distanziert wirkte. Sie trug einen edlen Rollkragenpullover und eine weiße Hose, dazu blaue, flache Mokassins. Das lange Haar war im Nacken zu einem lockeren Knoten geschlungen, und an ihren Ohren baumelten lange Ohrgehänge aus bunten Holzkügelchen. Nur kurz musterte Lina Clasen die Begleitung ihres Sohnes mit ernster Miene, dann erschien wie zuvor ein Strahlen auf ihrem Gesicht. Sie streckte die Arme aus und nun verstand Nella auch, was sie sagte, denn ihr Englisch war perfekt, mit einem sehr niedlichen, schwedischen Akzent. „Leander, Junge, kommst du wohl sofort hierher und begrüßt deine alte Mutter? Wird's bald?"

Leander umarmte seine Mutter und hob die schlanke Frau mit Leichtigkeit hoch, während er sie auf beide Wangen küsste. „Es ist so schön, dich wiederzusehen. Es tut mir leid, dass es dieses Mal so lange gedauert hat, Mom." Langsam stellte er seine Mutter zurück auf den Boden. Die zupfte lächelnd ihren Pullover zurecht. „Schon verziehen, Leander. Und wenn ich mir den Grund so ansehe, dann kann ich auch sehr gut verstehen warum." Sie wandte sich Nella zu und streckte ihr beide Hände entgegen. „Du bist also Nella. Wir freuen uns alle, dass wir endlich die Frau kennenlernen dürfen, die unseren Weltenbummler dazu gebracht hat, sesshaft zu werden. Herzlich willkommen."

Ehe sie sichs versah, fand Nella sich ebenfalls in einer liebevollen Umarmung. Nein, Lina war ganz gewiss nicht kühl und distanziert. Noch etwas schüchtern, aber erfreut erwiderte sie die Umarmung.

„Genug der Begrüßung. Kommt mit auf die Terrasse, ihr Lieben. So lange die Sonne scheint, kann man noch wunderbar dort sitzen. Der Tisch ist schon gedeckt. Nella, ich hoffe, du magst Apfel- und Blaubeerkuchen?"

Sie setzte eben zu einer Antwort an, als aus der Haustür ein großer, grauhaariger Mann in Jeans und einem weißen Hemd trat. Ein Dreitagebart zierte sein schmales Gesicht, und hinter einer randlosen Nickelbrille blitzten die typischen blauen Augen der Clasens. „Sieh einer an, der Herr Sohn lässt sich auch einmal wieder blicken, und dann noch in solch charmanter Begleitung."

Leander wollte seinem Vater antworten, doch der schob sich die Brille zurecht und funkelte seinen Sohn schelmisch an. „Sekunde, du mein Erstgeborener, du hast kurz Sendepause. Ladies first.“

Erik Clasen ergriff Nellas Hand und musterte sie lächelnd. „Jetzt verstehe ich, warum er dich so lange versteckt hat. Er wollte dich einfach für sich alleine. Damit ist jetzt aber Schluss. Schön, dich endlich hier zu haben.“ Erst dann wandte er sich Leander zu. „Nun komm schon her, du seltener Gast. Es freut uns, dass ihr kommen konntet.“

Bei der liebevollen Begrüßung von Vater und Sohn hatte Nella, wie schon zuvor, als Leander seine Mutter in die Arme geschlossen hatte, einen dicken Kloß im Hals. Sie war in der Familie gelandet, die sie sich immer gewünscht hatte.

Das Haus war ein Traum, aber fast noch mehr beeindruckte Nella der große, weitläufige Garten.

Lars, der endlich seinen heiß ersehnten Blaubeerkuchen, gekrönt von einer Kugel Vanilleeis, vor sich hatte, zeigte zum Ufer. „Siehst du das dort am Steg, Nella? Das ist unser Segelboot, und im Bootshaus da hinten findest du zwei Ruderboote und vier Kajaks. Wenn du dich also sportlich betätigen möchtest, sind deinen Ambitionen keine Grenzen gesetzt.“

„Lass Nella in Ruhe und gönn ihr die Zeit, hier anzukommen. Nicht jeder ist so hyperaktiv wie die Männer in dieser Familie“, sprach Lina ein Machtwort und schenkte ihr mit entschlossener Miene Tee nach. „Wenn du nicht aufpasst, dann jagen sie dich in einer halben Stunde quer über den See. Ich kenne meine Bande.“

Nella nickte dankbar. „Nichts gegen Wassersport, aber im Augenblick ziehe ich diesen bequemen Korbstuhl einem Kajak vor. Und ich kann Lars bestens verstehen, dass er es nicht erwarten konnte, hierherzukommen. Es ist so unglaublich schön und der Kuchen ist tatsächlich ein Gedicht." Sie blinzelte Lars verschwörerisch zu.

Der schmunzelte zufrieden vor sich hin. „Sag ich doch."

Zwischen den Clasens entspann sich rasch eine angeregte Unterhaltung, in die sie Nella zwar, wo immer es ging, einbanden, dabei jedoch sehr behutsam waren. Nella fühlte sich weder ausgehorcht noch durch zu viel Aufmerksamkeit unwohl. Nur einmal stockte das fröhliche Gespräch, als Leander fragte, ob seine Schwester auch käme. Lina schien nach den richtigen Worten zu suchen.

„Astrid kommt morgen an. Sie hat noch einen Termin in der Firma und schafft es heute leider nicht."

Leander verzog enttäuscht den Mund. „Schade, ich hatte mich gefreut. Na, immerhin kommt sie wenigstens."

Erik legte seine Kuchengabel auf den Teller und strich sich seufzend über den Bauch. „Ich liebe Kuchen, aber inzwischen habe ich ein Alter erreicht, in dem ich Gebäck nur ansehen muss, um zuzunehmen." Er warf seinen Söhnen einen auffordernden Blick zu. „Jungs, was denkt ihr? Während Nella in Ruhe auspackt und sich eingewöhnt, könnten wir doch eine Runde Kajak fahren? Wer weiß, wie lange unser Wetter noch so gut mitspielt wie heute. Na, jetzt kommt schon, gebt euch einen Ruck, eurem alten Dad zuliebe.“ Der bittende Blick, mit dem Erik seine Jungs bedachte, war bühnenreif.

„Wer könnte dir etwas abschlagen? Gut, wenn Nella nichts dagegen hat, dann lass uns rausfahren.“ Leander legte seine Hand auf ihren Oberschenkel. „Ist es okay, wenn wir was für seine körperliche Fitness tun?“

Eilig schluckte sie den letzten Bissen hinunter. „Natürlich ist es das. Nach der langen Autofahrt schadet es dir auch nicht.“

Erik Clasen musterte sie mit sehr zufriedenem Blick. „Leander, ich glaube, ich liebe deine Freundin. Das Mädchen ist klasse.“

Leander verdrehte die Augen und küsste Nella auf die Wange. „Und schon bist du vereinnahmt. Pass lieber auf, sonst lassen sie dich hier nicht mehr weg.“

Eine halbe Stunde später schlenderten die drei Männer in Richtung Bootshaus. Nella beobachtete sie vom Fenster des Zimmers im ersten Stock aus. Leanders – und nun auch ihr –Zimmer verfügte über ein Doppelbett aus grauem Treibholz, das er und sein Vater gemeinsam gebaut hatten. Außerdem gab es einen ebenfalls selbst gebauten Schreibtisch aus ähnlichem Holz, eine braune Ledercouch, zwei verspiegelte Kleiderschränke und ein Multimedia-Regal mit einem alten Plattenspieler, einem CD-Player und Fernseher. Der Boden war aus hellem, geöltem Holz, und grau-weiß gemusterte Teppiche sorgten für ein stilvoll-gemütliches Ambiente. Eines war auf jeden Fall klar: Die Familie Clasen beherrschte es, Häuser geschmackvoll einzurichten.

Nella packte ihren Koffer und Leanders Tasche aus und verstaute alles in den Schränken. Zu seinem Zimmer gehörte ein eigenes Bad mit einer antiken Badewanne auf Löwenpfoten. Nella war begeistert.

Kaum, dass sie fertig war, zog es sie wieder auf die schöne Terrasse, die sich über die komplette Rückseite des Hauses erstreckte. Sie genoss den Blick auf den See, und wenn sie die Augen etwas zusammenkniff, glaubte sie, die drei Kajaks am westlichen Ufer zu erkennen. Lina wollte Vorbereitungen für das Abendessen treffen und war nirgends zu sehen.

Ja, sie beneidete Leander um seine Familie. Wäre ihr Vater nicht gestorben, dann wäre das Nachhausekommen auch für sie schöner gewesen. So aber erinnerte sie sich mit Schaudern daran. Ob freie Tage oder Ferien, jedes Mal wäre sie am liebsten in der Schule geblieben, etwas, das lediglich Umberto verstanden hatte. So, wie sein Vater ihn fortwährend wegen seiner Homosexualität unter Druck setzte, so sehr hatte ihre Mutter sie mit Nichtachtung oder wahlweise cholerischen Wutanfällen gestraft, da ihre Tochter die Schuld an ihrem verpfuschten Leben trug, zumindest laut Marie.

Wie hatte sie sich nach Zuneigung und Liebe gesehnt, so wie sie es hier bei den Clasens erlebte.

„Nella, ist dir kalt? Soll ich dir eine Jacke holen?" Unbewusst hatte Nella ihre Arme um sich geschlungen, wie sie es so oft tat, wenn sie an ihre Vergangenheit dachte. Sie hatte Lina nicht kommen hören, die nun neben ihr stand und sie aufmerksam betrachtete.

„Danke, das ist nicht nötig. Ich friere nicht. Ich ... ich musste nur an früher denken. Es war so schön, eure Begrüßung zu sehen, man merkt, wie sehr ihr euch freut, dass ihr wieder zusammen seid."

Lina nickte. „Leander hat mir ein wenig von dir und deiner Kindheit erzählt. Sei ihm nicht böse deswegen, ich muss eingestehen, ich habe ihn ein paar Mal ziemlich mit Fragen gelöchert. Bitte, setzen wir uns doch wieder." Sie deutete einladend auf die blauen Korbstühle mit den dicken, weißen Kissen. „Es ist viel bequemer, im Sitzen zu reden." Sie nahm im Sessel ihr gegenüber Platz und musterte Nella eingehend. „Du musst das verstehen. Wir waren alle vollkommen überrumpelt, als Leander fast von einem Tag auf den anderen ankündigte, er habe sich eine Wohnung in Rom gekauft und würde nur noch sporadisch in Stockholm leben. Das hat er noch nie getan, nicht einmal ansatzweise. Gut, da waren seine langen Reisen, Australien, Neuseeland, Afrika, aber er ist immer wiedergekommen. Und dann schießt er bei einem Event in Rom Fotos für unseren Freund Stig und sollte eigentlich nur drei Tage wegbleiben. Dass daraus jetzt schon weit über ein Jahr geworden ist, ist für Leander beachtenswert. Ich wusste sofort, dass er dich sehr lieben muss, wenn er all das tut. Natürlich waren wir neugierig auf dich und wollten die geheimnisvolle, schöne Römerin lieber heute als morgen kennenlernen. Als viel Zeit vergangen ist und du nie mitgekommen bist, war das für uns schon komisch. Ehe wir auf die dumme Idee kommen konnten, du möchtest uns nicht treffen, hat Leander uns erzählt, dass Familie für dich nicht das Gleiche ist wie für ihn. Damit konnten wir leben, denn die Ängste eines anderen Menschen zu respektieren und zu verstehen, ist vor allem mir sehr wichtig. Ich wollte dich nicht drängen, und daher freue ich mich heute umso mehr, dich endlich hier haben zu dürfen."

Nella wollte sagen, dass das für sie in Ordnung war, und sie wollte sich entschuldigen, weil sie so lange gezögert hatte, sie wollte Lina so vieles sagen und erklären – stattdessen brach sie unvermittelt in Tränen aus. Leanders Mutter reagierte prompt. Sie stand auf, ergriff Nellas Hände und zog sie zu sich hoch. Sekunden später fand sich Nella in einer festen Umarmung wieder.

„Es tut mir so leid", stammelte sie an Linas Ohr, doch deren Umarmung wurde nur noch enger.

„Nella, ich habe drei Kinder großgezogen. Glaub mir, dir muss nichts leidtun. Und ich weiß genau, wann jemand nichts braucht, außer zwei Armen, die ihn einfach nur festhalten."

„Ich beneide dich, du glaubst gar nicht wie sehr. Deine Familie ist unglaublich. Es war so dumm von mir, nicht schon früher über meinen Schatten zu springen." Nella setzte sich stöhnend auf die Bettkante. „Und kochen kann deine Mutter wirklich exzellent. Himmel, noch ein Bissen und ich wäre geplatzt."

Leander seufzte lautstark. „Was erzähle ich dir seit einem Jahr? Auf mich hört ja wieder keiner."

Nun musste sie doch lachen. „Von wegen. Alles hängt gebannt an deinen Lippen, wenn du erzählst. Es macht allerdings auch tatsächlich großen Spaß, dir zuzuhören. Deine Erzählungen sind so lebendig und du bringst alles so humorvoll rüber. Ich sag das jetzt nicht nur, weil ich mit dir ins Bett will."

„Da wären wir beim nächsten Punkt auf meiner *Nella-in-Schweden*-Liste. In diesem Bett war tatsächlich noch keine Frau vor dir." Offenbar bemerkte er ihren zweifelnden Blick sofort. „Ich schwöre bei allem, was mir heilig ist."

Lachend gab sie sich geschlagen. „Jetzt schwört er auch noch. Und was wäre das? Also das, was dir heilig ist?"

Ein schelmisches Lächeln erschien auf seinen Lippen. „Na was schon? Du, natürlich, du Traumfrau." Mit diesen Worten ließ er sich aufs Bett fallen und zog sie kurzerhand mit sich. „Und jetzt wird dieses Bett bitte gebührend eingeweiht."

Sie schlang ihre Arme um seinen Hals. „Ich finde gerade tatsächlich kein einziges Gegenargument. Eigentlich bin ich schon vollkommen glücklich. Wollen wir einmal sehen, ob du das noch steigern kannst."

Leanders Augenbrauen zuckten nach oben. „Na warte, dir werde ich zeigen, wie steigerungsfähig deine Gefühle sein können."

Der nächste Morgen begrüßte sie mit mildem Spätsommerwetter. In der Nacht hatte es geregnet, und die an sich schon saubere Luft war noch klarer als am Vortag. Den Wintergarten am Ende der Terrasse hatte Leanders Vater vor vielen Jahren gebaut. Neben einer stilvollen Essecke standen dort ein Holzofen und mehrere gemütliche Lesesessel. Die Familie liebte es, hier zu frühstücken, das wusste Nella aus Leanders Erzählungen. Nun verstand sie auch warum. Durch die großen Glasfronten, die durch weiße Holzverstrebungen verbunden waren, hatte man einen herrlichen Blick über den Garten bis zum See. Das Frühstück war – so nannte es zumindest Erik – international. Pfannkuchen mit Blaubeersirup, Rühreier mit Speck, Obst, frisch gebackenes Brot mit selbstgemachten Marmeladen, frisch gepresster Orangensaft, Kaffee und schwarzer Tee mit allem, was das Herz begehrte.

„Mamma, wann kommt eigentlich Astrid? Wollte sie nicht schon hier sein?" Es war schwer, Lars zu verstehen, was an dem halben Pfannkuchen lag, den er sich gerade in den Mund schob.

Lina antwortete zögernd, als wäre das Thema ihr unangenehm. „Ich weiß es nicht genau. Sie wollte mit dem Zug kommen. Es kann sein, dass der Bus vom Bahnhof aus nur stündlich fährt. Dann müsste sie laufen und das ist eine ganz schöne Strecke."

„Manchmal ist sie echt kompliziert, was? Hat sie schon mal von einem Telefon gehört?"

Lina zuckte lediglich die Schultern. „Sie ist erwachsen, keine Sorge, sie kommt sicher bald."

Nella spürte Leanders Hand auf ihrem Oberschenkel. „Was denkst du? Das Wetter ist gut. Wollen wir einen Spaziergang machen? Ich möchte dir Söderbärke gerne bei Sonnenschein zeigen, da ist es noch hübscher als im Winter, wenn Schnee liegt."

Nella stimmte mit Freude zu. Schon bei ihrer Ankunft war sie von dem malerischen Ort begeistert gewesen. Mit Leander in seiner Vergangenheit zu schwelgen würde sicher unterhaltsam werden.

Auch Lina sah das offensichtlich so. „Ihr müsst unbedingt bei Greta vorbeischauen. Sie fragt andauernd nach dir, Leander. Ich glaube, sie ist ein bisschen stolz darauf, dass der berühmte Schriftsteller früher bei ihr sein Eis gekauft hat."

Leander verzog den Mund. „Ich kann nur hoffen, dass sie uns unsere Untaten mittlerweile verziehen hat."

„Du meinst die Wandverschönerung ihrer Veranda? Wer weiß, wahrscheinlich ist sie heute traurig darüber, dass ihr es alles habt abwaschen und übermalen müssen. Sonst hätte sie einen original Clasen vor ihrem Geschäft." Erik drohte seinem Sohn lachend mit dem Zeigefinger. „Wehe du ärgerst das alte Mädchen, dann bekommst du es mit deinem strengen Vater zu tun."

Leander zog schmunzelnd den Kopf zwischen die Schultern. „Ich werde mich hüten."

Söderbärke erwies sich als so bezaubernd und liebenswert, wie sie es sich ausgemalt hatte. Leander führte sie von einem Geschäft ins nächste, und in beinahe jedem erkannte man ihn.

In einem Laden, wo man herrliche Dinge aus Holz, Keramik und Ton verkaufte, begrüßte ihn der betagte Inhaber sehr erfreut. Leider verstand Nella kein einziges Wort, aber allein die Umarmung und die gestenreiche Unterhaltung zeigten, wie sehr Leander hier gemocht wurde.

Er drehte sich zu ihr um und zog eine entschuldigende Grimasse. „Tut mir leid, aber Sven spricht kein Wort Englisch."

Der stemmte sichtlich erzürnt die Arme in die Hüfte. „Was tue ich nicht? Du frecher Lümmel wirst wohl nie erwachsen. Immerhin, lügen kannst du schon einmal wie ein Großer."

Leander grinste breit. „Wusste ich doch, dass du's kannst. Also, das hier ist meine Freundin Nella, sie kommt aus Rom."

„Ich bin beeindruckt, dass du kühles Nordlicht genug Feuer in dir hast, um eine so bildschöne Italienerin für dich zu gewinnen, das verlangt mir tatsächlich eine Menge Respekt ab. Willkommen in Söderbärke, bezaubernde Frau." Sven begrüßte sie mit einem formvollendeten Handkuss, was Nella sehr erfreute.

„Herzlichen Dank. Es ist schön, endlich Leanders Heimat und die netten Menschen hier kennenlernen zu dürfen. Wenn man dann noch so stilvoll begrüßt wird, ist es gleich doppelt erfreulich."

„Fall bloß nicht auf ihn rein. Sven war einst der größte Schwerenöter von ganz Söderbärke." Leander lachte und legte seinen Arm um die Schultern des alten Herrn. „Wobei, wenn ich darüber nachdenke, dann ist er das wahrscheinlich noch immer."

Der so Gelobte schüttelt den Kopf. „Nein, die Zeiten sind leider endgültig vorbei. Aber wenn so viel Schönheit direkt vor einem steht, wär es ja geradezu fahrlässig, diese Chance vorüberziehen zu lassen, nicht wahr?"

Nella musste bei dem spitzbübischen Grinsen des charmanten Seniors lachen. „Das ist eine beinahe schon italienische Denkweise, Respekt."

Sie durften den Laden erst verlassen, nachdem Nella ein reizendes Armband aus hellem Holz und blau-weißen Keramikperlen als Geschenk angenommen hatte.

„Ich mag die Schweden, also bis jetzt zumindest. Die Menschen hier im Ort sind so bezaubernd. Ganz zu schweigen von deiner Familie." Sie schmiegte sich eng an Leander, während sie nach einem leckeren Blaubeereis bei Greta zurück zum Haus der Clasens schlenderten. Greta hatte Leander vor lauter Wiedersehensfreude gar nicht mehr loslassen wollen. Seine Jugendsünden waren ihm eindeutig verziehen worden.

Er drückte Nella liebevoll an sich. „Wichtig ist, dass du jetzt endlich hier bist. Es bedeutet mir sehr viel, dass du dich bei uns wohlfühlst. Denkst du, dass du es mit mir und meiner Verwandtschaft aushalten könntest?"

Nella blieb stehen und schlang ihre Arme um seinen Hals. „Mit absoluter Sicherheit. Ich bin sehr glücklich, dass es dich gibt."

„So habe ich mir das erhofft." Leanders seltsames Lächeln auf ihre Antwort verwunderte sie.

Es war Nachmittag, als sie wieder am Haus ankamen. Die Sonne stand bereits sehr tief. Bei den Clasens herrschte rege Betriebsamkeit, und die laute Frauenstimme, die aus der Küche drang, musste Astrid gehören. Allerdings schien deren Laune zu wünschen übrig zu lassen. Zumindest lieferte sie sich mit Lars ein heftiges Wortgefecht. Zwar verstand Nella wieder einmal kein Wort, aber einer Meinung waren die Geschwister definitiv nicht. Was sie beunruhigte war, dass auch Leanders Gesicht sehr ernst wurde, als er die beiden hörte. Es schien ihr fast, als ärgerte er sich über die Auseinandersetzung von Bruder und Schwester.

„Nella, bitte warte kurz hier, du kannst auch schon ins Wohnzimmer zu Mutter gehen. Ich weiß, dass sie dort ist, das ist sie immer, wenn am Abend ein Essen mit der ganzen Familie ansteht. Ich kümmere mich mal schnell um die beiden Streithähne, okay?"

Sie stimmte, wenn auch überrascht, zu. Er hatte recht, die Familienstreitigkeiten der Clasen-Geschwister gingen sie tatsächlich nichts an.

Nella fand Lina im Wintergarten, wo diese liebevoll den Tisch eindeckte. Überall waren Kerzen und Windlichter aufgestellt, und der rustikale Holztisch sah mit einer blütenweißen Tischdecke und blauen Bändern geschmückt sehr edel aus.

Nella zeigte lächelnd darauf. „Lina, das ist ja wunderschön. Ihr erwartet nicht zufällig jemanden aus dem schwedischen Königshaus?"

Die zuckte lediglich die Schultern und warf einen prüfenden Blick auf die Tafel, ehe sie sich wieder ihr zuwandte. „Nein, Nella, jemanden, der uns viel wichtiger ist. Eine charmante, liebenswerte Abgesandte Italiens."

Es war nicht leicht, die Tränen der Rührung zurückzuhalten. Erst recht, als Lina auf sie zutrat und sie umarmte. Aus dem Flur erklangen schwere Schritte. Leander bog um die Ecke und redete auf seine Mutter ein. Nella war erstaunt, dass er nicht nur sehr ungehalten klang, sondern er auch noch schwedisch sprach. Immerhin antwortete Lina ihm auf Englisch. „Lass es, Leander, du kennst Astrid, und du weißt, wie sie ist, wenn sie sich etwas in den Kopf gesetzt hat. Sie wird sich wieder beruhigen, da bin ich mir sicher." Sie warf einen schnellen Blick hinaus in den Garten. „Beeile du dich lieber. Die Sonne wird bald untergehen, und das wäre es dann für heute gewesen." Ihr verschwörerisches Blinzeln bekam Nella durchaus mit, konnte sich aber keinen Reim darauf machen. Leander hingegen offenbar schon.

„Stimmt! Das ist auch viel wichtiger als alles andere.“ Er drehte sich zu ihr um und ergriff ihre Hand. „Schatz, ich muss dir etwas zeigen. Du kennst unser Bootshaus noch nicht. Bei Sonnenuntergang ist die Atmosphäre dort magisch. Komm, wir gehen zusammen hinunter.“

Warum Linas Lächeln immer breiter und sichtlich zufrieden wurde, verstand sie nicht.

Leander führte sie über den Rasen zum Bootshaus. Der See lag still und mittlerweile fast verlassen vor ihnen. Nur noch ein einsamer Kajakfahrer paddelte etwa hundert Meter entfernt über das im letzten Licht der Sonne orange funkelnde Wasser, und am anderen Ufer strebten zwei Segelboote dem dortigen Hafen zu.

Das Bootshaus der Clasens mutete eher wie ein kleines, schickes Poolhaus an. Groß, aus weiß gestrichenem Holz gebaut, mit hübschen Sprossenfenstern und bis auf die dem Haus zugewandte Seite von einer breiten, blumengeschmückten Veranda umgeben. Auf diese führte Leander nun Nella.

„Vorsicht, Schatz, ab und an spritzt das Wasser auf die Veranda, dann ist es ein bisschen glitschig.“

Er umfasste ihre Hand noch fester und ging voraus. Vom vorderen Teil aus hatte man einen atemberaubenden Blick auf den See und jetzt auch auf einen traumhaften Sonnenuntergang. Leander lag schon richtig. Diese Umgebung und die ganze Atmosphäre waren wirklich magisch.

Lächelnd drückte er ihre Hand. „Na, zu viel versprochen?“

„Mitnichten, das hier ist unglaublich. Ein Traum, wirklich.“

Leander schöpfte tief Atem, ehe er weitersprach, und sie spürte regelrecht, dass er nervös war.

„Dann hoffe ich von ganzem Herzen, dass ich diesen Traum noch etwas schöner machen kann.“ Er stand nahe vor ihr und ergriff ihre Hände. „Ich bin in vielen Dingen richtig gut. In einigen sogar Profi, aber bei dem, was ich jetzt tun werde, bin ich blutiger Anfänger.“ Er trat einen kleinen Schritt zur Seite, und Nella erblickte hinter ihm einen Bistrotisch und zwei Stühle. Auf dem Tisch stand eine Vase mit einem gigantischen, bunten Blumenstrauß, davor ein Sektkübel mit einer Flasche Champagner – das teure Label erkannte sie auf den ersten Blick. Vor dem Sektkübel standen zwei hohe Sektkelche.

Ehe sie weiter sinnieren konnte, fuhr Leander fort. „Schatz, ich hoffe, dass ich das hier richtig mache. Von dem Augenblick an, als ich dich das erste Mal sah, konnte ich nur noch an dich denken, nichts anderes war mehr wichtig. Ich will das nicht vergeigen.“

Nellas Herz setzte einen Augenblick aus, nur um dann noch schneller zu schlagen, als Leander vor ihr auf die Knie ging. Das schwarze Samtkästchen in seiner Hand sah sie für einige Sekunden ebenso verschwommen wie sein blasses Gesicht. Sie musste mehrmals kräftig schlucken und tief einatmen, ehe sie die Situation richtig erfasste.

Er öffnete das Döschen, und der funkelnde Diamantring, der darin steckte, löschte die letzten Zweifel aus. Wie aus weiter Ferne drangen seine Worte an ihr Ohr, die Worte, nach denen sich jede Frau, die wie sie unendlich verliebt war, von ganzem Herzen sehnte.

„Eleonora Alisi, ich liebe dich mehr als alles andere auf dieser Welt. Ich möchte den Rest meines Lebens mit dir wundervollem Wesen verbringen dürfen. Nella, willst du meine Frau werden?“

Sie hatte sich diesen Moment wieder und wieder ausgemalt, seit sie ein kleines Kind war. Gut, damals mit den zahlreichen Prinzen und anderen Helden aus ihren Büchern. Schöne, mutige Reiter mit wehenden Umhängen auf edlen Rössern. Sie hatte in den letzten Jahren ihre Erwartungen gewaltig zurückgeschraubt, was wohl einfach in der Natur der Dinge, die sie erlebt hatte, lag.

Und jetzt das. Da übertraf dieser fantastische, einzigartige, liebevolle und zu allem Überfluss auch noch schöne Mann mit seinem Heiratsantrag alle jemals gehegten Hoffnungen und Erwartungen. Unter Tränen nickte sie heftig.

„Ja, o ja, natürlich will ich deine Frau werden.“

Dieser unvergessliche Moment, als Leander ihr den Ring an den Finger steckte, seine strahlenden Augen und sein glückliches Lächeln! Nella versuchte verzweifelt, all das in sich aufzusaugen, es auf ewig in ihrer Erinnerung zu verankern. Leander zog sie in seine Arme und küsste sie lange und unbeschreiblich zärtlich. Das letzte Sonnenlicht fiel auf seine Züge, spiegelte sich in seinen Augen wider und ließ sein helles Haar leuchten. Mit beiden Händen umfasste sie sein Gesicht, prägte sich jede noch so kleine Einzelheit ein, ehe sie ihn wieder küsste. Als sie sich von seinen Lippen löste, lächelte sie ihn herausfordernd an.

„Jetzt hast du mir auch noch den Himmel geschenkt. Ab heute wird es verdammt schwer werden, das noch zu toppen."

Leander öffnete den Champagner, füllte die beiden Gläser und reichte ihr eines. „Lass dich überraschen. Ich bin ein Quell an außergewöhnlichen Ideen."

Er zog sie so an sich, dass sich ihr Rücken an seine breite Brust schmiegte. Gemeinsam betrachteten sie das beeindruckende Schauspiel der Farben, als die Sonne langsam am Horizont verschwand.

Verlobungen und andere Kalamitäten

Die Dunkelheit hatte sich über Söderbärke gelegt, als sie Hand in Hand zurück zum Haus schlenderten. Nella war nahezu euphorisch und wagte es kaum zu atmen. Noch immer fürchtete sie, es könnte doch ein Traum sein. Sehr real hingegen war der Wintergarten der Clasens, der inzwischen wie ein Märchenpark wirkte. Sie hatten zahllose Lampions aufgehängt und die Kerzen in den Windlichtern entzündet. Im Kamin flackerte ein Feuer fröhlich vor sich hin. Nella war gerührt. Betrachtete sie all die unbeteiligt wirkenden Menschen im Wintergarten, musste sie schmunzeln. Natürlich wussten sie allesamt Bescheid, und natürlich war das hier einzig für Leander und sie.

„Leander, Junge. Nella, schön, dass ihr wieder zurück seid. Öhm, war der Sonnenuntergang am Bootshaus so schön wie immer?" Eriks Augen funkelten so fröhlich, dass man ihm die Freude am Gesicht ablesen konnte.

„Pass mal auf", raunte Leander ihr zu. Dann wandte er sich mit traurigem Gesicht den drei anwesenden Clasens zu. „Ihr Lieben, es tut mir leid, euch enttäuschen zu müssen, aber sie will mich nicht."

Die drei Augenpaare drückten der Reihe nach zuerst Fassungslosigkeit, dann Ungläubigkeit und schließlich Begreifen aus. „Spinnst du, Leander? Wie kannst du uns so erschrecken! Natürlich hat sie Ja gesagt, ihr strahlt so dermaßen, dass wir eigentlich keine Beleuchtung mehr bräuchten.“ Lars stand nach nur zwei großen Schritten neben ihnen und schloss Nella in die Arme. „Herzlich willkommen im Clasen-Clan. Ich freue mich aufrichtig.“

Auch Lina und Erik beglückwünschten sie sichtlich erfreut, lediglich Astrid ließ sich noch immer nicht blicken. Allerdings war Nella viel zu glücklich, um sich darüber allzu große Gedanken zu machen.

Lina trug, gemeinsam mit einer extra angeheuerten Küchenhilfe, ein köstliches, dem feierlichen Anlass angemessenes Abendessen auf. Ein Cocktail aus Krebsfleisch und Früchten in Zitronensauce, frischer Fisch in Salzkruste, zartes Elchfilet mit leckeren Nudeln und dazu edle Weine. Nach dem Essen und während sie auf das Dessert warteten, bewirtete Erik die Familie mit selbstgemachtem Stachelbeerschnaps, von dem Nella zuerst nur zögerlich nippte, dann aber zugeben musste, dass er köstlich schmeckte.

Erik war sichtlich stolz. „Dass in unserem Garten unter anderem Stachelbeeren und Blaubeeren wachsen, und das in hervorragender Qualität, hat mich vor Jahren auf die Idee gebracht.“

Leander beugte sich zu ihr und flüsterte, allerdings so, dass alle es hören konnten: „Ab und an erwacht in meinem gestrengen Herrn Vater der Revoluzzer, wie du siehst.“

Der zuckte lachend die Schultern. „Ein Hauch ziviler Ungehorsam steht einem jeden gut zu Gesicht.“

Lars trank seinen Schnaps aus und blickte nachdenklich in das leere Glas. „Leander, merkst du was? Damit kommt er heute um die Ecke. Als wir Teenager waren, klang das unmaßgeblich anders."

Die fröhliche Stimmung kippte in dem Augenblick, als eine junge Frau den Raum betrat. Leander sog hörbar die Luft ein, Lars brummelte ein „Ach, kommst du dann doch noch?" und Erik wurde von einer Sekunde zur anderen sehr ernst. „Sieh an, geht es dir besser, Astrid?"

Die dritte im Bunde der Clasen-Kinder passte so gar nicht in das Bild, das sich Nella von ihr gemacht hatte. Sie war klein, sehr schlank, jedoch durchtrainiert. Ihre schwarz gefärbten Haare – und dass sie gefärbt waren, das war sicher, denn blauschwarz war in Schweden und besonders in dieser Familie relativ selten – trug sie raspelkurz und nach oben gekämmt. Die Frisur passte sehr gut zu ihrem schmalen, blassen Gesicht, in dem lediglich die hellblauen Augen ahnen ließen, dass sie ebenfalls eine Clasen war. Ihre enge, schwarze Jeans kombinierte sie mit einem langärmeligen, grauen Pullover und schwarzen, geschnürten Stiefeletten. An ihren Ohren baumelten lange, silberne Ohrgehänge, und ihre Finger schmückten zahlreiche Silberringe.

Sie kam mit ernstem Gesichtsausdruck auf Nella zu und reichte ihr mit unergründlicher Miene und sichtlich widerstrebend die Hand. „Hi, schön, dass du es endlich geschafft hast. Ich bin Astrid."

Nella erwiderte diesen unerwartet seltsamen Gruß so höflich wie möglich. Was konnte sie getan oder gesagt haben, damit sich Leanders Schwester so verhielt? Sie gab sich selbst sofort die Antwort: Nichts. Schließlich begegnete sie Astrid an diesem Abend zum ersten Mal.

Astrid umrundete wortlos den Tisch und ließ sich auf den leeren Platz neben Lars fallen, der sie verärgert musterte. Als sie dann noch auf Schwedisch etwas zu ihrer Mutter sagte, schien sich Leander nicht mehr zurückhalten zu wollen. „Astrid, ernsthaft. Auch wenn du, wie du sagtest, Kopfschmerzen hast, solltest du nicht vergessen, dass es in diesem Haus Regeln der Höflichkeit gibt, an die wir alle uns halten. Dazu gehört auch, dass wir Englisch sprechen, sobald ein Gast anwesend ist, der unserer Sprache nicht mächtig ist."

Astrid rümpfte gelangweilt ihr Näschen. „Oh, verzeiht. Ich vergaß." Sie warf Nella einen klirrend kalten Blick zu. „Entschuldige, ich hatte wirklich nicht mehr daran gedacht, dass du noch immer kein Schwedisch verstehst. Nun, Leander, da bin ich ja froh, dass du dir nicht seinerzeit in Neuseeland eine Maori geangelt hast. Oder spricht einer von euch hier deren Sprache?"

Lars' Augen verengten sich zu Schlitzen. „Als ob dir die Sprache und das Land nicht vollkommen egal wären."

Lina trat hinter Lars und legte ihm beruhigend eine Hand auf die Schulter, während sie Nella einen entschuldigenden Blick zuwarf. „Ich denke, Migräne ist eindeutig etwas, das manche Menschen ihre guten Manieren vergessen lässt. Astrid, wenn du möchtest, dann lasse ich dir eine Kleinigkeit auf dein Zimmer bringen. Deine miserable Laune aber möchte ich an diesem Abend hier nicht ertragen müssen."

Astrids Benehmen war für Nella wie eine eiskalte Dusche an diesem ansonsten so harmonischen und herrlichen Tag. Was mochte geschehen sein, das die junge Frau so sehr verärgerte? Der Blick, mit dem Astrid sie nach Linas Ansage bedachte, knirschte geradezu vor Kälte.

Sie erhob sich wieder und strich sich eine imaginäre Falte aus ihrer knallengen Jeans. „Du hast sicher recht, Mamma. Allerdings möchte ich euch, ehe ich gehe, noch liebe Grüße von Erica ausrichten. Sie denkt oft und gerne an euch alle. Gut, fast alle." Hätten Blicke töten können, so wäre Leander nach diesem Satz gewiss tot zusammengebrochen. „Vielleicht interessiert es den ein oder anderen, dass sie wieder aus dem Krankenhaus raus ist. Ich bezweifle es, denn ihr habt ja etwas anderes zu feiern. Ich geh dann mal wieder." Ohne sich zu verabschieden, verließ Astrid den Wintergarten. Zurück blieb die düstere Stimmung, die ihre böse gefauchten Worte erzeugt hatte.

Lina fasste sich offenbar als Erste und holte tief Luft. „Wenn das kein theatralischer Abgang war. Ich hätte nicht gedacht, dass sie so weit gehen würde. Leander, Nella, es tut mir so leid, dass unsere Tochter euch diesen wunderschönen Abend verdorben hat."

Lars warf ärgerlich seine Serviette auf den Tisch. „Eigentlich hätte ich es mir denken können nach der Show, die sie heute Nachmittag abgezogen hat. Immer mit dem Kopf durch die Wand und taub für alle vernünftigen Erklärungen."

Endlich fand auch Nella ihre Sprache wieder. „Entschuldigt, aber ich bin wirklich erschrocken. Habe ich etwas getan, das sie gekränkt hat? Ich verstehe nicht, was los ist."

Langes, bedrücktes Schweigen folgte, ehe sich Leander räusperte. Er beugte sich nach vorne, stützte die Ellbogen auf der Tischplatte auf und verbarg kurzzeitig sein Gesicht in den Händen. Seufzend lehnte er sich nach einer Weile zurück. „Paps, schenk uns doch bitte noch etwas von deinem Schnaps ein, ich denke, den können wir alle gut gebrauchen. Und ich erzähle, und zwar vor allen, damit keine Gerüchte aufkommen, was in meine Schwester gefahren ist."

„Gute Idee. Vielleicht hätten wir Nella auf der Herfahrt schon auf unsere Rachegöttin vorbereiten sollen." Lars griff nach seinem Glas und prostete Leander aufmunternd zu. „Dann erzähl doch mal, mein Großer."

Dem fiel der Anfang sichtlich schwer.

„Wie du weißt, Nella, verbringen wir seit unserer frühen Kindheit einen Großteil des Sommers an diesem schönen Ort. Ich war glaube ich zwölf, als ein paar Häuser weiter eine sehr nette Familie mit ihrer Tochter einzog. Erica und Astrid waren binnen kürzester Zeit ein Herz und eine Seele. Irgendwann hingen wir alle zusammen und hatten wirklich viel Spaß.

Die Jahre vergingen, wir wurden älter, und ich bemerkte, dass sich Ericas Verhalten mir gegenüber veränderte. Als mir klar wurde, dass sie sich in mich verliebt hatte, zog ich mich langsam zurück. Ich mochte sie gern, aber eben wie eine Schwester oder eine gute Freundin, mehr war da nicht. Es gingen noch mehr Jahre ins Land und ich wurde in die Kriegsgebiete geschickt. Der Schock über das, was ich dort erlebte, saß verdammt tief. Ich war durcheinander und traumatisiert. Mamma und Paps dachten, es sei eine gute Idee, hierherzukommen und in der Ruhe abzuschalten. Das hat tatsächlich gut funktioniert.

Auch Erica war da, und ich muss zugeben, sie war zu einer sehr hübschen Frau geworden. Wir haben stundenlang geredet, okay, ich habe gesprochen und sie hat zugehört. In langen Tagen und Abenden konnte ich mir viel von der Seele reden und fühlte mich wie befreit. Sie hat es mir leicht gemacht, und ich weiß auch, dass es ein Riesenfehler war, aber damals habe ich schlicht nicht weiter als bis zur nächsten Stunde gedacht. Ich habe sie geküsst und sie hat mich alles andere vergessen lassen.

Der Sommer ging vorüber und ich begriff langsam, was ich getan hatte. Ich liebte Erica nicht, ich mochte sie, sehr sogar, aber ich liebe auch meine Schwester. Du verstehst, was ich meine? Es war schlimm, sehr schlimm, denn ich wollte ihr nicht wehtun. Sie hatte mich aus diesem Sumpf der Trauer gezogen und ich dankte es ihr, indem ich mich, kaum dass ich wieder in Stockholm war, Schritt für Schritt zurückzog. In vielen Telefonaten und bei einem Treffen habe ich ihr zu erklären versucht, dass unsere Beziehung keine Zukunft hat. Während der ganzen Zeit standen Astrid und Erica in engem Kontakt. Astrid hatte den Entschluss gefasst, dass sie Erica in unserer Familie haben wollte. Anstatt vernünftig mit ihr zu reden, bestärkte sie sie darin, mich nicht aufzugeben. Sie redete ihr ein, dass sich alles finden würde, wenn sie nur die gute Freundschaft aufrecht hielte. In dieser Zeit traf ich mich mit mehreren Frauen, was auch durch die Klatschpresse ging und natürlich, den Paparazzi sei Dank, mit eindrucksvollen Bildern unterlegt wurde. Astrid redete Erica ein, dass ich das nur täte, um sie zu vergessen. Welch ein Irrsinn.

All das habe ich leider erst erfahren, als ich Fehler Nummer zwei machte. Ein paar Monate später wurde ich von meinem Agenten nach Neuseeland geschickt, um die auf meinen Bildbänden basierende Dokuserie zu moderieren. Für mich die Rettung, denn Neuseeland ist ein Traumland. Es erdet dich und befreit deine Seele. Nun ja, ich hatte gut zwei Drittel der Rundreise hinter mir und es machte viel Spaß, mit der Crew zu arbeiten. Als wir von der Reise in die Berge zurückkamen, erwartete mich in unserem Hotel in Auckland eine Überraschung. Erica. Sie erklärte mir, dass sie Neuseeland schon seit Jahren besuchen wollte und die Gelegenheit nun beim Schopf ergriffen hatte. Ohne dass ich es ansprechen musste, versicherte sie mir, dass ihr Besuch rein freundschaftlich wäre.

Als Erfolgsautor hat man gewisse Freiheiten, und so durfte Erica beim letzten Teil der Dreharbeiten dabei sein. Zugegeben, es war tatsächlich amüsant und hat Spaß gemacht. Sie benahm sich so unkompliziert wie früher, und ich hoffte, dass der Kelch damit endgültig an mir vorübergegangen war. Zu meinem Leidwesen hatten sie und Astrid einen richtig dummen Plan ausgeheckt.

In der letzten Woche, in der für mich nur noch Urlaub angesagt war, feierten wir zusammen mit dem Team die gelungene Doku. Es war ein herrlicher Abend, es flossen Unmengen Alkohol, und urplötzlich war Erica nicht mehr nur die gute Freundin. In einem supersexy Kleid sah sie tatsächlich sehr anziehend aus, und ich Idiot hatte viel zu viel getrunken. Lange Rede kurzer Sinn, am nächsten Morgen wachte ich in ihrem Bett auf. Obwohl ich mir noch immer absolut sicher bin, nicht mit ihr geschlafen zu haben, behauptet sie nach wie vor das Gegenteil. So schnell bin ich schon lange nicht mehr nüchtern geworden. Während des kompletten Heimfluges hatte ich eine bitterlich weinende Frau neben mir, und ihr wisst, wie lange man von Neuseeland nach Stockholm braucht. Ich fuhr sie nach Hause und versuchte ihr endgültig klarzumachen, dass es niemals eine Beziehung geben wird. Vor allem aber ohrfeigte ich mich konstant innerlich, es zugelassen zu haben, dass sie sich offensichtlich wieder Hoffnungen machte.

In den kommenden Tagen hörte ich nichts von ihr und war sehr froh darüber. Und dann ist ein paar Wochen später Stig mit der Bitte gekommen, ich solle ihn nach Italien begleiten, was ich nur allzu gerne getan habe." Er ergriff Nellas Hand und suchte ihren Blick. „Den Rest kennst du. An einem heißen Sommernachmittag die Liebe meines Lebens zu finden, hat mich kalt erwischt. Ich wusste von der ersten Sekunde an: die oder keine. Im Laufe der Tage, an denen ich von Stockholm aus mein neues Leben in Italien organisierte, erreichte mich ein wütender Anruf von Astrid. Erica hatte versucht, sich das Leben zu nehmen, noch schlimmer, es sollte nicht bei diesem einen Mal bleiben, und meine holde Schwester gibt mir die Schuld daran. Sie vergisst dabei, welche Rolle sie in dieser Tragödie gespielt hat. Hätte sie Erica nicht wieder und wieder eingeredet, dass aus uns ganz sicher ein Paar werden kann, wäre es nie so weit gekommen. Astrids Sturheit und der mangelnde Respekt vor den Gefühlen anderer haben Erica dazu gebracht. Ich hätte nie gedacht, dass

Astrid so weit gehen würde, uns diesen Tag zu verderben. Aber das ist nur ein weiteres Zeichen dafür, dass sie sich für unfehlbar hält."

Nella gelang es erstaunlich schnell, das Gehörte zu verarbeiten. „Das ist schrecklich. Die arme Erica, es muss weh getan haben, als sie von uns erfahren hat."

Leander nickte. „Wohl wahr. Noch dazu aus der Klatschpresse, die nichts Besseres zu tun hatte, als meinen Umzug nach Italien hier in Schweden in Riesenlettern auf den Titelseiten zu verkünden. Ich fühle mich beschissen bei dem Gedanken, vor allem aber bin ich stinksauer auf meine Schwester, die jetzt, da sie ihren Willen nicht bekommen hat, mit kindischem Trotz reagiert."

Lina seufzte auf. „Schlimm, ja, tragisch, auch ja, aber wir alle können es nicht mehr ändern. Keiner kann tatsächlich in einen anderen hineinsehen. Niemand wusste, was in Erica vor sich ging. Ich denke, mit dem heutigen Tag muss sie es endgültig akzeptieren und dich loslassen, falls sie das noch immer nicht getan haben sollte."

„Und auch wenn das jetzt etwas herzlos klingen mag, aber ich warte hier schon seit Stunden auf das großartig angekündigte Dessert, also, darf ich bitten? Ich helfe auch gerne mit." Lars kam eindeutig langsam in den Unterzucker.

Die himmlische Eisbombe brachte einen Teil der Fröhlichkeit zurück.

Nella aber fühlte tief in sich großes Mitleid mit Erica. Unerwiderte Liebe war wohl das Schrecklichste, das einem Menschen widerfahren konnte. Sie konnte sich gut vorstellen, wie sehr Erica gelitten haben musste, um mehrere Male die Entscheidung zu treffen, ihrem Leben ein Ende zu setzen.

Zu ihrem Mitleid gesellte sich heute das ungewohnte Gefühl, dass das Leid, das ihr hier Bauchschmerzen verursachte, ausnahmsweise einmal nicht ihr eigenes war. Stattdessen war sie glücklich und dankbar dafür, wie sich ihr Leben entwickelte. Dennoch würde sie niemals, egal wie lange sie auch lebte, vergessen, welch unbeschreiblichen Schmerz man verspürte, wenn einem von dem Menschen, den man selbst bedingungslos liebte, kalte Ablehnung entgegenschlug.

Am nächsten Tag war Astrid bereits abgereist, als sie aufstanden und zum Frühstück nach unten kamen. Nella war insgeheim sehr froh darüber, denn mit offen gezeigtem Hass kam sie schlecht klar. So verliefen die nächsten Tage in Söderbärke harmonisch und ruhig. Ausflüge mit dem Segelboot und in die Umgebung zeigten ihr weiterhin, wie herrlich Leanders Heimat war. Wäre da nicht der Abgabetermin für Leanders Manuskript, sie hätte es durchaus noch eine Weile bei den Clasens ausgehalten.

Zurück in Stockholm, richtete sich Lars auf einige Wochen in Leanders Wohnung ein, die wesentlich näher an seinem derzeitigen Arbeitsplatz lag als das große Stadthaus der Clasens, in dem er das Dachgeschoss bewohnte.

„Ich mag deine Bleibe wirklich, Großer. Sie hat was."

Leander hieb ihm brüderlich deftig auf die Schulter. „Du kannst sie mir ja bei Gelegenheit abkaufen, solltest du das irgendwann wollen."

Sie saßen in einem Restaurant in der Altstadt, um den letzten gemeinsamen Abend zu feiern. Lars verzog schmerzlich das Gesicht. „Darüber mache ich mir Gedanken, wenn ich im Lotto gewonnen habe, in Ordnung?"

Als am nächsten Tag der Flieger abhob und die schwedische Hauptstadt langsam hinter der dichten Wolkendecke verschwand, wusste Nella, dass sie endlich eine Familie hatte. Nicht nur das, sie hatte einen Traummann, einen coolen Bruder, eine zickige Schwester und liebevolle, zukünftige Schwiegereltern. Eine Ausbeute, die sich durchaus sehen lassen konnte.

Wunsch und Wirklichkeit

In Rom holte der Alltag sie zügiger ein als erwartet. Auf dem Gut sollten einige Herbstevents stattfinden, und Nella wurde umgehend von Alessia mit Beschlag belegt. Die bemerkte Nellas glückliches Strahlen sowie den eindrucksvollen Diamantring an ihrem Finger sofort.

„Wunderbar! Unsere Kleine hat es geschafft. Wusste ich doch, dass Leander Clasen der perfekte Mann für dich ist und du für ihn die perfekte Frau. Ach, ich liebe es, recht zu haben." Alessia war rundum zufrieden.

„Was du nicht sagst. Ganz was Neues. Ist mir noch nie aufgefallen." Filippos Lächeln war zweideutig, konnte Alessia aber nicht im Geringsten beeindrucken. „Du hast deine Traumfrau schon seit ewigen Zeiten. Sei froh und dankbar."

„Froh und dankbar", echote Filippo, während er sich zur Scheune aufmachte.

„Ignoriere ihn, er weiß, was er an mir hat." Lachend umarmte Alessia Nella, ehe sie unvermittelt ernst wurde. „Wann hast du Umberto zum letzten Mal gesehen?"

Schuldbewusst zog Nella den Kopf ein. „Vor unserer Reise nach Schweden. Um ehrlich zu sein, zwei oder drei Wochen vor unserem Abflug, warum fragst du?"

Alessia runzelte nachdenklich die Stirn. „Weil er vor zwei Wochen hier aufgetaucht ist und gefragt hat, ob ich wüsste, wann du wiederkommst. Der arme Kerl hat sein Telefon verloren. Da kauft er sich endlich so ein teures Teil und – schwupps – schon verliert er es wieder. Was mich aber eher beunruhigt hat war, dass er gar nicht gut aussah. Er wirkte sehr traurig und in sich gekehrt."

Sofort befielen sie Schuldgefühle. Zwar hatte sie ihm mehrere Karten aus Schweden geschrieben, aber kein einziges Mal angerufen. Die Zeit dort war nur so verflogen und sie hatte lediglich an Leander denken können. Eine schöne Freundin war sie. Sofort versuchte sie, bei Umberto und Yves anzurufen. Es war früher Nachmittag und erwartungsgemäß war keiner der beiden zuhause. Sie sprach ihre Nachricht auf den Anrufbeantworter, deutete an, dass sie eine schöne Überraschung hätte, und dann wurde ihre Aufmerksamkeit auch schon wieder von Filippo beansprucht. Umberto und Yves waren sicher noch mit der Adoption beschäftigt, die sich als schwieriger herausgestellt hatte als erhofft. Allerdings war sich Nella sicher, dass die zwei Männer das Kind im wahrsten Sinne des Wortes schon schaukeln würden. Sie waren erfolgreich, verdienten ausnehmend gut und konnten ihrem Nachwuchs viel bieten. Sie selbst war etwas traurig, dass sie bisher noch nicht schwanger geworden war. Sie träumte insgeheim davon, dass ihre Kinder zusammen aufwachsen konnten. Das würde ihnen und gewiss auch den Eltern gut bekommen.

Am nächsten Tag versuchte sie erneut, Umberto zu erreichen, wieder ohne Erfolg. Als auch der Folgetag ohne Rückmeldung des Freundes verstrich, nahm sie sich vor, ihn zu überraschen und bei ihm vorbeizuschauen. Ein paar Minuten, bevor sie den Computer herunterfahren wollte, traf eine Nachricht von Umberto ein, die sie überraschte.

„Scusa, Schatz, bin sehr in Eile. Ist gerade viel los. Mach dir keine Sorgen. Alles ist gut. Melde mich, sobald es ruhiger wird."

Seltsam, sehr seltsam. Umberto war der neugierigste Mensch, den sie kannte, und auf die Ankündigung, dass sie wundervolle Nachrichten für ihn hatte, sollte er eigentlich mehr oder weniger sofort vor ihrer Haustür stehen. Stattdessen trudelte diese gestresst klingende Mail ein. Von wegen mach dir keine Sorgen! Jetzt sorgte sie sich erst recht.

Dass nichts, und zwar rein gar nichts in Ordnung war, fand sie zwei Tage später durch einen Zufall heraus.

Alessia hatte sie gebeten, die neuen Tischdecken für die Dinner-Events in der Scheune mitzubringen, ehe sie zum Gut fuhr. Also packte Nella vor der Manufaktur, in einem belebten Stadtteil Roms, eifrig Tischdeckenstapel in den Geländewagen, den Filippo ihr zu diesem Zweck geliehen hatte, als sie in der Ferne zwei Gestalten entdeckte, die langsam näherkamen. Sie legte die letzte Decke säuberlich ab und schloss den Kofferraumdeckel. Die beiden stellten sich als ein Mann und eine Frau heraus. Die Frau hatte sich bei dem Mann untergehakt und redete fröhlich auf ihn ein. Sie war groß und hatte langes, glattes, dunkelbraunes Haar, das im Schein der Herbstsonne rötlich schimmerte. Ihre Haut war dezent gebräunt. Sie trug einen schwarzen, engen Rock, der ihre Knie bedeckte, dazu eine weinrote, elegante Bluse mit kleinem Stehkragen und farblich passende, hochhackige Pumps. Ihr offenes, vergnügtes Lachen ließ sie sympathisch und ungekünstelt erscheinen. Unter den linken Arm trug sie eine Dokumentenmappe aus dunklem Leder, um ihre Schultern lag ein heller Trenchcoat. Eine stilvolle, attraktive Erscheinung. Das schien auch ihr Begleiter so zu sehen, denn der schmachtete sie regelrecht an und küsste sie liebevoll auf die Lippen, ehe er für sie ein Taxi anhielt und sich schließlich mit einer Umarmung von ihr verabschiedete. Er schloss die Wagentür, winkte dem Taxi nach und wandte sich um.

Nella konnte sich nicht bewegen. Stocksteif stand sie hinter dem Geländewagen und starrte den Mann fassungslos an. Der hatte sie nun auch bemerkt, denn er kam zuerst langsam und dann zunehmend schneller auf sie zu. Nella hatte alle Hände voll damit zu tun, ihre Fassung zu wahren.

„Ciao, Nella, wir haben uns lange nicht gesehen."

Sie nickte zögernd. „Ja, Yves, und ich scheine in dieser Zeit einige wichtige Dinge verpasst zu haben, nicht wahr?"

Sein Gesicht wurde ernst, sehr ernst. „Ja, das ist richtig. Bitte, lass mich erklären, es wäre mir sehr wichtig. Hast du etwas Zeit? Bitte, hör mir zu."

Yves wirkte so unglücklich und so verwirrt, dass sie nicht anders konnte. „Gut, aber ich muss Alessia Bescheid geben, sonst sorgt sie sich."

Yves nickte eifrig. „Ja, bitte tu das."

Sie rief auf dem Gut an und erklärte, dass sie eine Stunde später losfahren würde, es handle sich um einen Notfall im Freundeskreis. Erst dann wandte sie sich Yves wieder zu.

„So, jetzt bin ich ganz Ohr."

Yves war blass. Nichts war mehr übrig von dem fröhlichen, gut gelaunten Mann, der sich noch vor wenigen Augenblicken in allerbester Stimmung von seiner Begleiterin verabschiedet hatte. „Da vorne ist ein kleines Café. Lass uns dort etwas trinken. Was ich zu sagen habe, könnte länger dauern."

Sie fanden einen abgelegenen Zweiertisch. Yves half ihr dabei, sich zu setzen, und bestellte einen großen Milchkaffee für Nella und einen doppelten Espresso für sich. Sie musterte ihn eingehend und stellte fest, dass er nach wie vor ein ausnehmend schöner Mann war, und doch schien er verändert. Als er sich, nachdem der Kellner ihre Getränke abgestellt hatte, ihr zuwandte, erkannte sie auch den Grund. Seine Augen wirkten müde und um seinen Mund hatte sich ein haarfeines Netz aus Fältchen gebildet.

„Ich weiß überhaupt nicht, wo ich anfangen soll. Es ist alles so verworren."

Sie zuckte kurz die Schultern. „Wie wäre es mit dem Augenblick, in dem sich mein Freund Umberto in diese sehr schöne und zu allem Überfluss anscheinend auch noch sympathische Frau verwandelt hat?"

Yves hob abwehrend beide Hände. „Nein, bitte zieh jetzt keine falschen Schlüsse. Suzanne hat mit dem, was geschehen ist, nichts zu tun. Sie trifft keine Schuld. Ich kenne sie schon lange. Sie hat für die Agentur gearbeitet, für die ich während meines Studiums gemodelt habe. Wir hatten damals viel Spaß zusammen und haben diverse Aufträge gemeinsam bekommen, da wir ein Klasseteam waren. Sie ist eine außergewöhnliche Persönlichkeit und ganz und gar nicht so oberflächlich, wie es in der Branche sonst üblich ist. Wir haben uns im Laufe der Zeit aus den Augen verloren. Ich hatte diverse Frauen und Männer, habe meine Praxis eröffnet und alles lief wunderbar. Als Umberto in mein Leben kam und ich bemerkte, dass er sich für mehr interessierte als nur für den Zahnarzt, war das tatsächlich schmeichelhaft. Er hat sich schon außergewöhnliche Dinge einfallen lassen, um mich zu überzeugen. Ich mochte ihn vom ersten Augenblick an. Er ist warmherzig, intelligent, humorvoll und sieht auch noch blendend aus. Umberto wurde zum wichtigsten Menschen in meinem Leben. Und das bedeutete für mich sehr viel. Wie schon erwähnt, mag ich Männer *und* Frauen. In jeder Beziehung gab es bei mir kleine Intermezzi. Ich bin darauf jetzt nicht gerade stolz, aber so war es nun einmal. Bei Umberto war ich zum ersten Mal vollkommen treu. Ihn konnte und wollte ich nicht betrügen."

„Bis Suzanne wieder in deinem Leben auftauchte, was?", fauchte Nella.

Yves seufzte leise. „Bitte, Nella, mach es mir doch nicht noch schwerer. Ich sagte doch schon, Suzanne hat mit alldem nichts zu tun. Nach einem knappen Jahr kam zuerst die gemeinsame Wohnung, für mich ein Riesenschritt. Und ich schäme mich dafür, zugeben zu müssen, dass ich zwar das Penthouse hier in der City aufgegeben habe, nicht aber mein Apartment in Villa Verde. Umberto war so glücklich über meine Entscheidung für ein gemeinsames Zuhause. Es war eine schöne

Zeit und ich dachte, ich könnte mich daran gewöhnen, da er mir wirklich sehr wichtig war. Aber dann war da urplötzlich nach dem Besuch bei unseren Freunden dieser Kinderwunsch. Ich fand es zuerst auch eine gute Idee. Ein Baby ist etwas Besonderes und Wunderbares, ich liebe Kinder. Aber, Himmel, Nella, ich hatte mir bis zu diesem Tag nie Gedanken über eigene gemacht. Das hat mich umgehauen. Kaum habe ich mich an diesen Gedanken gewöhnt, fing Umberto auch schon wie ein Besessener an, Adoptionsagenturen zu kontaktieren. Damit aber noch nicht genug. Gleichzeitig begann er, die Wohnung umzuräumen. Er hat allen Ernstes bereits das Kinderzimmer ausgebaut, kaufte wie ein Verrückter Möbel und Spielsachen. Das Tragische war, dass er sich umso mehr in die *Operation Baby* stürzte, je weniger Hoffnungen uns die Agenturen machten. Nella, es gab kein *uns* mehr, es gab nur noch die zukünftigen Eltern. Vielleicht wäre alles doch noch anders gekommen, wenn es mit der Adoption geklappt hätte. Hat es nur leider nicht. Als gleichgeschlechtliches Paar in Italien ein Kind zu adoptieren, ist ungefähr so wahrscheinlich wie zum Nachmittagstee zum Papst eingeladen zu werden – nicht, dass ich das in irgendeiner Form anstrebe, aber du weißt, was ich meine.

Je mehr Bewerbungen abgelehnt wurden, desto mehr steigerte sich Umberto in die Sache hinein. An dem Abend, an dem ich die Unterlagen einer dubiosen, thailändischen Vermittlungsagentur fand, war für mich Schluss. Ich bat ihn inständig, die Finger davon zu lassen, schlug ihm vor, gemeinsam in den Urlaub zu fahren. Meine Familie hat ein wunderschönes Haus an der Côte d'Azur, das ihm sicher gefallen hätte. Am nächsten

Morgen ging ich wie immer in die Praxis. Es wurde spät an diesem Tag, und als ich abends in die Wohnung kam, war Umberto nicht da. Dafür läutete das Telefon und irgendeine englische Piepsstimme teilte mir mit, dass wir gegen die Zahlung von achtzigtausend amerikanischen Dollar einen gesunden Jungen bekommen könnten. Ich machte der Lady klar, dass sie nie wieder anrufen soll und wartete dann auf Umberto.

Der schien schon zu ahnen, dass etwas schiefgelaufen war, als er hereinkam, denn er war nervös und fahrig. Erst als ich ihm auf den Kopf zusagte, dass er hinter meinem Rücken die illegale Adoption weiter vorangetrieben habe, gab er es zu." Yves nippte deutlich erschöpft und kraftlos an seinem Espresso. „Nella, er benahm sich wie ein Irrer. Ich würde ihn ja so oder so verlassen, das Kind wäre unsere Chance gewesen, aber ich wolle es ja überhaupt nicht. Ich nähme seine Wünsche nicht ernst, sei konstant auf dem Absprung. Ganz langsam rückte er damit heraus, dass er mir nachspioniert hatte. Nella, er hat einen Privatdetektiv in meiner Vergangenheit wühlen lassen. Natürlich kamen dann auch die Frauen ans Tageslicht. Ich habe das aber doch nie abgestritten. Er unterstellte mir, etwas mit mehreren meiner Patientinnen angefangen zu haben. Kannst du dir auch nur ansatzweise vorstellen, was das für mich als Arzt bedeuten würde, wenn er seine wirren Behauptungen laut äußert? Es waren frei aus der Luft gegriffene Anschuldigungen."

Yves schlug die Hände vor sein Gesicht, und Nella verstand den nächsten Satz kaum mehr. „Ich habe diesen

Idioten von ganzem Herzen geliebt, aber er hat mit seiner Eifersucht und seinem Kontrollzwang alles zerstört."

Als Nella begriff, dass Yves weinte, stand sie auf, ging zu ihm hinüber und legte beide Arme um den Mann, der ihrem besten Freund wahrscheinlich auf ewig das Herz gebrochen hatte. „Bitte, weine doch nicht. Ist denn wirklich alles verloren?"

Yves ergriff ihre Hand und hielt sie fest. Es dauerte eine Weile, bis er sich wieder beruhigte. Dankbar küsste er ihre Handfläche. „Es gibt kein Zurück. Ich mache das nicht noch einmal mit, und für ihn ist es auch besser so. Er muss lernen, zu vertrauen und er muss lernen, dass es bei jedem Menschen, der seinen Weg kreuzt, ein Vorleben gibt. Ehe er das nicht begreift, ehe er das nicht akzeptiert, wird er niemals eine glückliche Beziehung führen können."

Nella setzte sich wieder auf ihren Stuhl. Yves griff erneut nach ihrer Hand und hielt sie fest. „Ich war wirklich traurig und durcheinander, aber ich musste ihn verlassen. Einige Tage später traf ich auf dem Weg nach Villa Verde auf Suzanne. Ich sah sie vom Auto aus und erkannte sie sofort wieder."

„Kann ich mir vorstellen, bei einer solch auffällig gutaussehenden Frau."

Er nickte lächelnd. „Ja, das ist sie noch immer. Sie steht jetzt auf der anderen Seite und castet Schauspieler für Serien. Und sie tut das mit großem Erfolg. Wir haben stundenlang geredet und es hat mir gutgetan. Sie ist so herrlich unaufgeregt, musst du wissen. Ein paar Tage später haben wir uns das erste Mal geküsst. Es war, als ob mir jemand den Boden unter den Füßen wegzöge und ich schweben würde. Ich fürchte, ich habe mich in Suzanne verliebt. Sie setzt mich nicht unter Druck, sie weiß alles über mich. Es ist ein befreiendes Gefühl, jemandem alles sagen zu können, ohne die Angst, er würde sofort manisch-depressiv werden." Er wirkte kurz regelrecht erschrocken. „Nella, bitte bekomm das nicht in den falschen Hals. Ich hoffe, du weißt, dass ich Umberto auf keinen Fall etwas Böses will. Wie soll ich es nur sagen? Bei Suzanne fühle ich mich einfach unbeschreiblich wohl, sie macht mich wieder glücklich. Ich weiß, wie viel Umberto dir bedeutet, aber kannst du mich trotzdem ein bisschen verstehen?"

Nachdenklich streichelte sie Yves' Handrücken. Er hatte außergewöhnlich schöne Künstlerhände mit langen, schlanken Fingern. Lächelnd ließ sie ihn los. „Ich verstehe dich besser, als du es dir vorstellen kannst. Trotzdem habe ich das dringende Bedürfnis, schnell zu Umberto zu fahren."

Ein kurzer Anruf bei Alessia und eine knappe Schilderung der Ereignisse genügten.

„Natürlich fährst du sofort zu ihm. Bring die Tischdecken einfach irgendwann am Abend her. Hoffentlich hat er keine Dummheiten gemacht."

Genau das befürchtete Nella, als sie viel zu schnell durch die Straßen Roms zu Umbertos und Yves' – o nein, stopp, nur zu Umbertos – Wohnung raste. So wie er einen Schlüssel für ihr Apartment hatte, hing an ihrem Schlüsselbund von Anbeginn an einer für sein Domizil. Die Angst um den Freund schnürte ihr die Kehle zu, während sie im Laufschritt die Treppe hochrannte.

Nach mehrmaligem, vergeblichem Klingeln öffnete sie die mehrfach gesicherte Haustür.

„Umberto? Bist du hier? Hey, hörst du mich?"

Falls sie ein Müllchaos erwartet hatte, war sie positiv überrascht. Alles war aufgeräumt und peinlich sauber, kein Stäubchen war auf den Schränken und Kommoden zu sehen. Lediglich der süßlich-widerliche Geruch von verrottenden Blumen stieg ihr in die Nase. Langsam arbeitete sie sich durch alle Räume und rief immer wieder nach Umberto. Im weitläufigen Wohnzimmer hätte sie ihn um ein Haar übersehen. Bei geschlossenen Fensterläden lag er zusammengekauert auf dem Sofa, eine cremefarbene Decke über sich gebreitet.

„Umberto?" Er rührte sich nicht, und erneut stieg die Angst in ihr auf. „Umberto, bitte, ich bin es, Nella." Sie knipste das Licht an und ging zum Sofa. Ängstlich ergriff sie ihn an den Schultern und drehte ihn mit sanfter Gewalt zu sich um.

Er sah erschreckend aus. Das bleiche Gesicht leuchtete durchscheinend unter den dunklen Locken. Schatten lagen unter seinen verquollenen Augen. Geduscht schien er schon eine ganze Weile nicht mehr zu haben, wenn sie nach den strähnigen Haaren und dem leichten Schweißgeruch ging. „Umberto, warum rufst du mich nicht an, warum meldest du dich nicht, wenn du jemanden brauchst?" Hilflos streichelte sie seine blasse Wange. „Du weißt doch, dass ich immer für dich da bin."

Er schüttelte lediglich den Kopf, ehe er erneut in Tränen ausbrach. „Niemand kann mir helfen. Ich habe wieder einmal alles zerstört. Ich bin lebens- und auch noch beziehungsunfähig."

Immerhin, er konnte sprechen. „Sekunde, rühr dich nicht von der Stelle."

Nella lief ins Badezimmer, wo sie einen Waschlappen mit eiskaltem Wasser befeuchtete, dann holte sie aus der Küche ein Glas kaltes Wasser. Sie reicht ihm zuerst das Wasser. „Trink das, sofort!" Dann wischte sie ihm kurzerhand mit dem Waschlappen über Stirn und Augen.

Er wandte trotzig den Kopf ab. „Ich will nichts und ich brauche nichts."

Groll stieg in ihr auf. Selbstmitleid durfte sie nicht tolerieren, das kannte sie bei ihm schon. „Das war kein Vorschlag, mein Freund, das war eine klare Anweisung. Trink!" Gehorsam griff Umberto nach dem Glas und trank. Besorgt registrierte sie seine zitternde Hand.

„Wann hast du das letzte Mal etwas gegessen?"

Schulterzucken.

„Umberto, ich habe dich etwas gefragt."

Erneutes Schulterzucken. „Ich erinnere mich nicht. Ich habe keinen Hunger. Ich bekomme keinen Bissen hinunter. Du hast ja keine Ahnung, was passiert ist."

Sie zog eine leicht ertappte Grimasse. „Ich habe wahrscheinlich mehr Ahnung als du glaubst. Yves ist weg."

Mit großen Augen starrte er sie an. „Woher weißt du das?"

„Das sage ich dir erst, wenn du das Glas ausgetrunken hast."

Er leerte das Wasserglas in einem Zug.

„Okay, ich habe Yves in der City getroffen. Wir haben lange geredet, na ja, sagen wir einmal, er hat geredet."

Sie erzählte ihm von Yves' ausführlichem Bericht in Sachen Beziehung, Adoption, Privatdetektiv, Misstrauen und Eifersucht. Nachdem sie geendet hatte, musterte sie Umberto fragend. „Wenn du das alles so hörst, wie klingt das dann für dich?" Nella war es gelungen, Suzanne elegant auszulassen. Sie wagte es nicht, ihn auch noch damit zu konfrontieren. Umbertos beredtes Schweigen genügte ihr. „Du hast ihn erdrückt, Schatz. Du hast ihm die Luft zum Atmen genommen."

Umberto schlug die Hände vor sein Gesicht, sodass man die folgenden Worte nur undeutlich verstand. „Aber doch nur, weil ich ihn über alles geliebt habe."

Nella legte ihren Arm um seine Schultern. „Und darum missachtest du seine Bitten, seine Wünsche? Er hat dich aufrichtig geliebt, aber du bist immer noch einen Schritt weitergegangen. Ich verstehe nur zu gut, dass du dir ein Kind wünschst. Aber auch um den Preis deiner Beziehung? Hast du in der ganzen Zeit jemals daran gedacht?"

Umberto verzog gequält sein Gesicht. „Leider nein, im Gegenteil. Ich war so sicher, dass ein Baby unsere Beziehung noch mehr festigen könnte. Er wollte es doch auch."

Sie nickte geduldig. „Ja schon, aber noch mal, er wollte es nicht um jeden Preis. Denk nach! Hat er dich gebeten aufzuhören, als er merkte, wie fanatisch du dich in die Adoptionssache stürzt?"

Umberto kämpfte sichtlich mit sich. „Ja, schon."

„Warum, zum Teufel, redest du dann nicht mit ihm, sondern kontaktierst eine dubiose asiatische Adoptionsagentur?"

Fast schon trotzig zuckte er mit den Schultern. „Weil es eine gute Option war.“ Er schwieg eine ganze Weile und starrte zu Boden. „Meine letzte Aktion hat er gar nicht mehr mitbekommen. Ich wollte eine Leihmutter engagieren. Davor war ich extra beim Arzt und habe mich auf Herz und Nieren untersuchen lassen. Ich bin kerngesund und könnte ohne Ende Kinder zeugen. Im Ernst, ich wäre, um alles Rechtliche und den ganzen Behördenkram zu umgehen, sogar bereit gewesen, mit der Frau zu schlafen, wenn sie dafür mein, nein unser, Kind austrägt. Und ich wäre nicht knausrig gewesen.“

Ihr fehlten kurzfristig die Worte. Fassungslos sah sie ihn an, doch er wich ihrem Blick geschickt aus.

„Umberto, du bist besessen. Das ist nicht mehr normal. Verstehst du denn immer noch nicht, dass du damit deine große Liebe verscheucht hast? Auf alle Zeit vertrieben?“

Unvermittelt legte er seinen Kopf an ihre Schulter. „Ich kann es nicht mehr rückgängig machen. Glaub mir, ich bin fast wahnsinnig geworden in den letzten Tagen. Die Leere der Wohnung, die tödliche Stille, kein Yves, der lächelnd nach Hause kommt und mich in den Arm nimmt. Niemand, der mir in solch amüsanter, unterhaltsamer Weise von seinem Tag erzählt. Niemand mehr, der mit einer Flasche Wein in der Tür steht und sagt: *Komm, mein Lieber, ich koche dir etwas Schönes.*“ Sein Seufzen klang herzerweichend. „Nella, er fehlt mir unbeschreiblich. Denkst du, ich könnte irgendetwas tun, um ihn zurückzugewinnen?“

So viel zu ihrer Nicht-erwähnen-Strategie. Nella holte tief Luft. „Ich denke eher nicht." So behutsam wie möglich erzählte sie ihm von der schönen Suzanne und Yves' Gefühlen für sie.

Das Entsetzen stand Umberto ins Gesicht geschrieben. „Eine Frau? Nella, wie soll ich gegen eine Frau ankommen? Das ist unmöglich."

Zärtlich streichelte sie ihm über die zerzausten Haare. „Genau das war die Quintessenz meiner Aussage, mein Schatz. Er hat, und das schweren Herzens, das glaube ich ihm wirklich, mit eurer Beziehung abgeschlossen. In Suzanne hat Yves offensichtlich die Person gefunden, die er als sein Gegenstück sieht. Ich gehe jetzt nicht ins Detail, und damit schone ich nur dein Nervenkostüm, vertrau mir. Aber ich muss es dir leider so knallhart sagen: Yves wird nicht zurückkommen."

„Ich wollte ein Kind, wollte meine Liebe verschenken, ihm ein schönes, behütetes Leben frei von Angst bieten. Ist das denn so falsch?"

„Mitnichten. Aber es kommt auch immer auf das *Wie* an, verstehst du? Leander und ich wollen beispielsweise beide dasselbe, wir wollen ein Kind." Sie stockte kurz. „Dass es bis jetzt nicht geklappt hat, ist seltsam, denn wir sind jung und gesund. Auf jeden Fall ziehen wir am selben Strang, du verstehst?"

„Ja, das verstehe ich sehr gut. Das ändert nur leider nichts an dem Umstand, dass ich meine Beziehung zerstört habe, oder?"

Sie hätte ihm gerne widersprochen.

„Und dann hast du ihn einfach alleine gelassen?"

Sie nippte an ihrem Tee und warf Leander einen vielsagenden Blick zu. „Ja, nachdem ich die Wohnung gelüftet, für ihn eingekauft, ihm eine Suppe gekocht und ihn unter die Dusche geschickt habe. Er leidet, aber es muss weitergehen. Sein Kinderwunsch war nur darauf ausgerichtet, Yves zu halten.“

Leander schien nicht überzeugt. „Das glaubst du tatsächlich? Bitte versteh mich nicht falsch, aber ich denke, dass ihr beiden aus demselben Beweggrund Eltern werden wollt. Ihr wollt die Fehler eurer eigenen wiedergutmachen. Natürlich wollt ihr auch Kinder, ein Baby ist etwas Wunderbares, Einzigartiges. Aber Umberto wollte vor allem eines: Liebe schenken. Dass er den Bogen dabei überspannt hat, ist eine andere Sache.“

Nella schnitt ihm eine müde Grimasse. „Du wirst es mir bitte sagen, wenn ich es mit dem sehnlichen Wunsch nach einem Kind übertreibe, ja?“

Er trat hinter sie und schloss sie fest in die Arme. „Ich würde es dir sagen, versprochen. Aber im Augenblick bin ich mehr an der Umsetzung und Planung in puncto Baby interessiert, du verstehst?“

Nella setzte ihre Teetasse vorsichtig auf dem Küchentresen ab. Sie sah herausfordernd zu ihm auf. „Kannst du mir sagen, worauf du dann noch wartest?“

„So müde kannst du gar nicht sein, dass du nicht frech wirst, was?“ Lachend nahm er sie auf seine Arme und trug sie ins Schlafzimmer.

Novemberbrise

Nachdem Nella die Wohnung verlassen hatte, wartete Leander etwa zwanzig Minuten. Es war kalt geworden in Rom, und so schloss er sorgfältig alle Fenster, ehe er ging. Der heutige Tag würde möglicherweise einiges in seinem Leben verändern. Inwiefern, stand noch in den Sternen.

Er zog die Haustür hinter sich zu und schloss ab. Im Aufzug musterte er sich nachdenklich in der verspiegelten Seitenwand. Nein, krank sah er nicht aus, fühlte sich auch nicht so, und doch stimmte etwas mit ihm nicht. Etwas, das letztendlich seine Beziehung belasten würde, und das konnte und wollte er keinesfalls dulden. Kaum, dass er die schwere Hauseingangstür aufdrückte, blies ihm kalter Wind um die Nase. Er wickelte sich seinen Schal fester um den Hals und lief los. Den Wagen ließ er stehen. Am Morgen durch den dichten, römischen Verkehr zu schleichen, war etwas, an das er sich noch immer nicht gewöhnen konnte. Er bevorzugte es, zu Fuß zu gehen, mochte es auch eine ziemliche Strecke sein. Eine knappe halbe Stunde später erreichte er die Praxis, zögerte kurz, schöpfte tief Atem und trat dann entschlossen ein.

„Herr Clasen, wo genau liegt denn nun Ihr Problem? Schmerzen haben Sie keine, habe ich das richtig verstanden?“

Leander nickte. „Nein, habe ich nicht. Es geht um das Prinzip, müssen Sie wissen. Meine Verlobte wünscht sich nichts sehnlicher als ein Kind. Wir verhüten nicht, wir sind beide – so dachte ich zumindest – gesund. Warum klappt es dann nicht?“ Es war ihm unangenehm, dies alles vor einem Fremden auszubreiten, aber seine Wahlmöglichkeiten hielten sich in Grenzen. „Ich habe mir keine allzu großen Gedanken gemacht, bis ich durch einen dummen Zufall auf den Untersuchungsbericht eines Frauenarztes gestoßen bin, den meine Verlobte auf dem Schreibtisch hatte liegenlassen. Sie ist bei einem Gynäkologen gewesen, um sich durchchecken zu lassen. Das für sie erfreuliche Ergebnis lautet, dass sie vollkommen gesund ist und einem Kinderwunsch nichts im Wege steht.“

Der Arzt musterte ihn stirnrunzelnd. „Verstehe. Und nun fürchten Sie, dass es an Ihnen liegen könnte. Bitte beantworten Sie mir zuallererst folgende Frage: Gab es in Ihrer Familie Zeugungsprobleme?“

Leander musste wohl oder übel lachen. „Meine Eltern haben drei Kinder.“

„Hm, damit scheidet das schon einmal aus. Nächste Frage, waren Sie zu irgendeiner Zeit und in irgendeiner Form Strahlungen ausgesetzt? Beruflich zum Beispiel?“

Ihm wurde urplötzlich kalt. „Möglich, um ehrlich zu sein, weiß ich das nicht so genau. Ich war eine Zeit lang Kriegsberichterstatter in Jugoslawien. Da macht man sich vorrangig Gedanken, wie man am Leben bleiben könnte. An eventuelle Strahlungen denkt man in der Situation nicht.“

Der Arzt sah besorgt aus. „Wohl wahr. Sonstige Vorerkrankungen? Kinderkrankheiten?“

Leander dachte angestrengt nach. „Hm, Windpocken, Mumps, Scharlach. Das war es, ansonsten war ich ein recht robustes Kerlchen."

„Gut, Herr Clasen, dann wollen wir einmal anfangen. Zuerst brauche ich eine Spermaprobe von Ihnen." Der Doktor drehte sich zu einem Regal hinter seinem Schreibtisch um, in dem diverse Medikamentenpackungen lagen. An der Seite standen zwei Türmchen aus Plastikbechern, von denen er einen ergriff, mit einem Filzstift dick *Clasen* darauf schrieb und ihn Leander über den Tisch reichte. Leander verzog das Gesicht. „Das muss dann wohl sein."

Der Arzt nickte zustimmend, lächelte und zeigte auf seinen Eingang. „Raus, den Gang runter, die letzte Tür links."

Wenig begeistert stand Leander kurze Zeit später wieder vor seinem Schreibtisch und reichte ihm den Becher. Der Arzt warf einen prüfenden Blick darauf und wirkte zufrieden.

„Okay, dann werde ich Ihnen jetzt einmal Blut abnehmen und Sie gründlich untersuchen."

Eine Stunde später wurde Leander wieder in das Sprechzimmer gerufen.

Der Mediziner sah kaum weniger besorgt aus als zuvor.

„Herr Clasen, wir müssen die Ergebnisse der Untersuchung abwarten, vorab wäre alles Spekulation."

„Natürlich. Wie lange wird es denn dauern, was denken Sie?"

„Stellen Sie sich auf gute zwei Wochen ein."

Wieder zwei Wochen. Leander verließ die Praxis mit einem mulmigen Gefühl im Bauch. Die Reaktion des

Arztes auf seine Aussagen, sowohl in Bezug auf seine Zeit im Kriegsgebiet als auch auf seine Kinderkrankheiten, wollte ihm gar nicht gefallen. Er knöpfte seine dicke Lederjacke zu und stapfte missmutig los in Richtung seiner Wohnung. Er hatte dem Doc nicht alles erzählt. Es ging ihn auch nichts an, weder die von Nella gut verborgenen Schwangerschaftstests noch die zahllosen Bücher über Schwangerschaft oder Kindererziehung. Sie war regelrecht besessen von ihrem Kinderwunsch.

Langsam machte sie ihm Sorgen. Er wollte und konnte sie einfach nicht verlieren. Ein Leben ohne Nella war unvorstellbar geworden. Zwar wollte er selbst gerne ein Kind, aber wollte er es um jeden Preis? Von Tag zu Tag verstand er Yves ein bisschen besser.

Wieder in ihrer Wohnung, schaltete er, noch immer in mieser Stimmung, den Computer an. Er musste dringend an seinem aktuellen Skript arbeiten. Immerhin waren die Bilder schon fertig und lagen dem Verlag zur letzten Auswahl vor. Er braute sich einen starken Kaffee und setzte sich vor den Bildschirm. Richtig fließen wollten seine Gedanken an diesem Tag nicht. Entnervt lehnte er sich zurück und fuhr sich mit beiden Händen durch die Haare. Was sollte er tun, wenn nach der Untersuchung herauskam, dass etwas mit ihm nicht stimmte? War er nur so übelgelaunt, weil er Angst hatte, er könnte als Mann versagen? Vor allem, seit wann schossen ihm solch wirre Gedanken durch den Schädel?

Laut atmete er aus. Verdammt. Das Angebot seines Verlegers, in die Camargue zu reisen und dort zu fotografieren, war verlockend. Das würde aber bedeuten,

Nella für mindestens vier Wochen alleine zu lassen. In ihrer derzeitigen Verfassung schien ihm das nicht ratsam. Andererseits täte es ihnen wahrscheinlich beiden gut, etwas Abstand vom Alltag zu gewinnen. Und wenn er sie nun fragte, ob sie mitkommen wollte? Leander wandte sich erneut seinem Text zu. Vor dem späten Frühling machte eine Reise in die Camargue sowieso wenig Sinn, also waren seine Überlegungen vorerst sinnlos. Er sollte lieber etwas gut zu Ende bringen, und das war im Augenblick dieses Manuskript. Seufzend trank er seinen Kaffee aus und ließ sich in die Welt der spanischen Geschichte fallen.

***

„Du hast schon wieder kaum etwas gegessen!" Anklagend schloss Nella die Kühlschranktür.

„Stimmt so nicht. Ich war essen. Es macht wenig Spaß, nur für sich selbst zu kochen." Umberto rümpfte leicht die Nase. „Zugegeben, es macht ungefähr genauso wenig Spaß, allein essen zu gehen. Aber immerhin bin ich dann unter Menschen."

Sofort meldete sich ihr schlechtes Gewissen. „Ich wäre gern öfter bei dir, Schatz. Aber du weißt, wie es in der Vorweihnachtszeit auf den Gut brummt. Wir haben so viele Weihnachtsfeiern, dass wir schon Anfragen ablehnen mussten. Filippo hasst so etwas. Am liebsten würde er anbauen, um alle zufriedenzustellen."

„Ey, lass das, Nella, du bist meine Freundin, nicht meine Gesellschafterin. Mach dir keine Sorgen, schließlich habe ich meine Beziehung in den Sand gesetzt und nicht du. Wenn du neben deinem zeitaufwändigen Job noch ewig mit mir abhängst, wäre Leander wohl wenig begeistert."

Sie musste wohl oder übel zustimmen. „Ja, noch dazu vor Weihnachten. Apropos, was machst du an Weihnachten?"

„Mich in meiner Wohnung verschanzen und meine Wunden lecken. Und ihr?"

„Wir sind nach Schweden eingeladen. Leanders Familie hat ein Haus oben im Norden. Dort muss es irre romantisch sein und es gibt Elektroschlitten, mit denen man durch die unberührte Natur fahren kann. Quasi ein Weihnachtsmärchen, Nordlicht inklusive." Sie konnte sich das glückliche Lächeln nicht verkneifen. „Hörst du? Ich werde endlich das Nordlicht sehen."

Umberto streichelte ihr liebevoll über die vor überschäumendem Glück erhitzten Wangen. „Das freut mich sehr für dich. Klingt wunderschön. Wie lange werdet ihr weg sein?"

„Nur eine Woche. Leander hat am zehnten Januar seine Buchpräsentation. Du erinnerst dich, der Bildband über die Toskana? Es ist sein nächstes Meisterwerk geworden. Die Zeit mit Franca und ihrem Freund war sehr hilfreich. Dafür hadert er mit seinem neuen Projekt schon ziemlich. Mit Spanien wird er im Moment nicht richtig warm."

„Woran liegts? Er sprudelt doch sonst geradezu über vor Ideen und Fantasie?" Umberto brühte zwei Tassen Früchtetee auf und stellte Honig bereit. „Hat er eine Schreibblockade?"

Nella wollte schon verneinen, als ihr auffiel, dass der Freund nicht zwangsläufig falsch lag. Konnte das möglich sein? Der einzigartige, vor Kreativität sprühende Leander Clasen konnte doch unmöglich in einer Schreibblockade stecken. Sie sah ratlos zu Umberto auf. „Ehrlich? Ich habe keine Ahnung."

Der verzog den Mund. „Vorsicht. Das ist Neuland für ihn. Da stimmt etwas nicht. Pass auf, Nella, nicht, dass du sehenden Auges in eine Katastrophe läufst. Es langt wirklich, wenn ich das getan habe."

Lag Umberto richtig? Konnte es sein, dass sich Leander mit etwas herumquälte, das ihr bei all dem Stress und ihrem zugegeben vehementen Versuch schwanger zu werden, entgangen war? Ihre Rede, die sie Umberto nach dem Bruch mit Yves gehalten hatte, kam ihr in den Sinn. Yves hatte mit Umbertos obsessivem Wunsch nach einem Kind nicht mehr umgehen können. Setzte sie Leander etwa in gleicher Weise unter Druck? Das durfte auf keinen Fall geschehen! Oder war es das schon?

„Umberto, denkst du, ich bin zu fordernd?" Sie nagte an ihrer Unterlippe.

Der Freund zuckte die Achseln. „Kann ich dir beim besten Willen nicht sagen, ich weiß ja nicht, was in seinem Kopf vor sich geht. Ich kann dir nur raten, achtsam zu sein. Ich bin in jeder Beziehung übers Ziel hinausgeschossen, und jetzt muss ich mit den Konsequenzen leben. Glaub mir, die sind schwer zu ertragen."

Sehr nachdenklich schlürfte Nella ihren honigsüßen Tee. Sie musste etwas zurückhaltender sein. Wenn sie sich nur nicht so unbeschreiblich nach einem Kind sehnen würde!

Umberto half ihr zumindest teilweise in ihrer Ratlosigkeit. „Jetzt mach einfach mal halblang, Süße. Fahr mit ihm nach Schweden, nimm die ganze Romantik mit und genieße die Zeit dort von ganzem Herzen. Vergiss nicht, an mich zu denken, wenn ihr unter dem Nordlicht ins Glück reist." Lächelnd nahm er sie in den Arm. „Wobei du wohl kaum noch glücklicher werden kannst, oder irre ich mich?"

Auf dem Nordlicht

Schnee! Blendend weiß, glitzernd und unberührt lag die Schneedecke vor ihnen. Nella konnte sich kaum sattsehen. Leander hatte ihr rundheraus verboten, die schützende Sonnenbrille abzunehmen, und so sah sie alles mit einem zarten Grünschleier. Lugte sie jedoch über den Rand hinweg, erblickte sie ein weißes Wintermärchen. Links neben ihr wuchs eine schneebedeckte Baumgruppe, bestehend aus mehreren, ineinander gewundenen Stämmen aus dem Boden, und in der Ferne konnte sie den Saum des Nadelwaldes erkennen. Es war klirrend kalt, aber dank ihrer Winterkleidung, einer Leihgabe Linas, war ihr mollig warm. Ein Blick über die Schulter zeigte ihr die gleiche schimmernd weiße Fläche, lediglich durchfurcht von den Spuren ihrer Motorschlitten. Der Tag war wunderbar gewesen, nie hätte sie gedacht, dass sie den hohen Norden so genießen könnte.

„Leute, ich sag es ja ungern, aber wir müssen zurück. Mutter macht sich Sorgen, wenn wir nicht rechtzeitig zum Fest da sind." Lars nickte auffordernd in die Richtung, aus der sie gekommen waren.

„Gönn ihr noch zwei Minuten, wer weiß, wann wir wieder hier sind." Leander ließ seinen Schlitten aufheulen und lenkte ihn direkt neben Nellas. „Na, dir scheint zu gefallen, was du siehst."

Nella strahlte ihn durch Brille und hochgezogenen Schal an. „Es ist wie im Märchen."

Ein echtes Wintermärchen nur wenige Kilometer hinter dem Ort Gällivare. Sie waren am gestrigen Abend mit einer Cessna, die Erik und seinem besten Freund gehörte, hier gelandet. Nella war beindruckt gewesen. Noch mehr faszinierte sie kurz darauf das massive Blockhaus, das sich laut Erik seit vielen Jahren im Familienbesitz befand. Man erreichte es nur mit einem Geländewagen oder einer sogenannten Schneeraupe, wenn es gar zu viel geschneit hatte. Es war aus hellen, dicken Stämmen gezimmert und verfügte über eine schmale, überdachte Veranda, auf der Skier, Schneeschuhe und diverse dicke Stiefel ordentlich in einem massiven Holzregal verstaut waren. Im Inneren war es gemütlich, anheimelnd und herrlich warm dank diverser Holzöfen und einem eindrucksvollen, offenen Kamin im Wohnzimmer. In der Küche befand sich ein Gasherd.

Lina hatte das Haus mit Kerzenleuchtern, Windlichtern und Laternen ausgestattet. Strom gab es natürlich, aber Lina fand, wenn schon Natur, dann wenn möglich authentisch. Im Wohnzimmer lud eine wuchtige Ledergarnitur mit vielen bunten Kissen zum Kuscheln und Verweilen ein. Wie schon in Söderbärke, fühlte sich Nella auch hier sofort wohl und willkommen. Traurig machte sie Eriks Ankündigung, dass Astrid ihr Kommen in letzter Minute abgesagt hatte. Nella war sich darüber im Klaren, dass sie erneut der Grund war und nur ihretwegen nicht die ganze Familie zusammen feiern konnte. Allerdings war sie gerade viel zu glücklich, um sich lange über Astrids verquere Gedankengänge zu ärgern.

Nach einer kurzen Nacht waren Leander, Lars und sie heute schon früh aufgebrochen, um die Natur zu erkunden. Seit gut vier Stunden fuhren sie mit den Motorschlitten über die Ebenen und durch die typischen Nadelwälder. Da die Kälte sich doch irgendwann bemerkbar machte, war ihre Rast an einem zugeschneiten Häuschen, in dem Wanderer entspannen konnten, nur kurz ausgefallen. Nun drängte es die Herren der Schöpfung zurück an den warmen Kamin. Lina hatte unmissverständlich klar gemacht, dass sie die Bande erst am Nachmittag wieder im Haus haben wollte, um in Ruhe das Fest vorzubereiten.

Nella zog sich den Schal über die Nase, um sich so, zusätzlich zur Skimaske, vor dem Fahrtwind zu schützen, und nickte Leander und Lars auffordernd zu.

„Schau sie dir an, das erste Mal auf einem Schlitten und sofort den Vollprofi raushängen lassen", kicherte Lars fröhlich, wendete sein Fahrzeug und fuhr – in gemäßigtem Tempo – voraus. Nella war den beiden Männern zutiefst dankbar, dass sie sich ihrer Geschwindigkeit anpassten. Ihr war durchaus bewusst, dass die beiden ganz anders konnten, so sie denn wollten.

Im Haus erwarteten sie heißer Tee und frisch gebackene Zimtschnecken. In Windeseile zogen sie und Leander sich um. Nella schlüpfte in einen warmen, weißen Rollkragenpullover, eine schwarze Jeans und dicke, kuschelige Socken mit roten und weißen Rentieren.

In der gemütlichen Küche war der von Erik und Leander selbst gezimmerte, helle Birkenholztisch gedeckt und mit roten Kerzen geschmückt. Lina verwöhnte sie alle mit schwedischer Kartoffelsuppe, einem himmlischen Rentierschinken, dazu Gemüse, und zum Nachtisch kündigte sie Bratäpfel an. Zuerst aber dirigierte sie die ganze Familie ins Wohnzimmer, wo vor dem Kamin ein ansehnlicher Berg aus Geschenken wartete. Mit leicht missmutigem Blick auf Erik vermeldete Lina, dass es in diesem Jahr keinen Baum gäbe, da die ausgewählte Tanne sich erfolgreich gegen ihre Bestimmung als Weihnachtsbaum zur Wehr gesetzt hatte.

Breit grinsend erzählte Erik von einem heimtückischen Schneemassenangriff auf seine gänzlich hilflose Person, woraufhin er darauf verzichtete, einen Baum zu schlagen. So trank die ganze Familie einen Julmust, das typische, schwedische Weihnachtsgetränk, auf den mutigen Baum und überreichte sich gegenseitig die Geschenke.

Während Nella die ihren auspackte, hatte sie konstant das Gefühl, in einem Film zu sein, in einem verdammt schönen, leicht kitschigen Weihnachtsfilm mit ihr und Leander als Hauptdarsteller. Mit dieser wunderbaren Familie, die sie wie eine Tochter behandelte, an der Seite dieses traumhaften Mannes dieses Fest feiern zu dürfen, war ihr schönstes Geschenk.

Allerdings war das noch nicht alles. Nachdem sie die herrlichen Bratäpfel mit Sirup und Zimt verputzt hatten, zog Leander sie von der mit Kissen belegten Holzbank hoch. „Ich muss euch meine Frau leider kurz entführen. Sie muss da etwas ganz Dringendes erledigen."

Das klang dramatisch, aber da er auffordernd lächelte, konnte es nicht so schlimm sein. Er ließ sie ihren Anorak und die dicken Stiefel anziehen und tat es ihr gleich. Als sie beide warm eingepackt waren, ergriff er ihre Hand und führte sie hinaus in die Nacht. Vorsichtig stapften sie durch den tiefen Schnee, an einigen Tannen vorbei, auf die kleine Anhöhe neben dem Haus. Sie wusste bereits, was jetzt kam, denn sie hatte gerahmte Bilder davon an den Wänden der Hütte gesehen.

Endlich sah sie es mit eigenen Augen! Über ihnen flimmerte in Blau- und Grüntönen das sagenhafte Nordlicht.

Leander stellte sich hinter Nella und schlang seine Arme um sie. „Bitte sehr! Du hast es dir gewünscht. Hast du nicht immer gesagt, über das Nordlicht könnte man zu seiner wahren Liebe gelangen? Was denkst du, auf welcher Seite des Nordlichts findest du sie?"

Tränen der Freude und der Rührung liefen über ihre kalten Wangen und sie konnte sich kaum an dem herrlichen Schauspiel über ihr sattsehen. Mit tränennassem Gesicht drehte sie sich zu ihm um und schlang ihre Arme um ihn. „Als ob ich darüber auch nur eine Sekunde nachdenken müsste. Ich habe sie gefunden, und das ganz ohne Nordlicht. Ich denke, dass du das weißt, Leander."

„Trotzdem immer wieder schön zu hören. Ich wollte einfach nur, dass du es siehst und verstehst, dass du mir wirklich alles bedeutest." Und so küssten sie sich, eng aneinandergeschmiegt, der Eiseskälte trotzend, im magischen Flimmern des Nordlichts.

In dieser Nacht fanden sie keinen Schlaf, keiner von ihnen wollte den Zauber des vergangenen Tages und dieser Nacht loslassen. Ganz kurz dachte Nella an Umberto und dessen tiefe Trauer um seine zerstörte Beziehung. Sein Geschenk hatte sie ihm noch vor ihrer Abreise gebracht und musste sich erneut die eindringliche Mahnung anhören, ihre Liebe nicht aufs Spiel zu setzen. Nach den letzten Stunden war sich Nella jedoch vollkommen sicher, dass nichts und niemand ihrer und Leanders Liebe etwas anhaben konnte. Während sie sich eng an ihn kuschelte und ihren Kopf auf seine Brust legte, dachte sie daran, wie schön es wäre, wenn im nächsten Jahr ein Baby dieses Glück vervollständigte.

Winterstürme

Januar in Rom konnte gewöhnungsbedürftig sein. Leander schauderte, als er aus dem Haus trat. Diese ekelhafte feuchte Kälte, die sich auf alles niederschlug, die Kleidung klamm werden ließ und schon fast zwangsweise zu Krankheiten führte. Da war ihm tatsächlich die trockene Eiseskälte in Schweden lieber.

Sie waren seit über zwei Wochen wieder in Rom. Nella war mit Filippo auf Werbetour für das kommende Jahr und er hatte seinem Agenten gestern das Manuskript geschickt. Nach dem Aufenthalt in Schweden war seine Laune so gut gewesen, dass er mit dem Inhalt zufrieden gewesen war.

Der jetzige Gang behagte ihm weitaus weniger. Froh darüber, dass Nella nicht vor dem Abend zurück sein würde, lief er in Richtung der Arztpraxis. Der Anruf des Mediziners hatte nicht gerade vielversprechend geklungen. „Jetzt kommen Sie erst mal vorbei, dann sehen wir weiter" war so gar nicht nach seinem Geschmack.

Als er dem Arzt schließlich gegenüber saß, wirkte dessen Miene angespannt. Es war offensichtlich, dass er keine guten Nachrichten auf Lager hatte.

„Bitte setzen Sie sich, Herr Clasen." Doktor Carlini zeigte auf den Ledersessel in seinem Sprechzimmer. „Die Ergebnisse sind schon seit letzter Woche da, aber ich habe, um ganz sicher zu gehen, weitere Untersuchungen angeordnet. Leider haben sie nichts Neues ergeben. Das macht aber die Fakten nicht besser. Sie sind nur eingeschränkt zeugungsfähig, Herr Clasen. Es tut mir sehr leid." Er musterte Leander sichtlich besorgt. „Bitte lassen Sie es mich offen und ehrlich aussprechen. Medizinisch gesehen gibt es nur eine minimale Chance, dass Sie und Ihre Frau auf natürlichem Weg ein Kind zeugen. Nach unserem Vorgespräch nehme ich an, dass Sie im Kriegsgebiet zu lange einer Strahlungsquelle ausgesetzt waren oder, was wahrscheinlicher und medizinisch fundierter ist, dass eine Ihrer Kinderkrankheiten, über die wir ja schon gesprochen haben, heute weitreichende Folgen nach sich zieht. Es tut mir aufrichtig leid. Um ein Kind zu zeugen, müsste Ihre Spermienflüssigkeit pro Milliliter nicht nur zwanzig Millionen Spermien enthalten, sondern davon müssten mindestens fünfzig Prozent gut beweglich sein. Bei Ihnen, Herr Clasen, sind es lediglich fünfzehn Prozent. Die Summe Ihrer fehlgebildeten Samenzellen hingegen ist prozentual gesehen um ein Vielfaches zu hoch. Es tut mir außerordentlich leid, Ihnen eine solch negative Auskunft geben zu müssen, bitte glauben Sie mir das."

Als Leander die Praxis einige Minuten später verließ, fühlte er sich, als habe man ihm einen Baseballschläger über den Schädel gezogen. Benommen und aufgewühlt lief er ziellos durch den kalten Nieselregen. Erst, als die Wassertropfen ihm in den Kragen rannen, kam er wieder einigermaßen zu sich. Er steuerte ein abgelegenes Café an, wo er einen Espresso und einen doppelten Cognac orderte. Während er die dunkle Flüssigkeit in dem bauchigen Glas schwenkte, rekapitulierte er die Informationen.

Aus der Traum vom eigenen Kind. Gut, der Doc war sofort auf das Thema Adoption umgeschwenkt, daran aber konnte und wollte er derzeit noch nicht denken. Tatsache war, dass er Nella ihren sehnsüchtigsten Wunsch eventuell nicht würde erfüllen können. Sie würde möglicherweise nie sein Kind unter dem Herzen tragen. Verdammt, wie bescheuert dieser Satz klang. Dem Literaten in ihm sträubten sich sämtliche Nackenhaare. Aber es war schlicht die Wahrheit. Leander stürzte den Cognac hinunter und starrte durch das beschlagene Fenster in das graue Einerlei des römischen Winters.

Später wusste er nicht mehr genau, wie er zurück in ihre Wohnung gelangt war. Die begeisterte Nachricht seines Agenten zu seinem neuesten Werk baute ihn ebenso wenig auf wie die letzten Verkaufszahlen seiner Bücher. Er dachte nur noch daran, dass er sie verlieren würde. Sie wollte kein adoptiertes Kind. Sie wünschte sich ein eigenes, ein Kind, das in ihr heranwuchs und dem sie von der ersten Sekunde seines Daseins auf dieser Erde an ihre Liebe schenken konnte. Verdammt! Er brauchte dringend mehr Alkohol, auch wenn das sicher nicht zielführend war, aber es beruhigte einigermaßen.

Als Nella an diesem Abend, schwer mit Einkaufstüten beladen, nach Hause kam, fand sie Leander im Tiefschlaf auf dem Sofa im Wohnzimmer. Auf dem Couchtisch stand eine halbleere Flasche Sherry, von der sie wusste, dass sie zuvor noch voll gewesen war. Überrascht und erschrocken deckte sie ihn zu, beeilte sich, ihre Einkäufe zu verstauen, und setzte Teewasser auf. Leise räumte sie die Flasche und das Glas weg, goss Tee auf und setzte sich zu ihm. Da es ihr nicht gelang, ihn zu wecken, entschloss sie sich, erst einmal heiß zu duschen. Das Wetter draußen war kalt und unfreundlich und ihre Haare waren trotz Regenschirm feucht geworden. Als sie nach einer guten halben Stunde zurück ins Wohnzimmer kam, war Leander aufgewacht und trank gerade den letzten Rest ihres inzwischen kalten Tees.

„Nella, entschuldige, aber ich habe schrecklichen Durst. Ich hab wohl eindeutig zu viel von unserem Sherry erwischt. Tut mir echt leid. Ich steh etwas neben mir."

Sofort stieg Sorge in ihr auf. Sie setzte sich zu ihm und legte ihre Hand auf seinen Oberschenkel. „Schon gut, ich war zwar überrascht, aber ich schätze, es gibt gute Gründe. Hast du schlechte Nachrichten von deinem Agenten oder von deinem Verleger?"

Leander lachte gequält. „Ach, Nella, Schatz, ich betrinke mich doch nicht wegen mieser Kritiken. Nein, es geht schon um ein ernsteres Problem." Er ergriff ihre Hand und umfasste sie. „Nella, ich muss dir etwas sagen. Es ist sinnlos, weiter zu schweigen."

Ehe sie noch mehr Angst bekommen konnte, erzählte er ihr von seinem Termin beim Arzt. Sie begriff nicht sofort, was er ihr da wirklich erklärte. Wahrscheinlich, weil sie es nicht begreifen wollte. In ihrem Kopf, in dem plötzlich eine erschreckende Leere herrschte, blieb jedoch hängen, dass sie eventuell nie ein gemeinsames

Kind haben würden. Sie wäre so gerne für ihn stark gewesen, hätte ihn so gerne getröstet, aber dazu war sie nicht in der Lage. Weinend legte sie sich neben ihn und bettete ihren Kopf auf seinen Schoß. Sie konnte die Tränen nicht zurückhalten und Leander streichelte ihr sanft über ihr Haar. „Nella, so weine doch nicht. Wir werden eine Lösung finden, ganz sicher. Ich verspreche es."

Sie atmete tief ein. „Leander, aber trotz der Diagnose käme doch noch immer eine künstliche Befruchtung in Frage. Das ist doch eine gängige Möglichkeit."

„Glaub mir, auch darüber habe ich nachgedacht. Aber nachdem vor über zehn Jahren meine Tante, die jüngere Schwester meiner Mutter, nach einer künstlichen Befruchtung an einer Infektion verstorben ist, habe ich einfach Angst. Ja, ich weiß, das klingt übertrieben, aber so ist es nun einmal. Bitte versteh das doch. Himmel, Nella, ich will dich nicht verlieren."

Sie hörte seine Worte, aber zu einer Antwort war sie nicht fähig. Die Trauer schnürte ihr die Luft zum Atmen ab und um ihr Herz legte sich ein Ring aus Eis. Sie fing seine Hand ein und drückte sie fest an ihre Brust.

„Umberto, was soll ich denn tun? Ich weiß ja, dass ich egoistisch bin, zumindest denke ich, dass ich das in diesem Fall bin, aber ich wünsche es mir doch so sehr." Schon wieder liefen die Tränen. Zum Donnerwetter noch einmal, brachte sie denn kein einziges vernünftiges Gespräch mehr zustande?

Umberto schüttelte entschlossen den Kopf. „Bist du nicht, also zu egoistisch. Korrigiere mich, aber er will auch ein Kind, stopp, *wollte* ein Kind. Das ist ein Riesenschlamassel, in dem ihr da jetzt steckt, das ist richtig. Abgesehen davon habt ihr aber doch diverse Möglichkeiten. Künstliche Befruchtung, eine Adoption oder was auch immer. Und vielleicht klappt es ja doch noch. Hey, ihr seid ein junges, gesundes und wohlhabendes Paar, da sollte es keine Probleme geben."

Nella zuckte zusammen. „Sollte ich da gerade einen Hauch Sarkasmus herausgehört haben?"

Schuldbewusst hob er die Schultern. „Verzeih, das ist mir so rausgerutscht. War nicht böse gemeint. Tatsache ist, dass ich mich noch immer nicht mit der Tatsache abfinden kann, dass ich wohl nie in meinem Leben Vater werde. Also glaub mir, auch wenn da Sarkasmus mitschwingt, ich verstehe dich nur allzu gut."

Tröstend strich sie ihm über den Rücken. „Du wärst ein toller Vater geworden, da bin ich mir sicher. Und noch ist ja nicht aller Tage Abend, oder?"

Umberto musterte sie eine ganze Weile. „Doch, Nella, ist es. Das tu ich mir und einer möglichen neuen Beziehung, so ich denn noch einmal das Glück haben sollte, ganz sicher nicht an. Nein, Süße, ich werde nie im Leben mein Kind im Arm halten."

In Gedanken versunken nippte Nella an der heißen Schokolade, die Umberto ihr gekocht hatte. „Umberto, das mag im ersten Moment total irre klingen, aber hast du nicht erzählt, dass du, als es mit Yves noch aktuell war, sogar an eine Leihmutter gedacht hast?"

„Schon. Aber wie kommst du denn jetzt darauf? Das ist nun schon lange ad acta gelegt. So hätten entweder ich oder Yves der Vater sein können, die Lösung wäre gar nicht so abwegig gewesen."

„Finde ich auch."

Er war sichtlich überfordert. „Ich versteh gar nichts mehr. Wieso eine Leihmutter? Nella, Süße, nicht du kannst keine Kinder bekommen, Leander kann nur bedingt welche zeugen, und offenbar klappt das gerade nicht. Bist du gedanklich noch bei mir?"

„Ja, eben."

Seufzend ließ sich Umberto auf sein Sofa fallen. „Ich kann dir leider nicht mehr folgen, Nella."

Aufgeregt setzte sie ihre Tasse ab und suchte seinen Blick. „Du bist jung, du bist gesund, du hast ganz sicher geniales Erbgut. Und du ..."

„Nella! Stopp! Sofort, ehe du dich da in etwas verrennst. Denkst du etwa an mich als *Leihvater* oder wie auch immer du das nennen willst? Nein! Was denkst du, was Leander dazu sagen würde? Schatz, er ist der Mann an deiner Seite, vergiss das nicht." Umberto ergriff sie sanft an den Schultern und schüttelte sie leicht. „So schmeichelhaft das Angebot für mich ist, und du darfst mir glauben, ich fühle mich sehr geschmeichelt, aber das würde Leander niemals gut finden. Und ganz im Ernst, ich kann ihn verstehen."

„Was aber, wenn er es doch akzeptieren würde? Es wäre sein und mein Kind, und doch wüsste ich genau, dass ich den eigentlichen, leiblichen Vater sehr liebhabe. Ich müsste kein fremdes Kind bekommen, dessen Vater nichts als eine Nummer in einer Samenbank ist. Und du möchtest doch so gerne Vater werden."

Liebevoll streichelte Umberto ihre Wange. „Das würde ich, Süße, das würde ich von Herzen gern, aber vertrau mir, das wird nie passieren."

„Umberto? Als *Leihvater*? Als Samenspender? Wie hast du dir das gedacht? Liebling, ich wünsche mir genauso ein Kind wie du, aber hast du darüber nachgedacht, wie es für ihn wäre, wenn du sein Kind zur Welt bringst? Hast du dir Gedanken darüber gemacht, was es für ihn bedeuten würde, wenn wir – nur mal angenommen – für ein paar Jahre beispielsweise in Schweden leben? Er hat sich so sehnlich ein Kind gewünscht, dass seine Beziehung daran zerbrochen ist, und zwar weil er geradezu fanatisch versucht hat, Vater zu werden.“ Leander musterte sie, als hätte sie ihm vorgeschlagen, in einen Iglu am Nordpol zu ziehen.

„Das glaube ich nicht. Ehrlich. Ich denke, dass er einzig und allein seinen Fußabdruck in dieser Welt hinterlassen möchte. Etwas von sich. Wie soll ich es dir nur erklären?“

Leander strich sich nervös und etwas fahrig durch seine wirren Haare. „Nella, ich mag Umberto. Ich mag ihn wirklich. Eben darum nehme ich das nicht auf die leichte Schulter. Lass mich versuchen, es *dir* zu erklären: Ich fürchte mich, das gebe ich gerne zu, vor einer Ménage-à-trois. Schon klar, das wird bei Umberto nicht ganz so aussehen, wie man es sich sonst vorstellt, aber bist du sicher, dass er sich aus unserem Leben heraushalten kann? Denkst du ernsthaft, dass er sich nicht in die Erziehung wird einbringen wollen?“

„Ja, Leander, das bin ich. Es wäre unser Kind, deines und meines, er würde das mit absoluter Sicherheit nicht anders sehen. Und wir würden ihm sein Kind ja auch nicht vorenthalten. Er kann der Patenonkel sein, das wäre wunderbar. Ja, Umberto der Patenonkel und du der Vater. Wäre damit denn nicht ein jeder glücklich?“ Sie ging zu ihm und schlang ihre Arme um seinen Hals. „Vom ersten Augenblick an wäre es allein unser Baby.“

Sein Blick war noch immer zweifelnd, aber immerhin erwiderte er ihre Umarmung. „Nella, alles was ich will ist, dass du glücklich wirst. Immerhin ist Umberto ein langjähriger Freund und ein wirklich lieber Mensch. Wenn du also tatsächlich absolut sicher bist, hörst du, *absolut sicher*, dann lass ihn uns fragen.“

Sie lächelte ihn ungläubig an. „Wirklich? Ist das dein Ernst? Du würdest tatsächlich zustimmen?“

Seufzend küsste Leander sie auf die Stirn. „Ach Nella, alles was zählt ist, dass dein Herzenswunsch wahr wird. Umberto ist da gewiss eine gute Wahl, wenn ich länger darüber nachdenke.“

Wunschdenken

„Und ihr wisst, was ihr da tun wollt, ja?“ Umberto fühlte sich sichtlich unbehaglich auf ihrem Sofa. „Leute, ich bin geehrt und gerührt, dass ihr an mich denkt, aber das ist eine wirklich große Sache. Ich will nicht, dass unsere Freundschaft daran zerbricht.“

Nella trat hinter ihn und legte ihre Arme freundschaftlich um seine Schultern. „Niemals, Schatz. Ich, nein wir, möchten den Vater unseres Kindes gerne kennen. Es soll eben keine Nummer an einem Glasröhrchen sein, verstehst du das?“

Umberto nickte langsam und zögerlich. „Ja, verstehe ich vollkommen. Trotzdem hätte ich jetzt gerne von euch, also auch von dir, Leander, die Bestätigung, dass es euer beider aufrichtiger Wunsch ist und ihr diese Entscheidung auch wirklich und wohlüberlegt zusammen getroffen habt. Ich bin nur aus einem Grund so penetrant. Ich will nicht, dass ihr, so wie ich es getan habe, wegen der Sehnsucht nach einem Kind eure Beziehung aufs Spiel setzt. Leute, ihr seid mein Dreamteam, wenn ihr Mist baut, liegt meine Welt in Trümmern. Seid ihr euch dessen bewusst?“

Leander erhob sich von seinem Stuhl und ging zur Küchentheke, um sein Wasserglas erneut zu füllen. „Okay, hör zu, Umberto. Ich liebe Nella so sehr, dass es mich unbeschreiblich schmerzt, sie unglücklich zu sehen. Ich weiß, dass es ihr sehnlichster Wunsch ist, ein

Baby zu bekommen. Du kannst ihr, denke ich, diesen Wunsch erfüllen. Außerdem bist du ein echter Freund, ein toller Kerl, emotional, emphatisch und auch noch intelligent." Er grinste den Römer breit an. „Wenn ich mich richtig erinnere, ist dein IQ nicht zu verachten. Also beste Voraussetzungen, der biologische Vater unseres Kindes zu werden. Was ich letztendlich damit sagen möchte: Ja, ich trage Nellas Entscheidung zu einhundert Prozent mit."

Das Strahlen seiner zukünftigen Frau schaffte es endgültig, die allerletzten Reste eines Zweifels zu zerstreuen.

Umberto musterte sie lange, dann lächelte er. „Okay, ihr habt es so gewollt. Wehe, es kommen mir später irgendwelche Klagen. Und eins sag ich euch gleich, wenn er schwul wird, kann ich rein gar nichts dafür."

Während Nella und Umberto bereits aufgeregt die weitere Vorgehensweise besprachen, machte sich Leander in der Küche daran, das Abendessen vorzubereiten. Als er die Lasagne in den Ofen schob, blieb er davor stehen und starrte nachdenklich auf die Auflaufform. Tat er das Richtige? Er war sich so sicher gewesen. Warum huschten dann immer wieder Zweifel durch seinen Kopf? Das war Unsinn. Schließlich hatte er es schwarz auf weiß, dass es ein Wunder wäre, wenn er ein Kind zeugen würde. Nella wünschte sich unbedingt ein Baby, und er konnte sich ein Leben ohne Nella schlicht und ergreifend nicht mehr vorstellen. Umberto war also eine gute Alternative. Seufzend schaltete er die Temperatur im Backofen zurück. Es war endlich an der Zeit, sich ohne Wenn und Aber mit dem Plan anzufreunden.

So glücklich hatte er die Frau, die er liebte, schon lange nicht mehr gesehen. Kaum hatten sie die Klinik im holländischen Den Haag verlassen, schmiegte sie sich freudestrahlend an ihn. „Du wirst sehen, es hat funktioniert, ich kann es fühlen. Ach, Leander, ich bin so glücklich. Ich danke dir von ganzem Herzen, dass du das alles hier mit mir und für mich tust."

Er umschlang sie und drückte sie zärtlich an sich. „Na, Hauptsache ist doch, dass du glücklich bist. Wobei ich bemerken möchte, dass Umberto schon einen Löwenanteil zum heutigen großen Tag beigetragen hat. Wo steckt der Kerl eigentlich?"

Nella wirkte überrascht. „Das weißt du doch. Er ist direkt zurück ins Hotel, weil er uns diesen besonderen Tag ganz für uns lassen wollte. Ich sagte doch, er ist einfühlsam."

„Ein sehr lieber und netter Zug von ihm, trotzdem holen wir ihn jetzt ab und gehen gemeinsam essen, oder musst du dich wieder hinlegen?"

Sie zog eine eindeutig genervte Grimasse. „Nicht schon wieder. Ich habe jetzt drei Tage und Nächte gelegen, damit nur ja nichts schiefgeht. Unser Baby packt das, ganz sicher."

„Wenn du das sagst, dann ab ins Hotel und den zukünftigen Patenonkel aufsammeln. Abgesehen davon muss ich morgen einen Reiseveranstalter treffen, der sich bei meinem Agenten gemeldet hat. Vielleicht schippern wir demnächst durch die holländischen Grachten und ich schieße Werbebilder."

Nella küsste ihn liebevoll auf die Nasenspitze. „Perfekt. Eine ruhige Fahrt auf einem Hausboot wäre gar nicht übel."

Schmunzelnd betrachtete er die aufgekratzte Frau. „Ja, lass uns noch ein bisschen Ruhe genießen, ehe die schlaflosen Nächte beginnen. Aber eins sag ich dir gleich ..."

„Umberto bleibt in Rom." Nella sah mit verschmitztem Lächeln zu ihm auf.

„Du nimmst mir die Worte aus dem Mund." Er strich ihr eine schwarze Locke aus der Stirn. „Bis das Kind da ist, gehörst du einzig und alleine mir, nur dass das klar ist."

Nella schlang ihre Arme fest um seinen Hals und zog ihn an sich heran. „So und nicht anders sieht der Plan aus, Herr Clasen."

Vorwehen

„Mir ist schlecht!"

Es war nicht das erste Mal, dass Nella mit genau diesen Worten an ihm vorbei ins Bad spurtete. Sie tat ihm so unsagbar leid, denn überhaupt nichts mehr im Magen behalten zu können, war grenzwertig. Heute schien es besonders schlimm zu sein. Sie im Bad würgen zu hören, schmerzte ihn wahrscheinlich fast genauso wie sie. Leise folgte er ihr und blieb im Türrahmen stehen. Wie so oft in den letzten sechs Wochen umklammerte sie die Toilettenschüssel und übergab sich.

„Nella, ich mache mir ernsthaft Sorgen. Das ist doch nicht mehr normal. Ich möchte, dass wir zu einem Arzt fahren. So darf es nicht weitergehen. Du musst zumindest irgendetwas bei dir behalten. Sei mir nicht böse, aber mit der allseits bekannten Morgenübelkeit hat das in meinen Augen nichts mehr zu tun."

Nella hob stöhnend den Kopf. „Der Arzt hat aber gesagt, man könne nichts machen. Ich darf keine Tabletten gegen die Übelkeit nehmen, da sie dem Baby schaden. Da muss ich einfach durch. Es kann nicht mehr lange dauern."

Leander ging zum Waschbecken, drehte das Wasser auf und hielt einen Waschlappen unter den kalten Strahl. „Verzeih, wenn ich widerspreche, aber soweit ich weiß, brauchst du Kraft, und je besser es dir geht, desto besser geht es dem Baby." Er kniete sich neben Nella, nahm ihre Haare zurück und fuhr ihr behutsam mit dem Lappen über das schweißnasse Gesicht. „Tut das gut?"

Sie nickte müde. „Ja, danke. Das erfrischt so schön."

Er erhob sich, wrang den Lappen aus und legte ihn über den Rand des Waschbeckens. „Gut, das war es. Wir fahren zu einer alten Bekannten von mir, die seit einigen Monaten in Italien lebt, zwar in Ostia, aber das ist schließlich keine Weltreise."

Nella stand auf. Sie zitterte. Nein, es musste wirklich etwas geschehen.

„Wer ist diese Bekannte und wie kann sie mir bei diesem schon arg speziellen Problem helfen?" Sogar ihre Stimme klang zittrig.

„Amanda ist eine heilkundige Frau, ich habe sie vor vielen Jahren, als ich noch richtig jung war, auf einer meiner Reisen kennengelernt. Später hat sie mich eine Weile bei meinem ersten Neuseelandtrip begleitet, um mit den Ureinwohnern in Kontakt zu kommen. Zuerst war ich wenig überzeugt von ihren Fähigkeiten. Erst als ein Maori-Ältester sie in den höchsten Tönen gelobt und ihr zu Ehren ein Fest gegeben hat, wurde ich neugierig. Ich habe keine Ahnung, wie du zu Naturheilkunde stehst, aber ich verspreche dir, dass du ihr vertrauen kannst."

„Sei mir bitte nicht böse, aber sie klingt ein wenig wie eine Hexe."

Trotz seiner Sorgen musste er schmunzeln. „Und wenn? Heutzutage dürfen sie schließlich nicht mehr verbrannt werden und haben so die Chance, zu leben und zu helfen. Los, Schatz, zieh dir etwas Bequemes über. Ich rufe sie an und sage, dass wir kommen."

„Na gut. Um ehrlich zu sein, würde ich wahrscheinlich sogar Krötenschleim trinken, wenn es helfen würde."

Jetzt war er derjenige, der würgte.

***

Nach einem ersten Kulturschock ob Amandas exotischen Aussehens, musste Nella zugeben, dass sie die Frau spontan mochte. Viel wichtiger war aber, dass sie ihr vertraute. Amanda mochte etwa vierzig sein, groß, schlank und sehr mutig, was die Kombination von Farben anging. Zu einer weiten, grünen Pluderhose trug sie einen türkisfarbenen Kaftan, und ihre blonden Rastazöpfe hatte sie mit einem hellblauen Tuch umwickelt. Ihre blauen Augen musterten Nella so eindringlich, dass sie sicher war, dass Amanda mehr sah als andere. Das Haus erinnerte, vor allem im Inneren, mehr an eine Hippiebleibe der Siebziger Jahre als an ein normales Heim, in dem sich noch dazu eine Praxis mit Massageliege und Arzneischränken befand. Allerdings war es urgemütlich in seiner Farbigkeit, mit den vielen Sitzkissen und den mit bunten Tüchern bedeckten Sofas und Lehnstühlen.

Amanda, die ihre Freude über das Wiedersehen mit Leander gar nicht erst zu verbergen versuchte, ergriff ihre Hand und zog sie in ihr Behandlungszimmer. „Leander, du beschäftigst dich so lange, in Ordnung?"

Der brummelte eine unverständliche Antwort, und schon schloss Amanda die Tür hinter ihnen.

„So, und nun erzählst du mir die Vorgeschichte. Alles, wenn ich bitten darf."

Sonderbarerweise fiel es Nella leicht, der noch vor wenigen Minuten vollkommen fremden Frau ihr Herz auszuschütten. Die hörte ihr zu, unterbrach sie kein einziges Mal, und als Nella fertig war, nickte sie.

„Hm, das ist ganz sicher eine normale Morgenübelkeit, aber vor allem hast du eine Mordsangst vor dem, was da kommt. Dein Herz freut sich, dein Kopf rebelliert, und genau das tut auch dein Körper."

Sie wollte widersprechen, aber Amanda war schneller. „Schon klar, dass du das nie zugeben würdest, aber das ändert nichts an der Tatsache. Du hast da eine tiefsitzende Angst, dass du das, was du dir vorgenommen hast, nicht bewältigen kannst. Was nicht weiter verwunderlich ist, wenn man bedenkt, dass dir als Kind eingetrichtert wurde, du wärst unfähig und nur im Weg. Aber weißt du was? Diesem Gefühl machen wir jetzt ein für alle Mal den Garaus." Sie half Nella dabei, auf die Liege aus hellem, mit pinkfarbenen Streifen bemaltem Holz zu klettern. „Hast du Angst vor Nadeln? Kennst du Akupunktur?"

Nella hatte zwar schon davon gehört, aber sich noch nie Gedanken darüber gemacht.

„Auch gut, dann hast du schon mal keine Vorurteile, das ist immer praktisch. Ich steche jetzt hauchdünne Nadeln in bestimmte Punkte deines Körpers. Das wird die Furcht mildern und vor allem dafür sorgen, dass du deine Ängste auch rauslassen kannst. Gut möglich, dass du in den nächsten vierundzwanzig Stunden in Tränen zerfließen wirst, aber es wird dir verdammt guttun, versprochen. Darf ich?"

Nella nickte, und eine Sekunde später ragte die erste Nadel aus ihrem linken Fußknöchel.

Nach über einer Stunde, in der Amanda sie noch sanft und sehr gekonnt massiert hatte, stieg Nella langsam und vorsichtig von der Liege. „Kann ja sein, dass ich mir das einbilde, aber ich glaube, es geht mir besser."

Amanda streichelte ihr lächelnd über den Rücken. „Das wird sogar noch besser, versprochen. Ich stelle dir außerdem eine Teemischung zusammen, die trinkst du zwei Mal am Tag, zusätzlich lässt du dich von Leander ordentlich verwöhnen und du wirst sehen, die ersten Schrecken der Schwangerschaft verblassen in den nächsten zwei Tagen."

Nella atmete tief ein und warf einen fragenden Blick auf die in einer Desinfektionslösung liegenden Nadeln. „Wollen wir es hoffen, es wäre zu schön, um wahr zu sein."

***

„Und du bist ganz sicher, dass ich fahren soll?" Leander war sich seiner Sache überhaupt nicht sicher. „Du weißt, ein Wort von dir und ich cancel das Ganze."

„Wirst du wohl aufhören? Nichts da, du fliegst in die Camargue, recherchierst für dein Buch und machst herrliche Bilder, so wie man das von dir erwarten darf."

Leander stupste ihr liebevoll mit dem Zeigefinger auf die vorwitzige Nasenspitze. „Setzt du mich gerade unter Erfolgszwang oder soll es eher motivierend sein?"

Nella zuckte lediglich mit den Schultern. „Suchs dir aus."

„Schon gut, motiviert bin ich ja. Dir sollte einfach bewusst sein, dass das anders gedacht war. Der Plan lautete, dass wir beide zusammen nach Frankreich fliegen und einen romantischen Monat in der absolut atemberaubenden Landschaft verbringen. Du solltest deine Wildpferde sehen und ich sie ablichten."

„Ich habe diesen Plan geliebt, das darfst du glauben. Aber es haben sich einfach ein paar Umstände grundlegend geändert." Nella sah an sich hinunter und streichelte die deutlich unter dem Stoff der weiten Latzjeans sichtbare Wölbung. „Der Doktor hat ganz klar gesagt, dass ich nicht fliegen darf."

„Lass mich deinem Gedächtnis auf die Sprünge helfen, mein Liebling. Seine Aussage lautete, *wenn rausfahren, dann mal gerade bis zum Meer*. Reisen sind für dich und unser Baby gestrichen, bis es auf der Welt ist. Du hast dich mit den letzten Events überanstrengt, das weißt du sehr wohl, mein Herz. Das ist eben jetzt die Quittung dafür."

„Ja, alles klar, ich hab es schon verstanden. In der Richtung scheint mir echt nichts erspart zu bleiben. Zuerst kotze ich mir die Seele aus dem Leib, dann bekommt Amanda das hervorragend in den Griff und was macht mein Körper? Ja! Er reagiert mit Blutungen, ganz toll, richtig prima. Zum Nichtstun verdammt, super." Schmollend setzte sie sich auf das Sofa und blickte zu ihm auf. „Du weißt, dass es für mich eine Strafe ist, andauernd still zu sitzen."

„Nella, mein Schatz, auf die Idee wäre ich sicher nie gekommen." Er setzte sich neben sie und schloss sie fest in die Arme. „Alles was ich will ist, dass du glücklich bist. Immerhin bin ich ganze vier Wochen unterwegs. Noch könnte ich um ein Jahr verschieben."

Sie schüttelte abwehrend den Kopf. „Kommt nicht infrage. Ich bin im vierten Monat und du bist Mitte Oktober wieder zurück. Umberto wird mit Argusaugen über mich wachen und ich verspreche, nicht wieder zu arbeiten. Alessia würde mich wahrscheinlich allein schon bei meinem Anblick davon scheuchen."

„Sekunde, sie sagte, sie jagt dich vom Hof, wenn du noch einmal zum Arbeiten auftauchst. Gegen einen netten, gemeinsamen Tee und Limettenkuchen auf der Terrasse hat sie nichts."

Leise grummelnd schmiegte sie sich an seine Brust. „Haltet ihr nur alle zusammen. Das Projekt *Wie stelle ich Nella ruhig* funktioniert schon mal bestens."

Lächelnd strich Leander ihr über die wilden schwarzen Locken. „Das klappt nur, weil wir dich alle sehr lieben, du Pappnase."

Feixend sah sie zu ihm auf. „Weiß ich doch, aber ein bisschen Mitleid heischen muss für mich als leidende Schwangere ja wohl noch drin sein dürfen."

Leander legte seine Hand an ihre Wange und strich sanft mit seinem Daumen über ihre vollen Lippen. Er fand keine Worte dafür, wie sehr er diese Frau liebte.

Beschützerinstinkte und werdende Väter

„Umberto?“

„Ja, meine Süße?“

„Wenn du noch etwas langsamer fährst, werden wir zu einem stehenden Hindernis.“ Sie warf dem Freund einen fragenden Blick zu, doch der weigerte sich, den seinen von der Straße zu nehmen.

„Aber sicher doch, ich werde wie ein Blöder über die Landstraßen heizen, wenn ich eine so kostbare und fragile Fracht im Auto habe.“

„Umberto, ich bin schwanger. Ich bin keine Handgranate, die bei der geringsten Erschütterung hochgeht.“

Kichernd bremste Umberto noch mehr ab und fuhr mit geschätzten zehn Stundenkilometern in die Seitenstraße, in der Amandas Haus lag. „Eine nette Umschreibung, Süße. Dank deiner Stimmungsschwankungen ist der Vergleich nicht so ganz von der Hand zu weisen.“

Das war starker Tobak. „Stimmungsschwankungen? Ich? Kein bisschen, nicht die Spur. Ich bin die personifizierte Ausgeglichenheit, hast du verstanden?“

„Quod erat demonstrandum.“ Sein breites Grinsen war eine regelrechte Unverfrorenheit.

„Komm mir nicht so, hörst du?“ Ärgerlich ließ sich Nella in den Sitz zurückfallen. „Ich bin eine sehr pflegeleichte Schwangere, das sagt Leander auch.“

„Der kann das leicht behaupten in einer sicheren Entfernung von grob geschätzt tausend Kilometern", flüsterte Umberto.

„Das ist gemein und das hab ich gehört, da kannst du noch so sehr herumwispern." Es gelang ihr nicht mehr, ernst zu bleiben. „Madonna, bin ich wirklich so ein launisches Wesen geworden? Tut mir leid, ehrlich."

Umberto bog langsam und vorsichtig in die Auffahrt. „Meine bezaubernde, süße Seelenfreundin, darüber müssen wir ganz gewiss nicht reden. Du bist schwanger, deine Hormone spielen verrückt, alles was zählt ist, dass es dir", er stockte kurz, blickte auf ihren Bauch und legte zärtlich seine Rechte darauf, „und dem kleinen Wesen da drin gut geht, verstanden?"

Gerührt beugte sie sich zu ihm, soweit es ging, und küsste ihn auf die Wange. „Danke, du bist so lieb zu mir."

Umberto zog den Wagenschlüssel ab und sah sie lange an. „Ja, weil du mir unendlich wichtig bist."

Amanda parkte Umberto mit einigen schon recht zerrupften Modemagazinen und einem Glas kühlem Eistee auf der Terrasse, von der aus man auf den leicht verwilderten Garten blicken konnte. Nella beorderte sie in ihr Behandlungszimmer.

„Du siehst sehr gut aus, quasi das blühende Leben. Nimmst du alles, was ich dir mitgegeben habe?"

Sie nickte eifrig. „Ja, ich bin eine sehr folgsame Patientin, ich schwöre."

„Gut so. Es ist wichtig für dich und das Kind. Bist du ohne Angst, wird auch das Baby entspannt und glücklich zur Welt kommen." In Amandas Augen blitzte es diabolisch auf. „Bereit für die Nadeln?"

In gespielter Verzweiflung seufzte Nella herzzerreißend. „Wusste ich doch, dass das mit dem entspannt und glücklich einen Haken hat."

Keine fünf Minuten später lag sie mit grob geschätzt fünfzehn Nadeln in diversen Knotenpunkten ihres Körpers auf der Liege, während Amanda ihr die Schulterpartie massierte. „Hörst du regelmäßig von Leander?"

Nellas Stimme klang ein bisschen gepresst ob der Tatsache, dass sie mit dem Gesicht auf einem weichen Kissen lag. „Natürlich! Jeden Abend ruft er an, er ist unglaublich besorgt um mich."

„Du weißt schon, dass du dir darauf jede Menge einbilden darfst? Leander war ein Rumtreiber par excellence, das meine ich zwar jetzt im positivsten Sinne, aber dennoch. Die Frauen lagen ihm zu Füßen und er war nicht gerade ein Kostverächter. Ab und an kam er verdammt hochnäsig rüber, was nicht verwundert, da alle ihn hofierten. Du hast ein Wunder vollbracht, ernsthaft."

Nella schwieg lange, ehe sie antwortete. „Das macht mich sehr glücklich. Meine einzige Angst ist, dass er sich irgendwann durch das Kind zu sehr eingeschränkt sieht. Es ist schwer, die richtigen Worte zu finden. Er hat seine Freiheit immer geliebt, und ich bin mir sicher, er liebt mich. Aber was wird sein, wenn da ein kleines Wesen ist, das unser Leben auf den Kopf stellt?"

Sie vernahm ein ungehaltenes Schnauben. „Unfug! Er hat sich für dich entschieden, und du darfst mir glauben, hätte er das Kind nicht gewollt, dann wärst du jetzt nicht schwanger. Leander kann sehr direkt sein. Er will dich und er will das Baby, mach dir bitte keine Sorgen. Ihr werdet eine Traumfamilie, da bin ich mir absolut sicher. Spürst du das?"

Nella sog scharf die Luft ein. „Und wie, das tut weh. Was war das?"

„Ich habe die Nadel im Ruhepunkt ein bisschen gedreht und aktiviert, damit du nicht auf noch mehr dumme Gedanken kommst."

Sie hob ihren Kopf und sah zu der feixenden Amanda auf. „Ich bin so ruhig wie nie zuvor in meinem Leben, okay?"

„Dann ist ja alles gut. Kopf runter, du Zauderer, ich massier dich noch ein wenig."

„Hast du noch Tee? Sonst pack ich dir welchen ab." Amanda nahm Nella freundschaftlich in die Arme. „Ich muss schließlich dafür sorgen, dass es dir an nichts fehlt, sonst könnte es sein, dass mich der Zorn der nordischen Götter trifft."

Die wehrte lächelnd ab. „Ich denke, ich bin für die nächsten Wochen versorgt. Vielen Dank, Amanda, du bist ein Schatz. Ich weiß nicht, was ich ohne deine Hilfe getan hätte."

Die grinste lediglich. „Weitergekotzt, schätze ich. Aber so ist es eindeutig besser." Sie nickte Umberto zu. „Und nun bring die werdende Mutter bitte heil nach Hause, ja?"

Der ergriff Nellas Arm und zog sie zu sich. „Versprochen. Sie ist in guten Händen."

Im Wagen drehte Umberto minutenlang an der Lüftung herum, ehe er glaubte, die passende Stärke gefunden zu haben.

„Umberto, ich bin schwanger, nicht todkrank."

„Was du nicht sagst. Darf ich mich bitte trotzdem um dich und das kleine Geschöpf da drin sorgen? Wie fühlst du dich? Bist du müde oder hast du Lust, in einem echt schönen Restaurant zu essen?"

Da sie tatsächlich, wie jedes Mal nach Amandas Akupunktur, großen Appetit hatte, stimmte sie erfreut zu. „Nichts wie hin, wir beide haben einen Riesenhunger."

Die Trattoria lag abseits der Hauptstraßen auf einem Grundstück mit zahllosen Olivenbäumen. Das Haus selbst war ein altes Gebäude, das liebevoll renoviert worden und dem so der Charme nicht abhandengekommen war. Im Garten standen unter den Bäumen wild verteilt Tische und Stühle, und direkt neben dem Haus befand sich eine alte Ölmühle. Nella gefiel dieser Ort ausnehmend gut.

„Ist das schön hier, richtig idyllisch. Wie bist du darauf gestoßen?"

Umberto verzog schmerzlich das Gesicht. „Yves kannte es von früher. Wenn ich heute darüber nachdenke, dann war er sicher mit einer Frau hier. Aber das soll uns bitte nicht davon abhalten, das leckere Essen zu genießen. Komm, suchen wir uns einen schönen Platz. Ich bin froh, dass das Wetter mitspielt und wir draußen sitzen können."

Nachdem sie, dank eines sehr umsichtigen Kellners, in Windeseile ihr Essen bestellen konnten, sah sie sich neugierig um. Es war ein schöner, romantischer Traum. Soweit sie erkennen konnte, saßen an den Tischen fast nur glückliche, verliebte Paare.

Zweifelnd musterte sie den Freund. „Ich will ja nicht die Geister der Vergangenheit wecken, aber ist das für dich nicht seltsam, mit mir hier zu sitzen? Ich meine ja nur, nachdem du mit ihm hier warst?“ Sie vermied es tunlichst, Yves’ Namen auszusprechen, da Umberto noch immer jedes Mal zusammenzuckte.

Der runzelte die Stirn und zerbröselte heftig ein unschuldiges Grissino zwischen den Fingern. „Ich kann es dir nicht sagen. Irgendwie ist es eher ein Gefühl des Triumphes, okay, klingt blöd, ist aber so. Ich sitze hier mit dir und habe wenigstens einen kleinen Teil von dem erreicht, wovon wir damals beide träumten. Ich werde – zumindest in gewisser Weise – Vater. Ein Teil meines Traumes von damals erfüllt sich. Ich werde also meinen Fußabdruck auf dieser Welt hinterlassen. Es wird ein Kind geben, das von mir ist. Und die beste Freundin, die ich jemals hatte und auch zukünftig haben werde, ist die Mutter. An dem Tag, an dem Yves seine Koffer gepackt hat, hätte ich nie und nimmer gedacht, dass ich noch einmal so glücklich sein könnte.“

Der Kellner kam vollbeladen mit Lasagne, Salat und Saltimbocca an den Tisch, und Nella lächelte Umberto aufmunternd zu. „Jetzt lass uns essen. Sonst verhungern das Kind und ich noch.“

Umberto streichelte liebevoll ihre Hand. „So weit wird es nie kommen, dafür sorge ich.“

Sie griff nach ihrer Gabel und stach in die dicke Käseschicht der dampfenden Lasagne. „Das glaube ich dir aufs Wort."

Es war schon dunkel, als Umberto sie zuhause in Rom absetzte. „Süße, soll ich noch mit nach oben kommen? Brauchst du etwas, kann ich noch irgendwas für dich tun?"

Nella griff nach ihrer Korbtasche und schlüpfte in ihre Strickjacke. Es war jetzt, da die Sonne untergegangen war, recht kühl geworden. „Nein danke, das ist lieb, ich bin wunschlos glücklich. Vielen Dank fürs Fahren, das superleckere Essen und den schönen Tag. Du bist ein Schatz."

„Du weißt, Anruf genügt, ja?"

Sie nickte ihm beruhigend zu. „Ich weiß. Aber du darfst nicht vergessen, dass du auch noch einen Job hast. Ich möchte dir nicht deine ganze Zeit stehlen."

„Tust du keineswegs. Das ist der Vorteil der Selbständigkeit. Freie Zeiteinteilung."

Nella umfasste den Tragegurt ihrer Tasche und hängte sie über ihre Schulter. „Schön für dich. Ich verschwinde dann mal. Langsam werde ich müde. Gute Nacht, Umberto."

Sie registrierte, dass er erst losfuhr, als sie die Haustür erreicht hatte. Seine Sorge um sie rührte und beunruhigte sie gleichermaßen. Im Aufzug betrachtete sie sich nachdenklich von der Seite. Es war ihr vollkommen egal, dass sie bereits aussah, als habe sie einen Fußball verschluckt. Der Gedanke, dass daraus in absehbarer Zeit eine Wassermelone werden würde, amüsierte sie. Sorgen machte sie sich nur in einem Punkt – Umberto.

Nella steckte den Schlüssel ins Schloss, sperrte auf und trat in den dunklen Flur. Sie hatte nicht gelogen, als sie sagte, sie sei müde. Viel mehr Sehnsucht als nach ihrem Bett hatte sie jedoch nach etwas gänzlich anderem. Sie musste seine Stimme hören, jetzt sofort. Sie griff nach dem Telefon und wählte die Nummer, die ganz oben auf dem Notizblock stand, der stets griffbreit daneben lag.

Es dauerte, ehe am anderen Ende die freundliche Stimme einer Frau erklang. Nella atmete tief ein.

„Guten Abend, bitte verbinden Sie mich mit dem Zimmer von Leander Clasen."

Er musste neben dem Telefon gesessen haben. „Ja, bitte?"

„Leander, ich bin es, Nella. Störe ich?"

Allein seine tiefe Stimme zu hören schickte einen warmen, angenehmen Schauder durch ihren Körper. Sie ahnte, dass er lächelte. „Stören? Du? Du kannst mich nie stören. Wo hast du gesteckt? Ich habe schon mehrmals versucht anzurufen."

Sie holte tief Luft und erzählte ihm von ihrem Tag. Ihre Sorge in Bezug auf Umberto behielt sie für sich. Es tat so gut, Leander zu hören, mit ihm zu sprechen, dass alles andere verblasste. Nur war er dummerweise, sobald es um sie ging, verflixt einfühlsam.

„Meine Kleine, sag, geht es dir wirklich gut? Ist tatsächlich alles in Ordnung? Du weißt, dass ein Wort von dir genügt und ich breche hier ab."

„Nichts da. Es *ist* alles in Ordnung. Amanda ist sehr zufrieden mit mir, und bräuchte ich etwas, dann wären Alessia und Umberto sofort zur Stelle. Mach dir keine Sorgen. Ja sicher, du fehlst mir unendlich, aber das heißt nur, dass ich mich umso mehr freue, wenn du in zwei Wochen wieder hier bist."

„Okay, dann will ich dir mal glauben. Aber zu etwas ganz anderem. Sobald du und unser Baby reisetauglich seid, müssen wir zusammen hierher. Du wirst begeistert sein."

Leander erzählte ihr von den Schönheiten der Camargue, von weiten Ebenen und ungezähmten, wunderschönen Pferden, von goldenen Sonnenuntergängen – und von seiner Sehnsucht nach ihr. Als sie nach über eine Stunde das Telefonat beendeten, fühlte sie sich zufrieden, geliebt und glücklich. Sie trank ein Glas Bananensaft und tapste ins Bad, um sich die Zähne zu putzen. Nach dem Gespräch mit Leander war sie sich sicher, dass alles gut laufen und ein jeder von ihnen seinen Platz finden würde. Sie zog sich im Spiegel eine Grimasse. „Das schaffen wir, Nella."

***

Uns gehört nur die Stunde, doch eine Stunde, so sie denn glücklich ist, ist viel.

Warum ihm ausgerechnet in diesem Augenblick das Zitat von Theodor Fontane einfiel, konnte er nicht mit Bestimmtheit sagen. Nachdenklich rührte Leander in der Fischsuppe, die er für den heutigen Weihnachtsabend vorbereitete. Es duftete herrlich nach frischen Kräutern und aus dem Wohnzimmer drangen fröhliche Gesprächsfetzen an sein Ohr. Da Nella nicht reisen, geschweige denn fliegen durfte, hatte sich der Clasen-Clan auf den Weg nach Rom gemacht. Während seine

Eltern im Gästezimmer wohnten und Lars auf dem bequemen Sofa in seinem Arbeitszimmer nächtigte, war Astrid um nichts in der Welt dazu zu bewegen gewesen, auch hier zu schlafen. Sie wohnte kaum vierzig Meter weiter in einer winzigen Pension.

Wenn er darüber nachdachte, fragte er sich, warum sie überhaupt mitgekommen war. Noch immer begegnete sie Nella sehr zurückhaltend und kühl. Es war offensichtlich, dass sie nach wie vor damit haderte, dass nicht ihre beste Freundin die Frau an seiner Seite war.

Seufzend kippte er ein Glas Rotwein in die sämige, mallorquinische Fischsuppe. Umbertos ausgelassenes Lachen hörte man aus dem Stimmengewirr und Gelächter im Wohnzimmer deutlich heraus. Nellas langjähriger Vertrauter war so glücklich wie schon seit langem nicht mehr. Leander stützte sich auf der kühlen Marmorarbeitsplatte auf und betrachtete grübelnd, wie im Suppentopf Bläschen an die Oberfläche stiegen und mit leisen, satten Tönen zerplatzten. Seit seiner Rückkehr aus Frankreich war er nur noch einmal für zwei Tage in London gewesen und abgesehen davon nicht mehr von Nellas Seite gewichen.

Die Frau, die er liebte, war rundum glücklich und zufrieden. Sie zeigte es ihm mit jedem Lächeln, mit jeder liebevollen Berührung. Alles schien perfekt, und doch war da, tief in ihm, genau der winzige Stachel, den er schon vor acht Monaten befürchtet hatte. Umberto war zu einem Teil ihres Lebens geworden. Gut, dank ihm war Nella schwanger und er würde der Patenonkel ihres Kindes werden, was mit absoluter Sicherheit hieß, dass es dem Kind niemals an Liebe und Zuneigung mangeln würde. Es war ja nicht so, dass er Umberto nicht mochte oder ihn nicht in ihrer Nähe haben wollte. Es war lediglich eine Frage des *Wann* und *Wie*. Beinahe täglich kam er, und war es nur auf einen Sprung, vorbei. Das Kinderzimmer hatten sie ebenso zu dritt gestrichen wie sie die Einrichtung gekauft hatten. Umberto ließ es nicht zu, dass sie das antik anmutende Gitterbettchen aus Naturholz bezahlten. Immerhin war es ihnen möglich gewesen, es allein in einem wunderschönen, fröhlichen Lilaton zu streichen.

Genervt von seinen Gedanken, schüttelte er unwillig den Kopf. Das alles sollte vollkommen nebensächlich sein. Was zählte, war die glückliche, strahlende Nella, deren Stimme er in diesem Augenblick aus dem Wohnzimmer vernahm.

„Was ist los? Nicht zufrieden mit deinem Kochergebnis? Soll deine kleine Schwester dir unter die Arme greifen?“ Astrid lehnte, von ihm bis jetzt unbemerkt, im Eingang zur Küche.

Er rollte mit den Augen. „Alles, nur das nicht. Bei dir brennt schließlich sogar Teewasser an.“

„Da will man einmal helfen.“ Astrid stieß sich vom Türrahmen ab und stellte sich neben ihn. Nach einem prüfenden Blick in den Topf hievte sie sich auf die Arbeitsplatte, schlug lässig die Beine übereinander und musterte ihn prüfend. Selbst heute, am Weihnachtsabend, war seine kleine Schwester komplett in Schwarz gekleidet. Die frisch gefärbten Haare glänzten blauschwarz. Immerhin hatte sie auf ihre üblichen Totenkopf-Shirts verzichtet und trug eine schwarze, langärmlige Bluse, was er ihr hoch anrechnete.

„Mann, Leander, man sieht dir an der Nasenspitze an, dass etwas nicht in Ordnung ist.“

Er erschrak bei diesen Worten sehr. „Unsinn. Es ist Weihnachten, da bin ich immer nachdenklicher als sonst. Das solltest du eigentlich wissen."

Astrid krauste spöttisch ihr Stupsnäschen. „Pah, so ein Quatsch. Du und nachdenklich, das sagt der Mann, der sich einen Rentierfurz darum schert, was um ihn herum passiert, solange nur seine Welt in Ordnung ist. Hör doch auf, Leander. Ich beobachte das jetzt seit zwei Tagen und bin schließlich nicht blind. Du bist eifersüchtig. Und versuch erst gar nicht, mir zu widersprechen. Ich kenn dich viel zu lange, als dass ich auf deine halbherzigen Erklärungsversuche reinfallen würde. Es stinkt mir zwar nach wie vor, dass nicht Erica deine Auserwählte ist, aber selbst ich kann sehen, dass du deine Freundin anbetest. So weit so gut." Astrid hielt inne und betrachtete ihre in schwarzen Wollsocken steckenden Füße. „Du liest ihr jeden Wunsch von den Augen ab. Nicht, dass das schlecht wäre, keineswegs, es ist nur einfach nicht der Leander, den ich kenne. Okay, charmant, liebenswürdig, hilfsbereit, freundlich, aber bitte schön auch ironisch, selbstverliebt und freiheitsliebend. Ich möchte lediglich anmerken, dass der zweite Teil des alten Leander mir irgendwie fehlt. Ich kann mir nicht vorstellen, dass er auf Nimmerwiedersehen verschwunden ist. Mal im Ernst, mein Großer, hat sie dich umgedreht? Sie hat sich doch in den Mann verliebt, der du warst, oder? Und jetzt stehst du in Dauerkonkurrenz mit diesem Umberto. Nicht, dass ich ihn nicht mögen würde, der Typ ist lustig und echt cool, aber dieses Dreierbündnis ist mir leider unheimlich."

Beinahe schon ärgerlich tauchte er den Suppenlöffel in das kochende Gericht und rührte heftiger um als nötig. „Blödsinn, du interpretierst da viel zu viel hinein. Ich meine, wir waren ja ehrlich zu euch allen und ihr wisst, welche Rolle Umberto bei Nellas Schwangerschaft gespielt hat. Ist doch nur natürlich, dass er genauso aufgeregt ist wie wir."

„Trotzdem bist du genervt, erzähl mir nichts. Mag sein, dass ich mich damit in die Nesseln setze, aber du teilst soweit ich mich erinnere so gut wie alles, außer deine Frauen, und die hier ja nun schon einmal überhaupt nicht. Und mag auch noch so viel dafür sprechen, dass der niedliche Italiano da draußen derzeit ein Teil deines Lebens ist, es frisst an deinem Ego." Sie sprang elegant von der Arbeitsplatte und klopfte ihm aufmunternd auf den Rücken. „Ich halt jetzt lieber wieder die Klappe. Wenn ich hier nicht helfen kann, deck ich zusammen mit Mama den Tisch. Irgendein besonderes Geschirr?"

Abwesend antwortete er ihr, dass sie das Geschirr aus der weißen Schrankwand nehmen sollten, und ehe er weiter darüber nachdenken konnte, war Astrid auch schon verschwunden. Ob sie das absichtlich machte, ihn dermaßen zu verunsichern? Verdammt, sie war die Oberflächliche in dieser Familie, und urplötzlich mutierte sie zum Seelenklempner. Er war so in Gedanken versunken, dass er um ein Haar vergessen hätte, den frisch zubereiteten Baguetteteig in den Ofen zu schieben. Eilig holte er das nach und angelte die Antipasti aus dem Kühlschrank. Während er sie anrichtete, hörte er von draußen das Geschirr klappern. Alles war in Ordnung, alle waren gesund und guter Dinge, Nellas und letztendlich auch seine Wünsche waren in Erfüllung gegangen. Sie waren alle zusammen eine große und glückliche Familie. Er wusste mit Sicherheit, dass das Nellas sehnlichster Wunsch gewesen war. Ihre strahlenden Augen, als seine Eltern und Lars angekommen waren, hatten mehr als alle Worte gesagt. Genau das war es doch, was er ihr versprochen hatte, alles, aber auch wirklich alles, hatte sich perfekt ineinandergefügt.

„Schatz, du machst die ganze Arbeit allein, kann ich wirklich nicht helfen?" Nellas Arme schlangen sich um seine Mitte, und als er zu ihr hinunterblickte, sah er ihre fröhlich funkelnden Augen. Von einer Sekunde zur anderen waren seine Zweifel wie weggewischt.

„Nichts da. Ich bin so gut wie fertig. Setz dich wieder zu Lars und meinem Vater. Den Rest machen meine Mutter, Astrid und ich." Er küsste sie zärtlich auf die vollen, roten Lippen und war sich vollkommen sicher, dass sich alles finden würde, solange sie nur zusammen waren.

***

Der Neujahrsabend rückte unweigerlich näher – der vorletzte Tag, den die Clasens in Rom verbrachten. Am zweiten Januar wollten sie zurück nach Schweden, vor allem, da Erik geschäftliche Termine wahrnehmen musste. Nella genoss es unbeschreiblich, Leanders Familie um sich zu haben. Es war, als gehörten sie von jeher zu ihrem Leben. Lars war der Bruder, den sie sich immer gewünscht hatte, Lina umsorgte sie so liebevoll, wie ihr eigene Mutter es niemals getan hatte, und Erik wies in seiner Herzlichkeit und seinem frischen Humor so viele Parallelen zu ihrem Vater auf, dass ihr nicht selten die Tränen in die Augen traten. Einzig Astrid war ihr noch immer ein Rätsel. Mochte sie den anderen gegenüber freundlich und gesprächig sein, so begegnete sie ihr sehr zurückhaltend. Was sie freute war, dass Astrid und Umberto sich schnell angefreundet und in den letzten Tagen viel gemeinsam unternommen hatten. Das eröffnete ihr und Leander die Möglichkeit, auch einmal in Ruhe mit seinen Eltern zu reden oder, wenn diese auf langen Spaziergängen Rom erkundeten, ihre Zweisamkeit zu genießen. Heute saß sie bei Tee und köstlichen Keksen mit Lina auf dem Sofa und fragte die erfahrene Mutter nach Strich und Faden aus.

„Nella, mein Kind, du kannst ganz beruhigt sein. Nach den ersten Problemen – und vertrau mir, die gibt es in so gut wie jeder Schwangerschaft – ist doch alles wunderbar verlaufen. Mach dir keine Sorgen, du bist jung und gesund. Soweit ich weiß, ist das Baby in Größe und Entwicklung exakt so, wie es sein soll. Die letzten Wochen werden ein Kinderspiel." Sie warf einen prüfenden Blick auf Nellas gewaltigen Schwangerschaftsbauch. „Lass mich das etwas modifizieren, du wirst die letzten Wochen ohne Komplikationen durchstehen. Dazu gehört leider nicht, dass du dir die Schuhe alleine zubinden kannst."

Schmunzelnd streichelte Nella die medizinballgroße Wölbung. „Das kann ich schon seit ein paar Wochen nicht mehr. Aber wozu gibt es Stiefel zum Einfach-so-reinschlüpfen?"

„Und vor der Entbindung fürchtest du dich doch nicht, oder?" Lina griff nach ihrer Hand und hielt sie fest.

Nella verzog die Lippen zu einem schrägen Lächeln. „Ich würde lügen, wenn ich behaupte, dass ich keine Angst davor habe."

„Verständlich. Aber es mag dich trösten, wenn ich dir erzähle, dass ich es drei Mal überlebt habe. Ich will ebenso wenig lügen. Es sind furchtbare Schmerzen, und für einige Stunden wünschst du alles und jeden, der dir auch nur zu nahekommt, zum Teufel. Frag mich bitte nicht, was sich Erik während der Geburten alles von mir anhören musste. Das ging so weit, dass ich ihm sagte, er solle sich davon scheren und nie wieder auf den Gedanken kommen, mich noch ein einziges Mal berühren zu dürfen." Lina spielte gedankenverloren mit Nellas Fingern und blickte sie dann an. „Und nachdem du einen jeden verflucht hast, dich selbst eingeschlossen, für die Dummheit, überhaupt erst Kinder haben zu wollen, ist da dieser unbeschreiblich grässliche Schmerz der allerletzten Presswehe. Aber dann hörst du nur noch eines: den ersten Schrei dieses einzigartigen, kleinen Wunders, das sie dir kurz darauf in die Arme legen. Vergessen ist jeder Schmerz und jede Angst, denn ab diesem Augenblick zählt nur noch eines, nämlich dein Baby. Der Kreissaal, das Krankenhaus, ja die ganze Welt verschwinden, sind vollkommen unwichtig. Es gibt nur noch dich und dein Kind. Dieses Glücksgefühl ist einzigartig und durch nichts anderes auf der Welt zu ersetzen, glaub mir das. Vom ersten Augenblick an liebst du dieses kleine Geschöpf mehr als dein eigenes Leben. Du wirst binnen Sekunden von der einfachen Frau zur Mutter." Linas Lächeln wurde etwas breiter. „Du darfst mir gerne glauben, dass diese bedingungslose Liebe, gegen die du dich nicht wehren kannst, überlebenswichtig für so manches Kind ist. Vor allem dann, wenn du dein schreiendes Baby die zehnte Nacht in Folge durch die Wohnung trägst, weil es beispielsweise unter Dreimonatskoliken leidet. Nein, Nella, du wirst das alles wunderbar meistern, und du wirst eine wundervolle Mutter sein."

Lina konnte sich nicht einmal annähernd vorstellen, wie dankbar sie ihr in diesem Augenblick war.

Die Angst vor dem Morgen

Leander warf einen kurzen Blick aus dem Fenster. Fast auf den Tag genau vor einem Jahr hatte er erfahren, dass er womöglich niemals Kinder würde zeugen können. Immerhin hatte diese Entwicklung eine positive Wendung genommen, ganz im Gegensatz zum Januarwetter in Rom. Grau, nasskalt und Nieselregen. Da jagte man keinen Hund vor die Tür.

Einen Vorteil hatte das Ganze: Er war fertig mit seinem Manuskript. Hier wiederum war es praktisch, dass die Hälfte des Buches aus traumhaft schönen Bildern bestand. Bei einer Landschaft wie der Camargue konnte man eigentlich nichts falsch machen, egal wo man auf den Auslöser drückte. Zufrieden mit sich und dem Ergebnis seiner Arbeit speicherte er ab und schaltete den Computer aus. Sein Magen knurrte lautstark und ein Blick auf die Uhr verriet ihm warum. Seit dem Frühstück hatte er nichts mehr gegessen und der Zeiger wanderte unaufhaltsam auf vier Uhr nachmittags zu.

Es war still in der Wohnung, so still, dass er das Ticken der Uhr hörte.

Nella war seit Stunden mit Umberto unterwegs, um die Grundausstattung für das Baby zu vervollständigen. In seinen Augen vergebene Liebesmüh, denn mittlerweile hätten sie Vierlinge bekommen können, und noch immer wäre für jedes Kind mehr als genug vorrätig gewesen. Nicht nur aus Schweden war ein enormes Paket eingetrudelt, auch Franca hatte es sich nicht nehmen lassen, für den zukünftigen Familienzuwachs ein üppiges Geschenkset zusammenzustellen. Umberto toppte das alles um Meilen. Das Kinderzimmer sah aus wie ein gut sortierter Spielwarenladen.

Leander stand auf. Vorsichtig streckte er sich und dehnte die verspannten Muskeln. Bald mussten Nella und Umberto zurückkommen, und vielleicht freute sich Nella über heißen Tee und einen leckeren Imbiss. In der Küche setzte er Wasser auf und entschloss sich, Rührei mit Krabben zu machen. Das schmeckte einfach immer. Gerade, als er das flüssige Ei in die Pfanne goss, vernahm er, wie die Haustür aufgesperrt wurde, und hörte Nellas Stimme. „Schatz, wir sind wieder da. Das war ganz sicher das letzte Mal, dass ich die Wohnung verlasse. Ich kann mich kaum mehr bewegen."

„Dann wasch dir die Hände und setzt dich hierher. Ich koche mir gerade etwas, hast du Hunger?" Ihm fiel auf, dass er Umberto kurzerhand ausblendete. „Öhm, habt ihr Hunger, wollte ich sagen."

Nella kam zu ihm in die Küche und drückte ihm einen Kuss auf die Wange. Ihre Nase war eiskalt und der dicke Mantel, den sie noch immer trug, sah nicht nur feucht aus, er roch auch so.

„Liebling, gib mir den Mantel, ich hänge ihn neben den Kamin, damit er trocken kann."

Ehe sich Nella aus dem dunkelblauen Ungetüm schälen konnte, stand Umberto bereits hinter ihr. „Das kann ich doch machen, ehe dir die Rühreier anbrennen."

„Ja, danke.“ Zu mehr fehlte ihm im Moment schlicht die Motivation.

„Wir haben jetzt wirklich alles, von Windeln und Puder über Cremes bis zu Schnullern in allen Farben und Variationen. Fehlt nur noch das dazugehörige Baby.“ Nella klang müde, aber glücklich. Sie kam aus dem Bad zurück und setzte sich stöhnend an den Esstisch. „Kann ich etwas helfen?“

Er musste lachen, als er sie beobachtete, wie sie verzweifelt versuchte, den mächtigen Bauch so unterzubringen, dass sie einigermaßen würde essen können. „Nein, mein Liebling, du bist beschäftigt genug.“ Er holte Teller aus dem Küchenschrank und verteilte die Rühreier. Gut erzogen, wie er nun einmal war, rief er nach Umberto. „Hey, Onkel Umberto. Möchtest du auch etwas?“

„Danke, nein, ich muss zuhause noch den Kühlschrank leeressen. Da ich euch dauernd auf die Nerven falle, sollte ich dringend dafür sorgen, dass der Inhalt nicht von alleine davonläuft. Ich verschwinde dann auch gleich.“ Mit einem sorgenvollen Blick auf Nellas Körperumfang fügte er hinzu: „Ihr meldet euch, wenn etwas sein sollte, okay?“

„Natürlich, was denkst du denn?“ Nella hielt ihm ihre Wange hin, die er sichtlich erfreut küsste.

„Leander, mach's gut. Euch beiden einen schönen Abend.“

Als die Haustür hinter ihm ins Schloss fiel, war das für Leander seltsam befreiend.

Während sie aßen, erzählte Nella von ihrem Einkaufsbummel und davon, dass sie derzeit für alles viermal so viel Zeit benötigte wie sonst. „Das nervt. Zu nichts bin ich mehr in der Lage. Nicht einmal sitzen kann ich ohne Probleme. Ich wünschte mir, das Baby würde sich beeilen."

Er warf einen zweifelnden Blick hinaus in die hereinbrechende Winternacht. „Also ehrlich, wenn ich unser Kind wäre, würde ich mir das genau überlegen. Wer will bitte bei so einem Sauwetter zur Welt kommen?"

Leander hatte das Gefühl, gerade erst eingeschlafen zu sein. Zumindest war er vollkommen schaftrunken, als Nella ihn wachrüttelte.

Ihre Stimme klang ängstlich. „Leander, bitte wach auf, nun komm schon."

Er riss die Augen auf und versuchte, den Schlaf abzuschütteln. „Ich bin wach, zumindest einigermaßen, was ist denn los? Geht es dir nicht gut? Brauchst du etwas?"

Im Halbdunkel des Schlafzimmers konnte er mit Müh und Not erkennen, dass sie hektisch nickte. „Ja, eine Fahrt ins Krankenhaus. Meine Fruchtblase ist geplatzt."

Noch nie in seinem ganzen Leben war Leander so schnell aus einem Bett gesprungen.

„Wann? Wie? Oh, du bist ja schon angezogen."

Nella nickte. „Bin ich, ganz ruhig, Schatz. Nimm die Tasche bitte und hilf mir, in meine Stiefel zu schlüpfen."

„Gerne, aber darf ich mir schnell noch was anziehen?"

Einen kleinen Augenblick starrte Nella verwirrt auf seine Boxershorts, dann begann sie lauthals zu lachen. „Gut, so viel zu der gänzlich ruhigen, werdenden Mutter. Ja, bitte zieh dich an und dann versuchen wir das mit dem reibungslosen Ablauf noch einmal."

Er war auch noch nie so schnell in seinen Klamotten gewesen, zumindest nicht, soweit er sich erinnern konnte. Nervös fuhr er sich mit allen zehn Fingern durch seine Haare. „Das muss genügen, und jetzt zu dir." Er zog Nella ihre Stiefel an, half ihr in den Mantel und blickte sich hektisch nach der Tasche um. Die stand natürlich genau da, wo sie schon seit vier Wochen stand: direkt neben dem Flurschrank. Er schlüpfte in seine Lederjacke, griff nach dem Autoschlüssel und atmete einmal tief durch, um sich zu beruhigen. „Ich denke, wir haben alles. Glaubst du, du schaffst es bis zum Auto?"

Sie nickte zuversichtlich. „Bis jetzt ist es nur ein leichtes Ziepen. Das tut nicht weh."

Erneut stellte er einen Geschwindigkeitsrekord auf. Dem Himmel sei Dank begegneten sie keiner Polizeistreife, wobei er heute gute Chancen gehabt hätte, ungeschoren davonzukommen. Immer noch viel zu schnell bog Leander in die Auffahrt zum Krankenhaus ein. Nella und er hatten sich für eine hübsche, kleine Privatklinik entschieden, und just in diesem Moment war er sehr froh darüber.

Bis auf einen Krankenwagen war die Auffahrt gänzlich verwaist. Er bremste vorsichtig ab und rollte zum Eingang aus. Sofort kam ein Mann mittleren Alters im weißen Kittel herbeigerannt. „Was ist passiert? Brauchen Sie einen Rollstuhl?"

Leander umrundete den Wagen und öffnete die Beifahrertür.

„Ah, ich sehe schon. Sekunde, ich hole Ihnen sofort einen." Weg war er, um gefühlt einen Wimpernschlag später wieder neben ihnen aufzutauchen. „So, junge

Frau, dann setzen Sie sich bitte hier hinein, denn das mit dem Gehen lassen wir lieber."

Nella ließ sich stöhnend in das leise quietschende Gefährt plumpsen.

„Keine Bange, ich werde mich nicht darum prügeln, laufen zu dürfen. Langsam tut es weh."

Er brachte sie auf ein hübsches Einzelzimmer mit bunt gestrichenen Wänden, einem breiten Bett, einem Zweisitzersofa, Tisch und zwei Stühlen. An den Fenstern hingen hellblaue Vorhänge, die perfekt zu der ebenfalls hellblauen Bettwäsche passten.

Der Mann, der sich als Giovanni und Nachtpfleger vorstellte, zog die Vorhänge zu und dimmte das Licht. „So, nun ist es gemütlicher. Bitte ziehen Sie das Hemd hier an. Ist leider nicht gerade Haute Couture, aber immerhin zweckdienlich. Ich sage der Hebamme und dem Arzt sofort Bescheid, in Ordnung?"

Er verschwand, ehe Leander ihm antworten konnte. Wichtiger war im Augenblick sowieso, Nella aus ihren Kleidern zu helfen sowie dabei, sich das weite, im Rücken mit drei Bändern zu schließende Hemd überzuziehen. Damit sie nicht fror, zog er ihr noch die weißen Kuschelsocken an, die sie so liebte, und half ihr, sich ins Bett zu legen.

Er hatte sie soeben zugedeckt, als der Arzt das Zimmer betrat.

„Na, wen haben wir denn da? Signora Alisi, Sie sind aber eindeutig zu früh dran, wenn ich mich recht entsinne."

Nella presste stöhnend die Hände auf die Bettdecke. „Sagen Sie das doch bitte dem Baby. Ich hätte die letzten zwei Wochen schon noch ausgehalten. Aber er oder sie scheint leider die Geduld zu verlieren."

„Das Baby möchte seine bildschöne Mama sehen, das wundert mich jetzt nicht." Schmunzelnd schlug der Arzt die Bettdecke zurück und untersuchte Nella vorsichtig. „Das könnte noch dauern. Ich schließe Sie vorsichtshalber ans CTG an, so kann ich die Herztöne überwachen. Eine reine Vorsichtsmaßnahme, um immer sicher zu sein, dass es dem kleinen Wesen da drinnen gut geht." Er wandte sich zu Leander um, und ein wissendes Lächeln umspielte seine Lippen. „Und, der werdende Vater ist die Ruhe in Person, nicht wahr?"

Er grinste zurück. „Total. Sie haben nicht zufällig etwas Valium in Ihrer Manteltasche?"

Der Doktor verneinte lachend. „Kommt ja gar nicht infrage. Sie müssen fit sein, wenn Ihr Kind zur Welt kommen will."

Ein lauter Ausruf Nellas ließ sie beide zu ihr herumwirbeln. „Was ist? Schmerzen?"

„Das auch, aber Leander, du musst bitte Umberto Bescheid sagen. Er würde es uns nie verzeihen, wenn wir es ihm nicht sagen."

Der Arzt, der über die Umstände der Schwangerschaft schon seit langem Bescheid wusste, zuckte die Achseln. „Wenn Sie meinen, Signora Alisi. Aber ist dieser Augenblick denn nicht einer, den die Eltern für sich haben sollten?"

Nella wehrte geradezu vehement ab. „Nein, bitte. Er wäre todtraurig, wenn wir ihn nicht informieren und er nicht wenigstens hier sein könnte. Ich kenne ihn lange genug. Umberto ist in solchen Dingen sehr sensibel, und dann kommt noch dazu, dass das hier auch für ihn ein ganz besonderer Augenblick ist."

Leander gehörte nicht zu der Art Mann, der einer Frau, die in den Wehen lag, einen Wunsch abschlagen konnte. Daher griff er zum Telefon auf dem Tischchen im Krankenzimmer und wählte die Nummer, die Nella ihm diktierte.

Kaum legte er wieder auf, stöhnte Nella auf. Ihr Arzt, der noch im Raum war, wandte sich um. „Na, sollten das jetzt die richtigen Wehen sein? Wollen wir doch einmal schnell nachsehen."

Warum sprachen Mediziner oder medizinisches Personal eigentlich immer im Pluralis Majestatis? Während er noch grübelte, hörte er die nachdenklich klingende Stimme des Doktors. „Nein, so leid es mir tut, aber da hat sich noch nichts verändert. Machen Sie es sich so bequem wie möglich, Nella. Ich darf Sie doch Nella nennen?"

Die nickte mit fest zusammengepressten Lippen. Langsam begriff Leander, dass das eine lange Nacht werden könnte.

***

„Können wir denn gar nichts tun? Nella, Süße, brauchst du etwas, irgendetwas?" Umberto tätschelte ihr hilflos die Wange.

Mühsam schaffe sie es, ihre Kiefer zu lockern. „Doch, macht, dass das aufhört, macht, dass das Kind kommt, und zwar *jetzt*!" Verflucht noch eins, das tat dermaßen weh, dass sie kaum mehr klar denken konnte. Seit fünf

Stunden waren sie in der Klinik und seit drei Stunden wurden die Wehen zusehends schlimmer. Wie zum Teufel war sie auf die vollkommen absurde Idee gekommen, Kinder haben zu wollen? Erneut rollte eine Welle aus Schmerz über sie hinweg und raubte ihr den Atem.

„Atmen, Schatz, du musst den Schmerz wegatmen, sagt die Hebamme." Leanders Stimme klang annähend so verzweifelt, wie sie sich fühlte. Mit aller Kraft kämpfte sie gegen den Schmerz an, hielt kurz die Luft an, um sie dann langsam auszustoßen.

„Wenn hier noch ein einziges Mal jemand das Wort *wegatmen* in den Mund nimmt, dann passiert etwas. Ich weiß noch nicht genau was, aber es ist nichts Schönes, verstanden?", presste sie mühsam hervor.

„Ich will doch nur helfen ..."

„Versteh das jetzt bitte nicht falsch, aber im Moment kann mir niemand helfen, und wenn ich daran denke, dass ich eine örtliche Betäubung abgelehnt habe, dann würde ich mich gerne selbst ohrfeigen, aber ich bekomme meine Hände gerade nur schwer aus der Bettdecke." Mühsam löste sie ihre steifen Finger aus der weichen Decke. Erschöpft ließ sie ihren Kopf in das Kissen sinken. „Warum hat mich denn niemand gewarnt? Das ist unmenschlich."

Die Hebamme, die leise ins Zimmer gekommen war und ihre letzten Worte gehört hatte, trat schmunzelnd an ihr Bett. „Ach Nella, Sie haben alles Recht der Welt, zu klagen und so viel zu jammern, wie Sie möchten. Aber glauben Sie mir, sobald das Kind da ist, werden Sie das in wenigen Sekunden vergessen haben."

„Nie und nimmer! Das ist eine Tortur, ernsthaft, ich wundere mich, dass die Menschheit noch nicht ausgestorben ist." Dankbar ergriff sie den Becher mit kaltem Wasser, den die Hebamme ihr reichte.

Die strich ihr liebevoll die nassgeschwitzten Locken aus der Stirn. „Wir treffen eine Abmachung, in Ordnung? Sie fragen mich das nochmal fünf Minuten nach der Geburt, einverstanden?"

Sie öffnete soeben den Mund, um zu antworten, als die nächste Wehe mit voller Wucht über sie hinweg-rollte. Leanders Hand griff wortlos nach der ihren und sie umklammerte sie wie den sprichwörtlichen Rettungsanker.

Auch nachdem man sie in den Kreissaal geschoben hatte, passierte nichts, außer dass die Schmerzen weiter zunahmen.

„Das sieht gut aus, der Muttermund ist offen, jeden Moment können die Presswehen einsetzen." Der Arzt klang fröhlich und zufrieden. War der Mann wahnsinnig geworden? Was meinte er mit *einsetzen*? Sie war doch mitten drin?

„Sie scherzen, hoffe ich! Schlimmer kann es ganz sicher nicht mehr werden."

Sein mitleidiger Gesichtsausdruck wollte ihr überhaupt nicht gefallen.

Es konnte schlimmer werden, viel schlimmer. Sollte sie gedacht haben, die Eröffnungswehen wären schmerzhaft, belehrten sie die nun in voller Wucht einsetzenden Presswehen eines Besseren. Der Schweiß rann ihr in Strömen über die Stirn und sie bekam nur noch am Rande mit, dass Leander ihr mit etwas Kaltem sanft über ihr glühendes Gesicht wischte. Was sie ebenfalls nur noch wie durch einen roten Schleier aus Schmerz zur Kenntnis nahm, war das kreidebleiche Gesicht von Umberto. Sekundenlag schoss ihr durch den Kopf, dass er nicht gesund wirkte. Lange blieb ihr nicht, um darüber nachzudenken, denn die nächste Presswehe forderte ihr viel Kraft ab, und nur mit Mühe unterdrückte sie den Schmerzensschrei.

„Gut so, Nella, Sie müssen beim nächsten Mal fest pressen. Ich kann schon das Köpfchen sehen." Der Arzt klang noch immer vergnügt. Warum zum Teufel klang er so, während sie hier langsam starb?

Wieder kam sie nicht dazu, lange nachzugrübeln, denn die nächste Wehe überfiel sie wie aus heiterem Himmel. Es war ein grauenvoller, unbeschreiblicher Schmerz, der sie durchzuckte, und dieses Mal schrie sie wirklich. Das konnte kein normalsterblicher Mensch ertragen.

„Wunderbar! Sie haben es fast geschafft. Jetzt kurz den Atem anhalten, und wenn ich es Ihnen sage, dann pressen Sie mit aller Kraft."

Was glaubte denn der Mann, was sie hier machte? Beckenbodengymnastik? Mehr Kraft hatte sie nicht. Zitternd klammerte sie sich an Leanders Hand, während ihre andere sich in seinen Unterarm grub. „Ich kann nicht mehr, es geht nicht mehr, bitte mach, dass das aufhört." Ihre Stimme war nur noch ein leises Wispern.

„O doch, Sie können, und wie Sie können, Nella. Einmal noch pressen und zwar genau ... jetzt!" Der Arzt legte seine Hand auf ihren Oberbauch und drückte nach unten, während die Hebamme sie regelrecht anfeuerte. „Pressen, Nella, pressen, Sie können es, ja, da ist es doch schon!"

Während Nella für einen Sekundenbruchteil das Gefühl hatte, man habe ihr einen Spaten zwischen die Beine gerammt, vernahm sie einen leisen Laut. Wie das Fiepen eines Kätzchens. Dann folgte ein lauter, ungehaltener Schrei. Der erste Schrei ihres Babys. So weit sie konnte, riss sie die Augen auf, um nur ja keine Sekunde zu verpassen.

„Alles dran, was dran sein sollte. Nella, Sie haben ein wunderschönes, gesundes Mädchen." Die Hebamme beugte sich über sie und legte ihr ein warmes, weiches Bündel auf die Brust. „Hier ist sie, schön festhalten, Nella."

Als ob man ihr das sagen müsste. Voller Faszination betrachtete sie das kleine, noch verschmierte Wunder in ihren Armen. Sie spürte erneut einen leichten Schmerz zwischen ihren Beinen, aber nichts war in diesem Moment wichtiger als das Baby. Sie fühlte eine Hand, die sich auf ihr Haar legte und sah benommen nach oben. Leander. Aber warum weinte er denn?

„Leander, sieh doch, unser Baby, unser Mädchen, freust du dich denn nicht?"

Seine Stimme klang seltsam belegt. „Wie kannst du das denn nur fragen? Ich bin überglücklich." Langsam und sehr vorsichtig beugte er sich zu dem Kind in ihren Armen hinunter und küsste es ganz zart auf sein mit dunklem Flaum überzogenes Köpfchen. „Sie ist wunderschön, genauso schön wie ihre Mutter."

„Darf ich sie auch sehen, bitte?" Umbertos Stimme war leise und schwach, so als habe er gerade selbst die

Geburt durchgestanden. Da an ihrer anderen Seite die Hebamme dem Arzt zur Hand ging, wich Leander zurück und machte Umberto Platz.

„Mein Mädchen. Sie ist ein Wunder, auch wenn eine Frau für dieses Wunder zuvor ganz offensichtlich durch die Hölle gehen muss." Seit wann hatte Umbertos Gesicht diesen leichten Grünton und von welcher Hölle sprach er? „Madonna, sie ist ja so bezaubernd."

Am Ende des Bettes erhob sich der Arzt und lächelte sie an. „Nun, Nella, wie ist das denn nun mit dem Schmerz?" Er und die Hebamme sahen auf sie hinunter.

Sie horchte folgsam in sich hinein, während sie ihre Rechte schützend über das Köpfchen des Neugeborenen legte. „Schmerz? Ich weiß, dass da etwas war, aber es ist weg, restlos fort. Seltsam."

Er schüttelte den Kopf. „Nein, Nella, ganz normal. In dem Augenblick, in dem das Kind auf der Welt ist, setzt Ihr Mutterinstinkt ein. Sie konzentrieren sich einzig und allein auf Ihr Baby. Oder haben Sie gemerkt, dass ich Sie soeben nähen musste?"

Ihr wurde leicht übel. „Sie mussten was?"

Sein Grinsen war beinahe schon unverschämt. „Ich musste nähen. Glauben Sie mir, jeder noch so furchtlose Kriegssöldner hätte in diesem Augenblick gebrüllt wie ein Stier. Nicht so eine Mutter. Ihr Frauen seid das wahre Wunder. Meinen herzlichen Glückwunsch zum Töchterchen."

Sie dachte noch über das gerade Gehörte nach, als sie bemerkte, dass er Umbertos Hand schüttelte. Sie wollte seinen Irrtum richtigstellen, aber da verließ er bereits den Kreissaal. Wo steckte Leander, wo war der wahre Vater ihrer Tochter?

Sie hielt ihr Kind fest und drehte suchend den Kopf. Leander stand an ein Fensterbrett gelehnt und betrachtete die Szene von dort aus.

„Leander, komm zu uns, bitte." Während sie ihn auffordernd ansah, vernahm sie erneut Umbertos Stimme. „Mein kleines Mädchen, ich kann es noch kaum fassen."

Sie war müde und erschöpft und zugleich unsagbar glücklich. Trotzdem bemerkte sie, dass etwas nicht so war, wie es sein sollte. „Leander, bitte!"

Der stieß sich von der Fensterbank ab und trat an ihre andere Seite. „Ich bin ja hier, mein Schatz. Alles ist gut. Ich bin so stolz auf dich." Er streichelte lächelnd ihre Wange. Sie entdeckte an seinem Arm lange, blutige Striemen. „O Gott! War ich das?" Erschrocken suchte sie seinen Blick.

Leander beugte sich über sie und küsste liebevoll ihre Stirn. „Glaub mir, das war allemal leichter zu ertragen als das, was du erduldet hast, um unser Kind auf die Welt zu bringen."

„Ich störe die Idylle nur ungern, aber ich darf Ihnen die Kleine kurz entführen. Sie muss untersucht und gebadet werden und die frischgebackene Mama sollte sich etwas ausruhen. Das war keine leichte Geburt."

Nella fühlte, wie das Kind von ihrer Brust gehoben wurde. Sie atmete tief durch und wurde sich erst jetzt bewusst, dass sie auf ihrem Kreissaalbett zwischen den zwei Männern lag, die zu beiden Seiten neben ihr standen. Über Umbertos Gesicht kullerten inzwischen Freudentränen, während Leander seltsam ernst wirkte.

Sie versuchte zu schlucken, aber ihr Hals fühlte sich rau und trocken an. Leander bemerkte es offensichtlich sofort. „Mein Liebes, soll ich dir etwas zu trinken besorgen?“ Er blickte schmunzelnd auf den Becher, in dem sich nur noch ein Schluck Wasser befand. „Etwas Vernünftiges, meine ich. Was hättest du denn gerne?“

Dankbar drückte sie seine Hand. „Wenn du irgendwo kalten Kakao finden könntest, das wäre himmlisch.“

„Für dich, mein Engel, finde ich, was immer du möchtest.“ Sie bekam einen Kuss auf die Nasenspitze, und dann lief er aus dem Kreissaal, in den sich durch das große Fenster der erste fahle Sonnenstrahl des Morgens wagte.

***

Selbst hier, in der teuren Klinik, dauerte es eine ganze Weile, ehe er fand, was er suchte. Im Café, das zwar noch nicht geöffnet hatte, stand immerhin ein Automat mit diversen Heiß- und Kaltgetränken. Leander durchwühlte die Taschen seiner Jeans, fand tatsächlich mehrere Münzen und holte einen Becher Kaffee für sich und einen mit kalter Schokolade für Nella. Das winzige Gesicht seiner kleinen Tochter vor Augen, balancierte er die beiden Getränke vorsichtig zurück in Richtung Kreissaal. Die breite Doppeltür war wieder geschlossen und man konnte nur durch zwei große, runde Glasscheiben ins Innere blicken. Er sah hinein und hielt abrupt in der Bewegung inne. Nella saß jetzt aufgerichtet in ihrem Bett und hatte das Baby wieder bei sich. Dicht neben ihr, den Arm um ihre Schultern gelegt, stand Umberto. Während dessen Rechte Nella beinahe schon besitzergreifend umfasste, streichelte seine Linke zärtlich und sichtlich hingebungsvoll das Köpfchen des Kindes. Als sich Nella in diesem Augenblick regte, zu Umberto aufblickte und dieser sie ungeniert auf den Mund küsste, zerbrach etwas in Leander. Es fühlte sich an, als zersplittere eine Vase, in der schon länger kaum sichtbare Risse gewesen waren, und nun, plötzlich bis zum Rand gefüllt, barst das Behältnis in tausend kleine Stücke. Kalter, grauer Nebel – etwas anderes war in diesem Moment nicht in seinem Schädel, nur Nebel und eine Kälte, die sich unaufhaltsam ausbereitete. Sie schien jegliches Denken, jegliche Logik einfach auszuschalten. Seltsam – er wollte es nicht und doch tat er es. Behutsam stellte er die beiden Becher ab, warf einen erneuten Blick in das Zimmer, in dem vor einer halben Stunde ihr Kind zur Welt gekommen war, sah, wie Nella ihre Stirn an die Umbertos lehnte ... und lief. Nein, er rannte. Ohne Rücksicht auf das erstaunte Klinikpersonal rannte er durch die Flure, hielt sich nicht damit auf, auf den Aufzug zu warten, sprintete die Treppe nach unten und stieß die Glastür am Ausgang auf. Feuchte Kühle empfing ihn und er atmete tief ein. In der Nacht hatte es erneut geregnet und vor dem Krankenhaus hatten sich große Pfützen auf dem Asphalt gebildet. Von den Wiesen stiegen dünne, weiße Nebelfetzen auf und waberten über dem Braungrün der winterlichen Rasenfläche. Leander lief zu seinem Auto, sperrte auf und ließ sich ächzend auf den Sitz fallen. Was tat er da? Er musste zurück, Nella würde ihn brauchen, er durfte sie doch nicht im Stich lassen.

Seine Hände schienen nicht mit seinen Gedanken eins zu sein, denn er steckte den Zündschlüssel ins

Schloss und drehte ihn. Mit einem lauten, tiefen Brummen sprang der Wagen an und Leander gab Gas. Es war unheimlich, denn als er im Innenhof ihrer gemeinsamen Wohnung auf den Parkplatz fuhr, wusste er nicht mehr, wie er dorthin gelangt war. Noch immer war da diese seltsame, sich klebrig anfühlende Kälte in seinem Hirn. Unwillig schüttelte er den Kopf, ein sinnloses Unterfangen, denn sie schien sich lediglich noch weiter auszubreiten.

Mit Riesenschritten hastete er hinein, ignorierte den erstaunten Gruß des Hausmeisters und lief die Treppen hoch zu ihrer Wohnung. Alles sah so aus, wie sie es verlassen hatten, und doch wirkte es auf ihn wie die Kulisse eines Theaterstücks – war es real, war es ein Traum, steckte er in einer irrwitzigen Zeitschleife fest? Wo war Nella? Allein an sie zu denken sorgte dafür, dass er das letzte Bild in seiner Erinnerung wieder klar und deutlich abrufen konnte. Sie und Umberto, eng aneinandergeschmiegt, das Neugeborene in ihren Armen.

Im Schlafzimmer zog er, ohne darauf zu achten, dass ein Stapel Hemden zu Boden fiel, zwei Reisetaschen aus dem Schrank. In diese stopfte er, was ihm gerade in die Hände kam und von dem er annahm, dass er es brauchen könnte. Er stockte kurz. Was war eigentlich passiert? Seine Hand mit dem Strickpullover schwebte einen Sekundenbruchteil über der Reisetasche, dann steckte er ihn entschlossen hinein. Es würde kalt sein in Schweden. Schweden? Was zum Henker wollte er in Schweden? Er gehörte doch hierher, zu der Frau, die er über alles liebte, zu seinem Kind.

Sein Kind?

Nein, es war Nellas und Umbertos Kind.

Er zog hektisch beide Reißverschlüsse zu und lief in sein Büro. In fliegender Hast verfasste er einen kurzen und, wie er hoffte, erklärenden Brief. Wie aber sollte man etwas erklären, das man selbst beim besten Willen nicht verstand? Wie Unlogik, ja seelische Grausamkeit, erläutern und dafür um Verständnis bitten? Er schraubte den edlen Füllfederhalter sorgsam zu und legte ihn zurück in die Holzschatulle. Nur kurz überflog er seine Zeilen, leider ohne wirklich zu verstehen, was da stand, so als habe ein Fremder sie ihm soeben diktiert. Leander steckte das Schreiben in einen Umschlag, klebte ihn zu und schrieb Nellas Namen und ihre Zimmernummer in der Klinik auf die Vorderseite. Sein Atem ging viel zu schnell.

Leander stand auf, nahm das Schreiben, steckte es in die Innentasche seiner Lederjacke, ergriff die beiden Taschen, schulterte sie, warf einen letzten Blick in die Wohnung und verließ sie.

Der Blick der Empfangsdame in der Klinik war eine Mischung aus Überraschung und Verständnislosigkeit. „Ich gebe Signora Alisi das Schreiben natürlich gerne. Sie können aber jederzeit nach oben gehen."

Er wehrte ab und ihm gelang sogar ein Lächeln. Es fühlte sich falsch an. „Ich muss sofort zum Flughafen, meine Maschine geht in einer Stunde."

Unhöflichkeit war etwas, das ihm zutiefst zuwider war, und trotzdem verschwand er ohne ein weiteres Wort.

Maschine? Welche Maschine, zur Hölle?

Er parkte den Wagen in einer der hintersten Ecken am Flughafen Fiumicino, ließ sich einen Parkschein heraus und rannte, ohne nachzudenken, zum Schalter der Scandinavian Airlines.

„Sie haben großes Glück, Herr Clasen. Die Maschine um acht Uhr zwanzig ist nicht ausgebucht. Wenn Sie die Taschen mit ins Flugzeug nehmen, dann schaffen Sie es noch." Die freundliche Bodenstewardess strahlte ihn erfreut an. Einen Last-Minute-Fluggast, der ein teures Erste-Klasse-Ticket buchte, sah man wahrscheinlich überall gerne.

„Danke, vielen Dank. Natürlich nehme ich die Taschen mit."

Er saß keine fünf Minuten in seinem bequemen, extrabreiten Sitz, als die Flugbegleiter auch schon die Ausgänge schlossen. Die Maschine kreiste einmal über Rom, um auf den richtigen Kurs zu kommen. Zwischen den Wolken konnte er die Ewige Stadt unter sich sehen. Die Stadt, in der die Frau, die er liebte, wohl die Welt nicht mehr verstand. Wie sollte sie, verstand er selbst doch nichts mehr.

***

Nella drückte vorsichtig ihr kleines Mädchen an sich, während sie angsterfüllt auf das Kuvert in Umbertos Hand starrte. „Was ist das? Und wo ist Leander, hast du ihn gesucht? Er wollte doch nur etwas zu trinken besorgen. Bitte, schau noch einmal nach, ihm muss etwas zugestoßen sein, er ..."

„Süße, ich habe das ganze Krankenhaus mehrmals abgesucht. Ich war in allen Gängen, überall. Und als ich zum dritten Mal am Empfang nach ihm gefragt habe, hat mir die Dame diesen Brief gegeben. Ich muss ihn um nur zwei oder drei Minuten verpasst haben." Er trat langsam näher, den Blick sorgenvoll auf sie gerichtet. „Ich bin sofort raus, aber da war keine Spur mehr von ihm." Umberto stockte und steckte ihr den Brief entgegen. „Er ist an dich, von Leander."

Unwillig wehrte sie ab. „Das ist doch Unsinn. Leander schreibt mir doch keinen Brief, wenn er weiß, dass ich hier auf ihn warte. Was ist denn nur los? Verheimlicht ihr mir etwas? Bitte, rede doch, ich halte das nicht mehr aus."

„Nella, Schatz, du wirst wohl oder übel lesen müssen, was er dir geschrieben hat. Erst dann weißt du, was los ist. Ich bin genauso ratlos wie du." Auffordernd wedelte er mit dem Kuvert vor ihrer Nase.

„Ich kann das nicht." Schützend hob sie ihr Kind vor ihre Brust. „Ich kann einfach nicht. Du musst ihn mir vorlesen."

Meine geliebte Nella,

während ich dir diese Zeilen schreibe, bin ich nicht in der Lage, auch nur einen klaren Gedanken zu fassen. Das einzigartige Erlebnis der Geburt unserer – nein, deiner – Tochter war wie ein Wunder für mich. Ich war und bin unendlich stolz auf dich. Wogegen ich aber nicht länger ankämpfen kann, wozu ich einfach keine Kraft mehr habe, ist das Gefühl, ein störendes Element zu sein. Dich und Umberto zusammen zu sehen, hat etwas in mir ausgelöst, mit dem ich nicht mehr umgehen kann.

Du weißt, wie sehr ich dich liebe, mögen diese Worte auch in diesem Augenblick wie Hohn in deinen Ohren klingen, aber jetzt gerade muss ich weg von allem. Ich werde dafür sorgen, dass es dir und dem Kind an nichts fehlt und ich weiß, dass Umberto für dich da sein wird. Verzeih mir, Nella, ich bitte dich, verzeih mir. Ich habe keine bessere Erklärung, nur die, dass ich allein sein muss und dass ich Zeit brauche.

Vergib mir bitte, mein Leben, vergib mir.
Dein Leander

Wie lange weinte sie eigentlich schon? Wie lange schon hatte sich diese tiefe Verzweiflung in ihrem Herzen eingenistet? Dankbar griff sie nach dem feuchten Waschlappen, den Umberto ihr schweigend reichte. Neben ihr, in einem hölzernen Gitterbettchen mit fröhlichen, pink-weiß gestreiften Polstern, schlief friedlich ihr Baby. Sie begriff einfach nicht, was geschehen war. Leanders Brief warf mehr Fragen auf, als er beantwortete. Wie konnte er auf Umberto eifersüchtig sein? Sie verstand nichts, überhaupt nichts. Sie wusste nur, dass Leander sie und das Kind verlassen hatte. Schluchzend drückte sie den Lappen auf ihre brennenden Augen.

Winterkälte

Ach verdammt, war das kalt. Er bezahlte den Taxifahrer und hievte seine Taschen aus dem Kofferraum. Um ungesehen in seine Wohnung zu gelangen, musste er durch die Tiefgarage laufen und von dort direkt in den Aufzug steigen. Als er den Schlüssel einsteckte, um in sein Stockwerk zu gelangen, fragte sich Leander zum hundertsten Mal, was er hier eigentlich tat.

Immerhin war seine Wohnung vernünftig temperiert, ordentlich aufgeräumt und auch sonst picobello sauber. Lars schien zum Hausmann mutiert zu sein.

Wenn er dagegen an die Anfänge dachte, in denen sein Bruder seine Wohnung mit Beschlag belegt hatte ...! Sogar frisches Mineralwasser stand im Kühlschrank. Durstig leerte Leander die halbe Flasche und stellte sie zurück. Noch immer war er sich nicht ganz darüber im Klaren, was das hier sollte. Was sich aber immer deutlicher in seinem Kopf herauskristallisierte war, dass er allein sein musste. Ganz allein. Um das umzusetzen, blieb ihm nur eine Möglichkeit. Es war Irrsinn, ja komplett bescheuert, aber immerhin garantierte es ihm die Einsamkeit, die er anscheinend dringend benötigte. Nur kurz schwebte seine Hand über dem Telefon. Nein, er durfte niemanden anrufen. Er konnte es nicht. Wie sollte er bitteschön die letzten Stunden erklären? In der Tiefgarage parkte sein Geländewagen, also stand seinem Plan nichts im Wege.

Nach einer heißen Dusche entschied er sich für einen dicken Rollkragenpullover und seine mit Lammfell gefütterte Jacke. Für alle Fälle kochte er sich heißen Tee und füllte ihn in eine Thermoskanne. Einer inneren Eingebung folgend, nahm er sich zwei Äpfel aus der Obstschale und angelte eine Packung Kräcker aus dem Küchenschrank. Den Rest konnte er vor Ort besorgen – hoffte er. Sicherheitshalber packte er einige Verlängerungskabel ein, man konnte ja nie wissen.

Knappe zehn Minuten später fuhr er aus der Tiefgarage. Die Anzeige im Auto zeigte kurz vor halb zwei; seit seiner Flucht aus Rom waren gerade einmal fünf Stunden vergangen.

Er fuhr aus Stockholm hinaus in Richtung Autobahn. Im Sommer braucht er grob vier Stunden, um nach Västervik zu gelangen. Bei diesem Wetter und den aktuellen Straßenverhältnissen könnte es ein bisschen länger dauern. Zuversichtlich trat er aufs Gas.

Winter in Schweden. Verschneite Straßen, eisige Abfahrten und liegengebliebene Langlauftouristen mit ihren absolut nicht winterfesten Autos. Er hätte es wissen müssen. Es war beinahe zehn Uhr am Abend, als er an seinem abgeschiedenen Haus außerhalb des schönen Städtchens ankam. So viel zu seinem Plan, noch einzukaufen. Natürlich hatten alle Läden schon geschlossen. Allein den tief verschneiten Weg zum Haus zu bewältigen, kostete ihn fast eine halbe Stunde. Es war kalt und, da es bewölkt war, auch finster. Dank seiner Scheinwerfer fand er immerhin die Einfahrt. Allerdings musste er wohl oder übel aus dem Auto steigen, um das verschlossene Tor zu öffnen. Ja, es war kalt, verflucht kalt. Leander kickte es nur notdürftig wieder zu und beeilte sich, zurück in den Wagen zu klettern. Der vom Meer kommende Wind hatte immerhin dafür gesorgt, dass der Zufahrtsweg annähernd frei war. Dafür türmte sich neben ihm eine riesige Schneewehe auf.

Leander lenkte den Wagen auf den Parkplatz neben dem Haus, wo er knirschend zum Stehen kam. Als er ausstieg, versank er bis fast zu den Knien im Schnee. Es gab Winter, in denen kaum welcher fiel. Musste ausgerechnet jetzt die nächste Eiszeit anbrechen?

Genervt hievte er seine Taschen aus dem Kofferraum, fischte den Schlüssel zum Haus aus der Innentasche seiner Jacke und stapfte die vier Stufen zu der schmalen Veranda vor dem Eingang hinauf. Seine Augen hatten sich mittlerweile einigermaßen an das Dunkel gewöhnt, und er fand immerhin sofort das Schlüsselloch. Rasch betrat er den Flur und zog die Haustür hinter sich ins Schloss. An der Temperatur änderte das zu seinem Leidwesen nicht allzu viel. Zumindest funktionierte der Strom, und so konnte er das Licht im Flur und im Wohnraum anknipsen. Sicherheitshalber behielt er seine Jacke erst einmal an. Auch wenn Lars im Sommer der Meinung gewesen war, dass es Blödsinn wäre, Holz zu hacken, so war zumindest Leander in diesem Augenblick sehr froh über das Feuerholz. Mit klammen Händen stapelte er Holzscheite und Späne im gekachelten Holzofen. Erst nach dem dritten Versuch flammte sein Feuerzeug auf und es gelang ihm, das Feuer in Gang zu bringen. Es würde jedoch dauern, bis der Ofen die Kälte einigermaßen würde vertreiben können.

Seufzend ging er ins Bad, um sich die Hände zu waschen. Als er den Wasserhahn aufdrehte, hatte das nur ein dumpfes Gurgeln und ein seltsames Klappern zur Folge. Natürlich, das Wasser war ja abgestellt, und so lange keine vernünftige Grundtemperatur erreicht war, sollte er es auch tunlichst unterlassen, es anzustellen.

Seufzend nahm er in der Küche einen großen Topf, ging ins Freie und füllte ihn randvoll mit frischem Schnee. Der Gasherd in der Küche funktionierte dank der neuen Gasflasche sofort, und so hatte er wenigstens heißes Wasser. Seine Teeauswahl war minimalistisch, also entschied er sich für einen Pfefferminztee, den er mit Honig süßte, der fast zur Gänze kristallisiert war. Dann erst wagte er es, seine Jacke auszuziehen und sich stöhnend in einen der bequemen, cremefarbenen Sessel fallen zu lassen. Der heiße Tee tat gut, und es gelang ihm endlich, tief durchzuatmen. Es sah sich nachdenklich in seinem einstigen Sommerdomizil um. Welch ein Tag. Falsch, welch ein wahnsinniger Tag. Am frühen Morgen hatte er noch das Baby bestaunt, das ihre Beziehung hatte vervollkommnen sollen, und nun saß er hier in eisiger Kälte und fror sich den Hintern ab, während Nella tausende Kilometer entfernt mit absoluter Sicherheit die Welt nicht mehr verstand.

Verstand er sie denn? Wohl kaum. War es wirklich nur der Anblick von Nella und Umberto in inniger Umarmung gewesen, der ihn so aus der Bahn geworfen hatte? Stöhnend legte er den Kopf zurück und schloss die Augen. „Mann, Clasen, Umberto ist schwul. Er stellt doch keine Bedrohung dar." Sein Magen knurrte so laut, dass er kaum einen weiteren, einigermaßen klaren Gedanken fassen konnte. Er wühlte in seinen Taschen nach den Kräckern und riss die Packung ungeduldig auf. Igitt! Abgesehen davon, dass die Dinger so gut wie geschmacklos waren, hatten sie ihre besten Tage bereits hinter sich. Trotzdem trieb der Hunger das trockene Gebäck hinein. Leander spülte mit einem großen Schluck Tee nach und ging in die Küche, um nach etwas Vernünftigem zu suchen. Bis auf zwei Dosen Pfirsiche und eine Dose gebackene Bohnen in Tomatensauce herrschte gähnende Leere. Gut, hier musste er dringend mit Lars reden. Eine eiserne Regel lautete: Was gegessen wird, das wird auch ersetzt. Das schien Lars seinerzeit überhört zu haben, denn eigentlich sollte der Vorratsschrank stets voller Konserven sein. Nach der Dose Bohnen und einer weiteren Tasse Tee ging es ihm besser. Er legte Holz im Ofen nach und ganz langsam wurde es wärmer im Wohnzimmer. Falls er nicht auf dem Sofa schlafen wollte, sollte er auch in seinem Schlafzimmer für Wärme sorgen. Der Holzofen, der darin stand, war kleiner und brauchte sicher noch länger, ehe es einigermaßen behaglich sein würde.

Leander stapfte die schmale Holztreppe nach oben, stellte fest, dass es dort eisig war, und beschloss, zwar auch hier zu heizen, diese Nacht aber im Wohnzimmer zu verbringen. Eine halbe Stunde später saß er wieder in seinem Sessel und starrte ins Feuer. Seine Gedanken waren so wirr, er selbst so durcheinander, dass es ihm Kopfschmerzen bereitete. Sein Blick fiel auf den antiken Barschrank, den er und Lars auf einem der Flohmärkte der Umgebung erstanden hatten. Der Inhalt war nicht gerade überwältigend. Neben einer Flasche

Sherry gab es nur eine zu einem Drittel geleerte Flasche Wodka und Holunderlikör. Prüfend schnupperte er an dem Wodka. Er goss sich ein Wasserglas gut zur Hälfte voll und trat ans Fenster. Draußen erkannte man nichts. Wo man im Sommer bis weit auf das Meer hinaussah, war jetzt nur undurchdringliche Dunkelheit, abgesehen von dem Schnee im Garten. Seine Gedanken wanderten zurück nach Rom. War er tatsächlich eifersüchtig? Worauf? Es gab doch keinen Grund. Warum, zum Teufel, reagierte er dann wie ein gekränkter Teenager und nicht wie ein verantwortungsvoller Mann und Vater? Auch nach drei weiteren Gläsern Wodka fand sich keine vernünftige Antwort. Langsam übermannte ihn eine bleierne Müdigkeit. Kein Wunder nach den letzten vierundzwanzig Stunden. Geistesabwesend schlurfte er ins Bad, um sich die Zähne zu putzen. Dort war es so kalt, dass der Spiegel allein durch seinen Atem beschlug. Genervt wischte er mit der flachen Hand darüber und riss erschrocken die Augen auf. Auf seiner linken Schulter saß ein kleiner Teufel und grinste ihn frech an.

„Na, jetzt klüger? Behaupte nicht, ich hätte dich nicht gewarnt."

„Schweig, er braucht deine dummen Warnungen nicht."

Er verlor offenbar den Verstand, denn auf seiner rechten Schulter saß nun ein niedlicher, ganz in Weiß gekleideter Engel.

Es verwunderte ihn schon kaum mehr, dass der Teufel eine Miniaturausgabe von Astrid war. Schwarz war einfach ihre Farbe. Was ihn irritierte, war der Umstand, dass der Engel definitiv ein Mini-Umberto war.

„Schweig lieber du, du hast doch den ganzen Mist zu verantworten“, fuhr Teufel-Astrid ungerührt fort.

„Ich?“ Engel-Umberto klang empört. „Das wüsste ich aber. Ich habe lediglich einen Herzenswunsch erfüllt.“

„Ihr Engel. Wann lernt ihr eigentlich einmal nachzudenken, ehe ihr irgendwelche dummen Wünsche erfüllt?“ Das Teufelchen klang verärgert.

Der Engel schnaubte entrüstet. „Hör mal zu, du Höllenvogel, das Erfüllen von Wünschen macht Menschen glücklich.“

„Wie man an diesem Exemplar ja überdeutlich sehen kann, nicht wahr. Er sprüht regelrecht vor Glück und Freude.“ Das Teufelchen beugte sich nach vorne und verlor um ein Haar das Gleichgewicht. Nur dadurch, dass es sich an einer Strähne von Leanders Haaren festklammerte, fiel es nicht ins Waschbecken.

„Au, sag mal, spinnst du?“ Leander versuchte, das Teufelsschwesterlein zu greifen, fasste jedoch ins Leere.

„Finger weg, kapierst du nicht, dass wir nur in deiner schrägen Fantasie existieren? Zurück zum eigentlichen Problem, du scheinheiliger Engel da drüben. Das hast du doch nur für dich selbst getan, ansonsten hättest du deinen Beitrag geleistet und dich dann still und leise verkrümelt.“

„Und mich um meine Pflicht, mich um sie alle zu kümmern, gedrückt? Vergiss das mal schnell wieder. Unheil anzurichten und dann einfach zu verschwinden ist wohl eher dein Part, nicht wahr?“ Engel-Umberto nickte zu seinen Worten und Leander beeilte sich, ihm zuzustimmen. „Da hat er jetzt nicht Unrecht, Astrid. Das kannst du echt hervorragend.“

Das Teufelchen rümpfte ärgerlich die Nase. „Halt du dich da raus, Menschlein, und wer ist überhaupt diese Astrid? Zu dir überkandideltem Himmelsboten da drüben darf ich noch bemerken, dass genau das deine Pflicht und Schuldigkeit gewesen wäre. Du hast ihnen nicht geholfen, du hast das pure Chaos verursacht, sieh ihn dir doch an. Er versteht ja nicht einmal, warum er hier ist und unser Gespräch mitanhören muss."

Leander nickte, da lag das Teufelchen schon richtig.

Engel-Umberto tätschelte ihm beruhigend das Ohrläppchen. „Er wird's schon noch begreifen, es dauert eben nur seine Zeit. Auch er wird einsehen, dass Geben seliger ist als Nehmen."

Das Teufelchen bog sich vor Lachen. „Du und deine dummen Bibelsprüche. Du hast zwar gegeben, aber du siehst doch, dass unser Mensch hier herbe Probleme mit dem Nehmen hat. So wird das nichts mit dem *Tue Gutes*."

„Als ob du so etwas verstehen würdest. Dir haben sie doch in der Hölle schon dein Hirn weichgekocht." Der Engel warf trotzig den Kopf zurück und verschränkte schmollend die Arme vor dem Körper.

Das Teufelchen klatschte begeistert in die Hände. „Och, jetzt schmollt er. Meinem Hirn geht's prima, du Flugente. Abgesehen davon darf ich mir die Bemerkung erlauben, dass mehr Menschen an mich glauben als an dich."

An den Rest der Unterhaltung erinnerte Leander sich nicht mehr, als er am nächsten Morgen, die Zahnbürste noch in der Hand, vollkommen durchgefroren auf dem Badewannenvorleger erwachte.

„Es geht mir, den Umständen entsprechend, gut. Und bitte, Mama, sei mir nicht böse, aber ich will und vor allem kann gerade noch nicht darüber sprechen. Alles was ich euch sagen wollte ist, dass ihr Großeltern geworden seid." Leander lauschte in den Hörer und nickte dann, was noch immer Schmerzwellen durch seinen Schädel jagte. „Ja, ein gesundes, kleines Mädchen. Es war eine schwere Geburt, aber dafür ging es einigermaßen schnell." Er zögerte kurz. „Bitte, wenn Nella sich meldet, sagt ihr, dass ich sie liebe, aber sagt ihr nicht, wo ich bin."

Nach der Antwort seiner Mutter musste er lächeln. „Stimmt, ich hab's dir ja auch noch nicht gesagt. Dann belassen wir es dabei. Ich wollte nur, dass ihr wisst, dass ich lebe, dass ich derzeit wohl der größte Vollidiot der westlichen Hemisphäre bin und mir einfach über einiges klar werden muss, ehe ich wiederauftauche."

Nach dem Gespräch schluckte er die zweite Kopfschmerztablette, warf die leere Wodkaflasche weg und fuhr in den Ort, um einzukaufen. Danach musste er unbedingt mit seinem Agenten telefonieren. Seine derzeitige Stimmung war hervorragend geeignet, endlich den blutig-intelligenten Schwedenkrimi zu schreiben, mit dem er ihm schon ewig in den Ohren lag.

Späte Einsicht

„Nella, mein Liebes, ich müsste dann los. Kann ich euch allein lassen?“ Umberto klang, wie immer in den letzten Wochen, sehr besorgt.

„Natürlich, fahr ruhig los. Daniela ist eingeschlafen und ich werde endlich etwas essen.“

Umberto streichelte ihr sanft über ihr streng zurückgebundenes Haar. „Das will ich hoffen, das behauptest du seit heute Mittag.“

Sie lächelte ihn entwaffnend an. „Ich schwöre!“

„Na gut, ich will es dir glauben. Bis morgen, mach's gut, meine Süße.“

Sie ging hinaus auf die Dachterrasse, wartete, bis Umberto unten im Hof erschien, und winkte ihm wie immer ein letztes Mal zu. In den vergangenen Monaten war er fast pausenlos an ihrer und Danielas Seite gewesen. Die Kleine entwickelte sich prächtig und war, seitdem sie die üblen Tage der Dreimonatskoliken hinter sich gebracht hatte, ein wahrer Sonnenschein. Nella atmete noch einmal tief ein und ging zurück in die Wohnung. Nachdem sie in den ersten Wochen nach Leanders Verschwinden kaum etwas hatte essen können, war sie wieder auf einem guten Weg. Sie musste bei Kräften bleiben, allein schon für Daniela.

Leise bereitete sie sich in der Küche ein üppiges Sandwich, wobei sie keine Sekunde die Uhr aus dem Blick verlor. Es war kurz vor acht Uhr am Abend. Sie hatten verabredet, dass sie auch heute telefonieren wollten. An mehreren Abenden pro Woche sprach sie, soweit Daniela es zuließ, stundenlang mit Lina. Drei Wochen nach Danielas Geburt, nachdem sie sich mehrmals verzweifelt bei Lina und Erik gemeldet hatte, läutete es eines Nachmittags an ihrer Tür, und als sie, wieder einmal verweint und todunglücklich öffnete, hatten Lina und Erik vor ihr gestanden. Ganze vier Wochen war Lina in Rom geblieben, auch nachdem Erik bereits wieder abgereist war, um seinen Geschäften nachzugehen, und hatte ihr damit sehr geholfen. In langen Gesprächen hatte Lina versucht, ihr Leanders Ängste zu erklären. Der fünfseitige Brief, der zwei Wochen nach seinem Verschwinden – ohne Absenderadresse – eingetroffen war, hatte sie zuerst unbeschreiblich traurig, nach den Gesprächen mit Lina aber auch sehr nachdenklich gemacht. Er bat um Verständnis, um Zeit, ja um viel Zeit, denn er könne sich selbst nicht verstehen. Er schrieb ihr aber auch von seiner großen Liebe zu ihr, davon, wie unbeschreiblich leer sein Leben ohne sie war. Seine Traurigkeit, seine Zerrissenheit sprach aus jeder einzelnen Zeile. Das begriff Nella, und vor allem dämmerte ihr ganz langsam auch warum.

Lina, die damals noch nicht wusste, wo sich Leander verschanzt haben könnte, versuchte ihr zu erklären, was er gesehen haben musste. Umberto war in den Monaten vor der Geburt ein ständiger Begleiter gewesen. Leander, einst ein ungezügelter Freigeist, wurde in immer enger werdende Grenzen verwiesen. Seiner Liebe zu ihr tat das keinen Abbruch, ihre Beziehung aber stand auf immer wackligeren Beinen.

Lina war Nellas einzige Verbindung zu Leander, und von ihr wusste sie, dass er litt. So wie sie. Umberto versuchte in den ersten Tagen nach der Geburt, ihren Hass auf Leander zu schüren, er wollte, dass sie wütend wurde, ihren Zorn, ihre Enttäuschung und ihre Trauer hinausschreien konnte. Es gelang ihm nicht. Da war nur Leere in ihr, eine kalte, erschreckende Leere, die lediglich durch ihr Kind gefüllt wurde. Nur Daniela gab ihr den Halt, den sie so dringend brauchte.

Nella war Umberto dankbar für alles, aber so sehr er sich auch bemühte, er konnte Leander nicht ersetzen. Gewiss wollte er das auch nicht, doch sie erkannte nach und nach, dass er das Familienleben genoss. Er sorgte für Daniela, wie es kein Vater besser gekonnt hätte. So sehr sie das für ihre Tochter freute, so sehr brachte es sie zum Nachdenken. Sie begann, Leanders Reaktion zu begreifen. Noch immer verstand sie nicht, warum er ihnen nicht die Chance gegeben hatte, alles zu überdenken und darüber zu reden, aber sie ahnte, was in ihm vorgegangen sein musste.

Lina führte sie behutsam und liebevoll durch diese Entwicklung und stand ihr zur Seite, wann immer sie konnte. Auch Erik rief regelmäßig an und erkundigte sich nach der Kleinen und nach ihr. Zu wissen, dass beide sich um sie sorgten, sich um sie kümmerten und im Notfall für sie da wären, war ein sehr gutes Gefühl.

Nella lud ihr Abendessen auf einen Teller, goss ihren Tee auf und trug beides zum Tresen, wo das Telefon stand. Als der Zeiger der Uhr auf acht vorrückte, läutete jedoch nicht das Telefon, sondern es klopfte leise an der Tür. Erstaunt glitt Nella von ihrem Barhocker und ging in den Flur. Wer mochte sie um diese Zeit besuchen? Als sie öffnete, riss sie überrascht die Augen auf.

„Astrid? Mit dir habe ich nun wirklich nicht gerechnet."

Leanders Schwester gelang ein schiefes Grinsen. „Das glaub ich dir aufs Wort, darf ich trotzdem reinkommen?"

„Natürlich, entschuldige." Nella trat beiseite und ließ Astrid in die Wohnung. Erst jetzt bemerkte sie die Reisetasche.

Astrid stellte sie auf dem Boden ab. „Gehe ich recht in der Annahme, dass euer Nachwuchs schläft?"

Nella nickte. „Ja, Gott sei Dank. Sie war heute total aufgekratzt, frag mich nicht warum."

Astrid krauste die Stirn. „Das haben sie von mir auch immer behauptet. Aber hier kann ich mit Fug und Recht behaupten, dass ich unschuldig bin." Sie blickte sich um und deutete auf die Badezimmertür. „Kann ich mir rasch die Hände waschen? Ich war lang unterwegs."

„Sicher, du kennst dich ja aus. Magst du einen Tee oder etwas anderes? Ich warte auf den Anruf deiner Mutter."

Astrid, die gerade im Badezimmer verschwunden war, streckte ihren schwarzen Schopf durch den Türspalt. „Mama wird heute nicht anrufen, dafür bin aber ich hier. Ich muss mit dir reden, okay?" Schon war sie wieder weg, und Nella hörte das Wasser laufen.

Sie wusste nicht, was sie von der Situation halten sollte. Astrid stand ihr nicht gerade wohlwollend gegenüber. Nella wurde ein wenig mulmig. Lange blieb ihr nicht zum Sinnieren, denn Astrid kam aus dem Bad und lächelte sie entwaffnend an. „Und um deine Frage zu beantworten, Tee wäre super."

Wenige Minuten später saßen sie auf dem Sofa im Wohnzimmer. Astrid zeigte auf Nellas Sandwich, das noch immer unberührt auf dem Teller lag. „Na los, du isst das jetzt, ehe ich anfange zu reden. Du siehst ziemlich dünn aus, was mich nicht wirklich wundert."

Tatsächlich wartete sie, bis Nella es bis auf den letzten Krümel aufgegessen hatte, nahm ihr dann regelrecht fürsorglich den Teller aus den Händen, trank einen Schluck von ihrem Tee und lehnte sich zurück. Nella wappnete sich. Was mochte jetzt kommen? Die Mitteilung, dass sie ihren Bruder endlich in Ruhe lassen sollte?

„So, es ist schwierig für mich. Ich bin eigentlich nicht der große Rednertyp, eher die Schweigsame, na ja, meistens. Also, du weißt ja, dass ich dir zu Anfang, wie sag ich's nur, eher skeptisch gegenüberstand, oder?"

Nella nickte etwas verkrampft. „So könnte man es ausdrücken."

Astrid runzelte leicht die Stirn. „Das tut mir heute sehr leid, Nella. Ich habe dir auf der ganzen Linie Unrecht getan, ehrlich. Ich wollte wahrscheinlich einfach unsere glückliche Kindheit nicht loslassen, dazu gehörte eben meine Freundin Erica. Wenn ich nicht so blind und verbohrt gewesen wäre, dann hätte ich gesehen, was Leander für dich empfindet und wie glücklich du ihn machst." Sie zögerte. „Ich bin nun mal seine kleine Schwester und kann mich relativ leicht in ihn hineinversetzen. Als ich von dem Schlamassel erfahren habe, konnte ich mich nicht auf Dauer raushalten. Ich war zwar sauer auf ihn, aber ich liebe ihn eben auch.

Weißt du, ich hatte schon so eine Ahnung, als wir an Weihnachten hier waren. Sei mir bitte nicht böse, aber du warst irgendwo im Hormonkoma, was ja laut Mama auch vollkommen normal ist, nur hast du einige Dinge nicht mehr gesehen."

Nella wollte aufbegehren, aber dann fiel ihr ein, dass das exakt ihren eigenen Überlegungen entsprach. Aber Astrid redete sowieso bereits weiter. „Dass er mit den Umständen gehadert hat, hab ich sofort bemerkt. Leander ist tief in seinem Herzen ein echter Wikinger. Das heißt, er sieht dich an und weiß: Meins! Er hat dich von der ersten Sekunde an geliebt. Dass du dann das Kind von Umberto bekommst, war für ihn ein Tiefschlag. Okay, ich weiß ja warum und wie, aber trotzdem. Er hat allem zugestimmt, weil er panische Angst hatte, dich zu verlieren. Irgendwann hat er sich dann sogar auf das Kind gefreut. Und das nicht zu knapp, und dann war da plötzlich überall Umberto. Leander hat versucht, das auszublenden, hat sich immer wieder gesagt, dass sich alles wieder normalisieren würde, aber Umberto war, wie ich es verstanden habe, ein fester Bestandteil eures Lebens geworden, oder?"

Nella nickte kleinlaut. „Ja, das weiß ich heute auch. Es war ein großer Fehler, dass ich das zugelassen habe. Aber bitte glaub mir, ich habe es nicht so gesehen."

Astrid tätschelte ihr den Oberschenkel. „Sag ich doch, Hormonkoma. Was denkst du, warum ich Umberto, als wir hier waren, durch halb Rom geschleppt habe, um euch ein paar freie Stunden miteinander zu verschaffen? Ich hab doch gemerkt, dass Leander mit der Situation überfordert war." Astrid musterte sie lange und eingehend. „Du willst jetzt sicher wissen, woher ich das alles weiß?"

„Woher weißt du es denn?" Ihre Stimme klang rau und brüchig.

„Ich hatte so eine Ahnung und lag richtig. Ich habe unseren Einsiedler aufgespürt und bin ihm böse auf die Pelle gerückt."

„Du warst bei ihm?"

Astrid nickte und sah sie traurig an. „Ja, und es war eindeutig an der Zeit, ihm die Meinung zu geigen. Es ging ihm beschissen. Er sah zum Fürchten aus. Blass, abgemagert und total fahrig und zittrig. Immerhin scheint dieser Zustand gut für seine Kreativität zu sein. Er hat einen richtig blutigen, nervenzerfetzenden Krimi von über fünfhundert Seiten geschrieben. Nella, du fehlst ihm unbeschreiblich, und er ist innerlich vollkommen zerrissen. Er stirbt fast vor Sehnsucht nach dir und hat gleichzeitig eine Heidenangst, dass ihr die Situation nicht in den Griff bekommt. Der Gedanke, dich vielleicht endgültig zu verlieren, bringt ihn beinahe um."

„Aber warum sollte er mich denn verlieren? Er muss doch wissen, wie viel er mir bedeutet, was ich für ihn empfinde. Warum sollte ich auch nur im Entferntesten an eine Trennung denken? Das ist doch absurd."

„Mensch, Nella, wach auf! Weil du Umberto nicht verletzen willst, weil der ein Sensibelchen allererster Güte ist und weil du total süchtig nach Harmonie bist. Sei mal ehrlich zu dir, du steckst da in einer fiesen Klemme."

Sie musste nicht lange nachdenken. „Du hast recht, mit allem, mit einem aber ganz besonders: Auch ich kann und darf Leander nicht verlieren. Ohne ihn hat das alles doch keinen Sinn."

Astrids Stirn glättete sich umgehend. „Gute Grundeinstellung! Eben darum musst du so schnell wie möglich mit Umberto Klartext reden. Also nicht um den heißen Brei herum, sondern mitten durch, auch wenn's weh tut. Glaub mir, Leander tut es schon lange schrecklich weh. Jetzt ist der niedliche Römer dran, und danach suchen wir ihm endlich wieder einen Kerl!"

Sie redeten, bis die Uhr an der Piazza Mitternacht schlug und Daniela sich mit leisen Klagelauten meldete. Astrid strahlte. „Hey, der Nachwuchs ist wach. Dann kann ich sie endlich sehen, darf ich?"

Natürlich durfte sie, und zu Nellas großer Überraschung ließ Daniela sich nicht nur von ihr auf den Arm nehmen, sondern sogar von ihr füttern.

„Donnerwetter, ist die niedlich. Und das, wo ich eigentlich nicht so auf kleine Kinder abfahre." Astrid blickte nachdenklich auf das Baby in ihrem Arm.

Nella lächelte gutmütig. „Nun ja, Tante Astrid, deine Nichte hat eben ein einnehmendes Wesen."

„Nichte? O Mann, stimmt ja, ich hab total vergessen, dass ich Tante bin, schon irgendwie cool." Astrid beugte sich sehr vorsichtig zu Daniela hinab und küsste sie sacht auf die Stirn. „Jetzt müssen wir nur noch deinen Dad zurückholen, was, meine Kleine?"

Am nächsten Morgen erwachte Nella von einem lauten Rascheln aus der Küche, dann folgte leises, fröhliches Lachen, einige schräg gesungene Textzeilen von *Highway to Hell*, und zuletzt vernahm sie das begeisterte Quietschen ihres Kindes. Neugierig schälte sie sich aus dem Bett. Draußen war es noch nicht einmal hell und trotzdem war Astrid schon auf den Beinen? Zumindest war es deren Stimme, die sie aus der Küche hörte, und Danielas Bettchen war tatsächlich verwaist. Sie schlüpfte in eine leichte Wolljacke und zog sich die Ärmel über die Hände, es war noch recht kühl außerhalb des warmen Bettes.

In ihrer Küche starrte sie entgeistert auf das Bild, das sich ihr bot. Astrid, noch im Schlafanzug, die schwarzen Haare wild verstrubbelt, hatte Frühstück bereitet. Leise vor sich hinsingend, fabrizierte sie in diesem Augenblick zwei dampfende Latte macchiato und bespaßte gleichzeitig eine sichtlich glückliche Daniela. Kaum erblickte sie Nella, zeigte sich ein erfreutes Lächeln auf ihren Lippen.

„Guten Morgen, Schwägerin, gut geschlafen? Ich dachte mir, es könnte dir ganz guttun, wenn ich mich ein bisschen um das kleine Energiebündel kümmere. Daniela ist gefüttert und gewickelt, auch wenn ich zugeben muss, dass ich den Kampf mit der Windel und diesem seltsamen Body beinahe verloren hätte. Aber ich bin da echt ziemlich stur, daher war letztendlich der Sieg mein. Was ist? Kaffee, Toast, Orangensaft?"

Sie war wirklich überrascht. „Astrid, du bist unglaublich. Vor einem halben Jahr hätte ich das nicht erwartet. Ich freue mich, ich freue mich sogar sehr."

Astrid grinste. „Ja, ich bin ab und an für Überraschungen gut. Vor allem aber bin ich einigermaßen lernfähig. Weißt du, Nella, mitansehen zu müssen, wie zwei Menschen, die eindeutig füreinander geschaffen sind, tausende Kilometer voneinander entfernt leiden und todunglücklich dahinvegetieren, das ist echt grausam."

Nella griff dankbar nach dem Kaffee, den Astrid ihr reichte. „Wenn er doch nur mit mir gesprochen hätte, ich meine gleich, als er diese Situation als seltsam empfand. Ich habe letzte Nacht noch eine ganze Weile wach gelegen und gegrübelt. Zu meiner Schande muss ich zugeben, dass ich wirklich mit Blindheit geschlagen war. Ich hätte viel früher etwas merken müssen."

Astrid nippte nachdenklich an ihrem Getränk und schüttelte leicht den Kopf. „Lady, deine Hormone haben Samba getanzt. Ich habe mir von meiner Mutter sagen lassen, dass werdende Mütter nicht immer ganz zurechnungsfähig sind. Du weißt sicher, wovon ich rede, Stimmungsschwankungen, himmelhochjauchzend und zu Tode betrübt binnen drei Minuten. Da kann man selbst deutliche Zeichen schon mal übersehen. Immerhin hast du später mehrmals versucht, Leander an die Strippe zu bekommen. Dass lange Zeit niemand wusste, wo er ist, und der Kerl kurzerhand sein Handy abschaltet, das konntest du ja nun nicht ändern."

Nella zog eine traurige Grimasse. „Hm, kann man so sagen, und jetzt sitze ich hier und halte es kaum mehr aus. Mir schmeckt kein Essen mehr, ich habe dauernd das Gefühl, dass mich eine schwarze Wolke begleitet." Sie stockte, da Astrid sichtlich um ihre Fassung kämpfte. „Entschuldige, was ist daran so lustig?"

Die musterte sie amüsiert. „Eigentlich rein gar nichts, aber gib doch bitte einer hobbymäßigen Sketch- und Komikzeichnerin keine solchen Steilvorlagen. Du weißt schon, was ich gerade vor meinem inneren Auge sehe?"

Jetzt musste sie doch lachen. „Ich kann es mir vorstellen. Na, immerhin tauge ich noch zur Comicfigur."

„Blödsinn, Nella, hör auf damit. Alles wird gut, da bin ich sicher. Was aber gleichzeitig bedeutet, dass du dringend, und zwar noch heute bitte, mit Umberto reden musst. Wenn du willst, bin ich bei dem Gespräch gerne dabei. Da ich bei Leander war und weiß, wie beschissen es ihm geht, kann ich dir eventuell ein wenig den Rücken stärken."

„Das würdest du tun? Ich glaube, das wäre mir eine große Hilfe."

Astrid nickte beinahe schon grimmig. „Wir werden das schon diplomatisch hinbekommen." Da Daniela sich anscheinend nicht genügend beachtet fühlte, begann sie, lautstark zu quäken. „Ah, meine Nichte meldet sich auch wieder." Ehe Nella etwas tun konnte, hob Astrid die Kleine schon aus ihrer Sitzschale, pustete ihr sacht eine der dunklen Haarsträhnen aus der Stirn und drückte sie dann liebevoll an sich. „Ich glaub es ja kaum. Dass man sich binnen ein paar Stunden dermaßen in so ein Würmchen verlieben kann, ist schon außergewöhnlich, findest du nicht?"

„Fragst du mich das jetzt ernsthaft? Zeig mir die Mutter, für die ihr Baby nicht das faszinierendste, wundervollste Wesen auf Erden ist." Nella wurde schlagartig ernst. „Ich muss das umformulieren. Zeig mir eine Mutter außer der meinen."

Astrid wiegte weiter das Baby in ihren Armen, während sie Nella eine Weile mit traurigem Blick maß. „Leander hat mir davon erzählt. Ich kann dir gar nicht sagen, wie leid mir das tut. Für mich und ich denke auch für Leander und Lars ist das unvorstellbar." Ihr Blick wanderte zu Daniela, die wieder gänzlich entspannt mit der Schleife von Astrids Oberteil spielte. „Danach habe ich auch verstanden, warum es dir so wichtig war, Mutter zu werden. Noch mehr aber habe ich dein Dilemma begriffen. Deine Sehnsucht nach Harmonie und Liebe war mir zuvor etwas unheimlich."

Nella trank den letzten Schluck ihres Orangensaftes und räumte die Gläser weg. „Das kann ich mir vorstellen. Verstehst du jetzt, warum ich mich so sehr davor scheue, Umberto vor den Kopf zu stoßen?"

„Ich sag's nochmal: zwei Möglichkeiten. Du schonst die männliche Mimose oder du verlierst Leander möglicherweise für immer."

Nella hob abwehrend beide Hände. „Vertrau mir, die Entscheidung ist längst gefallen. Darf ich den Zwerg in deiner Obhut lassen, während ich dusche?"

Ein diabolisches Lächeln erschien auf Astrids Miene. „Natürlich, aber wunder dich nicht, wenn ich die Kleine währenddessen mit der dunklen Seite der Macht vertraut mache."

Nella hatte beinahe schon vergessen, wie schön und befreiend es war, herzlich zu lachen.

Keine zwanzig Minuten später kam sie fertig angezogen ins Wohnzimmer, wo Astrid auf dem weichen Teppich lag und Daniela mit einer Rassel und einem Plüschhasen bespaßte. Das Kind krähte vor Vergnügen, als Astrid dem Hasen die Rassel in die Pfote drückte und damit sanft auf Danielas Bäuchlein klopfte.

„Du hast nicht zufällig Lust auf ein Engagement als Kindermädchen?"

Astrid sah schmunzelnd zu ihr auf. „Liebe Beinahe-Schwägerin, man sollte sein Glück nicht überstrapazieren. Sag mal, wollen wir Umberto anrufen, dass er vorbeikommen soll?"

„Das wird nicht nötig sein. Er ist täglich spätestens um zehn Uhr hier."

Astrid rollte sich seufzend auf den Rücken und setzte das Baby vorsichtig auf ihre Brust. „Das kann ja heiter werden."

Um halb zehn wurde der Schlüssel ins Schloss gesteckt und Umbertos Stimme erklang aus dem Flur. „Guten Morgen, ich habe Brötchen mitgebracht. Wo sind denn meine beiden Mädchen?"

Astrid verdrehte lediglich die Augen, während Nella pflichtschuldig antwortete. „Im Wohnzimmer."

Umberto war sehr überrascht, Astrid zu sehen. „Die Schwester des Geflohenen, sieh einer an. Hat er dich als Ersatz geschickt?"

Nella zuckte bei diesen Worten heftig zusammen und warf Astrid einen flehenden Blick zu. Immer deutlicher wurde ihr bewusst, was sie hatte geschehen lassen. So konnte und durfte Umberto nicht urteilen, und er durfte sich auch gegenüber Astrid keinen solch herablassenden Ton erlauben. Sie schöpfte tief Atem und spürte, wie ihr Herz schneller schlug. Sie war sehr dankbar, dass Astrid bei Umbertos Begrüßung vollkommen cool blieb.

„Hey, Italiano. Ich freu mich auch, dich zu sehen. Eine etwas seltsame Begrüßung, wenn ich das mal so bemerken darf, aber andere Länder, andere Sitten, was?" Astrid strahlte Umberto entwaffnend an.

Der schien kurz verunsichert. „Du musst entschuldigen, aber ich spreche hier nur für Nella. Das letzte halbe Jahr war die Hölle für sie. Sie so ganz ohne erklärende Nachricht einfach zurückzulassen, ich muss schon sagen, da hat Leander sich ein nettes Theaterstück geleistet."

Nein, um Himmels willen, nein! Das ging in eine Richtung, in die es niemals hätte gehen dürfen. Nella dachte an die fast schon unanständig hohe Summe, die Leander ihr jeden Monat überwies, und von zunehmenden Schuldgefühlen gequält an die Briefe, die er ihr geschrieben hatte. Briefe, in denen er immer wieder um Zeit bat, ihr aber auch stets von seiner Liebe und seiner Zerrissenheit erzählte. Ihr wurde zunehmend deutlich bewusst, dass sie viel früher hätte eingreifen müssen. Ihr dummes, angsterfülltes Zaudern hatte alles nur noch schlimmer gemacht. Während es in ihrem Kopf drunter und drüber ging, stapfte Umberto in die Küche. „Oh, ihr habt schon gefrühstückt? Hat Daniela ihr zweites Fläschchen schon bekommen?" Mit sorgenvoll gerunzelter Stirn stand er im Torbogen zwischen Küche und Wohnzimmer.

Da sie es wieder einmal nicht geregelt bekam, ihm entsprechend zu antworten, nahm Astrid es ihr ab. „Ja, wir haben gefrühstückt, und wie du siehst, ist Leanders Tochter nicht verhungert. Keine Bange, Italiano, ich lass meine Nichte nicht darben."

Bei dem Worten *Leanders Tochter* zuckte Umberto deutlich zusammen. „Ach, Leanders Tochter? Dann sollte er sich auch zu ihr bekennen."

Das war er, der berühmte Tropfen, der das sowieso bereits volle Fass zum Überlaufen brachte. Astrid hatte bereits den Mund geöffnet, um ihm zu antworten, als Nella mit zwei großen Schritten neben ihr stand. „Lass gut sein Astrid. Ich denke, das ist jetzt mein Part."

Umberto nickte eindeutig siegessicher. „Ja, sag ihr, was du fühlst, sag ihr, was das Verhalten ihres Bruders in dir angerichtet hat."

Nellas Hände ballten sich zu Fäusten, wie immer, wenn sie mit einer unangenehmen Situation konfrontiert war, und ihre Fingernägel gruben sich in ihre Handflächen. „Ja Umberto, das alles hat mir sehr wehgetan, ich habe gelitten, habe wochenlang jede Nacht geweint, wusste nicht mehr ein noch aus. Und nein, es war nicht Leanders Schuld, und wenn dann nur zu einem kleinen Teil. Umberto, die Schuld an dem, was passiert ist, tragen vor allem du und ich. Du, weil du vor lauter Glück über meine Schwangerschaft und dann über die Geburt von Daniela jedes Maß und Ziel verloren hast, und ich, weil ich genau das, ohne ein einziges Mal zu widersprechen, ohne auch nur annähernd zu begreifen, was all das mit Leander anstellt, zugelassen habe. Wenn ich heute darüber nachdenke, dann habe ich Leanders zweifelndes Gesicht vor mir, und ich höre ihn noch heute, wie er mich fragt, ob ich denke, dass du mit der Situation klarkommen würdest. Also, dass nicht du, sondern er der Vater sein wird. Heute weiß ich, dass er recht hatte. Umberto, ich weiß ja, dass du es nur gut gemeint hast, bitte versteh mich nicht falsch, ich bin dir für alles, was du getan hast, unendlich dankbar, aber ich habe endgültig begriffen, dass ich ohne Leander nicht leben kann."

Umberto schüttelte fassungslos den Kopf. „Ja, ist das denn meine Schuld, dass er mitten in der Nacht aus dem Krankenhaus verschwindet und dich und das Kind im Stich lässt?“

Sie konnte nicht antworten, da sie zunehmend mit den Tränen kämpfte. Es war Astrid, die schließlich entgegnete: „Ja, Umberto, wenn du es auch nicht allein warst. Nella hat das inzwischen eingesehen. Leander fühlte sich zunehmend wie das fünfte Rad am Wagen. Er fühlte sich ausgeschlossen und in eine reine Beobachterposition gedrängt. Bitte denk doch mal nach. Als wir alle zu Weihnachten hier waren, wer hat die Fragen meiner Mutter nach allem, was mit dem Baby zu tun hatte, beantwortet, ehe Leander auch nur den Mund aufmachen konnte? Wer hat das Kinderzimmer präsentiert und ganz genau gewusst, in welcher Position das Bett stehen muss? Wer hat sich über das hübsche Lila mokiert, weil es angeblich zu *unruhig* für ein Neugeborenes ist? Na, wer war das wohl?“

„Wir haben so viele Fehler gemacht, Umberto. Ich habe auf einer Wolke des Glücks geschwebt und nicht begriffen, dass ich, dass wir, Leander verletzt haben. Bitte, Umberto, ich habe einfach endlich verstanden, dass ich Leander nicht werde zurückgewinnen können, wenn wir nicht umdenken. Im Ernst, wenn es so weitergeht, dann sieht Daniela dich als ihren Vater an und nicht Leander.“

„Wie sollte sie ihn als Vater sehen? Dazu müsste Leander hier sein, nicht wahr? Ist er es? Ist er gekommen, um sich für sein Verhalten zu entschuldigen?“, ätzte Umberto sichtlich verärgert.

Ihre Nerven waren zum Zerreißen angespannt, und langsam schien sich das auf das Baby zu übertragen, das leise zu weinen begann.

„Oh, nicht weinen mein Schatz, komm zu Papa." Das war das Dümmste, was Umberto in diesem Augenblick sagen konnte.

„Das ist es, genau *das* ist es, Umberto." Sie wandte sich an Astrid. „Würde es dir etwas ausmachen, mit der Kleinen in die Küche zu gehen? In der Kanne ist abgekochtes Wasser, im Schrank ist Fencheltee. Machst du ihr bitte welchen?"

„Klar doch." Astrid erhob sich vom Fußboden und lud sich das Kind auf den Arm. „Komm mit, Nichte, wir brauen uns einen leckeren Cocktail."

„Ach, darf ich sie jetzt nicht einmal mehr auf den Arm nehmen, oder wie soll ich das verstehen? Kaum taucht jemand aus der Familie Clasen hier auf, schon bin ich abgeschrieben." Umberto klang so wütend wie er aussah.

Sie wartete, bis Astrid und die Kleine in der Küche verschwunden waren, dann drehte sie sich zu ihm um. „Das ist nicht fair, und ich habe das Gefühl, dass du mir und Astrid überhaupt nicht zugehört hast. Du wirst immer ein sehr wichtiger Teil von Danielas Leben sein, aber du musst endlich akzeptieren, dass du nicht ihr Vater bist."

„So ist das also. Der große Meister kündigt sein Kommen an und der gute Umberto wird nicht mehr gebraucht, was? Wenn ich bedenke, was ich alles getan habe ... oder willst du behaupten, ich sei nicht immer für euch da gewesen? Nein, Nella, das hätte ich wirklich nicht erwartet. Nicht von dir, nicht von meiner besten Freundin." Umberto starrte sie so feindselig an, dass sie fröstelte. „Aber keine Angst, an einem Ort, an dem ich nicht willkommen bin, bleibe ich keine Sekunde länger." Umberto machte auf dem Absatz kehrt und rauschte hinaus in den Flur. Keine zwei Sekunden später wurde die Wohnungstür lautstark ins Schloss geworfen.

„Krasser Abgang!" Astrid spähte neugierig um die Ecke. „Hatte er immer schon so einen Hang zum Drama?"

Nella nickte gequält und mit Tränen in den Augen. „Hatte er, und ich fürchte, dass ich gerade meinen langjährigen und besten Freund verloren habe."

Schuld und Verstehen

Umberto wartete, bis sein Herzschlag wieder annähernd normal war und er es vertreten konnte, sich hinter das Steuer zu setzen. Da das Wetter es zuließ, fuhr er zum Parco del Ninfeo, parkte den Wagen im Schatten eines hohen Laubbaumes und lief ohne ein Ziel los. Er konnte keinen klaren Gedanken fassen. Nach etwa einer halben Stunde ließ er sich stöhnend auf eine versteckt gelegene Bank fallen und verbarg sein Gesicht in den Händen. Was war da eben passiert? Warum griffen Astrid und vor allem Nella ihn an? Alles, was er getan hatte, war aus Liebe zu Nella und dem Kind geschehen. Das machten sie ihm jetzt zum Vorwurf? Das war absurd, lächerlich und ungerecht. Alles hatte er getan. Alles! Umberto hob den Kopf eine Winzigkeit und sah über seine Fingerspitzen hinweg in den Park hinaus. Er entdeckte ein Elternpaar, das mit einem Kleinkind im Buggy plaudernd und lachend über den Rasen schlenderte. Der Mann hatte seinen Arm liebevoll-beschützend um die Schultern der Frau gelegt, die strahlend zu ihm aufblickte. Das könnten er, Daniela und Nella sein.

Noch während er das dachte, fiel es ihm plötzlich wie Schuppen von den Augen. Nein, das konnten sie eben nicht. Er würde für Nella nie der Partner fürs Leben sein. Leben? Ja, wo war denn *sein* Leben eigentlich abgeblieben? Seufzend vergrub er erneut sein Gesicht in den Handflächen. Seit er erfahren hatte, dass die Befruchtung erfolgreich gewesen war, war er wie in einem Fiebertaumel gefangen gewesen. Er dachte an den Nachmittag in Holland, als Leander in das gemeinsame Hotel gekommen war, um ihn abzuholen und zusammen zu feiern.

„O Gott, was habe ich angerichtet?" Hunderte Erinnerungsfetzen stoben plötzlich durch seinen Kopf. Er mit Nella beim Einkaufen, er und Nella beim Frauenarzt, bei Amanda, beim Auswählen des Kinderbettes. Anstatt Nella abwarten zu lassen, bis Leander aus der Camargue zurück war, so wie sie es eigentlich vorhatte, drängte er sie dazu, die Ausstattung für das Kinderzimmer schnell zusammenzustellen. Sie hatte ihn noch ermahnt, geduldiger zu sein, aber da war das bezaubernde Bettchen mit den romantischen Volants gewesen und ...

Es tat weh, und es saß in der Sekunde, in der er es begriff, wie ein Stachel in seinem Fleisch: Er hatte Leander um etwas gebracht, das er nie wieder würde erleben können. Die ersten Tage und Wochen im Leben seines eigenen Kindes. Es würde in Leanders Leben mit ziemlicher Sicherheit nie wieder ein eigenes Kind geben, nie wieder konnte er miterleben, wie aufregend diese Tage für werdende Eltern waren.

Was hatte er vorhin zu Nella gesagt? Er rief sich seine Worte ins Gedächtnis und zog im selben Moment eine schmerzliche Grimasse. „Ich bin ein Idiot, ein selbstsüchtiger Idiot." Anstatt sich mit dem wunderbaren Part zufriedenzugeben, den Nella und Leander ihm zugedacht hatten, war er wieder einmal kilometerweit über das Ziel hinausgeschossen. Genau damit hatte er die Beziehung mit Yves zerstört. Warum begriff er das immer erst, wenn es zu spät war? Seine Reaktion war die eines beleidigten, uneinsichtigen Kindes gewesen. Nella hatte ihn viel zu lange gewähren lassen, und er hatte es, ohne zu reflektieren, was er damit anrichtete, ausgenutzt. Gerade er sollte es wahrlich besser wissen. Er kannte Nella und ihren Wunsch nach Harmonie, ihre Angst vor Streitigkeiten, ihre andauernde Furcht, andere zu verletzen und sie dadurch zu verlieren. Wie oft war er es gewesen, der sie trösten musste, wenn die Dämonen der Vergangenheit sie einholten? *Ich bin schuld am Tod meines Vaters.* Bei Gott, wie sehr hatte er ihre Mutter dafür gehasst, ihr das eingeredet zu haben, und nun reagierte er kaum anders? Nein, sie musste nicht ihn tagtäglich an ihrer Seite haben, sie brauchte den Mann, den sie abgöttisch liebte und der mit Sicherheit litt wie ein Hund, und das zu einem sehr großen Teil durch seine Schuld. Es war an der Zeit, etwas zu unternehmen.

Das war doch ...! Er trat so spontan auf die Bremse, dass sein Auto selbst auf der trockenen Straße ins Schlingern kam. Das empörte Hupen hinter sich ignorierte er. Es war eindeutig Astrid, die dort am Obststand auf der Piazza gerade ihre Einkäufe in einen Korb packte. Umberto parkte kurzentschlossen in zweiter Reihe, was ihm erneut ein wütendes Hupkonzert einbrachte, und lief zur Piazza zurück.

Er hatte richtig gesehen, Astrid legte gerade eine Schale mit Aprikosen vorsichtig auf ihre anderen Einkäufe.

„Astrid, bin ich froh, dich zu sehen. Ich muss unbedingt mit dir reden."

Ihr zweifelnder Blick machte ihm schnell klar, dass sie nicht besonders begeistert über sein plötzliches Auftauchen war. „Sieh einer an, unser römischer Othello."

Er hob in einer entschuldigenden Geste die Arme. „Ich komme in Frieden, versprochen. Kann ich dir beim Tragen helfen?"

Astrid schulterte mit noch immer verkniffener Miene die Korbtasche. „Fünf Kilo Obst und Gemüse bekomme ich gerade noch so hin." Dann sah sie zu ihm auf. Du hast grob geschätzt fünf Minuten. Schieß los."

Er trug ihr die Kurzversion seiner Gedanken vor und ließ auch die für ihn unangenehmen Details nicht aus. „Du siehst, kaum denke ich richtig nach, schon habe selbst ich die ein oder andere Eingebung. Himmel, Astrid, es tut mir so leid. Ich hab nicht mehr nach links oder rechts gesehen. Ich hatte nur noch diese kleine Familie im Blick, von der ich dachte, sie beschützen zu müssen."

Astrid blieb stehen und fixierte ihn mit bedrohlich zusammengezogenen Brauen. „Ja, die Familie eines anderen, wenn ich mir die Bemerkung erlauben darf."

Seufzend zuckte Umberto die Achseln. „Du darfst so ziemlich alles. Und jetzt muss ich es wiedergutmachen. Ich kann Leander die verlorene Zeit nicht zurückholen, aber ich kann etwas unternehmen, damit sie nicht noch länger wird."

„Und wie willst du das bewerkstelligen?"

„Indem ich zu ihm fliege. Mir ist durchaus bewusst, dass ich der letzte Mensch bin, den er sehen will. Aber ich kann ihm meinen Anblick nicht ersparen. Wenn er mir eine reinhaut, hab ich das wahrscheinlich verdient. Zumindest weiß ich aber dann, dass ich endlich das Richtige getan habe, verstehst du?"

Astrid nickte, wenn auch sichtlich zögerlich. „Der Plan hat etwas. Allerdings solltest du dich beeilen. Ich habe gerade mit tausend Argumenten versucht, Nella auszureden, sofort in ein Flugzeug zu steigen." Sie grub die Absätze ihrer schwarzen Bikerboots nachdenklich in den Kies der Hofeinfahrt, in der sie standen. „Ich fliege übermorgen zurück nach Schweden. Lass bitte zuerst mich mit ihm reden. Dazu muss ich noch einmal ans Ende der Welt fahren, wo er sich verbarrikadiert hat."

Umberto versuchte sich an einem Lächeln. „Wo ist das denn, das Ende der Welt?"

„Småland, die Schärenküste Schwedens. Pippi-Langstrumpf-Country, wenn dir das weiterhilft."

Er schüttelte hilflos den Kopf. „Leider nein, ich sollte mich dringend mehr mit dem Norden Europas beschäftigen."

Sie nickte. „Gute Idee, als Patenonkel einer Halbschwedin." Astrid erläuterte ihm, wie er zu Leander gelangte, und sie errechneten gemeinsam, wann er fliegen musste, um ihr zuvor genügend Zeit mit ihrem Bruder zu geben.

Sein Blick wanderte zaudernd an der Häuserfront nach oben. „Denkt du, es ist eine gute Idee, jetzt mit Nella zu reden? Ich will sie nicht noch mehr aufregen."

„Natürlich redest du sofort mit ihr. Du kennst sie besser als ich. Sie hat große Angst, dich verloren zu haben. Es tut ihr gewiss gut, wenn du ihr ausführlich erläuterst, wie idiotisch du dich benommen hast und welch ein egozentrischer Trottel du warst. Dann kann sie zumindest schon mal Punkt eins abhaken, du verstehst?"

Er schluckte schwer. „Danke für die Blumen, aber leider hast du recht. Weißt du, dass ich es hasse, wenn du Recht hast?"

Astrids Lächeln wirkte verflixt selbstzufrieden. „Damit kann ich leben. Ich schnapp mir den Zwerg zu einem Nachmittagsspaziergang und ihr beiden macht Nägel mit Köpfen, verstanden?"

***

Die Stunden verflogen und sie redeten noch immer. Nach anfänglicher Unsicherheit stellte sich annähernd das freundschaftliche Miteinander wieder ein, das Nella auf immer verloren geglaubt hatte.

„Und du verstehst mich wirklich?" Sie schien noch immer nicht ganz überzeugt.

Umberto nahm ihre Hände in die seinen. „Nicht ich, Süße, du musst verstehen. Ich habe so viel falsch gemacht. Rückblickend ist es eine Katastrophe. Hättest du mich doch nur früher zur Räson gebracht."

Hilflos zuckte sie mit den Schultern. „Du weißt, wie schwer mir das fällt. Ich konnte es nicht. Und vor lauter Verzweiflung habe ich auch lange nicht begriffen, was tatsächlich passiert."

„Siehst du, und genau da beginnt mein Versagen als dein bester Freund. Lass es uns ab sofort besser machen." Er warf einen Blick auf seine Armbanduhr. „Ich sollte jetzt gehen. Astrid wird jeden Moment mit der

Kleinen zurückkommen, und eine weitere Sarkasmuswelle deiner Schwägerin, so sehr ich sie mag, kann ich im Augenblick nicht ertragen."

Er erhob sich und streckte ihr die Hand hin. „Freunde – für immer und ewig?"

Lächelnd rappelte sie sich auf und ergriff die ihr dargebotene Rechte. „Für immer und ewig."

Umberto küsste sie sichtlich erleichtert auf beide Wangen. „Danke, Nella. Ich mach alles wieder gut."

Ehe sie in Erfahrung bringen konnte, wie genau er sich das vorstellte, war er auch schon fort.

***

Wie eintönig konnten Tage eigentlich sein? Selbst der Blick auf die herrliche Bucht, die saftigen grünen Uferwiesen, die weißen Segel der Boote, die wie überdimensionale Schmetterlinge über die Wasseroberfläche flatterten, sowie die wärmenden Sonnenstrahlen, die sich funkelnd im Meer widerspiegelten, schafften es nicht, die Kälte und die andauernde Dunkelheit aus seinem Kopf zu vertreiben.

Leander fuhr sich unwillig durch seinen nicht sehr gepflegten Vollbart. Seit dem Besuch seiner Schwester vor zwei Wochen fühlte er sich noch beschissener als zuvor. Ausgerechnet Astrid, die Nella stets abgelehnt und ihr regelrecht feindlich gegenübergestanden hatte, setzte sich für sie ein und hatte ihm gehörig den Kopf gewaschen.

Stöhnend ließ er sich in seinen Schreibtischsessel fallen. Verstand sie denn seine tiefsitzende Angst nicht? Eine Angst, die ihn innerlich auffraß, seine Gedanken vergiftete, eine Angst, die es verhinderte, dass er auch nur annähernd Glück, Freude oder auch nur Hoffnung empfinden konnte? Er las die Nachricht seines Agenten, der sich vor lauter Begeisterung über seinen herrlichen, bluttriefenden Kriminalroman überhaupt nicht mehr beruhigen konnte. Er schrieb, die Verlage würden sich gegenseitig mit Angeboten überbieten, deren Summen inzwischen unanständig hoch waren. Es war ihm egal. Nicht egal war ihm dagegen, dass dieser Roman wahrscheinlich sein Leben, ganz gewiss aber seine Psyche gerettet hatte. Ohne die Möglichkeit, seine Wut, seine Furcht, seinen immer wieder aufkeimenden Zorn und seine Zweifel – ganz zu schweigen von wiederkehrenden Mordgelüsten – zwischen zwei Buchdeckel zu packen, wäre er wahrscheinlich verrückt geworden. So war es der irre Mörder in seinem Roman, der langsam, aber sicher den Bezug zur Realität verloren hatte. Seufzend beantwortete er die Nachricht, schließlich konnte sein Agent nichts für seine derzeitige, miese Lage.

Er stand auf, schlurfte in die Küche und öffnete den Kühlschrank. Seit mehreren Wochen verbot er es sich, Alkohol auch nur anzusehen. Zu Anfang seiner Zeit hier hatte er viel zu viel getrunken. Er nahm Käse, Butter und Brot heraus und entschied sich aus reiner Vernunft für Tee. Irgendwie schmeckte alles gleich, also war es vollkommen egal, was er aß oder trank. Als es an der Tür klopfte – und das ausnehmend fordernd –, schluckte er den letzten Bissen seines Käsebrotes hinunter und ging, um nachzusehen, wer sich in seine Einsamkeit verirrt hatte.

Das Erste, das er erkannte, als er die Tür öffnete, war eine Fotografie. Ein kleines Kind, das aus großen, haselnussbraunen Augen ernst und fragend in die Kamera blickte. Schwarze, dichte Haare umrahmten ein bezauberndes Gesicht mit rosigen Wangen und einem winzigen, herzförmigen Mund. Erste Anzeichen für Locken zeigten sich an den Enden der glänzenden Haare, dort, wo sie auf den Stoff eines kirschroten Pullis trafen. Der Anblick des Kindes durchzuckte ihn wie ein Blitz.

Die Stimme seiner Schwester klang so ernst wie schon lange nicht mehr. „Na, erkennst du sie?" Das Foto sank langsam nach unten und gab den Blick auf Astrids sorgenvoll gerunzelte Stirn frei. „Das ist deine kleine Tochter!"

Da er noch immer wie angewurzelt im Eingang verharrte, wedelte seine Schwester mit der Hand vor seinen Augen herum. „Astrid an Leander, bitte kommen. Jemand zu Hause?"

„Du warst bei ihr?"

Astrid nickte. „War ich. Seltsam, die Frage hab ich, wenn auch leicht modifiziert, vor Kurzem schon mal gehört. Darf ich jetzt bitte rein, sonst mach ich es mir auf der Veranda bequem."

Endlich gelang es ihm, sich aus seiner Starre zu lösen. „Natürlich, entschuldige bitte."

„Wurde aber auch Zeit." Astrid schob sich an ihm vorbei und marschierte schnurstracks ins Wohnzimmer. „Rieche ich da Pfefferminztee?"

„Ja, magst du welchen?"

„Her damit."

Er brachte ihr den Tee, und als er sich setzte, fiel sein Blick auf seinen unordentlichen Wohnzimmertisch.

Dort lagen, fein säuberlich nebeneinander, vier Bilder. Alle von dem kleinen Mädchen, das er vor über sechs Monaten zum ersten und letzten Mal bestaunt hatte. Zu seiner eigenen Überraschung zitterten seine Hände so sehr, dass er die Fotos kaum nehmen konnte. Astrids besorgter Blick entging ihm keineswegs.

„Brüderchen, du trinkst wirklich nicht mehr? Du musst entschuldigen, aber das Zittern ..."

Unwillig wehrte er ab. „Nein, ich schlafe einfach zu wenig und sollte wahrscheinlich regelmäßiger essen."

Er folgte ihrem Blick und entdeckte die fast leere Zigarettenschachtel. „Ja, ich weiß, ich sollte auch wieder aufhören zu rauchen."

„Stimmt, es bekäme meiner Nichte gar nicht gut."

Er musterte seine Schwester, ohne zu begreifen. Endlich verstand er, nur war es unerheblich. „Ich glaube kaum, dass der Rauch hier das Kind beeinträchtigt."

„Hier nicht, du Idiot! Aber sobald du wieder da bist, wo du eigentlich hingehörst, wird er es tun. Es sei denn, du hängst dich für jede Zigarette über den Balkon."

Er hörte Astrids Worte zwar, aber der Anblick des Kindes war in diesem Augenblick wichtiger als alles andere. Es war einfach hinreißend. Allein der Ausdruck dieser großen, fragenden Augen fesselte ihn.

„Im wirklichen Leben ist sie noch entzückender. Du weißt, ich bin nicht so der Kindernarr, aber Daniela versteht zu bezaubern."

„Daniela?"

„Deine Tochter? Sag mal, bekommst du noch irgendwas auf die Reihe? Mann, Leander, du bist mehr tot als lebendig, Nella weint die Nächte durch und ich bin so weit, euch beide zu prügeln für so viel Dummheit."

„Dummheit ..." Er wollte auffahren, aber Astrid war schneller.

„Ja, Dummheit. Und ich habe von euch beiden gesprochen. Ihr müsst endlich miteinander reden, du verstehst? Das was unsere Eltern uns bis zum Erbrechen eingetrichtert haben: Redet miteinander, lasst nie böses Blut entstehen. Wann bitte hast du das vollkommen vergessen?"

„Ich habe es ihr geschrieben, ich habe es doch immer wieder erklärt, okay, versucht zu erklären. Aber wie soll das gehen, wenn ich es selbst nicht begreife? Ich sterbe vor Sehnsucht und gleichzeitig frisst die Angst mich auf."

„Die Angst wovor? Dass Umberto deinen Part im Leben übernimmt? Einen Part, den du durch deine Aktion erst hast frei werden lassen? Wärst du damals nicht einfach abgehauen, hätte es nie so weit kommen müssen. Aber du kannst dich beruhigen. Nella ist über sich hinausgewachsen. Sie hat Umberto auf seinen Platz verwiesen und ihm erklärt, dass du, neben Dani, das Wichtigste in ihrem Leben bist und dass das alles ohne dich keinen Sinn mehr für sie macht. Ich war so stolz auf meine Schwägerin. Sie war klasse!"

„Sie hat was?" Er traute seinen Ohren kaum, allerdings schlich sich da noch etwas an. Schuldgefühle? Sollte ausgerechnet Nella, die so sehr auf Harmonie pochte und lieber alles schluckte, ehe sie einen Streit vom Zaun brach, mutiger gewesen sein als er?

Astrid fing seinen Blick ein. „Hab ich dich! Jetzt hast du es verstanden. Ja, Nella hat das getan, was du wie eine schwarze Wand vor dir herschiebst. Sie hat ihren ganzen Mut zusammengenommen und Umberto die

Meinung gegeigt. Gut, ich habe ein wenig Schützenhilfe geleistet, aber viel war nicht nötig. Leander, ihre Liebe zu dir hat ihr Flügel wachsen lassen. Und du hängst noch immer hier herum und suhlst dich in Selbstmitleid und Panikattacken. Mann, wach auf! Verdammt noch einmal, ihr seht beide aus, als habe man euch durchgekaut und ausgekotzt, so als trudelten zwei zerrissene Hälften des Mondes durch eine graue Galaxie. Es reicht! So kann es nicht weitergehen. Nicht nur ihr leidet, auch die Kleine bekommt das mit. Nella wünscht sich für ihr, für *euer* Baby eine harmonische Kindheit voller Liebe. Zum Donnerwetter noch mal, dann bietet ihr das der Kleinen auch."

Leander zuckte schmerzlich zusammen. Ausgerechnet seine ausgeflippte, kleine Schwester saß hier und stutzte ihn nach Strich und Faden zurecht. Er fand kein einziges Gegenargument mehr. Wieder und wieder musste er auf die Fotos starren – sein Mädchen. Seine Tochter! Und er hatte sie nie in den Armen gehalten. Welch ein Wahnsinn.

„Ich bin ein Idiot."

„Faszinierend! Du bist der zweite Kerl, der das innerhalb der letzten drei Tage so spontan erkannt hat. Kaum erklärt man euch die Welt, schon fangt ihr an, sie im Ansatz zu verstehen."

„Langsam wirst du unverschämt, Schwesterlein."

„Nein, ich würde das eher realitätsbezogen nennen. Und jetzt komm in die Gänge, Leander. Du bist mein großer, starker Bruder, der mich aus jeder noch so riesigen Scheiße herausgeholt hat. Jetzt zieh dich gefälligst selbst aus der, in der du seit Monaten sitzt."

Er musterte seine kleine Schwester kopfschüttelnd. „Wann genau bist du erwachsen geworden und womit habe ich dich eigentlich verdient?“

Sie rümpfte die süße Stupsnase und grinste ihn herausfordernd an. „Erstens, ich werde nie erwachsen, ich wurde einfach mit einem Hang zur Genialität geboren, und zweitens, das frage ich mich tatsächlich selbst des Öfteren.“ Sie sprang vom Sofa und streckte ihm beide Hände entgegen. „Du gehst dich jetzt duschen und rasieren und verwandelst dich wieder in einen vorzeigbaren Menschen. Lars müsste jeden Augenblick mit dem Essen hier sein.“

Er verstand gar nichts mehr. „Lars? Essen?“

Sie schob ihn erbarmungslos in Richtung Badezimmer. „Dein kleiner Bruder und die Einkäufe für ein vernünftiges Essen unter Geschwistern. Heute Abend tagt hier das Clasen-Triumvirat, nur dass das klar ist.“

Wer nicht wagt …

Na wunderbar! Wenn er schon einmal zum Flughafen musste, dann tobte ein Gewitter über der Ewigen Stadt, als wäre der Weltuntergang nahe. Umberto bezahlte den Taxifahrer, nahm seine Reisetasche, sprang aus dem Auto und hastete in gebückter Haltung auf den Eingang zu. In der Flughafenhalle richtete er sich wieder auf und versuchte, sich zu orientieren. Sein Flug nach Stockholm ging in neunzig Minuten, noch hatte er also Zeit. Unwillig schüttelte er sich das Regenwasser aus den Haaren. Das Wetter passte zu seiner Stimmung. Wenn er daran dachte, Leander gegenübertreten zu müssen, wurde ihm flau im Magen. Der Mann, dessen Leben er um ein Haar zerstört hätte und der alles Recht der Welt hatte, ihm – wie Astrid sich so dezent ausgedrückt hatte – die Fresse zu polieren …

„Umberto, du bist es wirklich."

… stand ihm direkt gegenüber. Er starrte Leander an, als sähe er ein Gespenst. Das konnte nicht wahr sein. Solche Zufälle gab es nicht, basta.

„Umberto? Was ist denn? Erkennst du mich nicht mehr?"

Leander sah tatsächlich zum Fürchten aus, allerdings auf eine andere Weise, als er es sich ausgemalt hatte. Das scharf geschnittene Gesicht des schönen Schweden war noch schmaler geworden, unter den müden Augen lagen tiefe Schatten. Leander war immer, egal zu welcher Jahreszeit, leicht gebräunt gewesen. Jetzt wirkte seine Haut beinahe durchsichtig weiß, so als hätte er monatelang keine Sonne mehr gesehen. Wahrscheinlich war dem so. Und wer trug daran die Schuld?

„Natürlich erkenne ich dich, auch wenn es ehrlich gesagt gar nicht so einfach ist. Bitte nimm es mir nicht übel, aber du siehst schrecklich aus. Bedenke ich jetzt noch, dass ich daran wahrscheinlich nicht unschuldig bin, dann wird mir hundeelend."

Leander gelang ein, wenn auch schiefes, Grinsen. „Mann, Umberto, es kommt mir gerade so vor, als seist *du* durch das Gewitter geflogen. Du hast einen leichten Grünstich im Gesicht. Wohin willst du überhaupt, nicht dass du deine Maschine verpasst."

Er wehrte müde ab. „Das hat sich hiermit erledigt. Ich wollte zu dir."

Leanders Augen verengten sich zu Schlitzen. „Zu mir? Darf ich fragen warum?"

Er nickte kleinlaut. „Ja zu dir, und du darfst mich alles fragen, worauf du eine Antwort brauchst." Er hob erneut den Blick und sah ihm entschlossen in die Augen. „Ich wollte dich nach Hause holen, zu der Frau, die ohne dich nicht leben kann, und zu dem Kind, das endlich einen richtigen Vater braucht."

„Dann hatte Astrid tatsächlich recht."

„Im Prinzip wahrscheinlich ja, aber womit genau?" Er war etwas verwirrt.

„Damit, dass Nella mit dir gesprochen hat. Und damit, dass du selbst über alles nachgedacht hast."

Er seufzte tief und stieß die Luft aus. „O ja, nachgedacht habe ich sehr wohl. Lange und gründlich, und infolgedessen könnte ich mich andauernd ohrfeigen. Leander, es tut mir so unendlich leid. Ich war so ein Trottel. Da setze ich zuerst mit Glanz und Gloria meine eigene Beziehung in den Sand, um dann mit Nachdruck daran zu arbeiten, die eure zu zerstören. Wenn du mir jetzt eine verpassen möchtest, damit es dir besser geht, dann tu dir keinen Zwang an. Bitte sehr!"

Auffordernd reckte er ihm sein Kinn entgegen. Aber anstatt ihn zu verprügeln, lachte Leander.

Umberto musterte den Schweden stirnrunzelnd. „Was genau ist gerade so amüsant?"

„Du. Mensch, Umberto, du liest eindeutig zu viele Schundromane. Nein, ich werde mich nicht mit dir prügeln. Ich bekomme weiche Knie und Herzrasen, wenn ich daran denke, dass ich heute, so Gott will, die Frau wiedersehe, die ich so sehr liebe, dass es mich körperlich schmerzt. Das genügt mir derzeit vollauf."

Er nickte verständnisvoll. „Kann ich nachfühlen. Los komm, ich begleite dich und zahl auch das Taxi."

„Nicht nötig, ich hab doch mein Auto hier."

Er legte Leander freundschaftlich eine Hand auf die Schulter. „Dein Auto? Hier? Seit dem Tag deines Verschwindens, in der Flughafengarage? Herzlichen Glückwunsch. Ich hoffe, du kannst das Ticket mit Karte zahlen."

Leander sog zischend die Luft durch die Zähne. „Verdammt, ich wusste, da war was."

Umberto schulterte grinsend seine Reisetasche. „Du gehst zahlen und ich besteche derweil einen Taxifahrer, damit er dir Starthilfe leistet. Weißt du noch, wo du den BMW geparkt hast?"

Eine gute Stunde später fuhren sie mit dem wahrscheinlich staubigsten Auto Roms durch den gigantischen Kreisverkehr am Colosseum. „Noch ein paar Monate mehr und es wäre günstiger gewesen, ein neues Auto zu kaufen." Leander war eindeutig erbost.

„Hm, auf die Gefahr hin, deinen Unwillen auf mich zu ziehen, aber ein bisschen hast du dir das verdient."

„Was soll das denn jetzt bitte schön heißen?"

„Na ja, anstatt in den Kreissaal zu stürmen, mich kurzerhand rauszuwerfen und dir dein Leben zurückzuholen, verschwindest du einfach mal spurlos. Deine Gefühle in allen Ehren, und das hab ich dir ja auch schon gesagt, aber darf ich dir mal ganz kurz schildern, wie es Nella in jenen Stunden ergangen ist?"

Leander bog in eine Seitenstraße und bremste heftig.

„Halt, stell um Himmels Willen den Motor nicht ab. Du hast den Taxifahrer gehört, er muss mindestens eine Stunde laufen."

„Keine Angst, ich stell ihn nicht ab." Leanders Stimme war leise und er klang regelrecht gequält. „Aber ich befürchte, dass das, was du mir jetzt erzählst, nicht so leicht zu verkraften ist."

„Ist es wirklich nicht. Es wird auch eine Weile dauern. Zuerst war noch alles eitel Sonnenschein. Nella war so glücklich, als die Hebamme ihr das Kind wieder in die Arme legte. Sie konnte sich kaum an der Kleinen sattsehen. Du warst losgegangen, um etwas zu trinken zu holen. Nachdem du nach einer halben Stunde noch immer nicht zurück warst, begann sie sich Sorgen zu machen. Sie dachte du könntest auf den frisch gewischten Fluren gestürzt sein, eventuell eine Treppe hinuntergefallen, müde wie du warst. Ich versuchte, sie zu beruhigen und erklärte, du würdest sicher mit deinen Eltern telefonieren, um ihnen zu erzählen, dass sie Großeltern geworden waren. Nach einer Stunde wollte sie allen Ernstes aufstehen und dich suchen. Ich lief stattdessen los, und eine halbe Stunde später machte sich auch der Sicherheitsdienst auf die Suche nach dir. Das ganze Krankenhaus wurde systematisch abgesucht, aber man fand keine Spur von dir. Mir fielen dann die beiden verwaisten Becher vor dem Kreissaal auf, aber ich sagte nichts, weil ich Nella nicht noch mehr beunruhigen wollte. Sie war sowieso schon vollkommen verzweifelt. Es war die Nacht, in der sie einfach nur überglücklich sein sollte, und sie war vollkommen durcheinander und verängstigt.

Als dann am frühen Morgen die Schwester deinen Brief brachte, brach Nella zusammen. Sie verstand die Welt nicht mehr. Sie erlitt einen bösen Weinkrampf, konnte kaum mehr atmen, schließlich wurde sie ohnmächtig. Mann, ich kann dir nicht sagen, wie sehr ich dich in diesem Moment gehasst habe. Als sie wieder bei Bewusstsein war, bekam sie hohes Fieber und brauchte Medikamente, die es ihr unmöglich machten, das Baby zu stillen. Vom ersten Tag an musste Daniela an das Fläschchen gewöhnt werden. Nellas Traum, ihr Mädchen zu stillen, dieses Band der Zweisamkeit zu knüpfen, diese innigen Mutter-Kind-Momente, all das hast du ihr genommen. Wie schon gesagt, ich habe dich gehasst für das, was du getan hast. In dem ganzen Durcheinander war ich nicht in der Lage, auch nur einen Zentimeter über den Tellerrand zu schauen. Kaum ging es Nella etwas besser, wollte sie dich suchen. Eine Idee, die ich ihr mühsam ausgeredet habe. Im Nachhinein wahrscheinlich ein weiterer Fehler von mir, denn vielleicht hättet ihr so die Chance gehabt, die chaotischen Missverständnisse aus der Welt zu schaffen. So aber redete ich ihr ein, dass das Baby zu klein zum Fliegen sei und seine Mutter bräuchte. Das sah Nella ein und blieb bei ihrem Kind. Ich war fast immer bei ihnen, habe alles getan, damit es Nella besser ging. Aber viel half es nicht. Sie weinte jede Nacht. Ohne dich fehlte einfach ihr halbes Leben. Um sie zu trösten, versuchte ich ihr einzureden, dass die ganze Schuld bei dir läge. Soll ich dir was sagen? Es war ihr egal. Sie liebt dich so sehr, dass sie dir alles verziehen hätte.

So gingen die Wochen ins Land und Nella beruhigte sich langsam. Daniela war ihr ein großer Trost, denn sie ist einfach ein Sonnenschein. Dann kamen deine Eltern und es wurde ein wenig besser. Kaum waren sie weg, wurde Nella wieder traurig. Als sich Dani eine Erkältung eingefangen hatte und Fieber bekam, verbrachte ich die Nächte bei den beiden, damit Nella wenigstens ein paar Stunden Ruhe bekam. Ich hörte in diesen Nächten, wie sie im Schlaf deinen Namen rief. Danach saß ich heulend, das leicht verwirrt dreinblickende Kind im Arm, im Wohnzimmer. Wahrscheinlich sagte mein Unterbewusstsein mir schon damals, dass ich einen Fehler machte. Nur wollte ich es zu jener Zeit nicht wahrhaben.“ Umberto holte tief Luft, ehe er weiterredete. „Erst als Astrid auftauchte und anschließend Nella mir den Kopf zurechtrückte, wachte ich aus meiner selbstherrlichen Trance auf. Ich begriff endlich, dass ich nicht der Retter auf dem weißen Pferd war, sondern der nervige Verwandte, der das Leben eines anderen lebte. So, das alles musste endlich einmal gesagt werden."

Leander schwieg sehr lange, ehe er den Kopf hob und ihn anblickte. „Wir alle haben Fehler gemacht, aber was auch immer geschehen ist: Du warst für Nella und mein Kind da, als ich es nicht war. Dafür schulde ich dir Dank."

„Es erleichtert mich, dass du das so siehst. Was aber nichts daran ändert, dass ich meine Konsequenzen gezogen habe. Komm, lass uns zu eurer Wohnung fahren. Ich muss dir etwas zeigen."

***

Mit heftig klopfendem Herzen parkte Leander den BMW im Innenhof. Nellas kleiner Flitzer war nirgends zu sehen. „Sie ist auf dem Gut. Alessia hat sie zu einem geschäftlichen Gespräch eingeladen. Darum hat sie auch nicht mitbekommen, dass ich abgereist bin, also abreisen wollte. Los, komm schon. Wir müssen uns beeilen." Umberto ließ ihm kaum Zeit, seine Koffer aus dem Wagen zu wuchten, und lief vor ihm zum Aufzug.

„Wenn Nella nicht da ist, was ist dann so wichtig?" Leander war verunsichert. Begann Umberto schon wieder, sich einzumischen?

Der rannte regelrecht aus dem Aufzug, zog den Wohnungsschlüssel aus dem Jackett und sperrte die Tür auf.

„Rein mit dir. Tu mir den Gefallen und setz dich ins Wohnzimmer. Frag einfach nicht, bitte."

Mit gemischten Gefühlen tat er wie ihm geheißen, auch wenn es ihm nicht besonders behagte. Es war ein seltsames Gefühl, nach so langer Zeit das gemeinsame Zuhause wieder zu betreten. Im Vorbeigehen erhaschte er einen Blick auf ein erschrockenes Gesicht, das zu einem jungen Mädchen gehörte. Er konnte sich keinen Reim darauf machen, wer die junge Frau war, musste das aber auch gar nicht mehr, denn kaum hatte er sich auf das Sofa gesetzt und blickte neugierig in Richtung Flur, als Umberto ins Zimmer trat. Auf seinem Arm trug er die kleine Daniela, die sich noch etwas schlaftrunken mit ihren Fäustchen die Augen rieb. Langsam kam Umberto näher. Er fingerte mit der freien Hand in seiner Jackentasche herum und legte den Wohnungsschlüssel auf den Couchtisch. „Hier, den habe ich heute zum allerletzten Mal benutzt. Damit ist jetzt definitiv Schluss. Und jetzt, Leander, darf ich dir deine bezaubernde Tochter vorstellen. Sie kennt dich nicht, also nicht wundern, wenn sie etwas fremdelt."

Sein Herz schlug ihm bis zum Hals, als er mit zitternden Beinen aufstand. Daniela wandte ihm den Kopf zu und er blickte in diese großen, ernsten, braunen Kulleraugen, die ihn schon auf dem Foto zu Tränen gerührt hatten. Vorsichtig und unsicher, ob er das Richtige tat, streckte er eine Hand aus und berührte ihre Wange. Sie zuckte nicht zurück, sondern musterte ihn weiter neugierig. Er nahm sachte ihre winzige Rechte und betrachtete fasziniert die zarten Fingerchen. Behutsam streichelte er das Händchen des Kindes. Als sie fest seinen Zeigefinger umfasste, traten ihm Tränen in die Augen. Was zur Hölle hatte er getan? Was hatte ihn in jener Nacht veranlasst, dieses kleine Wunder zu verlassen?

„Sie ist unglaublich." Mit der freien Hand strich er über Danielas dichtes Haar, das sich seidig und weich anfühlte.

„Das darfst du laut sagen, Herr Clasen. Was erwartest du? Sie ist Nellas Tochter. Warte ab, bis sie dich das erste Mal anlächelt. Da geht selbst in einer eisigen Winternacht die Sonne auf."

In dem Moment, in dem Leander ihr sanft ein Löckchen aus der Stirn pustete und ihr über die rosigen Wangen streichelte, tat Daniela genau das. Sie schenkte ihm ein Lächeln, das sämtliche Dämme in seiner verkorksten Wikingerseele zum Einsturz brachte. Während ihm endlich, nach Wochen der selbstgewählten Einsamkeit, in denen er sich vor jeglichem Gefühl verschanzt hatte, die Tränen über das Gesicht liefen, legte ihm Umberto seine Tochter in die Arme. „Tja, wie die Mutter, so die Tochter. Sie liebt dich vom ersten Augenblick an, du Glücksschwein."

Lachend und weinend zugleich drückte er sein Kind an sich. „Umberto, ich war so ein Vollidiot. Wie konnte ich nur?"

Der grinste ihn nur breit an. „Na dann, willkommen im Club der Versager und Ignoranten, Herr Clasen. Ich gehe jetzt noch einmal Kaffee kochen für uns beide und du schmust bitte mit deinem Kind."

Das ließ er sich nicht zweimal sagen. Daniela verfolgte mit großen Augen jede seiner Bewegungen, quietschte vor Vergnügen, wenn er sie am Bauch kitzelte und schien begeistert von seinen hellen Haaren, da sie immer wieder danach griff. Umberto brachte zwei Tassen mit Kaffee und erst jetzt begriff er, dass das junge Mädchen von vorhin die Babysitterin war.

„Clara ist auf meine Bitte hier, denn ich wollte Nella nicht auf die Nase binden, dass ich losfliege, um dich zu holen. Ich war mir keineswegs sicher, dass du mit mir kommen würdest. Ihre Enttäuschung, wenn ich ohne dich wieder hier aufgetaucht wäre, mag ich mir gar nicht erst vorstellen." Umberto trank seinen Kaffee aus und musterte ihn eingehend. „Mein Vorschlag: Du gibst das Kind jetzt Clara, die macht sie fertig und füttert sie. Du gehst so lange unter die Dusche, machst dich hübsch, und dann überrascht ihr beide Nella auf dem Gut. Sie hat lange genug gelitten. Ich will meine beste Freundin endlich wieder glücklich sehen."

Grummelnd reichte er der Babysitterin das Kind. „Kannst du mir sagen, warum mich derzeit alle andauernd unter die Dusche schicken?"

„Ich sag da jetzt gar nichts mehr. Ich verschwinde und bin ab sofort nur noch der liebende Patenonkel." Umberto griff nach Leanders Hand. „Kannst du mir verzeihen?"

Leander umarmte den Römer spontan. „Es gibt nichts zu verzeihen, wie schon gesagt, wir alle haben Fehler gemacht. Aber sie waren nicht vergebens, wenn wir aus ihnen lernen."

Clara hatte angeboten mitzufahren, aber das hier wollte und musste er allein tun. Gut, nicht ganz allein. Neben ihm, in ihrer Sitzschale gut festgeschnallt, lag seine Tochter. Sie spielte mit einem quietschbunten Spielzeugdrachen und blubberte selig vor sich hin. Allein ihre Blicke, die sie ihm ab und an zuwarf, ließen ihr sein Herz zufliegen. Er fuhr langsamer und vorsichtiger als gewöhnlich, und so erreichte er das Gut am späten Nachmittag, als die Sonne schon sank. Er erblickte Nellas Auto sofort und parkte gegenüber dem Eingang zum Hotel im Schatten der Scheune. Daniela quiekte fordernd, war aber sofort zufrieden, als er sie aus dem Wagen hob und auf den Arm nahm. Er atmete tief ein und musste sich an sein Auto lehnen, um nicht mit der Kleinen im Arm zu straucheln, denn im Eingang des Haupthauses erschien eine schlanke, große Gestalt in einem langen, hellblauen Sommerkleid. Das schwarze Haar war zu einem dicken Knoten hochgesteckt und vereinzelte Strähnen lockten sich um das schmale Gesicht. Ihre Augen waren erstaunt aufgerissen und sie musterte ihn mit einem so ungläubigen Blick, als sähe sie einen Geist. Sie hob beide Hände und legte sie an ihre Wangen, so, als müsse sie nach irgendetwas greifen, etwas spüren, um sich zu versichern, dass sie bei Sinnen war.

„Leander?"

***

Konnte das wahr sein? Nein, sie traute ihren Augen tatsächlich kein bisschen. Das dort konnte unmöglich Leander sein. Er war tausende von Kilometern weit weg von hier. Sie war am Vormittag losgefahren, hatte sich von Umberto verabschiedet, der sich anbot, auf Dani zu achten, während sie zu Alessia fuhr. Es war also absolut undenkbar, dass Leander dort stand. Noch unwirklicher erschien ihr der Umstand, dass ihre kleine Tochter auf seinem Arm saß und vertrauensvoll ihr Köpfchen in seine Halsbeuge schmiegte.

„Leander?" Ihre Beine schienen sich von selbst zu bewegen und Nella ging langsam und zögerlich, aber stetig auf ihn zu. „Bist du das wirklich? Ich kann es nicht glauben, es ist so ... unwirklich. So sag doch etwas."

„Nella, ich möchte so vieles sagen und schaffe es doch nicht, einen klaren Gedanken zu fassen, geschweige denn, ihn auszusprechen."

Seine Stimme, mochte sie auch schwach und unsicher klingen, war wie Musik in ihren Ohren. „Du bist endlich zurückgekommen?" Sie hielt inne und blieb wenige Schritte vor ihm stehen. „Du gehst nicht wieder weg? Du verlässt uns nicht gleich wieder?"

Sein Gesicht verzog sich zu einer schmerzlichen Grimasse. „Liebling, ich war so dumm, so unendlich und unfassbar dumm. Ja, ich bleibe, für immer. Das heißt, wenn du mich noch willst?"

Da war der Mann gerade wie aus dem Nichts wiederaufgetaucht und dann stellte er so gänzlich absurde Fragen!

Mit zwei großen Schritten stand sie direkt vor den beiden Menschen, die ihr Leben waren. „Welch eine selten dumme Frage, Leander Clasen, natürlich will ich dich."

Sie begriff, dass er ihr nicht antworten konnte, denn er schluckte schwer und sie sah die Tränen in seinen Augen. Zu spüren, wie er seinen freien Arm um sie legte und sie fest an sich zog, wie er sie, wie früher, auf die

Stirn küsste, war alles, was sie in diesem Augenblick wollte.

Leander fasste ihre Gedanken in die richtigen Worte. „Ich habe mein Leben zurück!“

Neue Träume

„Und du hegst wirklich keinerlei Mordgedanken?" Leander schlang seine Arme noch enger um die Frau, die neben ihm auf dem Liegestuhl lag und sich an ihn kuschelte.

Nella sah zu ihm auf und ein schelmisches Lächeln umspielte ihre schönen Lippen. „Das sage ich dir, wenn die unbeschreibliche Freude und das nicht in Worte zu fassende Glücksgefühl darüber, dich wieder bei mir zu haben, demnächst abebben sollten."

„Gehe ich von mir und meinen Empfindungen aus, wird das nie geschehen. Heute auf dem Flug von Stockholm nach Rom habe ich grob geschätzt tausend Szenarien durchexerziert, wie du reagieren könntest. Dass du, anstatt mich zu meucheln, auf mich zugehst, mich umarmst und mir sagst, wie sehr du mich liebst, war in meiner Liste der Möglichkeiten ganz weit unten. Schließlich habe ich ja nicht nur dich im Stich gelassen." Er warf einen prüfenden Blick auf Daniela, die neben ihnen in ihrer Babywippe schlummerte. „Das Gefühl, als ich sie heute das erste Mal im Arm hielt, ist schwer zu beschreiben. Es war, als schiene die Sonne direkt in mein Herz."

Nella spielte mit seinem Silberarmband und nickte. „Das trifft es einigermaßen und doch nicht ganz. Wie du sagst, es ist kaum zu beschreiben. Ach, Leander du hast so viel versäumt. Es macht mich traurig, daran zu denken."

„Und ich kann es dir nicht einmal vernünftig erklären, das ist das Allerschlimmste daran." Er grub seine Hand in ihre dichte Haarflut. „Ich habe mir wochenlang das Hirn zermartert. Ich meine, es ist einfach unmöglich, dass der Verstand dich am liebsten ohrfeigen würde und ein anderer Part von dir rennt bereits wie vom Teufel gehetzt davon."

„Das ist der falsche Ansatz, Leander. Denn wenn du bewusst davongelaufen wärst, *dann* würde ich mir jetzt ernsthafte Gedanken machen. Solch eine Handlung entsteht spontan, aus einer emotionalen Überforderung heraus und wider besseres Wissen. Das kann man nicht kontrollieren, denn es kontrolliert in dieser Sekunde dich. Für Vernunft ist in so einer Situation kein Platz. Eben darum kann ich dir nicht böse sein. Ich war unendlich traurig, ich hatte Angst, war vollkommen verunsichert, aber ich war und bin dir nicht böse. Ich liebe dich, und nach allem, was wir erlebt haben, weiß ich, dass du mich auch liebst. Was du getan hast, hat dich um einzigartige Momente gebracht, und das macht mich traurig. Es tut mir so leid für dich."

Er drehte sich, damit er ihr ins Gesicht sehen konnte. „Ich tue dir leid? Es macht dich traurig, dass ich die ersten Monate unserer Kleinen verpasst habe, weil ich ein Trottel war? Nella, du bist wirklich einzigartig."

Sie lachte. „Das will ich aber auch hoffen."

Einen Unsicherheitsfaktor gab es allerdings noch. „Nella, bist du dir sicher, dass Umberto mit der neuen Situation wirklich klarkommen wird? Er konnte über

Monate seine Vater-Gene ausleben, und dann bin plötzlich ich wieder da."

Sie schürzte nachdenklich die Lippen. „Nein, es wird sicher nicht so einfach, wie er derzeit sagt. Allerdings sind wir jetzt wieder ein Team und gemeinsam bekommen wir das alles in den Griff, da bin ich mir ganz sicher."

„Nella, ich hab meinen Kriminalroman abgegeben und du fängst nicht vor Weihnachten wieder auf dem Gut an. Was hältst du davon, wenn wir Urlaub machen, nur wir drei? Die Schwester meines Agenten hat einen ruhig gelegenen Bungalow auf Sardinien, mit Meerblick und allem Drum und Dran. Nach allem, was war, habe ich nur einen Wunsch: mit meinen beiden Frauen allein zu sein. Das würde ein romantischer, erholsamer Urlaub werden, und niemand wüsste, wo wir stecken."

Nella schob ihre Unterlippe vor und runzelte ihre Stirn. „Allein, mit dir? Ich weiß ja nicht ..."

„Nella, wenn es zu früh ist, wenn du mehr Zeit brauchst ..."

Sie seufzte in sein Shirt und lachte erneut. „Leander, das war ein Scherz. Natürlich fahren wir, das ist eine wundervolle Idee. Endlich nur wir und unser Kind. Ich freue mich schon jetzt darauf."

„Und ich dachte schon ... mach so was derzeit bitte nicht mit mir. Mein Nervenkostüm ist nicht das allerbeste. Die Angst, dich vielleicht verloren zu haben, war unerträglich."

Sie stützte sich mit den Ellbogen auf seiner Brust ab und fixierte ihn mit ernstem Blick. „Leander Clasen, vertrau mir, ich kenne das Gefühl sehr gut. Ich brauch das auch nie wieder, okay? Und eben darum versprichst du mir jetzt sofort etwas, einverstanden?"

Das klang ernst. „Was immer du willst."

Sie strich über seine Wange und küsste ihn leicht auf die Nasenspitze. „Sag nie, und zwar wirklich nie wieder den Satz: *Ich hole dir nur schnell etwas zu trinken.*"

Er umfasste ihren Kopf mit beiden Händen und küsste sie voller Zärtlichkeit. „Nie wieder, nicht in diesem und auch nicht im nächsten Leben! Ich schwöre."

Ende ...

Halt, stopp, nein, das ist so nicht richtig. Die unglaublichen Dinge, die in den kommenden Monaten geschahen, solltet ihr unbedingt noch erfahren ...

Epilog

Liebste Franca,

ein Surfunfall? Ernsthaft? Kann man dich denn nicht allein lassen? Scherz beiseite, auch wenn es mir schwerfällt. Der Umstand, dass du dadurch nicht bei unserer Hochzeit dabei sein konntest, hat mich unendlich traurig gemacht. Aber wie in unserem letzten Telefonat versprochen, werde ich dir heute all die wundervollen Ereignisse aus der Zeit schildern, als Leander wieder bei uns war. Ich weiß doch, wie sehr du es liebst, ellenlange Briefe zu lesen.
Leanders Idee, nur mit Daniela und mir nach Sardinien zu fahren, ohne irgendjemandem davon zu erzählen, war schlicht genial. Der Bungalow seines Agenten oder vielmehr dessen Schwester liegt versteckt vor neugierigen Blicken in einem weitläufigen Garten mit Blick auf das azurblaue Meer. Uralte Oliven- und duftende Zitronenbäume spenden in der Nachmittagshitze Schatten, ein kleiner runder Pool war wie gemacht für Daniela. Hier, in der Abgeschiedenheit, weitab vom Trubel jeglicher Großstädte, konnten wir endlich zur Ruhe kommen. Wir lernten uns behutsam und mit viel Geduld neu kennen und genossen jede einzelne Minute unserer Zwei... was sage ich denn, unserer Dreisamkeit. Daniela betet ihren Vater an und er ist ihr mit Haut und Haaren verfallen. Aus den geplanten zwei Wochen

wurden vier, und trotzdem verließen wir unser ganz persönliches Paradies nur widerstrebend. Allerdings musste Leander zurück, da sein Verlag eine Anfrage zur Verfilmung seines Krimis bekam. Wieder in Rom, begann auch ich wieder zu arbeiten, nur stundenweise zuerst, aber als ich bemerkte, wie viel Freude es mir noch immer macht, für drei Tage in der Woche. Daniela durfte ich – natürlich – mitnehmen und Alessia und Filippo verwöhnten sie fast schon zu sehr. Etwa fünf Wochen nach unserer Rückkehr fühlte ich mich zunehmend müde und ausgelaugt. Ich musste mich mehrmals übergeben und etwas in meinem Bauch war seltsam. Leander vereinbarte sofort einen Arzttermin, da ich befürchtete, dass ich eine Zyste oder eine anderweitige Entzündung hätte. Du kannst dir vorstellen, dass ich Angst bekam. Kaum war mein Glück wieder perfekt ... es hätte gepasst wie die Faust aufs Auge. Leander beruhigte mich so gut er konnte, und ich war froh, dass der Termin zur Untersuchung in der Privatklinik schon zwei Tage später war. Wie du siehst, einen Starautoren zum Partner zu haben, hat viele Vorteile. Ja, schon gut, ich weiß – er ist per se zu gut, um wahr zu sein.

Die Untersuchung dauerte lange und die Miene meines Arztes war sehr ernst. Vertrau mir, ich ging im Geiste alle möglichen tödlichen Erkrankungen durch. Das tat ich so lange, bis der Doktor mich mit sorgenvoll gerunzelter Stirn fragte, wann ich meine Tage zum letzten Mal gehabt hätte. Ich dachte angestrengt nach und mir fiel ein, dass das auf Sardinien gewesen war. Der Arzt nickte verständnisvoll, dann sah er mich an und lächelte. „Signora, tun Sie mir doch bitte den Gefallen und denken Sie gut nach. Woran könnte Ihr Unwohlsein liegen? Was könnte die Schuld daran tragen, dass es in Ihrem Bauch ziept? Worauf könnte – nur möglicherweise – eine ausbleibende Periode hindeuten? Na, los, bitte enttäuschen Sie mich nicht."

Franca, du wirst es nicht glauben, aber ich verstand noch immer nichts. Es konnte ja nicht sein. Erst als er mir mit einem unverschämt breiten Grinsen zunickte, begann ich zu begreifen. Meine Augen, mein ganzer Gesichtsausdruck müssen erschreckend ausgesehen haben, denn der arme Arzt stand auf und legte mir die Hand auf die Schulter. „Hab ich Sie wirklich so sehr erschreckt? Freuen Sie sich denn nicht?"

Ach Franca, ich konnte nicht mehr denken, alles wirbelte wild in meinem Kopf durcheinander, ich brachte nur noch Leanders Namen heraus und der Arzt rief ihn ins Untersuchungszimmer. Er war fürchterlich besorgt und sah sehr blass aus. Du hättest aber dann sein Gesicht sehen müssen, als ich endlich den Satz „Wir bekommen ein Baby!" herausbekam: zuerst fassungslos, dann verwirrt und zuletzt unendlich glücklich. Der Arzt hat es uns dann sehr geduldig erklärt. Durch das Loslassen, durch die gemeinsame Zeit, durch die Ruhe und weitab von allem Zwang, haben wir den Weg für unser kleines Wunder geschaffen.

Ich bin tatsächlich wieder schwanger.

Als wir es Lina und Erik erzählten, bekamen die beiden sich kaum mehr ein vor lauter Freude. Sie lieben ja Daniela schon so sehr und nun noch ein kleiner Junge (ich habe alle möglichen Tests machen lassen, du kennst mich – Feigling vom Dienst). Erik meinte knochentrocken zu Leander: „Du hast sie geschwängert, denkst du nicht, es wird Zeit, sie zu einer ehrbaren Frau zu machen?"

Du hättest Leanders Gesicht sehen sollen. Ich wundere mich noch heute, dass Astrid ihren Lachkrampf überlebt hat. Da sie alle der Meinung waren, ich müsse mich schonen, überließ ich ihnen die Hochzeitsvorbereitungen. Sie ließen mich in dem Glauben, dass wir in einem Standesamt in Rom heiraten und dann zu einem kleinen Empfang auf das Gut fahren würden. Ich hätte es besser wissen müssen. Sie kümmerten sich um die Einladungen (Zitat: Nur eine Handvoll Leute), auch an die Dame in der Toskana, die dann unbedingt von einem Surfbrett fallen musste (verzeih mir, das musste sein).

Ich hatte in Schweden mit Lina über mein Traum-Hochzeitskleid geredet und es wieder vergessen. Schließlich sah man schon einen winzigen Bauchansatz, was es sinnvoller machte, einen bequemen Hosenanzug mit Gummizug zu tragen.

Du ahnst es sicher schon. Am Morgen meiner Hochzeit machte Astrid mir die Haare, Lina wollte nur rasch etwas besorgen. Als sie hinter mir in das Schlafzimmer trat, in dem Astrid mir gerade half, die Spuren meiner Aufregung zu überschminken, sagte sie nur: Nella, mach die Augen zu.

Ich tat es, und als ich wieder hinsehen durfte, hielt sie einen Traum von Kleid in ihren Händen. Sie hatten es genau nach meiner Erzählung anfertigen lassen. Es war weiß, bodenlang, enganliegend und schulterfrei. Marilyn Monroe wäre vor Neid blass geworden. Lina hatte sogar daran gedacht, mein Babybäuchlein einzuplanen. Es war so geschickt geschnitten, dass man es fast nicht bemerkte. Als ich fertig war, hatten sie aus mir Schneewittchen gemacht – sogar ich selbst fand mich wunderschön, und das will etwas heißen. Lars und Umberto erzählten, dass Leander und Erik schon zum Standesamt vorgefahren waren, um zu sehen, ob alles klappt, was man bei uns in Italien ja nicht so genau wüsste. Darüber muss ich bei passender Gelegenheit noch mit ihnen reden.

Sie setzten mich in eine Limousine und ich dachte noch, dass das etwas übertrieben sei für das winzige Standesamt in unserem Viertel. Von wegen Standesamt!

Wir fuhren direkt auf das Gut, und wenn ich die Gesichter meiner schwedischen Familie und das selbstgefällige Grinsen von Umberto betrachtete, dann schwante mir so einiges. Schon als wir in die Auffahrt einbogen, entdeckte ich entlang des Weges traumhafte Rosenbögen und römische Statuen. Der komplette Hof hatte sich in ein einziges Blumenmeer verwandelt. Es war ein herrlicher Tag, sonnig, warm, einfach perfekt, und überall standen Sonnenschirme. Ich kam gar nicht dazu, nach Leander zu fragen, denn Lina und Alessia schoben mich ins Haus und nahmen eine Art letzte Generalüberholung an mir vor. Um die Wahrheit zu sagen, ließ ich alles mit mir geschehen und genoss jede Sekunde dieser liebevollen Betreuung. Als Lina mich fragte, ob ich so weit sei, wusste ich zuerst gar nicht, was sie meinte. Erst als sie die Frage wiederholte und anfügte, ob ich bereit sei, zum Altar geführt zu werden, verstand ich. Alessia nahm mich in den Arm und meinte: „Ich weiß, dass du diesen Augenblick gerne mit deinem Vater geteilt hättest. Dass das nicht möglich ist, wissen wir alle, aber wir haben jemanden gefunden, der dich sehr, sehr gerne zum Altar führen würde.“

„Es wäre mir eine große Ehre, Princesa.“

Franca, ich habe geheult wie ein Schlosshund und mir beinahe das Make-up ruiniert, als Silvan vor mir stand. Er sah so stolz und glücklich aus in seinem Sonntagsanzug, dass ich ihm einfach um den Hals gefallen bin. Ich hakte mich bei ihm unter und wir gingen zur Terrasse. Alle Türflügel waren weit geöffnet und ich sah, wie prächtig sie den Rasen geschmückt hatten. Zwei Dutzend Bögen mit dunkelroten Rosen umwunden, schmiedeeiserne Pavillons, an denen weiße Stoffbahnen sanft im Wind wehten. Der Standesbeamte stand auf einer weißen Bühne, neben ihm die Liebe meines Lebens und ein fast ebenso glücklich strahlender Erik. Auf der anderen Seite meine Trauzeugin Astrid mit Daniela im Arm.

Auf den Stühlen saßen all die Menschen, die ich mochte: meine Kollegen vom Gut, die wenigen Mitschüler aus dem Internat, die Umberto ausfindig gemacht hatte, Alessia, Filippo, Lars, Lina und zudem Freunde und Bekannte von Leander.

Sie haben meinen Traum wahr werden lassen!

Ich habe zwei Anläufe gebraucht, um das „Ja, ich will“ verständlich herauszubringen.

Eine halbe Stunde später war ich Eleonora Clasen-Alisi, und wie du dir wahrscheinlich vorstellen kannst, die glücklichste Frau auf diesem Planeten.

Nach dem Empfang und vor der Feier, die in einem riesigen Beduinenzelt stattfand, kamen Lina und Erik auf uns zu. Leander fragte, ob es so weit sei – er wusste also, was nun folgen würde.

Meine Schwiegereltern nickten und entschuldigten uns für eine halbe Stunde bei den anderen Gästen. Sie ließen keine Fragen zu, und so musste ich wohl oder übel abwarten, was sie nun wieder vorhatten. Wir stiegen in die Limousine und fuhren vom Gut aus weiter hinaus aufs Land. Eine traumhafte Gegend. Nur verstreut liegende Landhäuser in wundervollen Gärten, viel Grün, Bäume und Wiesen. Der Fahrer hielt an einem schmiedeeisernen Tor, Erik stieg aus und öffnete es. Er kam zurück, beugte sich zu mir und meinte, ich müsse jetzt leider laufen, da die Limo nicht um die Ecke käme. Das war zwar Unfug, hatte aber einen tieferen Sinn. So betrat ich die Einfahrt und sah ein perfekt renoviertes altes und unbeschreiblich romantisches Rustico, das von einem leicht verwilderten, aber genau darum so faszinierenden Garten umgeben war. Auf dem Rasen links neben uns stand eine Schaukel – so eine, wie ich sie als Kind hatte, du erinnerst dich? Das Haus hat zwei Stockwerke, die typischen alten, großen Fenster und zwei kleine, eiserne Balkone. Ich war sofort verliebt. Allerdings wusste ich noch nicht, was genau geplant war. Erst als Leander meine Hand nahm, mich an sich zog und mir einen altertümlichen Schlüssel vor die Nase hielt, verstand ich.

„Das ist nicht dein Ernst? Du hast dieses Haus gekauft? Aber was ist mit der Wohnung in der Stadt?“ Ich hatte so viele Fragen.

Leander deutete auf seine zufrieden lächelnden Eltern. „Ich habe so gut wie nichts damit zu tun. Dieses Haus ist das Hochzeitsgeschenk deiner Schwiegereltern, die es unseren Kindern ermöglichen wollen, so frei und glücklich aufzuwachsen, wie man es nur dann kann, wenn man über Wiesen rennt und auf Bäume klettert." Er nahm mich in die Arme und fragte mich, ob es mir gefällt. Von Erik kam nur ein: „Wenn es dir nicht gefällt, tausch ich es gegen eine Yacht an der Riviera um." Natürlich gefiel es mir, ich liebte es von der ersten Sekunde an, es ist ein absoluter Traum. Leander meinte dann noch, dass ich nur eine knappe Viertelstunde bis zum Gut hätte, wenn ich ordentlich Gas gäbe. Meinen Einwand, dass ich als Mutter von zwei Kindern wohl kaum allzu viel würde arbeiten können, beantwortete er mit einem Schulterzucken.

„Wir können ja ein Kindermädchen einstellen."

Ich war verblüfft, dass er das so leichthin sagte. Er, der eifersüchtige Vater, der schon an Daniela kaum jemanden heranließ. „Dazu bräuchten wir aber ein Kindermädchen, das uns gefällt und mit dem auch Daniela und unser Kleiner zurechtkommen. Das könnte schwer werden."

Leander blickte mit einem sehr seltsamen Lächeln über meine Schulter. „Ich glaube nicht. Im Gegenteil, ich denke, nicht nur unsere Kinder werden sie lieben. Sieh doch mal hin, mein Schatz."

Er drehte mich sehr langsam um und hielt mich an der Hüfte fest, so als wollte er mich stützen. Erst als ich sah, wer dort mit unserer Tochter auf dem Arm schüchtern und vorsichtig um die Ecke des Hauses bog, wusste ich, warum er das tat. Wenn ich gedacht haben sollte, dass dieser Tag nicht mehr schöner werden konnte, wurde ich eines Besseren belehrt.

Ich erkannte sie sofort wieder. Ja, sie war natürlich älter geworden und das Leben hat seine Spuren in ihren Gesichtszügen hinterlassen, trotzdem waren da noch immer diese sanften, braunen Augen, die so sehr trösten konnten. Emma gab Daniela an Astrid ab, die mit neugierigem Blick hinter ihr auftauchte, und nahm mich in die Arme. Sie ließ mich wie vor fünfundzwanzig Jahren an ihrer Schulter weinen und streichelte mich wortlos.

Leander hatte sie über einen seiner Freunde bei der schwedischen Polizei gefunden, die wiederum ihre italienischen Kollegen einspannten. Ich hätte sie nie finden können, da sie geheiratet hatte und nach Neapel gezogen war. Als ihr Sohn fünfzehn Jahre alt war, wurde ihre Ehe geschieden und sie kehrte zurück in den Norden des Landes, wo sie eine Stellung in Bologna annahm. Da ihr Ex-Mann ihr nicht viel Anlass zur Freude bot, sie stattdessen immer wieder um Geld anbettelte, zog sie erneut um und nahm einige Jahre später ihren Mädchennamen wieder an. Ein Ermittler der römischen Polizei fand sie in Verona.

Franca, sie hat alles von mir gewusst. Sie hatte nur noch immer Angst vor der gerichtlichen Verfügung und glaubte, es wäre besser für mich, wenn die Vergangenheit nicht aufgerührt würde. Als ich endlich aufhören konnte, vor Freude zu weinen, nahm sie meine Hände, strahlte mich an und sagte: „Ich wusste, dass du eines Tages das Nordlicht findest. Siehst du, die Geschichte ist wahr, über das Nordlicht kommst du zu deiner großen Liebe."

So viel zu den Ereignissen rund um unsere Hochzeit. Siehst du nun, was du alles verpasst hast, Surferlady? Wir – und auch Emma – hoffen, dich schnellstmöglich bei uns begrüßen zu dürfen.

Du hast mich gefragt, ob ich glücklich sei. Ja, Franca, ich bin glücklicher, als ich es mir jemals in meinem Leben erträumt habe. Ich habe meinen Traumprinzen, eine bezaubernde Tochter und bald noch einen kleinen Jungen, ich habe in Lina und Erik liebevolle Eltern und Großeltern, eine vollkommen irre, durchgeknallte Schwester und einen jüngeren Bruder, den man einfach lieben muss.
Du, Emma und Silvan hattet immer recht: Glaub an dich und trau dich, glücklich zu sein.
Es gibt keine Worte dafür, wie dankbar ich euch dreien bin.
Und jetzt wirst du schnell gesund und kommst hierher, wir alle können es kaum erwarten, dich zu sehen.

In Liebe und mit einer festen Umarmung

deine Nella

Danke, thanks, grazie, tack så mycket

Dieses Buch hätte es nie gegeben, wäre da nicht dieser wundervolle Spätnachmittag auf einer Dachterrasse in Puerto de Mogan, Gran Canaria, gewesen.
Meine bezaubernde schwedische Freundin Suz Loman, eine begnadete Malerin, erzählte mir, während am Horizont die Sonne im Atlantik versank, spannende und ergreifende Episoden aus ihrem langen, ereignisreichen Leben.
Irgendwann lehnte sie sich lächelnd zurück und meinte: „So, und nun kannst du schöne Bücher daraus machen."
Das habe ich getan. Kleine Geschichten, zusammengewürfelt zu einer großen. Die Trauer um ein scheinbar verlorenes Leben (Marie), die tief sitzenden, traumatischen Ängste eines Kindes (Nella) und der Wandel eines verwöhnten Stars im Rampenlicht zum liebenden Vater und Partner (Leander).
Danke Suz, für die vielen Abende, die wundervollen Gespräche und die Ideen, aus denen dieses Buch wurde.
Mein Dank auch an die einzigartige Stadt Rom, die ich mehrmals besuchen durfte und die mich schon beim allerersten Mal in ihren Bann gezogen hat. Schade, dass Dottore Mazzacurati und ich es nie in die Katakomben geschafft haben – kleiner Insider!

Außerdem hoffe ich von Herzen, dass Filippo es endlich einmal geschafft hat, im gigantischen Kreisverkehr am Colosseum die richtige Ausfahrt zu nehmen – noch ein Insider …